被美人

周弦／著

ZHEJIANG UNIVERSITY PRESS
浙江大学出版社

图书在版编目(CIP)数据

被美人 / 周弦著. —杭州：浙江大学出版社，
2013.8
ISBN 978-7-308-11525-4

Ⅰ.①被… Ⅱ.①周… Ⅲ.①长篇小说－中国－当代
Ⅳ.①I247.5

中国版本图书馆 CIP 数据核字(2013)第 104012 号

被 美 人

周　弦　著

策　　划	蓝狮子财经出版中心	
责任编辑	徐　婵	
出版发行	浙江大学出版社	
	（杭州市天目山路 148 号　邮政编码 310007）	
	（网址：http://www.zjupress.com）	
排　　版	浙江时代出版服务有限公司	
印　　刷	浙江印刷集团有限公司	
开　　本	880mm×1230mm　1/32	
印　　张	11.75	
字　　数	328 千	
版 印 次	2013 年 8 月第 1 版　2013 年 8 月第 1 次印刷	
书　　号	ISBN 978-7-308-11525-4	
定　　价	36.00 元	

感谢张志智主任、石蕾博士
在本书写作过程中做出的帮助和贡献

目录

断下巴和价值八万块钱的笑容

一根扁扁的金属棒伸进了她牙齿后的嘴巴深处，嘴被拉扯得更大了，血涌了出来。 锄头把血肉铲到一边，白森森的骨头露了出来。

"颌面外科，东楼十三病区，那边走廊走到头出去，穿过花园，左手边那个楼上二层，那儿有牌子。" 导医台护士小姐指向圆形大厅的尽头。

走廊又宽又长，灯光很亮。 一般的医院，为了照顾有需要的人，有时会在走廊两边的墙上安装扶手，而这家医院两边都是大镜子，像舞蹈团的练功房那样，几乎每个走过的人都会有意无意或随意或刻意地照照镜子。 丁圆圆出门前对着家里穿衣镜胡乱照了一下，看到花纹别致的尼泊尔长围巾和帅气的铆钉长靴，觉得自己长身玉立，飘逸非凡。 可是镜子和镜子不一样，这里的镜子想必见多了美人，要求比较严苛，照出的丁圆圆形容枯槁，颜色憔悴，痘疤醒目，眉毛杂乱，肤色不均，眼睛里全是红血丝，眉目不如画，眼袋倒明显得像是画上去的。 鼻子两边深深的法令纹，让她看起来神情倦怠。 她把自己鼻子两边的皮肤向斜上方提了提,看起来却没有任何改善。 自己这副德行,实在有点抱歉,怎么去见关锋!

阴谋! 丁圆圆对着镜子里的自己发呆。 这医院是成心的。 魔镜魔镜,告诉我,谁是世界上最丑的人? ——还用我告诉你吗? 自己照吧,你还好意思带着这张脸原样出去吗?

走出了门诊楼的后门,迎面是一座人工堆砌的小山坡,花园里的亭台楼阁、小桥假山布置得颇为俗气,树木生长得倒不错,虽然已经是初冬,依然有绿意,花楸树红色的果实还挂在枝头。 一棵挂着黄灿灿果实的柿子树底下,几个人正姿态别扭地围着一张破石桌打麻将,旁边还有几个人围观。 丁圆圆经过他们的时候,放慢了脚步,走过去还回头看了几眼。这场景让她觉得亲切。 她曾经在震后的四川待过很长一段时间,在那边的帐篷和简易活动房外面,随处可见这样因陋就简的麻将摊子。 更让她留意的是,打麻将的这几个男人个个扛着个肉瘤,有的在脖子上,有的在额头上,浑圆光滑,半透明,比拳头还大,好像大型的水泡。 很显然,他们都是病人。 还有一小块空地上放着两个破旧的木马和一个秋千,几个小孩爬上爬下玩得很开心,他们头上都戴着头套或者缠着绷带,有的还带着白色的耳罩,有的嘴唇一看就是刚做过兔唇手术的。 她有点喜欢这个地方了,有伤病和畸形的人能过得舒服的地方,才是真正的世外桃源。

丁圆圆看看表,离约好的时间还有几分钟,于是故意慢吞吞地绕到僻静的小路上。 一阵酱香味飘来,她看到小路旁的长椅上坐着一个姑娘,她戴着毛茸茸的粉红色露指手套,拿着个烧饼夹鸡蛋在啃,另一只手里拿着一本书,一看就是再生纸印刷的平装英文原版小说。 那姑娘穿着厚厚的红色羽绒服,头上的毛线帽款式幼稚,大大的双肩书包还背在背上,一看就是个大学生。 丁圆圆从她前面经过,让她显得有点局促不安,她放低烧饼,做出专心看书的样子。 如果是在校园里,她这样子再正常不过,可是在医院的花园,有点冷的初冬下午,不免显得有点古怪。

丁圆圆走到住院楼门口,给关锋打了个电话确认。 电话里关锋的态度还是那么可亲,她才放下心来。

要见关锋,丁圆圆心里有些紧张。 她在汶川地震期间结识了这位副院长,虽然只相处了几天,但也算是共患难过。 丁圆圆所在的基金会势单力薄,常常只有她一个人在行动,她和关锋带领的美人沟医院救援队还有另几路人马一起被困。 关锋在其中最年长,很有将帅之风,他对落了单的丁圆圆很照顾,让她分享帐篷和面包车,同时也大大受益于她随身带的辣椒酱和大折扇。 丁圆圆到公路下面的草丛里方便,关锋站在路边替她望风,还动用器械帮她清理了额头上一颗硕大的青春痘。

分手的时候,他们交换了名片,相约北京再见,不过那之后丁圆圆没再联系过关锋。 这次因工作的缘故给关锋电话,他热情回应,并且和她约了时间见面谈。 丁圆圆不确定他只是表示客气,还是真的念及了"战地"情谊。

其实,是丁圆圆自己先心虚了。 那时候,关锋很欣赏她,好像她是集勇气智慧和慈悲于一身的孤胆女英雄,好像她是特丽莎修女或者海伦·凯勒的老师安妮·沙利文。 可是现在,她在做这样一件事。

在丁圆圆的印象中,关锋是一位脑外科专家。 直到最近她才发现他所在的医院主业是整形。 她到网上搜索了一下关锋和他所在医院的信息。 关锋是恢复高考之后的第一届大学生,专业是烧伤,连读了硕士和博士。 在他名片上,医院的名字是长长的一串,实际上大家都叫它"美人沟医院"。 美人沟医院,听起来像个乡镇卫生院,其实是堂堂的国家三甲医院,名义上是综合性医院,不过多数业务科室都与整形相关。 关锋是美人沟医院的副院长,同时兼任颌面外科的科主任,他的专长是颅骨外伤的修复与重建。

"丫头又改行了? 你这样好,小年轻多历练历练才能成大事,别像我们,一个工作干一辈子,没意思。"关锋到楼梯口迎接她,把她带到办公室。 他对她换工作的事似乎持肯定态度,这让她心安了些。

丁圆圆观察到关锋很忙,但他好整以暇。 他坐在办公室里,桌上摆着功夫茶具,电脑上开着纸牌游戏。 丁圆圆在他办公室里的一会儿工夫,就有好几个人来找他。 有大夫给他送片子,有人找他在什么医疗事故鉴定单上签字,有人让他看报表,有人通知他开会,还接到家里人的电话,问他晚上的鸡胗怎么做。

寒暄了几句后，丁圆圆问起在院子里打麻将的人是不是长了瘤子，难不难治，医保能不能覆盖；在这里治病的小朋友，除了唇腭裂，还有哪些常见的先天畸形。关锋告诉她，那几个人并不是长了什么瘤子，而是被植入了一种"软组织扩张器"，每天向里面注射液体，逐渐把皮肤撑开，多出来的皮肤就可以用于植皮了。

"看起来你这思路还没转变呐，你最关心的还是有病有灾的人。我们这儿整容的可不是那样的弱势群体，跟有病看病的科室是两码事。"

关锋一下子就看出了她的问题。她已经不是在公益组织里做救助了，她现在工作的主要内容和来这里的目的是了解整形。关锋的话提醒了她，自己确实要转变思路。

"研究整形也挺好，到我们医院来，我很支持。正好，帮我们传播点正确资讯，现在整形被美容院搞得太乱、太夸张！好像手术是变魔术，猪八戒从台上下来也能变成张瑜。"

张瑜？丁圆圆心里暗暗笑他，如果说貂蝉也就罢了，要拿现代人举例子，怎么也要范冰冰刘亦菲，他这审美还停留在二十世纪八十年代。

关锋的桌子上摆着一个颌骨的模型——头骨的前半部，像一张面具，已经被摸得发亮，有了裂痕。丁圆圆猜这应该是真的人骨。果然是真的，关锋拿起骨头，轻轻摸着下巴的位置，带着熟悉和亲热："你看，这姑娘生前应该还挺漂亮的，下巴颏儿翘翘的，脸型挺标准。"丁圆圆实在看不出来这块发黑的骨头是个姑娘，更看不出来她的漂亮。可是，在关锋的手上，那位不知名的漂亮姑娘好像在咧着嘴朝她笑，对她说："欢迎来到我们的世界。"

这是另一个世界。丁圆圆大学里学的是心理学，跟医学沾点边，尤其是神经学。她对大脑的构造和机理还有些了解，额叶、颞叶、海马体、杏仁核，它们主宰着人的感觉、智力、记忆和情感，那是丁圆圆熟悉的世界。而在这个世界，美人沟的世界，颌面外科的世界里，只有失去了大脑的颌骨。

关锋告诉她，他自己基本上不做美容手术，会介绍另外的医生跟她接头,让她搞清楚整形是怎么回事。

他拿起电话:"丁迅在不在? 上手术了? 门诊的住院的? 几点能下来?"

电话那边又说了一会儿,关锋放下电话,略微想了一下,对丁圆圆说:"想看手术吗?"

丁圆圆感到惊喜:"想啊想啊。"一上来就直捣核心,当然好了。而且,参观手术是特权,好像中央电视台记者那种级别才有的特权。 人们往往为别人的特权愤慨,为自己的特权得意。 这种特权让她觉得自己真的是媒体人了。 这几个月来,她自己都说不好自己到底是干什么的。

"别吓着你就行。"关锋领着她进电梯,到了上面一层。

"我什么没见过呀。"丁圆圆知道自己其实在吹牛。

丁圆圆按照要求换上了拖鞋、罩袍,戴上帽子和口罩。 关锋无需更衣,脱下白大褂,里面就是一身蓝绿色的短袖刷手服,看来他是随时准备好要进手术室的。

走廊两边分布着一间一间的手术室,来来往往的人都穿着和关锋一样的衣服,步履匆匆,神情肃穆,这些让丁圆圆有些紧张。

"我是不是哪儿都不能碰?"丁圆圆问。 自己是坐公共汽车来的,一路上尘土飞扬,不知道身上带了多少细菌,可不要污染了这"圣洁"的地方,她想。 她认识的一位医生曾经向她吐槽,"战地"手术室本来条件就差,电视台的人来拍摄,碍手碍脚,还碰了主刀无菌的身体,主刀为此大怒,电视台的人却不以为然,觉得他不识抬举、不识大体,认为"病人的安危最重要"这种话纯属拿大帽子压人。 丁圆圆不想做那样的人,她又仔细拢了拢帽子,以免露出有菌的头发。

"没事。 手术室里面是不能让你进的。 正好有进修生看手术,你跟他们一起看,下颌角手术。"

原来不能进手术室。 丁圆圆有点失望,又有点欣慰。

关锋带着她进了挂着"控制室"牌子的房间。 几个和她一样穿着罩袍的人围坐在一台显示器前,他们是其他医院来的进修医生,见到关锋,都站起来叫院长。 关锋打着官腔,跟他们说了几句官话。

显示器屏幕上并不是做手术的画面,而是一张年轻女人的脸,眼睛闭着,脸有些肿,头发被包起来,嘴巴插着管子。 有一只手按着她的一边脸,那只手轻微地在动。

"中场休息。"有人说。

原来做手术并不是争分夺秒,还要中场休息。

屏幕上的画面始终没有变化,关锋叫上丁圆圆,走出控制室,来到了一间手术室外面。 透过大大的玻璃窗,看得到里面的情形。 手术台上躺着的应该就是屏幕上那个病人,按着她脸的是位女医生,正扭头和一位坐在监控仪旁边的人说话。 墙上挂了一张 X 光片,下面衬着灯箱。另一位医生站在片子前认真地看,根据身形判断,应该是位男医生。 几个人都穿着同样的蓝绿色罩袍。

发现他们在外面,看片子的医生脱下罩袍,扔到一个推车底下,开了门出来。

"摆动锯夹片又坏了,刚做了一边。"

"妈的,还不如国产的。" 关锋骂了一句,然后向他介绍丁圆圆,"这是我去年地震的时候认识的小朋友丁圆圆,现在在杂志社工作,她要了解整形,我把她交给你了。 我让她在控制室看一会儿,等下了手术你跟她聊聊。"然后转头对丁圆圆说,"这是丁迅,跟你一家子。 你有事就找他!"

丁迅向丁圆圆点头致意,说:"一会儿手术完了你去办公室找我吧,就在关大夫办公室隔壁。"他的手套还没摘,不适合握手。 戴着口罩,礼节性的微笑也看不到,他的眼睛似乎并没有笑。

丁圆圆从未试过这样与人相识,他们都在重重包裹之中,只露出眼睛。 看眼睛,丁迅应该不年轻了。 他眼神严肃,声音沉稳,举手投足潇洒从容,令人倾慕。 医生就该是这样子,他的注意力仍在手术中,领导介绍来的姑娘也不会让他分神。

另一个"蒙面人"摇晃着身体走过来,见到关锋,停住了脚步:"刚下去抽了根儿烟。"

丁圆圆心里对他的轻率有些不满。设备中途坏了,医生出去抽烟,而且,看起来这是常态,所以在院长面前都不掩饰。台上躺着的那位可怜的姑娘对这一切却一无所知。

"我刚才又看了看患者那个颏儿,觉得真不用做,再前移就太凸了。"丁迅说。

"怎么也得做。不做她还得找咱啰嗦。这位事儿可多了。"出去抽烟的医生说。

丁迅沉吟了一下:"那就前移个两毫米意思意思吧,要不然整过头了也得来找咱们麻烦。"

丁圆圆不太明白他们在说什么。之后又有两个人脚步匆匆地进去,对手术台旁推车上的器械动了些手脚,应该是更换损坏的设备。丁迅和另外一位医生返回手术室,换了手套,穿上了新的绿袍子,手术要继续了。

丁圆圆也回到了控制室。监视器中,两只应该分属不同人的手各拿着一个锄头形状的器具,撑开了病人的嘴巴,另一只手用镊子从她嘴巴里夹出带血的纱布。看起来,腮帮子内侧已经切开了,由于设备故障,在里面暂时塞上了纱布。然后,两个巴掌长的锄头进一步发力,病人的嘴巴向一边咧得老大,脸都扭曲了。"天哪,真担心她的嘴会被撕裂。"丁圆圆想着。她为看到她这副样子而对这位姑娘感到抱歉。她是为了变美而来,怎会知道自己此刻是如此难看。她听说很多明星做过下颌角手术,如果有这样一张他们的照片流出来,效果可能比艳照还要轰动。

还有更可怕的。一根扁扁的金属棒伸到了她牙齿后的嘴巴深处,嘴被拉扯得更大了,血涌了出来。锄头把血肉铲到一边,白森森的骨头露了出来,像屠夫从一根猪棒骨上剔肉。丁圆圆没想到自己会亲眼见到"骨肉分离"的情形。手术台上的人无知无觉,丁圆圆却觉得自己一边脸发麻。她的脸曾经被掉落的粗树枝砸到过,虽然没有伤口,仍然肿了好多天,摸上去又烫又软。这姑娘一部分脸都从骨头上掀开了,可想而知事后会肿成什么样子。

几只戴着橡胶手套的手在她嘴部忙碌着,他们用的器具像普通螺丝刀一样长,一会儿锯,一会儿撬,一会儿捅,一会儿凿,好像在做木匠活儿,又像是开山修路。他们忙活了半天,一个镊子夹出了一块骨头,小手指大小,形状略弯曲。

"就截这么一点儿?"问问题的是个后加入的观摩者。

"这是修复的,以前做过。"有人回答。

此时关锋已经走了,丁圆圆旁边的人也都是医生,对这些见怪不怪的,都没有人和她分享震惊和难受。

画面上一只弯弯的钩子在穿针引线,这是缝合。有人在议论,说丁迅的手术做得流畅。

手术其实并没有完。那个学名叫"直角拉钩"的锄头又勾住了姑娘的下唇,并向下扯开,刀子稳准狠地从牙齿下面横切下去,血肉被撬起,露出了白骨。那不仅是白骨,她的下巴骨上固定了两个 L 形的金属片,好像门的折页。橡胶手套在骨头上横竖比划了几下,然后有人用一把真正的螺丝刀开始拧金属片上的螺丝。

"好爽啊。"有人惊叹。

"她是在韩国做的吧。这要是国产钛钉,拧几下就花了,还得上电锯。"

原来"爽"指的是螺丝拧得顺畅。

"这术后有一年了吧? 骨头长得真好。"

"不到七个月,她的病历还是我写的。其实骨头有十二周时间就能长好了。"

"人的颌骨还真是抗折腾。"

"骨头没事,软组织就不行了。她以前还做过硅胶隆颏,全是瘢痕。看她肌肉,解剖结构全乱了。"

进修生们的议论等于解说,丁圆圆有些明白了。这姑娘半年前做过和今天同样的全套手术,下颌角和下巴,效果不满意,来重做的。

屏幕上,"拆起来很爽"的韩国钛板被取下,露出的骨头,看起来完整、洁白、坚固。 然后,刀子、锯子、剪子、凿子、锤子,轮流上阵,她完整、洁白、坚固的下巴,居然被生生截断了。

撕烂嘴巴,掉了下巴,本来都是夸张的修辞,丁圆圆今天亲眼见到了这样的画面。 屏幕上,那掉了的下巴正在被对起来,前后轻微移动,似乎在找合适的位置。 丁圆圆懂了丁迅说的"移两毫米意思意思"是什么意思了。 就是本来没必要,架不住患者要求,为了避免她啰嗦,就把她的下巴骨弄断,然后挪动一点点再原样接上,意思意思,两毫米。 丁圆圆用拇指和食指比划了一下,试图感受一下两毫米有多宽,又捏了捏自己的下巴。 两毫米,会有什么变化,会对人生有什么影响,值得让她像尸体一样躺在这里,嘴巴被扯成这样,脸皮被从里面掀开,让脸看起来像一锅毛血旺,然后,还被自己这一群相干不相干的人围观?

眼前这血肉模糊、筋骨俱断的情形并没有让丁圆圆害怕或者恶心,她只是难过,难过得想哭。 关锋说得对,她还没转变过来,她脑袋里还绷着那根弦,她还想着她在前一份工作中常见到的那些残缺的人。 那些人,他们多想安稳、完整地活着呀。 对于他们来说,如果能让失去的骨头长回来,用多少钱、多少功名来换都愿意。 他们没有选择,因为他们遇到了灾祸。 可是,这儿的人是有选择的,她选择用钱,用宝贵的医疗资源,把自己的骨头弄断、丢弃,或者再接上,然后,再弄断,再接上。而这些穿绿色袍子的人,他们本应该是天使,面对人的血肉残缺,救护、弥补、治愈。 可是,在这里,他们在庄严的手术室里,他们在清晰的摄像头下面,把好好的骨头轻易地截断,再接上,只为了"意思意思"。

画面上在用同样的 L 形钛板固定断骨,丁圆圆已经不想再看了。脱下罩袍之前,她看了一眼更衣室的镜子,穿上这身衣服的时候,新鲜感还让她有点兴奋,此刻她想到,不一定拯救者才穿成这样,刽子手可能也是这副打扮。 她情绪低落地离开了手术室。 可是她还不能走,她还和丁迅有约。 她还没见过丁迅的脸,此前对他的一点好感现在已经荡然无存。 她想起他说"移两毫米意思意思",然后手术台上一个人的下巴应声而断。

和她一起在办公室等丁迅的还有一个小伙子。 他的头大,脸也大,乍一看有点像高晓松。 丁圆圆刚上大学的时候，校园民谣正四处传唱，偶然见到高晓松的照片，发现他不是高瘦的忧郁吉他青年，颇觉失望。对罗大佑、冯小刚、舒婷，这些有才华而相貌不佳的人，她都有过同样的失望感。 后来，她为自己的这种肤浅深深忏悔，意识到评判甚至嘲笑他人的相貌，是一件更加丑陋的事情。 从前，整形和量子物理与大洋洲的地质构造一样，对于她来说是很模糊的概念。 现在至少对于整形，她有了一次直观的认识。

丁迅进来的时候，丁圆圆没有认出他，她见过他也等于没见过。"高晓松"先捉到了丁迅，原来他是来问罪的。 "花了三万块钱，受了许多罪，还没什么效果。"这是"高晓松"的说法。 原来他是已经做过手术的。

丁迅示意另外一位医生找来了几张片子。 他把片子夹在亮了灯的看片板上："都切这么多了，到极限了，你看看片子，神经线的位置在这儿，再往上切一点你就面瘫了。"丁迅的脸上没有表情，说话很慢，态度不卑不亢、不阴不阳。 他手里还拿了两样东西，灰白色的，形状好像印第安人的飞去归来器，原来那就是小伙子切下来的下颌角。

"这我知道，切不少了，可是看上去没什么变化呀，我想弄成聂远那样。 外板要再给我多劈点就好了。"

丁圆圆想不起来聂远是什么样子，想必是个脸型俊朗的青年吧。这个小伙子如果把整形的最终目标定为刘欢、郭德纲或者范伟可能还有一点可行性。 切下来的那两块骨头尺寸都够做个书挡了。

就算能切掉足够多的骨头，那这么一大挂脸皮往哪儿搁呢？ 岂不是要掉下来？ 这就好比一个灯笼，里面是骨架，外面罩着布，骨架由圆的变成椭圆的，外面的灯笼布就要耷拉下来了。 对这个小伙子来说，发愤图强成为音乐家、诗人或者富豪来弥补自己脸的不漂亮，比变成聂远什么的可能还更容易些呢。 切脸，对于改善他的面貌来说也只是杯水车薪。 这么简单的道理，丁圆圆都看得明白，丁迅自然不会不知道。他做医生，就是给人做这种没必要的手术吗？

丁圆圆模糊地想起，关于下颌角，有一个理论，忘记了是从电视或者网络上看来的，还是别人讲给她的：人面部的骨骼就好像建筑中的承重墙，遭到破坏会导致房子坍塌，后果严重。承重墙理论说明这样的手术不仅仅是不必要的，而且是危险的、有害的。这样说来，整形岂不是和烟草或者博彩业一样，让参与者面临风险吗？

丁迅对小伙子的说法是，过一段时间，他的脸会进一步消肿，咬肌会萎缩，脸就会小一些，然后他到时还可以做个面部抽脂，最后的效果会比现在好很多。他被安抚，并且被推销了另一个手术。

在他们纠缠的时候，又来了个女孩，个子小小的，身量未足，穿着蓝色带条纹的病号服，头上戴了个肉色头套。那个头套把脸的外缘裹住，脸上的肉被挤到一起，看不到样貌，嘴巴和脸颊撅起，样子有点像罗玉凤。她想要回自己切下来的下颌角。一位女大夫告诉她，那是医疗废料，已经丢弃。那小伙子的下颌角被保留下来，因为实在是太大，又很完整，有典型性。"哎呀，我还想要回来自己留着，死的时候跟我一起火化，好留个全尸……"

这里的每个人都让丁圆圆觉得不自在了。

本以为丁迅忙完了，结果他又接到个电话，他在电话里叫对方过来。片刻之后，进来了一个女孩，就是刚才在长椅上拿着英文原版书吃烧饼夹鸡蛋的那位。她可等了好一会儿了。

"我看你还是别做了，抽不出多少来，这种手术性价比不高。再说，你这也不明显。"原来丁迅也并不是来者不拒。丁圆圆观察到丁迅对这女孩的态度稍有不同，好像多了一点关切，但只是一点点。

那女孩几乎嗫嚅着："照相的时候明显。"

两人争辩了几句，女孩虽然唯唯诺诺，却依然坚持。丁迅的动作像老派电影里流氓调戏妇女一般，一只手拈起她的下巴，把她的脸扬起来，然后又在她脸颊两边和下巴脖子之间捏了几把。"做就做吧。"他眉头微皱，好像依然并不赞同，不过懒得再费口舌。

丁迅到电脑上给她开单子，一边问她："吃东西了吗？"

"吃了。"

"吃饱点,搞不好得明天才能再吃饭呢。"

丁迅转向丁圆圆,她赶快奉上自己的名片。这个下午她一直在做丁迅的观众,各种信息凑到一起,她想不出怎样同他寒暄。她对医生一向恭敬,从前也时常和医生打交道,夸赞他们的工作是最好的沟通方式,他们也值得夸赞。而面对丁迅,她却什么也说不出。

"听说人脸上的骨头就像是承重墙。他们的承重墙被破坏了,以后怎么办呢?"为民请命的使命感占了上风,她忍不住说了丁迅必定不爱听的话。

"那是不懂颌面的人说的话。"丁迅果然不高兴了,不过也没有进一步解释什么。

丁圆圆后悔了。承重墙之说到底是道听途说,怎能一开口就咄咄逼人。丁圆圆想到了关锋,至少她该相信关锋是不会害人的。

可能因为刚才想到了"罗玉凤",她糊里糊涂地又问了个蠢问题:"您看罗玉凤该怎么整?"

"罗玉凤是谁?"丁迅态度敷衍,说话的口气连问句都不是。

罗玉凤是谁?如果这是个认真的问题,她还真的答不出来。她也说不清罗玉凤是谁,只是每天早上打开电脑,弹出的新闻里常常看到本来就不漂亮的罗玉凤又被进一步歪曲的照片。不管怎样,还是得接着聊,于是,她用手机搜出罗玉凤的照片给丁迅看。

"这么看没用,得看片子,头颅正侧位片和下颌全景片。"

"丁大夫,你分明是欺负人嘛!一笔写不出两个丁字,你要多多照顾我呀。"丁圆圆没办法,使出了小姑娘常用的招数,很拙劣地撒娇。

丁迅并不回应她的套近乎:"我怎么照顾你,你自己得多了解情况,起码得知道整形是怎么回事。要不去美容院也可以,他们喜欢记者。"

"那我该怎么了解呢,我不知道从何处下手呀。"

"自己看看书,有整形的教科书。"

丁圆圆觉得丁迅并不诚恳,他也许是断定她并不会去看什么艰深的医学教科书,所以这样敷衍她。

"好的,我看书。"我回去偏就真看,她想。

没等她进一步想出几个有点水平的问题,丁迅已经自行结束了交流,说还有三个门诊手术,患者在等着呢。 他给她留了电话,让她有事情再联系。

"我是一个黑孩子,我家住在黑非洲。 黑非洲,黑非洲,黑夜沉沉不到头,哦噢哦⋯⋯"再走到花园里,经过依然热闹的麻将桌,丁圆圆发现自己在哼这支歌。 她曾经的工作对象是一些小朋友,他们见到过惨烈的画面,经历了死亡和亲人离散,受到刺激。 她陪他们玩,给他们唱歌,不知道为什么,这支歌好像有某种魔力,小朋友都喜欢,听着就会笑起来,尤其是当丁圆圆唱的时候驼下脊背,模仿被压迫的奴隶的样子。这歌来历不明,很可能是五六岁的时候某个小姨或者小姑唱过然后被她记住了。 她只会这么几句词,调子也拿不准,每次唱得都不一样。 她发现自己正下意识地为自己唱,也许因为她的脑中不断重复着下巴被截断的画面。

走回门诊楼,走廊的尽头,一个娇小的身影在认真地、专注地照着镜子。 只看衣服就觉得她是美女,米色的帽子和围巾,军绿色的棉袄,雪地靴的靴筒上一个亮晶晶的小坠子在晃呀晃。 从侧影看得到她长长的睫毛,她把脸偏到这边,再偏到那边,来来去去仔细地照。

原来是她! 丁圆圆发现这位顾影自怜的姑娘,是她前段时间刚结识的来自加拿大的重庆妹韩小唯。 在整形医院遇到她,等于撞到了她的秘密,丁圆圆觉得很尴尬。 她掏出手机假装在看,打算从她身旁混过去。

"亲,你怎么在这儿啊?"

"我从走廊那头走到这头,就看你一直在这儿照哇照哇的。"

"嘻嘻,我在臭美哩。 我在研究我的嘴唇和泪沟要不要再打一点玻尿酸。"韩小唯说。

泪沟是什么? 玻尿酸是什么? 玻尿酸好像是一种什么东西,打了就变美,据说是大S推荐的。 丁圆圆今天发现自己如此无知,也许自己真该看看整形教科书。

"亲,你也要整形吗?"

"不是不是,"丁圆圆慌忙否认,"我来找人的。我们杂志明年要做整形版块,我认识这儿的副院长,来跟他们了解情况的。"

"你好厉害,认识整形医院的院长!"

"去年地震的时候在四川认识的,他带着医院的救援队。"

"哦?那儿的人地震了还有闲心整形啊?"小唯有点惊奇。

丁圆圆给她解释,整形分成两种,一种是让人变美的,一种是修复伤残的,地震救援是后一种。

"那你来这儿做什么呢?"她问小唯。

小唯笑了,牙齿雪白:"说来话长,你既然要研究整形,也就不是外人了。不瞒你,我的爱好除了吃火锅,就是整形。"

"哦?"丁圆圆仔细看了看她的脸,"你整过吗?什么都看不出来呀。"

"那是你不了解。自己整过的人看别人,都能看出来。"她闭上眼睛让丁圆圆看,"看,我的双眼皮还有疤呢。还有鼻子,假的。下颌角也切过的。"哦,这娇嫩欲滴的嘴唇也曾经被扯得翻起来,瓷白无瑕的脸蛋下面曾经被搞得血肉模糊、支离破碎。真是幻灭呀。

"那你原来长什么样儿?"丁圆圆重新审视韩小唯的脸,她从前是个丑姑娘吗?仔细看看,就算是现在,她的脸还真的称不上特别好看。可是她的五官明明都挺好,眼睛好看,鼻子好看,嘴巴不太好看但是唇彩的颜色好看。看来小唯的漂亮主要来自化妆和打扮,可是为什么脸还是感觉不够美呢?到底差在哪儿呢?

"其实我原来也长这样儿。整形不会让你变成另外一个人的。我整了这么多,要是自己不说,中学同学见了我也都看不出来我哪里变了。"

"既然看不出变化,何必要整呢?"

"我自己看得出啊。自己的脸,当然主要是给自己看的。虽然我整了这么多,还是不够漂亮,可是有的地方能有一点改善也好啊。"

自己的脸是给自己看的,这话听起来有点不对劲,尤其从一个这么爱打扮的美女口中说出来。 外貌心理学理论提到过外表的意义与原始的动物本能相关,无论是人还是鸟兽,打扮漂亮的本质是为了吸引异性进行交配,以便繁衍生息,让自己的基因传下去。 在小唯这里,好像成了为了取悦在镜子前面照来照去的自己。

"你怎么不漂亮! 我远远看到你,就知道是个美女。 美女是综合素质,衣服、帽子,还有皮肤、头发,还有你又白又整齐的牙齿,这些都是美女要素。"

小唯的牙齿很好,让她笑起来尤其明艳。

"牙齿? 假的,也是假的。 我小时候是四环素牙来的。 我这些牙齿可花了大价钱,做过好几次,尤其上面这八颗,smile package,差不多一万块钱人民币一颗,你看我常常咧着嘴巴笑,就是为了要值回我的烤瓷钱。"

小唯又冲丁圆圆笑。 她很爱笑,总是笑得很开。 原来她的招牌笑容,每出现一次都可以摊薄一点成本。

"你要回去了? 这个地方交通不方便,不如一会儿跟我一起走,我们去吃火锅。 我挂了个号,要看个门诊,应该很快的,你等我一下就好了。"小唯邀请她。

"你又看门诊? 还要整什么?"

"我随便看看的,好容易到这边来一次。 我找了一个好挂号的女医生,从前还没见过女整形医生呢。 你陪我一起吧。"

丁圆圆陪着小唯朝门诊区走,一边跟她讲在丁迅办公室的见闻,说那里的病人都显得怪怪的,不像小唯这么正常。

"那是因为你认识我,否则也会觉得我变态的。"小唯又露出了价值八万块钱的笑容。

丁圆圆见到吃烧饼夹鸡蛋的女孩从对面走过来,手里拿着单据。她悄声对小唯说:"我刚才也见到这个女孩,很矛盾纠结的样子,奇怪。"

没想到小唯说:"哦,我认识她。"然后叫她,"小朋友! 董尧!"

　　这是丁圆圆第三次与她碰面了，也算认识了，她们互相点头示意后，董尧开始和韩小唯用整形行话寒暄起来。丁圆圆在一边观察着这个叫做董尧的姑娘，发现她是个第二眼美女，长得很耐看，有两颗可爱的小虎牙，她没有化什么妆，一双柔和的丹凤眼，并不大，却形容不出的好看。丁圆圆记得自家杂志上有篇关于衣着打扮的文章，是她的同事冰彤化名写的，其中提到美貌隐形利器之一，就是别在头顶的发夹，上自习的大学生中常见的发型，免得低头看书的时候头发落下来挡眼睛。董尧就这样别了一个发夹。

　　"看看你眼睛恢复得怎样了。"

　　董尧闭上眼睛，让小唯看。丁圆圆吃惊不小，她的眼睛是整出来的？她只知道可以割双眼皮，可是这个姑娘分明是单眼皮。

　　这个董尧让人迷惑。丁圆圆虽然不是很了解整容行情，但用常理推断，热衷于整容的人必然有某些共性，至少要爱打扮，爱美。有些人品味不佳，打扮得乱七八糟花花绿绿，毕竟也自以为美。而董尧，穿衣打扮发型，实在都太朴素了些，真是人不可貌相。

　　跟董尧分开后，丁圆圆跟小唯说："她的脸不胖啊，还吸什么脂？"她弄明白了董尧要做的是面部吸脂。

　　"她自己觉得胖吧。整形的人都很固执。她有一点双下巴，可能吸了好看点儿。"

　　"你怎么认识她的？"

　　"就在这里啊，天下整友是一家嘛。只有我们整形的人才理解整形的人。"

　　"我觉得她没那么简单，她来整形，一定有什么深层的动机，你不觉得她并不属于典型的整形人群吗？也许是她遇到了什么挫折，让她觉得整容才能解决问题；也许是跟父母的关系有问题因而不认同自己的外表。"

　　小唯不以为然："你是知识分子，想得好复杂，整容有什么深层的动机？就是要变漂亮嘛。她很成功的，眼睛那么自然，眼袋切过，现在也完全看不出来了。年纪轻，恢复得就是快。"

"眼袋？ 她才几岁就切眼袋了？ 还有，我不明白，她明明是单眼皮，怎么还割的呢？ 难道还有一种手术叫'割单眼皮'？"

"她不算单眼皮，是内双，丁迅给她做得很窄，睁开眼睛就看不到双眼皮的那种。"

"丁迅做的？ 我承认她的眼睛很好看，可是，割一个看不到的双眼皮，不是多此一举吗？"

"因为这个适合她吧。 其实眼睛不是只有单眼皮和双眼皮的区别的，像肿眼泡，把里面的脂肪取出来一些，眼皮变得薄薄的，就变好看了。"小唯又轻轻叹了一声，"其实我就希望可以像她那样，衣服发型都那么普通，一点儿不化妆还那么漂亮。 可惜我就是一张画皮，像她那样打扮肯定丑死了。"

提到画皮，丁圆圆想起电影《画皮》里的狐妖就叫小唯。 让她没想到的是，小唯竟然会羡慕那个叫董尧的女孩。

门诊在二楼。 一上楼梯就看到候诊区的几排座椅坐得满满当当。一眼扫过去，哪里像医院，倒像是模特招聘的现场，那些人个个看起来年轻时髦。 小唯把挂号条交给导医台，准备也找个座位坐下，没想到引导护士指了指走廊："这里都是看林大夫的，贾一澜在十六号诊室，那边过去左拐。"

第一间诊室门上挂着"林恒，副主任医师"的牌子，看来大队人马都是来找他的。 其他诊室门口也有椅子，却只有三三两两候诊的人坐着。

"他们把最火的大夫安排在第一间，越到里面越惨淡，势利眼。"丁圆圆发现越往走廊的深处走，等候的人越少。

"没错。 我来看过丁迅，比今天人还多，好多都站着的，丁迅可是头牌明星呢。"韩小唯说。

"你来看过丁迅？ 你要找他做什么？"

"没想做什么，听说他不错，就来看看嘛。 就像听说哪里有一间没去过的火锅店，我一定会去尝尝。"

丁圆圆没想到他们整形界是这样的，有事没事就来看看，像看熊猫一样，难怪丁迅一副不耐烦的样子。

拐过弯的走廊上，空无一人，感觉连空气都变得凉了。

"你找了个冷门大夫。"

已经走到了十六号诊室门口，门上的牌子写着"贾一澜，主治医师"。 小唯放低声音："不出名的小馆子说不定更好吃呢。"

靠窗的桌前坐着一位三十多岁的女大夫，看得出她们进门之前她正在看手机，多半在玩里面的小游戏。 她用很职业的微笑迎接她们，眼光在两个人之间跳跃了一下，似乎在识别哪一位是来求诊的。

丁圆圆发现她好像锁定了自己，忙解释："我是陪她来的，是她要看医生。"丁圆圆又想起了走廊上的镜子，有点羞恼，比起小唯显然她的脸更需要纠正些什么。 美人沟的"照妖镜"就是这意思，先让你现形，然后每个诊室后面都有只蜘蛛精张着网等你自动找上门来。

小唯坐定，先甜笑起来："其实呢，我也没什么可看的。"这样说又觉得不合适，就补充说，"您觉得我该整点什么？"

小唯笑得欢快，在冷板凳上尴尬而凄凉地坐了半个下午的贾一澜大夫似乎觉得小唯来意不诚，却也想努力回应并维持某种祥和的医患气氛："我猜你是没挂上林大夫的号，不想白跑一趟，所以挂了我的号吧？"她的声音发紧，像是在开玩笑，其实也许满心失望。 丁圆圆觉得她像林黛玉，敏感，自尊心又强，周瑞家的来送宫花，她会说"不是别人挑剩下的也不会给我"。 这样的话让人无言以对。

小唯却有言以对："不是呢，我是专门挂你的号。 我在挂号那里的橱窗上见到你的照片，漂亮有气质，我就来找你了。 再说，我想女医生会更了解女孩子想要什么呢。"

丁圆圆发现小唯真是会说话，贾一澜明显高兴起来："谢谢你夸我。 其实大多数女孩都一定要找男医生，觉得男性的审美更值得参考，很少来找女医生呢。 你看，我这儿的人就总是这么少。"她总算给自己的门可罗雀找到了说辞。

她打量了一下小唯："该整的都整了，我觉得你什么都不用做了，现在这样就挺好的。"专业人士就是厉害，她看了看小唯，就知道她做过什么。丁圆圆跟她面对面吃过几次饭，都浑然不知。

"你是第一个说我什么都不用整的整形医生呢。其实我刚才去了外面的一家诊所，他们建议我做颧弓内推和厚唇改薄呢。"

贾一澜看了一眼小唯的病历本："二十七岁，不建议做颧弓内推了，如果术后出现肌肉下垂就得不偿失了。嘴唇呢？做过手术之后单看嘴唇可能会很漂亮，可是你的笑容就会有变化了。你笑起来很好看，做完手术会变成什么样子没法预计。"

"这样哦，那很可怕，我很喜欢自己的笑容呢。"小唯做出娇羞的表情，丁圆圆的一个念头依然萦回不去：这笑容值八万块钱。

"那，我还在考虑是不是要再打一点玻尿酸，我在加拿大的时候嘴唇一直打的，最近消掉了。还有我可能老了，泪沟也出现了一点，想用玻尿酸填充一下呢。可是你们医院的玻尿酸好贵，外面便宜的我又不敢打，听说好多假的。我要是能自己给自己打就好了。"小唯一边说着，一边拿起桌上的镜子。一般的医生诊室里准备的是听诊器，这里的标配品却是一面有手柄的镜子。

"你原来打的是专门用于嘴唇的玻尿酸吧。我们医院只有一种型号，分子比较大，不一定适合嘴唇。泪沟这里倒是适合打玻尿酸，但是这东西虽然有很多优点，也不是什么都好，打进去由于重力的原因可能会移位，不一定留在原来的位置。再说，人脸是动态的，位置处理不好的话，脸上有一毫米的差别就会有很大变化……"

小唯认真地听她讲，丁圆圆从她手里拿过镜子，对着镜子轻微地挤眉弄眼，想体会"一毫米的差别就会有很大变化"的意思，她又想起了手术台上那个为了两毫米切断了下巴的姑娘。对着从窗口射进来的午后斜阳，她觉得镜子里自己看起来脸色还不错，眉眼间还颇有几分英气。

"这个镜子还算厚道，你们走廊上的镜子好像照妖镜，照出来的人都不能看，也就她这种美女经得起看。"丁圆圆把镜子递回给小唯。

"那是我经常照镜子，知道自己哪里丑，有心理准备，才不会给自己吓到。"小唯笑说。

"是往住院楼去路上的镜子吧？ 那边的镜子是有问题,灯光太亮了,像高清镜头一样,放大缺点,照出来的并不是你的自然状态,也不是你在别人眼里的样子,这里这样的自然阳光才比较正常。 你看我的脸,又是雀斑,又是黄褐斑,还有老年斑,每次从那儿过也是看得非常别扭。"贾一澜说到她自己的脸,就让人觉得亲切了。 丁圆圆看人的脸一向不仔细,听她这样说才发现她脸上果然有各种色斑。

"我也有斑的,我觉得你可以用用芭比波朗的遮瑕,真的,我试过,这个效果最自然。"涉及小唯的专业领域,她无比恳切地给贾一澜提建议。 丁圆圆看她的手指着左边的颧骨,有两点比浮云在海澜上的投影还要浅淡的印迹。

"你这也叫斑啊？ 那我脸上有一百个斑不止。"丁圆圆也照自己的脸。

"所以我推荐遮瑕嘛。 我用过遮瑕的,其实我的斑蛮明显的。"

"我的斑这么多,哪里遮得过来呢!"贾一澜说。

"你要这样的,我用圆圆做示范给你看。"小唯打开手袋,拿出一个化妆包,又从里面拿出一个一元钱硬币一样大的黑色小罐子,打开盖子,里面藏着一个超级袖珍的刷子,她用刷子蘸了一点点罐子里的膏状物,在丁圆圆脸上点点按按了一番。 再看,一边脸果然光洁了不少。小唯一脸严肃地讲解着使用遮瑕膏的要点,那种敬业的态度,让人忽略了她此刻的喧宾夺主。 贾一澜本来有点端着架子,在小唯的诚意面前也放下了她的戒备心,三个女人拿着镜子照来照去,把门诊变成了闺蜜聚会。

还是女人和女人好沟通,丁圆圆想。 这位贾一澜大夫有责任心,从她为小唯分析各种弊端就能了解,虽然不知道她的专业水平如何,不过要应对自己总是绰绰有余。 她不如结交一下这位女大夫,何必在丁迅那一棵歪脖子树上吊死呢。

"其实,我今天是因为公事来找你们关锋院长的。"丁圆圆介绍自己的时候,抬出了关锋,出于虚荣,还强调是在四川救灾的时候认识的关锋,表示她丁圆圆不是没事想整容的庸脂俗粉,而是从事过高尚事业、在进行严肃的行业调研的传媒人士。

"关老师? 他都不做美容手术,跟你们这种时尚媒体接不上吧。"

"是啊,他也这样说,所以把我踢皮球踢给了另一个大夫,那位大夫挺傲慢的,可能自认为是名医吧。 可是我看他不像你这么负责任。 我在他那儿见到个男孩,脸这么大,还切了下颌角,"她用手比画了一张大脸,"可是切掉那点根本……我是外行都觉得根本没必要给他做,解决不了问题……"

贾一澜脸上出现了一种狡黠的表情,好像在幸灾乐祸,又好像是一种"我捉到你了"的得意。 她脸上那张职业化的面具瓦解了,现出了顽皮少女的面目。

"那位大夫,是丁迅吧?"

"是啊。"丁圆圆打算略带挑拨性质地放厥词,并不是为了讨好贾一澜,她确实在抱怨。 那个视他人的筋骨皮为瓜果菜的丁迅宾客盈门;她这样一个有经验、有见解又有责任心的好大夫,却被放逐在这个荒凉的十六诊室无人光顾,真是"冠盖满京华,斯人独憔悴"。

丁圆圆刚一开头,贾一澜就看出了苗头,制止了她继续说下去,其实是为了不让她尴尬。

"丁迅是我老公。"

啊? 丁圆圆张口结舌,一边回想着刚才有没有说什么过分的话。今天真倒霉啊! 先是见识了一场切下巴秀,然后受到丁迅的冷遇,有点卑劣地说人是非,还被人家老婆捉了个正着。

"真不好意思。 我是自己什么都不懂,跟丁大夫交流得不好所以恼羞成怒了。"她只好自嘲。

"没事儿。"贾一澜安慰她,"其实你说得对,我同意你,有些手术是根本不该做,在术式选择上医生应该更强势一些,才是真正对患者负责。 不过,丁迅有时候也没办法,你不给他做,他哭着喊着非要做,还去投诉你说你歧视他。 这是我们医院管理的问题,还有现在的社会不正常,过于看重外表。"到底是一家人,贾一澜一面为丁迅辩解,一面很愤

第一章 断下巴和价值八万块钱的笑容

青地对整容热这种社会现象发了一堆牢骚。

丁圆圆感谢贾一澜没有跟自己一般见识，还化解了她的尴尬。她和丁迅为人如此不同，怎么能生活在一起呢？

走的时候，贾一澜给了她一张名片，告诉她有什么问题可以问她，还在名片上写了她的 QQ 号。

小唯真的只是顺便到美人沟医院来的，车子还停在附近的诊所门口，丁圆圆同她一起走过去取车。出了医院门，天色刚有点暗，路两旁的霓虹灯都开了。医院对面是一个小区，街两边的霓虹灯招牌，都是"××整形医院"、"××美容诊所"，而美人沟医院真正的名字"××医院京西分院"倒显不出这是一个以整形为主业的地方。

"没想到北京还有这样一条街，像韩国的狎鸥亭。这个医院为什么叫美人沟呢？我第一次来的时候，在地图上找了好久，并没有美人沟这个地方。"小唯问。

"这一片地方都叫美人沟，还真的就是山寨的狎鸥亭。"丁圆圆下午和关锋聊天的时候，关锋给她讲了美人沟的来历，"北京的西部多山，所以地名爱叫什么沟，门头沟，樱桃沟……"

"这也算山哪？"来自川渝地区的小唯有点瞧不上海拔不过五百多米的西山山脉。

"你还要和九寨沟比吗？既然是首都，当然口气要大，北京的水泡子还叫海呢！"

美人沟本来叫拐子沟，"美人沟"的叫法，其实是当地乡里炒作的结果。二十世纪九十年代，某家大型三甲医院在拐子沟乡的地界建了分院，当时的院长蓝怀城是中国最早的整形专家之一，比较偏重整形科室的建设，逐渐把医院变成了整形专科医院，不过一开始医院主要还是进行医疗修复整形，并不重视雕虫小技的美容手术，仅仅开展了正式名称为"重睑术"的双眼皮手术和单纯隆鼻。后来整容风潮越来越盛，街两旁开始出现一些美容院——它们开到这里是为了方便医院里的医生走穴。直到头脑灵活的关锋进了管理层，才力排众议开始发展美容手术，既然都是医院的医生在主刀，与其让外人赚钱还不如自己赚。渐渐地,医院美容手术和整复手术的分量几乎相当了。 美容院和私立整形医院在这里扎堆,开始是自发的、无序的,直到某一年拐子沟的乡长去韩国"考察",发现首尔的狎鸥亭洞有 条世界著名的整形街,他受到了启发,找到了自己地盘城市化进程的方向——美人经济。 搞拆迁,搞建设,利用优惠政策吸引美容周边产业在此安家落户。 乡政府还成立了开发公司,建小区、公园、学校和购物中心,有心把拐子沟变成中国的狎鸥亭——美人沟。 可惜受招商引资的水平所限,美人沟发展得并没那么快,经过了近十年的建设,依然是一派城乡结合部的景象,连像样的饭馆、商场、酒店都没有。 不过"整形一条街"的形象已经确立,美人沟美容整形的产业集群在此已经初具规模、小有名气。 作为区域地标,这所医院也被人们叫成了"美人沟医院"。

"我第三次做双眼皮就是在狎鸥亭做的,据说金喜善就是在那个医院整的。"狎鸥亭是整形者的圣地,可丁圆圆今天才第一次从关锋那里听说,也许这就是隔行如隔山。

"亲,我们还真是有缘,今天去哪里吃火锅呢? 我请你,庆祝一下我们在整形圈会师。"

"亲,应该我请你,今天我刚出来的时候,心里那个悲凉啊,好在遇到了你,给我做整形世界的内应。 还有,除了淘宝店的老板,我们平常说话是不叫别人亲的,这样听起来有点怪怪的。"跟小唯相处了一下午,丁圆圆觉得已经和她足够熟了,说出了憋在心里的话。

"是吗? 那我岂不是显得像傻瓜一样?"小唯真的是刚刚弄明白这个。

"差不多吧。"丁圆圆笑她。

"那更该是我请你了。 一字之师嘛。"

韩小唯是重庆人,高中毕业之后就去了加拿大留学,后来定居在那里,父母多数时间也在加拿大和她在一起。 她几乎每年都回国,除了探访亲友,尝遍美食,就是做整形手术。 一般来说,华人更喜欢回到中国来做手术。 这一年,她男朋友在加拿大读完 MBA 回国到北京工作,她也随着来了,和在加拿大的朋友一起,开了一个网店做代购。 小唯在北美做过百货公司的买手,她十分喜欢买东西,也很会买东西,她的搭档也是个时尚达人,奥特莱斯店里和百货公司的促销季,都能淘到绝对超值的好货。 购物狂在买东西的时候就会有巨大的快感,快感过后,把产品转手给他人,还能赚一笔代购费,这绝对是一桩快乐的生意。 秋天的时候,男友又被派到印度工作几个月,小唯留守北京。 她的家人知道她喜欢整形,并不赞同,但现在天高皇帝远;而她的男朋友,并不知道她的"底细",于是在没人管的空窗期,她忍不住继续谋划自己的脸。

丁圆圆算是小唯的"顾客",她一个亲戚定期需要一种加拿大的特效药,而常用的渠道一时断了,由于药的特殊性,不能直接寄,求丁圆圆帮忙另外找人帮买。 她的同事冰彤在北美交流的时候认识小唯的朋友,于是通过她们的绿色通道把药物夹带过来。 丁圆圆找小唯取东西,小唯把钱算得清清楚楚,当日中国银行外汇卖出价加上百分之十的代购费,零头一点都不差。 两人聊了一会儿,小唯就邀请她一起吃火锅,并且一定要请客,她说因为她是重庆人,吃麻辣火锅就该她来尽地主之谊,吃别的东西再由丁圆圆请,可是小唯从不吃别的,和丁圆圆见过几次,都要一起吃火锅。 从丁圆圆那里明算账赚来的几个代购费,远抵不上吃火锅花的钱,这让丁圆圆觉得欠了她好多人情。 她们两个是十分不同的人,甚至处处相反,没有什么共同感兴趣的东西,在一起却总有得聊。丁圆圆从前对爱美爱打扮的人多少有些偏见,小唯却让她反思。 丁圆圆自以为不同流俗,志向高远,而小唯常自称肤浅、虚荣、自私,可是丁圆圆觉得,小唯说话行事,比自己更诚恳,也更得体。

第二章

脸盲症女编辑

————————————————○ 玻尿酸这个东西真是上帝给整形医生的礼物,太舒服太赚钱啦,而且还没什么风险,过半年就要重新打,就算没打好也可以消掉。

吃完火锅,小唯把丁圆圆送到了小区对面的街边。 她没有回家,在过街天桥上站了很久。 天桥下是双向六车道的主路,来往的车灯形成了一条游动的长龙。 从她十几年前来北京上大学开始,她就喜欢站在过街天桥上面和立交桥下面,听车流声,这么多人、这么多车,都和她没关系,都管不着她,让她觉得很自由,能让她静下心来想事情。

美人沟医院的经历让丁圆圆意识到整形是个圈子,圈子里的人惺惺相惜,联络有亲。 她先遇见董尧,再见到小唯,两个人互相认识。 她一下午见了丁迅,再见贾一澜,两个人居然是夫妻。 他们都很留意别人的脸,他们不是被开刀就是给人开刀。 他们互相了解,互相懂得,互相说的都是丁圆圆完全不懂的"江湖黑话"。 而丁圆圆不属于这个圈子。

其实,媒体也是个圈子。 圈子就那么大,圈子里的人到处跳来跳去,故事传来传去。 他们提起来圈里的某个人,就好像他是周杰伦或者

第二章 脸盲症女编辑

025

什么国家领导人,每个人都知道。 他们喜欢把圈子外的人说成大众,好像他们自己是圣贤或者贵胄。 丁圆圆也不属于这个圈子。

更糟糕的是,她不想进入任何一个圈子,她没兴趣。 她不属于。这种不属于又让她觉得有点凄凉。

丁圆圆二〇〇一年本科毕业,心理学专业,毕业后考到了四大审计事务所之一,整天做的事是到全国各地的企业里去查账。 那不是适合她的工作。 后来,她做过几天人力资源,职位是团队建设主管。 她读了 MBA,在公关公司做过一段市场推广,做得并不好,于是放弃,作为志愿者跑到毛里求斯教了一年汉语。 后来她开始做公益,在一家基金会,主要工作是为贫困残疾人安装义肢。 再后来,一直为一家个人基金会工作,老板就是她现在杂志社的老板帕梅拉。 汶川地震期间,她代表这家基金会去了四川,在那里工作了一年多,进行灾难后心理干预,筹建希望小学,还在临时的学校里教过书。

亲戚或余悲,他人亦已歌。 那时候全国人民一起为四川流了那么多眼泪,现在都忘了。 丁圆圆有时候以心理学家自居,可是做不到世事洞明,人情练达。 她在工作中,与受助对象相关时尚能做到勤勉用心,可是公益事业也涉及利益,与地方打交道的时候她却清高又意气用事,给帕梅拉惹了不少麻烦。 她越来越倦怠,也开始思念灯红酒绿的城市生活,于是带着些壮志未酬的挫败感和对帕梅拉的愧疚回到了北京。

回北京做什么,让她迷茫。 她的经历和背景,看起来丰富热闹,可是对于她再就业帮助并不大,甚至成了障碍。 她对公益心存幻灭感,不想再涉足。 年届三十,这个年纪的人,如果毕业后一直做同一份工作,应该已经有了五六年经验,是成熟人才了,可是她做过的各种事都浅尝辄止,缺乏连续的经验,而且频繁换工作的经历说明她是个不稳定的人。 经济危机余波尚在,多数行业并不景气,至少没有谁迫切需要丁圆圆这样一个人。 随便找一份平凡的工作虽容易,她又有所不甘。 她一方面觉得自己把青春年华奉献给苦难人群,事迹可歌可泣,不该沦落到如此下场;一方面又为自己临阵脱逃、不能坚持到底而羞愧不已。 她常常心浮气躁,气急败坏,好像全世界都欠了她的。 可是,她又勤于自省,每次言行不妥之后的反省,又会让她陷入自我贬低、自我否定。 就这样,她寒热交攻,内外交煎,过得纠结万分。

正在这时,帕梅拉又找到了她,请她到自己新收购的杂志社去工作。

帕梅拉和她的丈夫詹姆斯出生于内地,发家于香港,后来都入了美国籍。 他们五十多岁,实现了财务自由。 目前詹姆斯在中国主要做电厂投资,帕梅拉打理他们的慈善基金会,同时也做些自己感兴趣的小生意。 她最近成立了一个传媒公司,收购了一家女性时尚杂志,正处在整合过渡期,准备到新的一年开始改版。

帕梅拉由普济天下的观音菩萨变成了穿普拉达的女魔头,让丁圆圆有点吃惊。 更让她有些意外的是,帕梅拉还愿意接纳她。 她认为自己跟地方关系搞僵,一定令帕梅拉失望,所以回北京后一直逃避她。 而帕梅拉对她说:"你并没有做错什么,你只是不够变通,无法接受那些人做事情的方法。 要想实现合作,需要去接受他们、谅解他们。 如果他们都可以谅解,怎么可以不谅解你呢?"丁圆圆当场流下了眼泪。 "圆圆,我需要你。"帕梅拉都这样说了,别说是什么时尚杂志,就算刀山油锅、枪林弹雨、八大胡同,她也是虽千万人吾往矣。

丁圆圆觉得自己和时尚风马牛不相及。 翻开他们的杂志:化妆、护肤、衣服、鞋子、瑜伽、两性关系、厨房、明星。 厚厚一本,印刷质量很好,每篇文章每张图都漂亮得体,可是看起来和任何一本时尚杂志都差不多,几十年来都是这一套内容。 隔壁办公室是他们的兄弟刊,面向成功男士的绅士杂志,更加无聊到令人吃惊:护肤、高尔夫、汽车、衣服、鞋子、手表、业界精英。 她从前经常换工作,就是因为一旦觉得做的事情没意义就会放弃,而当前这份工作,是如此无争议地没意义,但是丁圆圆还是勉强坚持了下来。 最大的原因是她习惯性地信任帕梅拉,不想辜负她。 帕梅拉在某种意义上是她的精神偶像。 丁圆圆看着她与各种各样的人和机构打交道,她会变通,但是不妥协,她似乎能够把种种麻烦当作事情的一部分轻松地对待。 她的基金会势单力薄,但是她做得不卑不亢,很有骨气,从来不觉得身不由己。 丁圆圆相信自己永远不会再遇到像她这样美好的老板。帕梅拉这样的人,她要做的事情,怎么会完全是虚荣和无意义的呢?

另外,这份工作比较轻松,时间弹性大,收入也不错。丁圆圆被分配到情感社会版块,做一些与心理和社会责任有关的内容,有她的专业和实践经验做底子,她还能应付得来。

再有,虽然大圈子让她不太自在,工作中的微环境却还舒服。她的直接上司是负责情感生活版块的庄菲,从不难为她,还像导师一样经常给她指点。庄菲本来是一位出色的新闻记者,擅长深度特稿,她丈夫也是资深的媒体人。生了双胞胎之后,为了照顾孩子,来做这份轻松并且无须经常出差的工作,实际上算是在这里休产假的,等过几年孩子大些,应该还会再出山做回本行。还有一位关系很好的同事是美妆版的冰彤。冰彤毕业于工科名校,生化专业,在美国读的硕士,可是她不爱科学爱红妆,从上学时起就整天研究穿衣服、化妆、护肤,终于入了时尚这一行。有名校光环在,她在圈内也算名媛。丁圆圆有些羡慕她,因为她在做自己喜欢的工作,对那些脂粉钗环有着真实的热情。一次开会讲改版的事情,帕梅拉说打算将来做一个单独的整形版块,要做出独特性来,她发现国内没有什么像样的面向大众的整形资讯。原来杂志的美妆版做过一些关于整形的内容,基本上是美容院的软文,或者一些像"午间美容:你准备好了吗"这样的大路货。国人对整形兴味盎然,相关资讯却如此缺失,这一块做好了,将会很有价值。大家盘点了一番行业资源,冰彤指出美容院不可信,恐怕还要接触一下专业的医院和医生,不过有些不好入手。丁圆圆听到他们提起美人沟医院,就提到了自己的患难之交关锋。帕梅拉便派丁圆圆去和关锋接头,并且提出,既然是新领域,大家都不太了解,不如就交给丁圆圆这个新人,由她牵头主持整形版块。丁圆圆有些为难,不过想到自己在这里工作的这段时间,大家都帮衬她,她也该做些贡献了。

然而此刻,她后悔了。回想起这一个下午,走廊上的镜子、关锋桌子上的颌骨、鲜血淋漓的断下巴、想留全尸的小女孩、丁迅的臭脸、小唯的烤瓷牙、一号诊室门前等候的人群、贾一澜脸上的斑、美人沟街两旁的霓虹灯……一个新鲜的世界,她却没感到好奇,只觉得畏惧。

第二天,她向帕梅拉汇报。

"这事情我可能做不了,这个世界,这个圈子,我理解不了,也进不去。 我总要像冰彤那样对自己做的事有点感觉才行吧? 可是我就没有。 昨天那个女医生说,脸上差了一毫米就会变化很大,可是我对人的外貌就没有敏感性,我昨天晚上做了测试,我有脸盲症。 有脸盲症,怎么可能搞得懂整形呢?"丁圆圆真的有脸盲症,新认识的一个人,除非他是秃顶,脸上有麻子,没牙齿或者绝顶漂亮,否则她一般要第三次见面才记得住他的脸。 这也给她带来过不少困扰。 她不留意别人的脸,喜欢观察表情、手势、说话方式这些动态的东西。 她还把对圈子的认识讲给了帕梅拉听。

帕梅拉说:"是啊,是这样的。 有圈子在,做事情方便,什么都容易,因为有传统,有现成的 structure(结构)在那里。 你觉得在哪里都进不到圈子里,是因为你有独立性,这是你的珍贵。 你有脸盲症,那你就不去看脸,你去看更高级的东西。 你去 observe, experience and think(观察,体验和思考)。"

帕梅拉大大地鼓励了丁圆圆。 丁圆圆自感一切都很拧巴,帕梅拉竟然把这种拧巴归结为她的独立性,实在让她受之有愧。 有了这份鼓励,她又打算继续了。

有时候在饭桌上吃了一口里面有很多芥末的菜,总会起坏心骗同桌的人也尝一口,算是有难同当。 丁圆圆看了血腥的手术,也添油加醋地讲给庄菲和冰彤,好让她们分享她的不适感。

她说得很吓人,庄菲和冰彤都做出筛糠状,说"果然变态",并且对她将要从事的整形研究事业表示同情。 这让丁圆圆又沉痛起来。 她在这里工作,一直闭门造车,第一次去和医生接触,就出师不利。 她向庄菲讨主意,请她帮忙分析经验教训。

庄菲说:"你要知道,现在医生被妖魔化,负面新闻作用最大,所以世界上最最恨媒体的可能就是医生这个群体。 我们跟新闻媒体不一样,本质是和谐的,并不会得罪他们,结果你一上来就质问人家。 你的信息还是道听途说的,表现得很不专业,有偏见。 另外你是去跟人搞好关系的,并不是去采访的,不能这样不客气。 要是有人问咱们,你不觉得你们这种杂志是毒害无知少女的吗,你会高兴吗?"

"我承认啊,我们是在毒害无知少女。"丁圆圆说。

"人家跟你还不一样,你只是杂志社的过客,医生的职业可是终身的,你从根子上否定了他的职业,又没说出什么真知灼见,态度也不谦虚,当然惹人不高兴了。"

丁圆圆叹道:"看来我把各种忌讳犯了个遍。 我先是像个装逼的公知,问人家承重墙的事儿,然后像二逼的狗仔队,八卦起罗玉凤,难怪惹人讨厌呢。"

冰彤哈哈笑起来:"你终于出徒了,算一个合格的媒体人了,恭喜恭喜!"

丁圆圆初到杂志社工作的时候,发现这里的人打扮得优雅高贵,嘴里却粗话连篇,"傻逼二逼"都是常用词。 丁圆圆从小受到的教育让她难以开口说粗话,但冰彤说,"傻逼"跟电脑、网络、钱、上班这些词一样,是不可忽略的客观存在,你不好意思说,语言表达就会有重大缺失。 能讲粗话,是做媒体人的入门级基本功。 现在丁圆圆能自称二逼,说明她已经有了质的飞跃。

庄菲见她沮丧,又安慰她:"你没经验,还恰巧碰上了依从性差的人,不顺利也正常。 我给你个建议,隔壁要做个整形医生专访,这种爱抛头露面的类型才正和你这事儿对口呢,你跟他搭上线试试。"

庄菲提到"依从性",让丁圆圆觉得有些别扭。 "依从性"这个词,医生常常用到,依从性好的病人会谨遵医嘱,乖乖吃药,没想到庄菲也用它来形容合作对象。

整形的圈子确实很小,隔壁做专访的整形医生,就是丁圆圆去美人沟那天占据了一号诊室的林恒。

林恒几乎是一个"完美"的男人。 丁圆圆见到他的时候,他刚在隔壁的工作室拍完照,头发是很显年轻的板寸,衣服也穿得有款有型,嘴巴常常抿着,露出讳莫如深的笑容,表情随时都像在拍写真照。 从他的专访内容来看,他热爱艺术,擅长绘画雕塑,具有一流的审美。 他通古博今,学贯中西,并且把古今中外都融汇在了整形实践中。 他极度注重细节,是个完美主义者,把每个患者或者说客户都当成艺术品来雕琢。他热爱生活,有人文精神和英雄主义情怀,汶川地震的时候放弃了一个很了不起的出国交流的机会,选择了救地震毁容者于水火。 最后这一条说得含糊,让丁圆圆看出了他的浮夸本质。 关锋带领的救援队有三个成员,一个是很稳重的闷葫芦医生,听说最近出国进修去了,另一个是口腔科的小愤青,还有一位护士,并没有这位放弃了出国机会的林大名医。

林恒是合作的,很合作,太合作。 一般人印象中,媒体和医院常常是敌对关系,林恒给人感觉却是敌方的内应。 你想知道的东西,他都打好包交给你,就像记者去采访,人家给你准备好了通稿。 对于丁圆圆这种菜鸟,遇到这样的人真是太舒服了。 又是庄菲提醒了她,审讯出来的东西才叫情报,主动给你的那是敌方公开发行的机关报,小心别被人利用,成了他人的喉舌。 丁圆圆翻看了几本过刊,若有所悟。 他的那一套就是美容院派系的陈词滥调。 她被林恒牵着鼻子,回到了老路上,这样一来,帕梅拉姐让外行丁圆圆来主持整形版块就失去意义了。

"林恒在你们医院,属于哪一级别的医生? "林恒的牛皮吹得山响,丁圆圆向贾一澜求证。 她和贾一澜一直在网上有一搭没一搭地联系着。

"林恒是我的师兄。 很优秀,很有名,算是我们医院的高手之一吧。 以前进修生给美人沟'华山论剑',他被封为西毒。"

"西毒欧阳锋? 为什么呢? "

"我也不清楚,根据他的特点吧。 比如我们刘主任是北丐,因为他不修边幅还疾恶如仇。 关锋是南帝,慈眉善目的大光头,还是院长。"

丁圆圆想想关锋的样貌,说他是南帝倒也贴切,还有,贾一澜说他是光头,她竟然没有留意过。 《射雕英雄传》里的五大高手,只有西毒是纯粹的坏人。 贾一澜表面上说他优秀,实则暗示他是大反派,显然也是很不认同他。

"那谁是东邪? 谁是中神通?"

"东邪是李顺,他有点离经叛道,鬼主意多,前一段离开医院下海了。 中神通是丁迅。"

"原来丁大夫是最厉害的!"

"他才不厉害。 他只是比较中庸,并没有什么神通,最没特点,被他们拿来凑数的。 要说公共认知度,那还是我林师兄高。"

庄菲给她分析过,一般医生的普遍特点是戒备心强,尽量和群众保持距离,贾一澜也一样,说起话来遮遮掩掩。 不过她没什么城府,渐渐透露出林恒是个劣迹颇多的医生,出过一些事故,都靠钱搞定。 他注重公关,热衷于上电视上杂志。 她的科主任刘铁钢和林恒是死对头,见面都不打招呼。 关锋对他也很不以为然。 看来医院里面是分派系的,林恒跟关锋、贾一澜他们不是一派。 丁圆圆发现自己站错了队,如果被关锋知道,心里一定认为她不分良莠,不知好歹。

丁圆圆想起了丁迅一开始给她的建议——虽然也许是用来挑战她的——看教科书,自学。 看就看,凭我这智商还怕看书吗? 她决定走学院派路线。 她请贾一澜推荐教材,还口气很大地指定要原版外文书,因为国人编写的会质量较差。 贾一澜果然从研究生那里借了几本书给她。 外文书她基本一个字都不认识,中文的虽然差不多每个字都认识,却也完全读不懂。 贾一澜告诉她,她可能需要有"解剖学"和"外科学"的基础,还问要不要再帮她借这两科的入门教材。 丁圆圆这才意识到自己自不量力,又成了笑柄。

贾一澜并没有笑她,还表示有什么问题都可以问她,一定尽力作答。 丁圆圆说:"可是我什么都不懂,问不出什么问题,上次跟丁大夫聊了几句,他就没什么好气,可能觉得我讲起话来无凭无据,浪费他的时间。"

贾一澜说:"你可以跟你那个做过下颌角的朋友多谈谈,她做了那么多手术,久病成医,有些东西也许比我们了解得还细。 而且你们的刊物是面向大众的,她更适合给你扫盲。"

一个人在 MSN、QQ 或者论坛上的签名档,是很有意思的东西。人生箴言、座右铭、励志短语、生活感悟……其实,小心眼的人才喜欢挂一句"退一步海阔天空",贪财的人更爱强调"最无价的是情义"。最自私最浅薄最市侩的人,才会为自己准备一个政治正确、含义堂皇的漂亮签名。

韩小唯的签名档是:"扮靓,我一生不变的追求。"

丁圆圆从未见过如此直白的表达,如同说,我要升官发财,我最爱钱,我想男人。看起来很不妥当,可是,丁圆圆忍不住喜欢她。

韩小唯和丁圆圆很不一样。丁圆圆有脸盲症,记不住人的相貌,但是见到一个人,喜欢察言观色,然后给这个人下一个定义:他是怎样的人,个性如何,是傲慢还是害羞,是自恋还是颓废,他有怎样的家庭背景,甚至他童年经历过什么。

而韩小唯只看脸。

他们两个同样都见过丁迅和贾一澜。如果问对他们的印象,丁圆圆会主观地说丁迅矜持自大,带着计划经济的国营气质,谨慎刻板,不爱招惹麻烦;而贾一澜敏感脆弱,可能自感怀才不遇,注重与他人维护友善和谐的关系。

小唯眼里的贾一澜,最显著的特征是笑起来的时候右边嘴角下面有一个浅浅的小坑,这样的小梨涡比酒窝更加可爱,而且只有一个,比两边都有还要自然动人。她对丁迅的印象也是美好的。丁迅的嘴巴长得很漂亮,正是小唯想要的那种,唇峰明显,上唇较薄,下唇饱满,下唇的中间有一条小沟,这样的嘴唇看起来笨笨的,很是性感可爱。小唯对自己的嘴唇不满意,她在加拿大的时候一直在嘴唇上打玻尿酸,就是想做出丁迅那样的嘴唇,可惜医生总是不能领会她的意图。

丁圆圆听得呆了。她怎么也无法理解小唯竟然用"性感可爱"来形容丁迅,她分明记得他是个满脸粗糙的中年男。

"我不是说他这个人性感,只是从技术上评价他嘴唇的形状。那张嘴巴长在他脸上真的可惜了，一般的人是不会注意到的。 而且，这样厚厚的嘴唇还要涂上透明的唇蜜才真的好看。"

丁圆圆不记得丁迅的嘴唇是什么样子，脑补了一下，厚厚的、笨笨的、下唇饱满、中间有个小沟、涂着透明唇蜜。 她突然若有所悟："你说饱满的、中间有沟，这个好像是屁股的形状呢。"

小唯嘻嘻地笑："其实我在加拿大的医生，有一次打出来的嘴唇，就是很不自然的两瓣，真的有点像屁股呢。 害得我还要再打透明质酸酶给它消解掉。"

"那你就找丁迅去打一个屁股一样的嘴唇嘛。 有他自己做模特，一定不会打错。"

"我也是这样想的呀，我有请他打过。 所以我说他这个人应该是蛮不错的。 他竟然说他不会打。 其实有什么不会打的，只要知道哪里有血管哪里有神经就够了，别的医生怎么就会打呢？ 你知道玻尿酸这个东西真是上帝给整形医生的礼物，太舒服太赚钱啦，而且还没什么风险，过半年就要重新打，就算没打好也可以消掉。 这么好赚的钱，他竟然说不会，说明他不是贪钱的人。 他这样一说，让我对那些自称很会打的人产生了怀疑，也不放心找别人打了。 我们整形的人，最怕遇到那种没什么经验，为了赚钱或者练手骗你手术的医生。"

小唯平时一半以上的时间都在研究自己的脸，研究整形行业的新动态、新发展。 她介绍给丁圆圆几个与整形有关的论坛和他们整友交流的讨论群，让她从客户端开始了解整形的来龙去脉。

"加油哦亲，我也很期待能有不是广告的整形资讯呢，全靠你了！"她对丁圆圆说。

第三章

焦虑包

> 向前看,街的右边,是她和丈夫工作的地方;左边,有她的家,她的母亲、丈夫和孩子。她的所有幸福、烦恼、收获、挫折、牵挂、厌倦,都在这条街的两边。

贾一澜离家出走了。

当然,她不会走得很远,走得很久。外面很冷,她没戴围巾,她的儿子焕焕在咳嗽,晚上八点需要吃药。丁迅和妈妈必然知道,她只是跑出来赌一小会儿气,然后就灰溜溜地回家。

他们还知道,这个周日的下午,她不会到别处去,也就是到医院去查查房,给她负责的病人换换药。

她在小区门口"丽然美容美发"的落地窗里,看到了自己的样子。穿着件鼓鼓囊囊的棉袄,面颊浮肿,眼中泛着凶光,头发胡乱盘到头顶,看起来真像四十岁。她在玻璃窗前站了一会儿,进到里面,点了一百八十块钱价码最高的艺术总监,要求剪短发。

头发剪到齐肩长,理发师打算收手。"短,再短。"她说。和下巴的位置齐平了。 "再短。"

终于剪到齐耳长了。 贾一澜盯着镜子里的自己。 从上高中开始一直到生孩子,她一直留着这样的短发,刘海齐眉,发尾齐耳。 留回从前的发型,让她恍然又见到了少女时期的自己,也是丁迅记忆里最早的她。 他是她的同专业师兄,从前并不怎么认识她,只是模糊地记得一个"短头发的大一师妹"。 同样的发型,十五年,她变成这个样子了。明亮的镜子里,她脸上的每一块黄褐斑、蝴蝶斑、雀斑都看得清清楚楚。

理发师知道她就在对面的医院工作,随口说:"整形医生啊,咱们也算是同行,都是搞美容的。"

贾一澜对他报以凶狠的白眼。 她最讨厌人家把她的工作称为"做美容的",讨厌人家拿自己和理发师、化妆师相比。

她看着镜子里的自己,刚才哭过了,眼睛有点肿,脸上带着戾气。理发店里很暖和,她身上却一阵阵发冷,小腹里好像有铅块坠着,耳朵里嗡嗡地响。 她知道,这是内分泌的作用,她的经前综合征发作了。

其实也不全是。 她是真的觉得自己诸事不顺,而别人,主要是妈妈,认为她是过好日子烧的。

从早上开始,焕焕咳嗽,她认为孩子穿得太多了,而妈妈认为孩子穿少了。 那是一次科学育儿和传统育儿之间的常规争吵。

然后,老郭到家里收废品,丁迅一边帮忙往外拿,一边跟他聊了几句。 他对老郭说:"其实咱们做的工作差不多,都是手艺人。"老郭在小区里修鞋、修自行车、配钥匙,兼收废品。 贾一澜觉得他的话很欠扁。 如果丁迅只是矫情也就罢了,可偏偏又不是。 她了解自己的丈夫,他是农村出身,头脑简单,对他来说工作就是个工作,跟种地掌鞋修车没什么区别。 他的那些粉丝们如果知道在他眼里她们的漂亮脸蛋跟一只坏了的鞋子或者破了的自行车胎差不多,不知道会作何感想。

然后,她上医院的网站,手欠地替丁迅回复了一条术后咨询——上睑下垂术后,眼睛闭不上。 之后她发现那并不是丁迅的患者,而是她的患者,手术是她做的。 那位患者还在线,她替丁迅回答了问题,收到了即时回复："谢谢您啊,丁大夫,我这就放心了。 您不愧是专家,这么耐心细致,完全打消了我的疑虑,其实当初应该找您做手术的……"

这是贾一澜的患者,术后回了家每天给她打好几个电话,贾一澜都认真耐心地回答了,可是都没有用,只有"专家"说的,才能打消她的疑虑。

患者不能得罪,她只能找丁迅的麻烦:"你是什么狗专家?"

她发泄情绪,丁迅装聋作哑,妈妈跑来帮腔,还是那个馊主意,建议她跳槽到某个大学的校医院去,以便焕焕过几年能上学校的附小。

人上了年纪,一旦接受了什么想法,就会着了魔似的坚持。 妈妈最近的中心议题,是焕焕上学的问题。 虽然这是三年之后的事情,她却未雨绸缪,每天跟小区里的其他家长讨论。 小区里有差不多大孩子的家庭,有些正在变卖房产,要为了孩子搬到海淀去。 妈妈也有此意,不过知道并不现实,现在的房子就在医院对面,走路几分钟就到病房,没有舍近求远的道理。 当她知道赵颖和李顺的女儿小敏可以上赵颖上班的学校的附小,就开始打起了贾一澜的主意。

妈妈说大学的附小里都是知识分子的孩子,这样的环境对孩子好。

贾一澜说:"我难道不是知识分子? 只有学院路才有知识分子吗? 什么校医院会要个整形医生呢?"

"你大学白念啦? 你也是名牌医科大学毕业的,在校医院当个大夫给人看看病还不绰绰有余?"

"校医院整天就是看个头疼脑热,开感冒药,开转院单,那我十年外科岂不就白干了。"

"反正你在这里工作也不顺心,不如做轻松点的工作,压力没那么大,脸上的斑说不定能好了呢。"

丁迅非常不识趣地插嘴说:"校医院也有外科手术:包皮环切。 尤其理工科院校,一茬一茬的年轻小伙子。"

贾一澜被惹恼了,又对着丁迅发作。 妈妈依然纠缠孩子上学的事情,她说为孩子就要做出些牺牲,赵颖也打算小敏上学的时候,卖掉房子,搬到学校附近住。

"你拿我跟赵颖比什么？ 赵颖的老公还和小护士跑了呢！这我也学她？"贾一澜开始口无遮拦了。

赵颖是李顺的前妻，是大学老师，住在他们楼上，他们的女儿小敏比焕焕大两岁。 到李顺前不久搬出去之前，丁迅和李顺已经做了近二十年邻居。 丁迅、贾一澜和李顺是同学，同专业年级不同。 丁迅和李顺上大学的时候住同一栋宿舍楼，后来分到同一家医院，开始也都住在医院的宿舍里。 两个人都买了美人沟乡开发的第一期商品房，住同一个单元。 李顺和门诊手术室的护士王琢发生婚外情，离了婚，又和王琢双双离开了美人沟医院。

"你都快四十了，怎么还这么不成熟，说话没着没落的！"

"谁快四十了？ 有你这么四舍五入的吗？ 你怎么不说我快八十了，快一百了？ 我就算一百岁了你也就把我当个零头、丁迅的零头。 我工作什么都不算，我自己儿子穿多少衣服我都做不了主，我还活着干什么，把我也四舍五入算了！"

"你是没到四十，看你整天闹腾的，跟更年期差不多了。 你儿子当然你做主，你当我想做主？ 要是你爸在，我也不用在你这儿寄人篱下！"

妈妈祭出了天下寡母惯用的杀手锏：要是你爸活着。 贾一澜当然败下阵来，悲愤而去。

把头发叫作烦恼丝是有道理的，顶着短发出了理发店，贾一澜觉得轻松多了。 可是没走几步路脚步又沉重起来。 她不想去病房了，只想躺下来，抱着热水袋什么都不做，可是她不甘心就此回家。

很及时地，她接到了丁圆圆的电话，问她是不是在医院附近，约她一起吃饭。 丁圆圆就在他们的小区里探访朋友。

在小区外面的烤鸭店里，贾一澜告诉丁圆圆自己算是在离家出走，她讲了和妈妈吵架的经过，义愤已平，剩下的就是自责，懊悔自己又为了这些琐碎小事闹。 "我觉得我的产后抑郁几年来就没彻底好，我要考虑吃抗抑郁的药了。"

"我觉得你说的这些小事,都不算小事。"丁圆圆没有像常人那样劝解她,而是给她分析,"母女俩吵嘴的内容一向博大精深,东拉西扯,非常意识流。有些说得很重的话,你未必介意,你给我讲的肯定不是吵架的全部内容吧? 你记得的细节,应该正是你最在意的问题。这些问题是现实存在的,并不是你体内缺乏多巴胺导致的,所以不是抗抑郁药能解决的。在你们这段对话里,涉及你的工作、你脸上的斑、你和老人对孩子的控制、你在家庭关系中的自我和存在感,还有年龄,还有你邻居婚变给你造成的潜在危机感,还有你觉得你妈为你付出很多的内疚感。各种引起你焦虑的因素打了个包,一下子丢给你,你当然会情绪失控。这是正常的,你不必内疚,也不用怕他们笑话你。你要是把他们的焦虑包也抛给他们,他们同样也会爆发的。"

"焦虑包"这个理论不知道是不是丁圆圆的原创,不过这让贾一澜欣慰,好像她丢人的表现是合理的。"可是我担心的是,情绪失控成了常态。我年轻的时候并不这样,我妈说我是被丁迅惯的。我怎么才能控制情绪呢?"

"控制情绪是个大课题,我可说不出答案。不过,以后你再发飙的时候,想想咱们现在坐在这儿,你回想吵架发脾气的过程,觉得自己很没意思,你记住这种没意思的感觉,就懒得发火了。像咱们这样一边吃烤鸭,一边分析问题的本质在哪里,不是比声嘶力竭地吵架强吗?"

她们坐在饭馆最里面的一张桌子旁,丁圆圆座位后面就是整面墙的镜子,贾一澜不时地看着镜子里的自己。她刚刚剪掉留了几年的长发,自认为改头换面得很彻底,丁圆圆和她面对面坐着,不停地谈谈说说,根本没有提到她的新短发。

"你没发现我的变化吗? 我刚跑去把头发剪短了。"贾一澜忍不住自己说了。

"哦哦,我是觉得有点变了呢,原来去断发明志了。你看,我就是这样,对人的外表超级不敏感,你能想到我要做这个工作有多难了吧?"

"这正是我喜欢你的地方。你这样挺好的呀,别像我们,强迫症一样关注外表的细节,超脱出来才能看到本质。"

丁圆圆对于贾一澜直接说出喜欢她感到意外:"其实,我还以为你们比较反感我呢,尤其是丁大夫,你们俩又是一家的。"

"怎么会呢? 其实,我很羡慕你的。 你这么年轻经历就那么丰富,我十年如一日,像拉磨的驴子在这里打转。"

贾一澜对丁圆圆的喜欢,要超过她所表达出来的。 在她看来,丁圆圆是个传奇。 她做过各种工作,去过那么多地方,话起家常来就是个普通的女人,毫不造作,分析起问题来却有一种少见的透彻。 她衣着随意,不留意人的外表,正体现了她的潇洒气质。 还有她从前做的那些扶危济困的工作,正是贾一澜所渴望做的。 地震这样的大事件,她就在第一线,对于贾一澜来说她像民族英雄一样。 就连她这些天研究整形所表现出来的窘态,也让贾一澜觉得是虎落平阳的悲情。

别人吃完了饭要再聊一会儿,一般会到咖啡馆去坐坐,丁圆圆却拉贾一澜去站天桥。 这么冷的天,丁圆圆还买了一大杯暴风雪冰激凌拿在手里,另给贾一澜买了一杯热奶茶。

贾一澜跟着她停下来,伏在铁栏杆上,看脚下的街上,车来车往。贾一澜觉得冷,丁圆圆把自己的围巾给她围上,又软又长的围巾。

"你为什么要回来呢? 你做的事情多有意义,我就想做这样的工作。 要不是有我儿子,我就去做无国界医生,就是不知道他们会不会要一个整形医生。"她们在说丁圆圆在四川的工作。

"其实我吃不了苦的,我想吃冰激凌,想天天上网。 一般人都觉得做慈善、做公益好,有意义。 但是有很重要的一点,我们平时喜欢帮助那些值得帮的人,你看那些募捐都要强调受助者怎么样品学兼优啦,孝顺啦,乐观向上啦。 实际上,那些值得帮助的人有困难,会得到超量的关注。 公益事业要去帮助需要帮助的人,可是有时候需要帮助的人,不一定是值得帮助的。 你能明白吗?"

"我当然明白了,这和我们的处境完全一样。 我也见多了这样的事,我非常明白。 有些人,有些事,真让人灰心。"

这座过街天桥建了几年,贾一澜第一次站在这里看脚下这条街。

她突然发现在这个位置，能俯瞰到她的整个世界。 她二〇〇一年从医学院硕士毕业后，就来到这座她一直向往的医院，做她并不喜欢的整形医生，她在这里恋爱，结婚，生孩子，买房子。 她每天从街的这一边走到另一边，她每天最常做的事情，是给五到十岁的患有小耳畸形的孩子做外耳再造手术。 她用十号圆刀切开沉睡孩子的胸脯，用骨膜剥离器剥开左七肋骨的软骨膜，取下一段肋软骨，然后缝合，然后坐下来，将那段软骨精心雕刻成再造耳朵的支架。

向前看，街的右边，是她和丈夫工作的地方；左边，有她的家，她的母亲、丈夫和孩子。 她的所有幸福、烦恼、收获、挫折、牵挂、厌倦，都在这条街的两边。 她向往丁圆圆做过的那些工作，可是，现在的丁圆圆也和她一样，不情愿地陷落在了这座医院，这一条整形街上。

她们一起伏在过街天桥的栏杆上看车流。 贾一澜比丁圆圆大三岁，医院里新来的研究生都叫她阿姨了。 可是现在，她感觉她们两个似乎成了小女孩，好像丁圆圆是大一的，自己是大四的，或者丁圆圆上初一，自己上高一。

贾一澜转头看身边这位高个姑娘，手里捧着一大杯倒杯不洒的暴风雪，冬天的夜里，风吹着她的头发，她的头发上沾了冰激凌，嘴角边也沾着冰激凌。

她们在过街天桥上站到天黑，从此成了好朋友。 以后的日子里，两个人因为立场不同，经常争执、掐架，但仍然无损在过街天桥上结下的默契和情谊。

第四章
二十九岁的最后一天

丁圆圆三十岁了。 她不同意林恒说的,三十岁女人面临的最大问题是面部衰老。 虽然听了林恒的报告她才意识到,自己的脸这两年变瘦了,原来是因为胶原蛋白流失,软组织萎缩,是衰老的标志。

二〇〇八年十二月三十一日,丁圆圆在四川什邡的一个小山坡上,教一群小孩子唱歌。 《Jingle bells》、《雪绒花》、《北京欢迎你》,都是老掉牙的歌。 她不会弹琴,她的嗓子不太好,她的英文发音不标准,她和小孩们笑成一团,在这里她是主角。 那时候如果《感动中国》去采访她,问她在想什么、有什么感觉,她会说她没在想什么,她只是在这个地方,在做这件事,她此刻只是个五音不全的临时音乐老师,这一天对于她来说只是有点冷。

二〇〇九年十二月三十一日,丁圆圆坐在北京某个会议中心讲堂的后排座位,想起了一年前的那一天。 真奇怪,她能记得的竟然是她在唱歌的间隙,触碰了一下头发,觉得头皮有些发黏,水不够用,护发素没冲干净,她当时想,以后洗头不用护发素算了。 她还记得缩在袖子里的手拿着一个小手炉,帕梅拉给她的,里面只需放一块炭,就会热很久。 她在想把手炉塞到靴子里的可行性,因为脚觉得有点冷。 她把手炉留给接替她工作的女孩了,现在条件好得多,应该是用不到了。 那一天,或者说那一年,丁圆圆好像没有考虑过自己的存在,在某些场合,她是唯一一个城市女青年,大高个长头发,衣袂翩翩,惹眼又拉风,她都没有感觉到自我。

可是这一天,在这场研讨会上,她坐在最不起眼的位置,几乎是在场的最不相干的人,她却被自己的存在感所困扰。 我怎么在这儿呢? 我在干什么? 我明天该干什么? 我以后该干什么? 她应该是属于这里的,她现在可以说自己是"整形圈"的人了,这个冬天她一直在努力地做功课,虽然进展缓慢。 她属于这里,她的存在却很别扭,她就像美人沟医院的患者身上埋的软组织扩张器,明明和皮肤是一体的,却像一个巨大的瘤子一样尴尬地杵在那里。

这段时间以来,丁圆圆和贾一澜过从甚密,每天都要在网上聊几句。 丁圆圆慢慢积累着有关整形的种种信息,但是这些信息都是碎片,在她头脑中拼不出全景。 她更熟悉的是贾一澜在工作和生活中的牢骚和烦恼,还有美人沟医院的人情世故。

她也经常去小唯向她介绍的整形论坛,把常见案例和各种帖子中看到的典型心理状态记成笔记;还加了几个关于整形的讨论组、QQ群,她不发言,只旁观,看他们讨论医生、讨论韩国、讨论鼻子和脂肪、讨论男人。 这些信息,在她看来,和有人乱发的股票消息、征集一夜情或者发票广告一样混乱而无意义。

不管什么,接触多了难免会受到影响,她偶尔也对于自己作为女人的存在产生质疑——女人和外表的关系。 从前她觉得自己在这一方面普通平常,甚至恰到好处。 她对自己的外貌不是特别在意,她有时候觉得自己好看,有时候觉得自己不好看,但是好看不好看都不会对心情有什么影响。 她喜欢买衣服、围巾和项链,不喜欢蕾丝、蝴蝶结和亮片。 她平时不精心化妆,但是粉底口红都有。 她觉得城市里大多数受过基本教育,但不在演艺圈也不是模特不以吸引异性为己任的女人都是她这样子。 贾一澜时常对人的外表评头论足,小唯对自己脸的过分关注,还有网上那些好像走火入魔了的姑娘,让她迷惑,难道女人真的应该是这样子的? 使劲打扮能怎么样? 漂亮了又能怎么样? 单眼皮双眼皮能有什么影响? 街上有人回头看你又怎么样? 难道生活真的会由此而不同吗?

她看了看刚刚拿到的会议日程,各种发言的题目都很专业严肃,跟丁圆圆所钻研的整形研究很不一样,一半以上是有关先天畸形和外伤致畸的修复,这些更像是属于普通的外科范畴。 而跟美容整形相关的发言,专业性也比较强,对于丁圆圆来说过于艰深。 更何况,这是所谓的国际研讨会,多数发言是用英文的。

在幻灯片上,她有幸看到了鼻子内部的构造图,还有脸皮掀开露出黄色的一粒粒的脂肪的图片。 她还看到了变性手术中用肚子上的皮瓣做成的男性生殖器官。 相形之下,截断下颌角和下巴的手术画面真的不算什么。 她见到了好几位传说中的中国整形名医,见到了被封为"北丐"的贾一澜的科主任刘铁钢。 关锋是会议的副主席,丁迅和林恒都有发言,除了下海的"东邪"李顺,美人沟医院的高手们都齐了。

丁迅的发言是关于某种手术的,PPT所使用的图片上都是面部畸形的人,有的眼睛长在两边,好像青蛙,有的脸歪曲得很厉害。 丁圆圆没有听懂。 而且丁迅的声音细如蚊蚋,似乎对自己的英文比较不自信。

林恒的论文是最亲民的,丁圆圆都懂了。 他讲的是三十岁女性面部衰老的问题,他说这是三十岁女性所面临的最大困扰。 他的PPT比丁迅的漂亮很多,他给出的例子是章子怡。 作为对照,有章子怡在《我的父亲母亲》中系着绿头巾的青葱照片,有《夜宴》的古装剧照,还有她在某个红毯上回眸一瞥的嗔相照。 从几张照片上,可以看到十年时光的印迹,脸上肌肉的线条变化,脂肪的流失,说明章子怡正在老去。虽然是专业论文,如果发在丁圆圆的杂志上,应该也是一篇会引起关注的卓越文章。

丁圆圆记得章子怡和她差不多同龄,今天是丁圆圆的生日,三十岁生日。

丁圆圆三十岁了。她不同意林恒说的,三十岁女人面临的最大问题是面部衰老。虽然听了林恒的报告她才意识到,自己的脸这两年变瘦了,原来是因为胶原蛋白流失,软组织萎缩,是衰老的标志。丁圆圆没觉得自己衰老,也并不介意,就算介意,也只会感叹自己面部都衰老了,为什么还这么不成熟。她也认为三十岁是某种里程碑。不过,早上刷牙的时候她看着镜子,注意的并不是自己三十岁的眼袋和鼻唇沟,而是在想,我是就这样走哪里算哪里,还是给自己找一条路一直走下去呢?还有,为什么三十岁,面部衰老,是女性才面临的问题呢?三十岁男人如果谢顶或者长了啤酒肚,又好到哪儿去呢?这意思不就是女性的价值就在于青春,而青春,就是那点胶原蛋白和弹性。

丁圆圆没有按贾一澜提议的,跟会上的人一起吃晚饭,认识更多整形医生。她下午就退席回了公司。她没有别的什么事情做,她只是在等待,而且是坐在前台的位置上等待。她知道快递每天四点半左右到他们的大厦来。她接过小小的包裹,在运单上签了字,对穿着红色工服的快递男孩说了声"新年快乐"。

走回自己的座位上,她拆开了包裹。快递公司的标准纸盒里,是一个中间折起来的纸袋,纸袋里有一个丝绒的布袋和一个蓝色的方盒子。盒子上是施华洛世奇的天鹅标志。打开盒子,里面是一个鹦鹉的水晶挂件,著名的奥地利施华洛世奇水晶,其实是铅化玻璃。鹦鹉的身体是橙色的,一对翅膀是绿色的,弯曲的喙是红色的。鹦鹉的头上有个艳桃红的冠,冠有孔,一根细细的白色缎带从中穿过。这个东西,作为项链坠太大,而且鸟嘴这么尖利,挂在前胸有点危险;作为装饰品又过于脆弱易碎;作为收藏品,它又只是一块规模化生产的铅玻璃。总之,这是一件没有实用性的鸡肋礼物,如无意外应该购于中国人民大学附近双安商场一层的施华洛世奇专柜,中国统一售价,恐怕要一千块钱上下,比原产地的价格贵上很多。

而这就是丁圆圆等待的东西,她等了整整一年。她提着白色缎带,鹦鹉的身体轻轻地晃动,在办公室卤素灯的照射下,折射出的光彩如同钻石。她把盒子放到手袋里,收拾了一下,去参加帕梅拉为在京单身同事组织的贺岁饭局,也算是为丁圆圆过生日。　明天开始,她不能腆着脸说自己二十九岁了。　丁圆圆想着包里那个玻璃鹦鹉。　只要你还是每年来造访我,就什么都没有变,三十岁就三十岁吧。

第五章
Vanity Fair

────────────────○ 丁圆圆在想象中擦掉她的眉毛和唇膏,换
上白头发和装饰着亮片的老年款开襟毛衣。
如果她是那副样子,地方上接站的人还会即使
没见过她,也能马上认出她吗?

    按照帕梅拉的计划,新年的第一期刊物正式改版,四月份开始,也就是所谓的"财年"之始,完成全面改造。 六月底,网站上线。

    新年过后,新刊上市,里面有丁圆圆的一篇大稿。

    "我买了你的杂志,看了你的文章。"小唯在 MSN 上说。

    "你不要看啊,我胡乱写的。"

    "为什么? 文章写得蛮好的。 你似乎在说整形的人心理都有问题,分析得很专业,很有意思。"

    "小唯,我的文章只是为了应付工作,不代表我本人的立场。"

    "你觉得我会不高兴啊? 没关系的,我不会套在自己身上,再说这些年来我心里已经很清楚了,别人说我有病,我都不介意的。 还有,你说晕轮效应那一段,就是在替我说话,嘻嘻。"

"你要知道,我关于整形的功课并没有做好,到最后,还是在吃老本,贩卖我的心理学三板斧。"

"那你写这么多字,目的是什么呢? 你是想让读到你文章的人怎么想呢? 是为了建议别人不要整形吗?"

丁圆圆沉默了。 小唯是随口一问,但是把她问住了。 她文章的目的是什么呢? 是给谁看的呢? 小时候语文课本上常常要求总结中心思想、段落大意,丁圆圆总能给出一个漂亮的、接近官方答案的回答。此时她心里开始一团混乱,"意义"这个词又开始折磨她。

丁圆圆追求"有意义"。 她看过电视剧《士兵突击》,王宝强演的许三多,农村兵娃子,又笨又轴。 许三多也追求有意义,兵油子们打牌,他不打,他说"打牌没意义"。 丁圆圆看到这里,流下了眼泪。 许三多要过有意义的人生,所以他执著得要命,一根筋,一条路走到黑,他是个傻瓜,却令人尊敬。 她好像看见王宝强一脸严肃,用河北南部口音对她说:"整形没意义。"

丁圆圆追求"有意义",这是她的秘密。

丁圆圆擅长写文章,到哪里都靠笔杆子,比如,上小学的时候,就替表哥表姐写入团申请书换明星贴纸;比如,在妈妈的授意下在火车上写意见簿;比如,假冒患者给医院写感谢信表扬当护士的舅妈。 小时候她听到妈妈跟爸爸说,她以后不会成个姚文元吧! 她会写发言稿,写总结报告,某个县长跟她开玩笑说要调她到县委宣传部做干事。 所以帕梅拉找她来,没有让她做市场或者企划,而是直接放到了业务部门,因为知道她可以。 但是,丁圆圆对自己写的东西一向不以为然,她不会写诗,不会写汪国真那样的人生絮语,从来没写过日记,也不写博客。 她擅长的那种东西,叫"八股文",是没意义的东西。

这篇关于整形的稿子,用的是她惯用的套路——分类。 这类人有这样的表现,有这样的心理特征,对应着心理学中的种种现象,晕轮效应、狄德罗效应、破窗效应。 那是一篇结构清晰、内容翔实的论述文。 可是,她为什么要写? 写给谁看的? 目的是什么? 有什么意义?

她打算放弃,对着帕梅拉刚一开口,她眼泪就掉出来了:"我真的试过了,可是真的不行。 贵州的项目要人常驻的话,派我去好了。 或者尹洁要是想早回来,我去换她。"尹洁是在四川接替她的女孩。

她的秘密,帕梅拉知道。 帕梅拉知道她不属于时尚界,她不会用眼线笔,她没有耳洞,她不穿高跟鞋,她冬天会穿棉毛裤,她不节食,她的眉毛都没拔过一根。 她想要有意义,可对于她来说,这里的一切,衣妆、珠宝、整形,是 Vanity Fair,没有意义。

Vanity Fair,多讽刺啊! Vanity Fair 是美国一本著名的时尚杂志的名字,正是丁圆圆他们这一类杂志的代表,被翻译作"名利场"或者"浮华世界"。 Vanity 这个词本身就是"虚空、无意义"的意思。 无意义,已经不是贬义词了;有意义,那是许三多的追求,傻瓜的追求,小学生的追求。 无意义才是高级的、优越的,从自发到自觉、从偶然到必然的。

帕梅拉递给她一杯水,让她平复情绪:"圆圆,我觉得你在被战后综合征困扰。 你该回归了。 你真的认为我们做的事情只是 vanity 吗? 别忘了我们要改版的,我要你帮我。 我们会和别人不一样,我们是为爱美的人做的,爱美真的没意义吗? 外表没意义吗?"有意义,没意义,在认识丁圆圆之前,帕梅拉从不会用这样的词汇。

"你看我们这里墙上的画,你会觉得只有这一幅才是好的,其他的都是 vanity 吗? "帕梅拉指了指她房间里挂的一幅画。

他们公司跟文化沾边,到处都挂着装饰画,连楼道里都是。 有抽象的,有卡通的,还有写真,隔壁的绅士杂志办公室还挂着一幅扭曲的女人屁股。 帕梅拉屋里这幅画是有特别意义的,并且和丁圆圆有关。 画上是一只手,笔法很稚拙,作者是一个残疾小朋友。 那时候丁圆圆和帕梅拉刚刚认识,还属于不同的机构,丁圆圆是讨钱的,帕梅拉是出钱的,给贫困残疾人做义肢。 因为经费紧张,原则上只给成年人做,可以用得久一些。 小孩在长身体,很快就不合用了。 有一个没有左上肢的小朋友,帕梅拉决定还是为她做。 后来她画了一幅画托丁圆圆送给帕梅拉。 丁圆圆发现帕梅拉把画装裱并且挂了起来,这让她心生敬意。 那是一幅小小的画,跟奖状差不多大。 如果一个偶然行善的阔太太,把它当奖状挂起来,可能是在沽名钓誉;可是对于帕梅拉,帮到那个小女孩这种事就和到街角买杯豆浆一样稀松平常,她还能如此认真对待受惠者的纪念品,可见品格之高洁。 后来帕梅拉说只是喜欢这幅画,有毕加索的感觉,假称名家之作还骗过了朋友。

丁圆圆明白帕梅拉用画作比喻的意思。 这是一幅有意义的画。有的画是有意境的,有的画是有意思的,有的画只是用刷子蘸了颜料随意涂抹一下。 各种各样的画,在画框里装点着世界。

"算我偏执吧,我就宁可做这只手,我没办法成为装饰品。"丁圆圆说。

"那么我呢? 我也爱美,我是装饰品吗?"

丁圆圆看着帕梅拉,这好像是她第一次仔细看自己的老板。 她告诉过妈妈,老板对她很好,妈妈问她,老板长什么样。 丁圆圆给帕梅拉的评价是美丽优雅,永远不会觉得她老。

帕梅拉穿了一件短袖的针织衫,黑色掺金线,戴着大颗珠子串成的项链。 她身材有点胖,脸是圆的,头发染成了亮闪闪的栗色。 她的唇膏很鲜艳,像玫瑰花瓣的颜色,她化了眼妆,眼睛是单眼皮。 她没有眉毛! 她的眉毛是画上去的,或者文上去的。 丁圆圆的偶像竟然没有眉毛,而她从没有发现。 帕梅拉平时不戴眼镜,桌子上放着的那副眼镜应该是花镜。 眼睛都花了,如果不是精心修饰过,她脸上一定会呈现出疲倦的老态。 丁圆圆发现 "美丽优雅"的印象就是由这些元素构成的:画的眉毛,涂过唇膏的嘴唇,染过吹过的头发,有质感的衣服和漂亮的项链。 如果没有这些,她依然是这个帕梅拉吗? 丁圆圆在想象中擦掉她的眉毛和唇膏,换上白头发和装饰着亮片的老年款开襟毛衣。 如果她是那副样子,地方上接站的人还会即使没见过她,也能马上认出她吗?

"圆圆,你也是爱美的,不是吗? 每个人爱美的方式不一样。 我记得你有很多很多围巾。 你这条围巾,还是我陪你挑的吧?"

"是。 后来我后悔了好久呢,不该和你逛街。"

提到墙上那幅画,提到丁圆圆的围巾,两人相视而笑,那是他们共同的温暖回忆。

没错,丁圆圆有很多很多围巾,她喜欢买围巾。 她现在戴的这条,是和帕梅拉一起买的。 她们去青海出差,有点闲暇时间,帕梅拉和她一起逛街。 她们在小店里看到花色漂亮的羊绒围巾,要价很高。 丁圆圆买贵的东西总是很犹豫,帕梅拉没有履行同伴唱白脸以助砍价的义务,连声夸好。 丁圆圆知道帕梅拉慷慨,她自己不买,帕梅拉很可能买来送给她,她当时还更年轻,脸皮薄,爱面子,只好硬着头皮买下,心里明白自己一定买贵了。 跟有钱人一起买东西真是倒霉,丁圆圆那时候心里对帕梅拉还升起了一点阶级仇恨。

"我也有后悔。 我应该帮你 bargain(讲价)的。 那时候我才来不久,没有经验。"帕梅拉说。

"你是没有和穷人做朋友的经验吧?"

"我已经改了。 你没有觉得我在进步吗? 我现在就和北京儿大妈一样了。"丁圆圆轻轻笑了,原来帕梅拉也一直在努力融入,虽然她离"北京儿大妈"还差得远。

"我这样的年纪,还能成长,你呢? 你也不要固执了。 你对外表的这些有偏见,你带着这个偏见走掉了,偏见就永远是偏见了。 我不要你去贵州,你留在这里,你觉得自己不属于这里,那你就当自己是神仙或者天使,被派到凡间来,体验一下我们这些 vanity 的人好了,然后再回到你的象牙塔里。 给你一年时间,留个作业给你,去发现人为什么会爱美,你又为什么会对此有偏见。 一年,不给你任何压力,任何要求,这里是我的,我随你怎么做都可以,好不好? 圆圆,也许最后你会比任何人都更了解整形的意义、外表的意义!"

丁圆圆想笑又想哭。 帕梅拉竟然把她比作神仙天使,真是抬举她。 而且她知道,她又走不了了。 好吧,一年时间,做个下凡的神仙。

第六章
工作用鼻和生活用鼻

> 一般人做鼻子,还是要根据情况,做适合的。 模特及需要上镜的主持人跟一般人不一样,鼻子需要突出一些,这样在镜头里才有重点,也算是职业需要吧。 有些人改行不做了,就回来换成比较自然的鼻子。

帕梅拉留住了丁圆圆,还给了她一点物质安慰,两张晚宴的邀请函,让她带朋友一起去。 帕梅拉偏心,参加规格较高的活动常带着丁圆圆,也许是想让她提高时尚修为。 无奈丁圆圆烂泥扶不上墙,在锦衣华服的名流中间,关心的只是吃东西,拿礼品。 她打算带贾一澜去。 每次她说起在什么活动中见了什么明星,贾一澜就表示艳羡,同时哀叹自己的工作生活乏善可陈,如同拉磨的驴子。 贾一澜声称她对明星的兴趣是出于职业需要,内行看门道,想就近寻找他们脸上整形的迹象。

贾一澜从未来过"798"艺术区,也是第一次参加"时尚晚宴"。从京西的山沟到华丽的东部,像是来到了另一个世界。 她环顾四方,发现人人都穿得很亮眼,不由得为自己身上太家常的推推领羊绒衫自惭形秒起来。 穿着对襟花棉袄的丁圆圆都说不清楚这是个什么活动,她一坐下来就打开在签到处领的纸袋,把里面的东西一件件拿出来查看:"我老板把请柬当福利给我,就是为了这个,说明一定有值钱的东西。"

其实在场的大多数人都在做同一个动作,把袋子里的宣传册、广告页扔到一边,查看绑了缎带的盒子里到底装了什么东西。

盒子里有一本"卡吉亚"整形医院的小册子,还有一张卡,卡后面的说明说凭卡可以到他们医院注射一毫升的玻尿酸,价值六千两百块,有效期到二〇一〇年十二月三十一日。

"价值六千两百块,呸。"丁圆圆失望了,居然是玻尿酸。

贾一澜说:"如果不是假货,那真的要六千多块。 这是进口的,进价就很贵,还有注射费呢。"

"就这么一点点黏液,一毫升要六千多块,比金子还贵,什么破玩意儿。"丁圆圆从小唯那里了解到玻尿酸是什么东西,"真的应该是真的,总不会在这种场合公然搞假。 小唯喜欢玻尿酸,我给她吧。"

"你也不要送人了,其实你也可以打呀。"

"听说这个东西才管半年,打了也是白打。 一毫升才这么一点点,能往哪儿打呢? 我可不想要个肥嘟嘟的香肠嘴。"小唯给她的印象,玻尿酸是打在嘴唇上的。

"一毫升用在脸上,填充泪沟、鼻唇沟,也不少了。 本来只需要微小的调整。 你看你的脸……"

贾一澜从包里掏出挺大一面镜子,还带个手柄,交给丁圆圆让她照着。

"你看你,"她用手指着丁圆圆脸的各个部位,"眼袋、泪沟,还有这里,颧脂肪垫下垂,鼻唇沟,一个都不少,都可以用玻尿酸填充。 鼻梁也可以打高一点。"

丁圆圆看着镜子,并没有觉得脸上有这沟那沟,只有她比较介怀的眼袋突兀而在,不可忽略:"玻尿酸能去眼袋吗?"

"玻尿酸是填充软组织的,要填充的地方肯定是有缺的。 眼袋是多出来的,只能切掉。 哪天你过来我帮你切了吧。"

丁圆圆用手捂住眼睛,把身子向后躲,好像在躲贾一澜的刀。

晚宴的主题和首饰有关。 意大利人发表讲话之后,上来了一群模特,开始走秀。 因为是展示首饰的,手上动作比较多,模特们一个接一个,扭捏而来,兰花指妩媚地在下巴上点一下,然后弹琴一样举着手让人看戒指,展示项链的就用兰花指拂过锁骨。 帕梅拉说她对外表美有偏见,可是面对这些搔首弄姿的模特,她并没有偏见,反而觉得她们的工作很严肃。 她那天注意到帕梅拉的妆那么重,唇膏那么红,眉毛是假的,对她也并没有心生偏见。 那么,她的偏见到底是针对什么呢?

"这个看起来像是丁迅的作品呢。"贾一澜悄声说,她指的是走到最前面的模特。

丁迅的作品,肯定不是她头上戴着的钻石王冠了。

"下颌角?"丁圆圆对下颌角最有印象了。

"其实模特是要有下颌角才好的。 我说的是她的鼻子,看着像丁迅前几年走穴的时候做的那批。"

"你们鼻子论'批'的?"

"前几年我们要买房子,丁迅拼命走穴,在一个韩国人开的医院里冒充韩国专家,集中给好多模特做过手术。 他们那个圈子是跟风的,看他做得好,一来就一群。 她这个鼻子,就像丁迅做的韩式鼻子,很典型,做出来都一个样,就这种风格。"

"都一个样? 人人的鼻子都一样,这也不好吧?"丁圆圆觉得有点可笑。 丁迅冒充过韩国专家,做出来的鼻子都一个样,那不是工匠吗? 还韩式鼻子。

"当然不好,不过人家要这样的,就得做这样的,做完了她就挑不出来什么。"

"时尚人士都忌讳撞衫,就不忌讳撞鼻子吗? 听到《国际歌》雄壮的旋律就知道无产阶级是一家,看到对方的鼻子就知道同是丁迅'刀下之鬼'吧?"

"也不是都一样。 一般人做鼻子,还是要根据情况,做适合的。模特及需要上镜的主持人跟一般人不一样,鼻子需要突出一些,这样在镜头里才有重点,也算是职业需要吧。 有些人改行不做了,就回来换成比较自然的鼻子。"

鼻子竟然可以换来换去。 "哦,原来鼻子分为工作用鼻和生活用鼻。 真麻烦。 我就不信,鼻子高了矮了能有什么影响。"

"鼻子很重要。 你看一个人,不一定会注意他的鼻子,可是他给你留下的印象,说不定就和鼻子有关:鹰钩鼻子阴险,塌鼻梁显得蠢笨,酒糟鼻子猥琐。 你身边的人你了解,他鼻子什么样对你没有影响。 可是这些靠外表吃饭的人,你又不认识他,也就是看他的脸。"

丁圆圆对着台上的模特和场内的宾客逐一看去,体会着他们给人的印象多大程度上和鼻子有关。

贾一澜告诉她,丁迅的韩式鼻子特点就是讲究额头和鼻梁的角度,鼻头微微上翘,不是直直的一条。

"我以为丁大夫主修切脸呢,原来弄鼻子也有一套,还批量制造。他要是到这儿来看,一定很有成就感吧。"

"做下颌角的人毕竟是少数,他原来最出名的是双眼皮。 前两年,到我们医院做双眼皮的,只找他和李顺,好像我们这几十号人根本不存在一样。 现在他不做双眼皮了,李顺也走了,我们才能捞上几个做。"

"我看丁大夫也可以搞个模特秀,个人作品展。 让患者们也这样在台上扭来扭去,双眼皮……下颌角……鼻子……下巴……"丁圆圆说着,也学着模特的样子翘着兰花指在自己的脸上比来比去。

"那就没可能了。 我们这一行就算是大师,也是寂寞的大师。 美人要天生丽质,谁愿意让人知道自己整过形? 我们想找患者拍张术后照片都难呢。 这个社会虽然热衷整形,但是对整形还是有偏见的。"

"这样说来就有点奇怪了,我看那些化妆的人,也假得可以。 本来不是大眼睛,画成大眼睛,本来不白,抹得白里透红。 反正都是把自己变成假人,整形怕人知道,化妆怎么就不怕?"

贾一澜想了一下:"你看我们那儿的人,整形的人一般都化妆,化妆的人不一定整形。 整形要开刀,比化妆代价更大,都肯在自己脸上动刀了,说明更重视外表,更肤浅。 有内涵的人,谁会去整形呢?"

"这样说来,好像外表和内涵是互斥的一样。 有内涵的人,为什么就不注重外表了呢?"丁圆圆想到,这似乎就是帕梅拉给她提出的问题。 谁说重视外表就意味着 vanity? 帕梅拉自己不就是反例吗?

"我发现你有个特点,"贾一澜说,"你要研究整形,可是并不想知道手术是怎么做的。 人有哪些面部问题,你都不太清楚,还有,什么问题应该怎么整,做完之后效果怎么样,这些你都不去了解,你想的都是抽象的问题。"

"说明我是个不务实的人吗?"

"说明你有思想啊。 其实我也经常想这些,所以我喜欢你。 你和丁迅正好相反,他只看很具体的问题,手术怎么做,时间怎么安排,而且一回家就把工作上的事情忘掉了,好像整形和他没什么关系。"

"所以丁大夫会比较讨厌我,我这样云山雾罩的。"有了贾一澜,丁圆圆不需要丁迅给她提供业务咨询了。 她后来也见过几次丁迅,互相态度客气,可能丁迅只是把她当作妻子的新朋友。

"他不会讨厌你,而是应该敬畏你才对。 他思想简单,会觉得你很高深。 不过,我猜他会说,想那么多有什么用,再高深你也不会做手术。"

贾一澜随口说的话,又让丁圆圆反思了。 整形对于丁迅来说,是手术怎么操作;对于小唯来说,是哪里要变高一点,哪里变小一点,怎么能更漂亮。 这些才是整形这件事情的核心。 可是自己这两个月来,整天纠结各种意义,还追古抚今,自伤身世,连许三多都想到了。 整形到底是怎么回事自己都不甚了解,一切只是空谈,这真的是自己做人做事的一个巨大弱点。 还不如像丁迅那样,上班的时候做手术,下班回了家就把整形什么的放在一边,做个开心的老百姓。 自己把工作的意义看得太重大,结果工作并没有做好。 帕梅拉只是出于个人的感情在包容自己,事实上自己做得并不合格,却觉得委屈,真是毫无道理。

第七章
冷面神医

不知何时开始,中国的医生和病人成了敌我般的对立关系,但是整形科又和其他医院的科室不同。 求诊的不一定是不得不来的病人,有时候更像是客户。 丁圆圆觉得丁迅像阿庆嫂,当然,指的是刁德一眼里的阿庆嫂。 来的都是客,又都是凶险的敌人,衣食父母不能得罪,须得巧妙周旋,小心提防。 相逢做手术,过后不思量。

丁圆圆看到丁迅的桌子上多了一个相框,照片里面是一个胖胖的小男孩,低着头,眼睛向上看,表情十分滑稽。 她知道这是他和贾一澜的儿子焕焕。 她还知道这相框的来历,贾一澜向她吐露过。 贾一澜把焕焕的照片放到相框里,说要拿去放在丁迅的桌子上,她妈妈说了一句:"你这是要把焕焕当钟馗。"钟馗是吓唬鬼的,焕焕的照片放桌上,是为了提醒丁迅身边的各路姑娘,我们有个大胖儿子。 妈妈看穿了她。 她也知道,这并不能起作用。 李顺的手机上,里里外外都贴满了女儿小敏的大头贴,也没能阻挡王琢。

贾一澜时常对丁圆圆提起王琢,原美人沟医院门诊手术室的护士,又胖又漂亮。 是她的楼上邻居兼同系师兄兼前同事,人称"东邪"的李顺的小三。 小三得手,让贾一澜等人兔死狐悲,心有戚戚。

丁圆圆来找丁迅,是为了观摩他的门诊。 丁圆圆决心好好对待自己的工作,她盘点了一下自己需要了解的方方面面,做了个计划,她要到丁迅宾客盈门的诊室里近距离观察整形求诊的人。

丁圆圆跟在丁迅身边,从住院楼走到门诊楼,又路过了镜子走廊。这一次,她觉得自己看起来还可以。 是她自己状态好了,还是这里的光线发生变化了呢? 或者她已经与自己和解,接受了自己的丑态?

"你们这儿的镜子太亮了。 我第一次来,照到镜子,觉得自己丑得都没勇气去见关院长了。 这镜子是你们下的套吧? 谁来一照,就发现自己是不整不行了,你们就有生意做了。"

丁迅的步子很大,根本不朝两边看:"我就不照镜子。 一般人都经不起这么照的。 咱们平时看人也就是看个大概,不会凑近了细看。 所以,你照镜子别仔细照就没事了。"

丁迅的话很有喜感。 我照镜子觉得自己难看,你给开的药方是"别仔细照",这不是掩耳盗铃吗?

位于楼梯旁边的一号诊室,是为医院的头牌医生们准备的,因为这里的等候区域比较宽敞,有好几排椅子。 这个下午这里属于丁迅,候诊区的盛况不亚于上次林恒出诊的情形。 一下午要见识几十号整形的人,斩获一定不小。 丁圆圆已经准备好了本子做笔记。 她要用矩阵式方法,把整形人进行分类,再把问题进行分类,然后进行比对,来发现事情的本质。

丁圆圆几次到丁迅的办公室,都能见到他桌前挤满了前来咨询的人,那是他固定门诊的延伸。 不知何时开始,中国的医生和病人成了敌我的对立关系,但是整形科又和其他的科室不同。 求诊的不一定是不得不来的病人,有时候更像是客户。 丁圆圆觉得丁迅像阿庆嫂,当然,指的是刁德一眼里的阿庆嫂。 来的都是客,又都是凶险的敌人,衣食父母不能得罪,须得巧妙周旋,小心提防。 相逢做手术,过后不思量。 这一下午，亲眼目睹了丁迅和来访的人过招，丁圆圆对他不免有些同情，也意识到做个整形医生比普通医生更加不容易。丁迅说话慢，是因为个个不好应付；声音小，是为了可持续发展，能够一直不停地说到最后。

按照统计学的原则，三十个随机样本就足够有代表性了。丁迅一下午见的人不止三十个，基本上可以分成几类。

有一类是真正的病人，有带着先天面部畸形的小孩来看病的，还有几个病人因为烧伤或者外伤致畸，需要治疗瘢痕。贾一澜曾经说过，中国整形学科的发展始于抗美援朝战争后对面部损毁伤员的修复。创伤或者畸形修复本来是整形科的正业，结果发展到今天，这里成了无病求美者的天下了。除了这些常规病人，其他人的要求五花八门，令人头疼。直接指定要求垫鼻子垫下巴的人是最好对付的一类，因为诉求简单明确。还有一类人只是求变，却不知该如何变，无限信任医生，表示你认为我该怎么整，我就怎么整，这类人还算把医生当作权威尊重。更有一类人觉得自己才是权威，已经筹划好了整套手术方案，要求医生照章实施便是。这一类往往是技术流，满口术语，什么 Z 字切口，Y 字切口，连缝合要用几号线都要规定好。有一类是结果派，手里拿一张照片，要求不管做什么手术，只要变成照片上的样子即可。还有一类不懂技术，但是主意很多，这里切一下，这里垫高一点，不管有没有可操作性，把医生当市场里卖肉的。"这块肉你给我片得薄一些，我要做回锅肉的。""肥肉多一点不要紧，我要做肉末酸豆角，不过你要给我算便宜点儿。"还有的人东拉西扯，多半并不是要做手术，而是来看丁迅的，或者像丁圆圆这样做整形行业研究的也未可知。

丁迅不太说话，不管来人怎样说上一大套，他也就是"可以做""再考虑考虑吧""我做不了，你找别人吧""不一定能达到你的要求，只能尽量"几种说辞。有来要求做双眼皮的，他会表示自己不做双眼皮，并且签字让对方退号。丁迅的表现比较沉闷无聊，丁圆圆更喜欢观察来访者，猜测他们的背景和想整形的根本原因。

比较有戏剧性的是一个看不出年龄的娇小美女。说是美女，因为她打扮得花枝招展，皮肤也白嫩得非人类。看不出年龄，是因为她脸上光光的，没有皱纹，只能看出她是成年女子，却好像不属于任何年龄段，给人感觉很空。 丁圆圆在思索，是什么让这张精心描绘的脸看起来很"空"。 她的南方口音细细柔柔的："医生，请您救救我，救救我。"一种现实中难得一见的夸张态度。

丁迅并不为所动，一言不发，只等着她继续说。

"我的胸部。 医生你要帮帮我的胸部。"她说得很急切。

胸部？ 她不会脱衣服展示她的胸部吧，那可太尴尬了。 丁圆圆看了一眼丁迅，丁迅还是没说话。

好在她没有进行人体展示。 "我胸部的奥美定已经快十年了，下巴里也有。 这些年我取过八次了，都没取干净。 给我做手术那些医生太没医德，不一次给我取干净，多开一次刀就多赚一次手术费。 听说你的医德特别好，技术也特别高，求你救救我。"

"谁会故意不给你取干净呢？ 奥美定会到处游走，分散在组织里面，要取干净只能把组织一并切除，但这根本不可能。"

那女子好像没听见一样，自顾自地说："这个奥美定把我折磨死了。 我身上埋着定时炸弹，大夫你一定帮我取干净吧。 我经常胸疼，喘不过气来，下巴经常发麻，脸也老抽筋。"

丁迅有些漠然："奥美定的危害也没那么大，可能是你的精神作用。 你找我，我也取不干净。"

对方有些急了，没头没脑地说："我知道，你把我当神经病。 奥美定这么害人，你们当年还给我们做，现在又说取不出来。 中国就没有有良心的医生吗？"

丁迅平心静气地说："我们医院从来没用过奥美定，我本人也从来没给人用过。"

她抿着嘴重重地呼吸了几下，在平复情绪："那我的眼睛鼻子都得修复，你帮我修眼睛吧。"

丁迅看了看她的眼睛："我不做眼睛。 再说你的皮不够了，只会越修越糟。 看起来也还可以，我看不用修了。"

"还可以？ 这叫还可以？ 那是你不知道我原来的样子。 我想变漂亮,结果被你们给毁容了。 中国的整形医生太叫人失望了,看来我只能去韩国了。"

两行眼泪落了下来,在粉底上留下了轨迹。 她咬着嘴唇,不再说话了。

在中国整形医生面前提韩国显然不受欢迎。 "那你就去韩国吧。"丁迅说。

"我的眉毛也切坏了,一边高一边低。 我耳朵后面……"

丁圆圆悄悄审视她的脸。 这张脸看着不自然,可是远没到毁容的程度。 她说胸部问题已经十年了,说明她至少二十七八岁了。 她的眼睛化了很浓的妆,看不出什么问题。 跟她的脸相比,她身上更让人不舒服的是说话的方式、混乱的思维和有些夸张的态度。

这是今天第三个提到奥美定的人了。 奥美定是什么呢? 丁圆圆拿出手机,上网搜索,看到的都是奥美定毁容的标题,看来是某种害人的美容材料。

那女子诉说了一番后,就开始饮泣起来。 她一哭,反而显得可爱些,露出了一些女孩的真性情,丁圆圆虽然搞不懂她问题到底出在哪儿,也替她心酸起来,还递给她一张纸巾。 可是丁迅依然沉默。 群众对医生反感,看来是有道理的。 他是铁石心肠吗?

当她出了门,丁圆圆问丁迅这是怎么回事。 丁迅说,这种人我见得多了。

这大概是他的保护机制,也许他在这样的病人身上吃过亏,所以如此冷漠。

最后一个患者一进门,丁迅就叫了声"董尧"。

她又来了。 丁圆圆不善于记人的脸,她却记得董尧。

丁迅仔细看了看董尧的下巴:"恢复得还不错。 坚持戴头套了吗?"

"戴了。 这几天有点消肿了,头套有点松了。"

"那就再买一个小一号的换着戴,晚上睡觉戴松点儿,白天戴紧一点的。"

"丁大夫,我想打个瘦脸针。"

丁迅让董尧咬紧牙,按了按她的腮边,说:"你的咬肌并不是很发达,打肉毒效果不会很明显。 另外,手术需要恢复期,你刚做了吸脂,怎么也要恢复几个月到半年。 间隔时间太短,效果会互相影响的。"

"我的脸宽。"董尧还是上次的样子,好像觉得自己很没道理,却仍想要坚持。

丁迅对着董尧的脸看了片刻,说:"脸宽可以用头发遮遮。"他还用手在脸颊两边虚虚地比划了一下。

这和他给丁圆圆的建议如出一辙。 长得丑,就别仔细照镜子。 脸宽,就用头发遮一遮。

丁迅知道后面没有人在等了,也放松下来,把一直做得很正的身体向后靠在椅子上,拿起桌上的水瓶喝水。 从他的身体语言上看,他把董尧当作熟人,在她面前比较松弛,说话也随意。 但是董尧仿佛有些紧张,一副很严肃的样子,说话也讷讷的。

交涉了几个回合之后,丁迅说:"你这么年轻,那么多事可以做呢,玩玩游戏,去旅游……"

很烂的建议,不相干的建议,可是,的确是真心实意的建议。

这也是丁圆圆想给这个女孩子的建议。 为什么呢? 你年轻、好看。 要变美,何必整形呢? 你可以画上眼影口红,你可以买几件时髦的衣服帽子,你去理发店给头发做个造型,都能马上变靓。 你和刚才那奥美定姑娘,或者和小唯,是多么不同啊。 这里不属于你,你走了一条什么路,才会一不小心拐弯,到这里了呢?

丁迅的态度也和对其他人有所不同。 刚才那奥美定姑娘哭得梨花带雨,他没有任何反应,此刻面对董尧,他却略显苦恼。

她要整形,他是整形医生。 他给出的治疗方案却是用头发遮一遮,建议她多玩游戏,多旅游。 这是对她负责任,是年长者对年幼者的关爱。 值得进行一场说教演讲,告诉她要树立更有意义的生活目标和人生理想。

可是显然丁迅并不擅长进行这样的演说,或者他想说,又在犹豫自己应该在何等程度上多管闲事。

丁迅不知道说什么好了,只能和董尧相对无言,两人甚至没有对视,董尧低着头,玩着帽子上的绒球。 场面短暂地僵住了。

这个时刻,丁圆圆开始留意丁迅让小唯艳羡的嘴唇。 下唇肉嘟嘟的,嘴唇和下巴交接的地方有个很可爱的沟,她好像真的看出了一点"笨而性感"的感觉。

"快考试了吧? 什么时候放假?"丁迅竟和她话起了家常。 丁圆圆领教过,有人跟丁迅说些闲话,套近乎,他像是没听见一样,根本不回应。 他对董尧,真的不一样。 董尧低声作答,依然有些僵硬。

分诊台的护士打开门,把放在外面的饮水机挪了进来。 看来,她要撤了,已经过了下班时间,这里是最后一间还没关门的诊室。 董尧没什么理由再停留了,她起身要走,丁圆圆叫住了她,她一定要和董尧谈谈,问清楚是什么让她成了一个整形狂。 董尧转过头来,她的眼睛像一泓清澈的水,眼神像柔软的羽毛。 丁圆圆从前对眼睛是心灵窗口这种话不以为然,但是董尧的眼睛让她有所动,让她想起了当年置身于乌菲茨美术馆的时刻。 她没什么艺术鉴赏力,去意大利旅行的时候跟风去了佛罗伦萨乌菲茨美术馆,打算胡乱看看。 那里的镇馆之宝是波提切利的《维纳斯的诞生》,一幅很有名的画,小学美术课本上就有。 见到原作,丁圆圆真的被吸引了,橙色调的画面,初生的维纳斯赤身裸体站在贝壳之上,用天真无措的眼神看着茫茫海洋、茫茫世界。 她的眼睛和董尧并不相像,可是看到她,丁圆圆感觉到了见到维纳斯的感觉。

丁圆圆介绍了自己。 两人说好了,董尧先去患者服务部买弹力头套,然后在医院的多功能咖啡厅见面聊一聊。

董尧出去之后,丁迅开始收拾东西。

"这个小姑娘……"丁圆圆说。

"做了个双眼皮,就上瘾了。"过了一小会儿,丁迅轻轻叹了一口气。

丁圆圆才想起来,那双漂亮眼睛是整形作品。 做了个双眼皮就上瘾了,而且,还是看不见的双眼皮。

第八章
月亮和双眼皮

"因为暗恋一个人做傻事很常见的,喜欢
卖面包的,天天去买面包;喜欢教钢琴的去学
钢琴,付出的只是钱和精力而已。 可是用破坏
自己的血肉去喜欢一个人,代价太大了。"

　　董尧坐在丁圆圆对面,把咖啡厅的菜单从头翻到尾,最后点了最便
宜的矿泉水,五块钱。 一个小细节,就看出她是那种会替人着想,怕给
人添麻烦的女孩。

　　丁圆圆可以更清楚地观察她的脸了。 何必一定要瓜子脸呢? 该
用什么标准来衡量一个人的脸宽不宽呢? 眼前的姑娘,脸像一个水蜜
桃一样,虽然好像前不久做过抽脂,但依然饱满圆润,带着年轻女孩特有
的婴儿肥。 她的嘴角微微上翘,表情好像一直在微笑,两颗若隐若现的
小虎牙让她显得如同幼儿园的孩子一样稚气。 她的眼睛看起来很干
净,没化妆,眼皮上也没有什么色素沉着,形状偏细长,眼梢有一点点上
挑,这应该就是人们所说的丹凤眼。 这是一双人工塑造的眼睛,可到底
是什么生理和技术指标,让她的眼睛美如秋水呢?

就从她的眼睛说起。"你的双眼皮完全看不出来呢。我是说,乍一看还是单眼皮,不过真的很好看,也看不出来是做的。"

"丁大夫就说我不适合双眼皮,所以做得很窄,就看不出来了。"

丁圆圆问了她一直想问的问题:"那你为什么要做呢?"

"我并不是想要双眼皮,我是睫毛磨眼睛,经常发炎,校医院的大夫说是倒睫,做个双眼皮手术就好了,我才来做的。"

"那你的眼睛还是原来的形状吧?做了手术,还要保持形状不变,应该也挺不容易吧。"如果原来的眼睛就这么美,丁迅努力保留本来的样子,不去破坏它,也算煞费苦心了。

董尧的脸慢慢地红了,表情带着些甜蜜。"也不是原来的样子,我原来的眼睛有点肿,去了脂肪去了皮,比以前好看多了。双眼皮做成了内双,睁开眼睛就看不到的。一般的双眼皮都是七毫米或者八毫米,丁大夫给我做的是四点五毫米。"她拿出手机,找出自己手术前的照片给丁圆圆看,"我从前的眼袋也很明显呢,双层的,也是丁大夫切的。"

作为宣传用的术前术后对比照片她见过不少,多数强调明显的效果和变化。可是对比董尧从前的照片,眼睛似乎没有太大变化,但是分明不一样了,丁迅还有点画龙点睛的本事。

跟董尧聊着,丁圆圆发现她的局促只限于在丁迅面前,她其实是个颇爽快的姑娘,也爱说话,比起丁圆圆,她对整形和对丁迅都了解得更深入,而且说话颇有表现力。直接的证据就是,听到董尧讲双眼皮讲得头头是道,丁圆圆也想好好看看自己的眼睛了。她只知道自己是双眼皮,到底是扇形的,平行的,还是新月形的,有几毫米宽,有没有内眦赘皮,是不是内双,就不清楚了。

"你有镜子吗?"

董尧摸了摸放在一边的双肩书包,说:"没有。"

爱美的人,不管包包多小,通常都会放一面镜子。丁圆圆办公室的女编辑们都时常从包里拿出粉盒,照照自己的脸,补补妆。小唯包里不仅有粉盒,还有一面安娜苏的漂亮手镜,通过两个镜子能够看到自己的侧面和后面的头发。贾一澜包里也常有一面大镜子,这可能是职业性的习惯。 连丁圆圆自己有时候也会有镜子,不过她的包通常很大,里面包罗万象,有相机、本子、笔、温度计、胶水、零食、瑞士军刀、大手帕,感觉即使发生地震,随身带的东西也能够她支撑一阵子。 今天她的行装精简,没有带镜子。 可是董尧,这个"整形成瘾"的姑娘,包里连镜子都没有。

因为离得近,在董尧眼睛眨动的时候,能看到她眼皮上粉红色的细细疤痕,右眼比左眼更明显。

"眼皮上的疤,会消掉的吧?"这是一双完美的眼睛,如果眼皮上留下疤痕,总是有些遗憾。

"会的,我现在才做了三个多月。 丁大夫的缝合技术很好,不容易留疤的。 你看,我的左眼就恢复得很好。 右眼是刚做完就受伤了,重新缝了一次,所以有一点增生。"

"怎么会受伤的?"

"我去年'十一'前做的手术,做完就在我表姐家,不小心被我小外甥的皮球砸到,开线了。 我吓坏了,给丁大夫打电话,他怕急诊的大夫处理不好,半夜跑到医院给我重新缝的。 那时候天晚了,没有公共汽车,医院门口都是黑车,他怕不安全,还开车把我送回我表姐家。"

"真是好人。"

"那天还是中秋节呢。 他还说他老在医院这一片活动,很少开车呢,尤其是这么晚的时候。 那时候还正是六十年大庆,路上都是彩灯。丁大夫还说,有这么多灯,月亮还是那么亮。"

董尧的眼睛灼灼发亮,脸上的表情如梦似幻。

丁圆圆似乎明白了什么。 "有这么多灯,月亮还是那么亮。"这么平常的话,对她来说却浪漫刻骨。 原来如此,她的眼睛、鼻子、脸蛋都是无辜的,让她一次一次来到这里的,是月亮,是彩灯。

丁迅的事,丁迅说过的话,每点每滴她都记得清清楚楚。 丁迅是否知道,在他做手术,割开人的皮肉的时候,同时也收割了这样一份情愫。

"我今天看,找丁迅的人可真多。 一天做五个手术的话,一年两百五十个工作日,就是一千多患者呢。 丁迅每年要给一千多人做手术!

这就叫流水作业线吧？ 好像洗萝卜一样呢。"

丁圆圆的意思是：小妹妹，醒醒吧，在这里，你只是一年中的千分之一。

董尧却只留意她说的"洗萝卜"，理解为她对丁迅手术质量有所质疑，连忙辩解："其实我一开始也担心的，大夫手术太多，可能不会认真对待我们。 我做手术的时候，就问过丁大夫，他整天这么忙，一定很累吧。 他说他再忙也是在保证自己状态的前提下的，还说，不管他多忙，只要在手术室里，他的这一段时间是只属于我的。"

是这样。 我只是千分之一。 可是，如果我能做十个手术，我就是百分之一了。 而且至少在这百分之一的时间里，他是属于我的。

董尧是研究生二年级的学生，英语专业。 她做手术的钱是自己打工挣的，她平时会做一些翻译，有时候在新东方这样的英语培训机构讲课。 难怪她随身带着英文小说，她打开书包拿手机的时候，丁圆圆又看到了那本书，暗色的封皮上，一个男人低头坐在窗前。

"你打算继续整下去吗？"丁圆圆问董尧。

"你看丁大夫都烦我了，不想给我做手术了，我想整可能也不行了。"董尧说。

任何一个旁观的人都能看出来，丁大夫不烦她，甚至对她有一种"超纲"的关切。 医生和病人之间的关系有专业的界限，超越了界限可能就会有麻烦。 有些势利的人喜欢和医生交朋友，把他们当资源用。 做医生的心知肚明，所以要努力和病人保持距离，尤其像丁迅这样的热门医生，端架子是必需的。

人家是病急乱投医，丁迅是医急乱开方，连玩游戏、旅游这样的药方都开出来了。 他的心理应该和丁圆圆是一样的，挺好的一个女孩，容貌标致，安静淳朴，实在没有必要来趟整形这浑水。 可惜董尧当局者迷，没有体察到丁迅的恳切，却以为自己惹他厌烦。

丁圆圆明白她这种状态。 她处于执迷期，自己对她说什么都无益，不是言语可以劝得回的。

了解到丁圆圆对整形资讯的需求，董尧建议她去他们的 QQ 群看一看,她是管理员,整理了很多关于整形的资料放在群空间里。 她说这个QQ群原来是专门的双眼皮讨论组,主要讨论丁迅和李顺。 后来丁迅不做双眼皮了,李顺离开了美人沟,现在成了综合的整形讨论群。 董尧还告诉她,她是丁迅的关门弟子,她的手术是他做的最后一个双眼皮。

丁圆圆和董尧一起坐公交车回到城里,一路谈谈讲讲,更加熟悉起来,互相留了联系方式,相约找时间和小唯一起再聚。

丁圆圆回家后,在网上把自己的收获和小唯分享。

"你知道奥美定吗?"

"这样经典的当,我自然上过的。 我的下巴这里以前打过奥美定,好在完全取出来了。 我本来想垫下巴,一直没敢动,就是因为奥美定,下巴的肌肉增生得很厉害了。"

丁圆圆给她讲了那个要取奥美定的女人,说感觉她说话行事都很别扭。 丁圆圆是当笑话讲的,小唯却表示同情:"真可怜,你不知道整形失败的那种感受。 别人看着还觉得没什么,自己心里才清楚,有点要发疯的感觉呢。 我常常提醒自己不要变成那样子。 人变得古古怪怪,就算漂亮了都没什么用。"

丁圆圆又告诉她见到了董尧。

"我仔细看了她的眼睛,真的很好看。"

"是啊。 看她的眼睛,就知道丁迅有点审美,他懂得要给她做得含蓄点。 可惜我没有什么可以用到丁迅的。 董尧又要做什么?"

"她说想打瘦脸针,不过丁迅没答应她,倒劝她多忙点别的事。"

"她不需要打瘦脸针的。 真是年轻啊,你看明星都拼命在脸上打玻尿酸,胶原蛋白,就是想要她那样饱满的脸蛋。 我要是长成她的样子,我就什么都不整。 她真是不知道自己美在哪里。"

"我觉得你也没有必要整的,我认为你够漂亮。"

"其实,别人眼里的自己和自己眼里的自己是不一样的。 不管别人怎样看我,我自己就是不满意,就要整。 她也是一样,她觉得自己要改变,就要一个手术一个手术地做下去。 整形是会成瘾的。"

"可是,我今天发现了她的问题,她不是整形成瘾,而是丁迅成瘾。我看她是暗恋丁迅呢。"

"还真的是！我也发现她有点奇怪。 我认识她以后,她会跟我讨论她该做什么手术,哪里需要整,可是她的目的似乎只是手术,并不太关心效果。 一般来说,手术之后的恢复期才是最焦虑的时候。 她太不像正常的整形人了。"

"因为暗恋一个人做傻事很常见的,喜欢卖面包的,就天天去买面包;喜欢教钢琴的就去学钢琴,付出的只是钱和精力而已。 可是用破坏自己的血肉去喜欢一个人,代价太大了。"

"也不能算破坏,她的手术都很成功,她越来越漂亮了。 她够幸运,丁迅水平不错,也负责任,不会让她受到伤害,总比爱上人渣好些。"

"可是她的脸就那么大,总不能一直整下去吧？ 整成了张柏芝,还能再做什么手术呢？"

"整形手术要做总有得做的,也不是一直整就会一直美。 说来真正的美人毕竟还是天生的,我要是能整成张柏芝那么漂亮,少活三十年都值了。"

"你知道吗？ 当年女娲造人,先用黄泥精心地捏泥人,捏出来的都漂亮标致,等她捏得不耐烦了,就用绳子蘸着泥巴甩,甩出的泥点子也变成了人。 张柏芝那样的,就是捏出来的,我这种歪瓜裂枣,就是绳子甩出来的。"

"这样哦,看来我也是用绳子甩出来的,只好回炉再造了。"

丁圆圆没忘了加入董尧的 QQ 群。 QQ 群有个很有趣的名字,叫"天下无单",是董尧想出来的名称。 能看出来,这里本来是以双眼皮为主题的。

两百人的群,基本满了,讨论很活跃,成员多半是大学生,比丁圆圆加入的其他几个整形群干净许多,公告栏上贴着学生气十足的群规,要求语言文明,不得发广告,不得骂医生。 到群空间里看,结果,丁圆圆吃了一惊。 这是她见过的最用心的 QQ 群了。 精华帖、群相册、文章，都井井有条，内容丰富。 看文件夹的时间，应该都是董尧加入之后的成就。 群相册里有很多丁迅的作品，按照整形项目、时间，整整齐齐地排列。 董尧是个尽职尽责的管理员，并没有厚此薄彼，还有一个李顺的文件夹，里面的内容也很多。 另外还有几位其他医生的作品，包括林恒的，只是内容没有那么多。

丁迅和李顺可能不知道，在缥缈的网络上，有这样一个 QQ 群，如此翔实地保存着他们个人事业发展历程的珍贵史料。 而且，丁圆圆能想到，董尧做这些，是因为她心中的思恋无从排遣。

丁圆圆在群相册里看到了如此多的眼睛，都是年轻女孩的眼睛，没有其他部位，只有眼睛。 每一根睫毛都很清楚，瞳仁里映着一个手持相机的人影。 一双双欲说还休的眼睛，看起来十分地动人。 有的女孩改变之大，堪称魔法。 她们都曾经是单眼皮，由丁迅把她们变成了双眼皮，给了她们如此漂亮的眼睛。 可是这漂亮是整形给予她们的，还是她们自己固有的呢？

她照片看得越多，这个困惑越深。 同一位医生做的眼睛，虽然各不相同，但是看多了，就会发现有固定的风格。 丁迅和李顺是美人沟的双眼皮双骄，他们两个做的眼睛各有鲜明的特点。 丁迅刀下的眼睛，都和董尧的有所类似，看起来温柔纯真，好像在认真地聆听。 李顺的作品却活泼热烈，仿佛在倾诉。 这到底是怎么回事呢？ 是李顺和丁迅发掘出了她们被肿眼泡和赘皮埋藏的美？ 美难道是如此机械的东西吗？ 眼睛在人的相貌中地位很高，可谓"灵魂的窗口"，可是灵魂的表达，竟然可以用手术刀、缝合线做出来？ 而且，同样用手术刀和缝合线，丁迅和李顺的作品为何如此不同呢？ 是本来有着相似个性的女孩倾向于选择同一个医生？ 还是医生自身的特质通过他的手术操作，留在了她们脸上？ 如果是这样，丁迅身上到底有什么她未曾发觉的特质，让他塑造出美目盼兮的董尧？ 那么李顺呢，他是怎样的人？ 他和他手下的双眼皮是怎样的关系？

"做了半天见习整形医生，有什么感想？"贾一澜指的是丁圆圆旁听丁迅的门诊。

丁圆圆告诉她，印象最深的，还是那个奥美定姑娘："原来你们这行也有三聚氰胺，我以前居然都没听过，真是孤陋寡闻。"

"你没听说过也正常。三聚氰胺害的是无辜的小婴儿，全社会都愤慨。奥美定的受害者就没那么无辜，还让人觉得有点活该似的。"

"难道整形有原罪？"

"差不多吧。奥美定主要用于隆胸，隆胸不是欺骗男人吗？有人就说，这些人要是老老实实地不去隆胸，也不至于搞成这样。"贾一澜说。

"这话说的。这分明是干了害人的勾当，给自己找说辞。"

"我们医院就没用过奥美定。我们当时的蓝院长，顶住了上头的压力，死活不用，就说这个东西不安全。"

"那你们这个院长有见识。我也听丁大夫对患者说从没给人用过奥美定，说起话来很硬气。"

贾一澜轻轻哼了一声："抵制奥美定，不需要有什么见识，有那么一点点良心就够了。我那时候刚工作，没见识，也知道这个东西不行，我们学医的这还不明白吗？还有，给人用过奥美定的大夫，也没什么不硬气的，有国家批文这个挡箭牌嘛。政府批准的东西，用得合理合法。也是因为有国家批准，那些为了奥美定打官司的，一般都胜诉不了。"

"照么说，现在市面上会不会还有这样的东西？批准使用了但是实际并不安全？"

"当然有了。就因为这个，我们医院去年才开始引进玻尿酸。现在的院长是蓝院长的老婆，跟他风格一样，很严谨。跟她说玻尿酸效果好，利润也高，她就是不相信，说别又是一个奥美定，除了硅胶，别的什么假体都不让用。后来去了趟美国，发现他们用得普遍，才同意。我们医院被那些乱七八糟的事儿拖累得不行。我们街上有一家私立医院，年头很久了，当年靠奥美定起家，现在，我看它的广告，主打'取奥美定'，自称对奥美定最有经验。哼！据说他们一边取，一边还继续用着奥美定呢,冒充玻尿酸或者脂肪,收费还更贵了。"

"既然发现奥美定有害了,为什么不彻底取缔,不让生产呢?"

"奥美定取缔不了,因为它是化工原料,聚丙烯酰胺,盖房子还得用呢。 贴瓷砖的勾缝剂里面就有这东西。 就像三聚氰胺,我们家橱柜的面板就叫三聚氰胺板,谁想到还能做奶粉呢? 咱中国人的聪明才智啊。"

丁圆圆在网上查过,奥美定作为人体填充物,一开始是从东欧进口的,这玩意是用来易容的。 后来引入中国,取得了人体填充剂的批文,大约有十年时间,在整形业广泛使用,隆胸、隆鼻、隆下巴、填充眼睑的凹陷。 后来恶果开始显现,几十万受害者开始惶恐不安,要把体内的定时炸弹取出来。 能取出来的还算幸运。 很多情况下,奥美定已经和人的血肉结合到一起,你中有我我中有你了。 乳房里打了奥美定的女人,不管怎样,是不能哺乳了。 按照贾一澜的说法,这些受害者们不仅得不到赔偿,还得不到同情。 多数人是偷偷整形的,出现问题也不敢声张。 因为并发症出现被泄了底,婚姻破裂的不少。

"看起来丁大夫也对隆胸的人有些偏见。 他对那个要取奥美定的人态度就不太好,她要做什么他都一口回绝,难道也是觉得她活该? 我总觉得丁大夫不该是这样的人。"

"这不是偏见。 我们也要自我保护。 你一说我就知道是怎么回事了。 这样的患者很多,做过多次整形手术,永远不会满意,永远在修复,当时说得好好的,事后就来闹个没完,出人命都不是没可能。 给她们手术,费力不讨好。 我们医院整形科至少有一点好,那就是可以选择患者。 反正整形医生满大街都是,总能找到给她做的人。"

奥美定让丁圆圆了解到整形凶险的一面,董尧的 QQ 群空间,又让她发现整形的魔力。

从前贾一澜不时提到美人沟的"东邪"李顺,丁圆圆都没有留意,如今她有心探索整形医生和他的作品之间的关系,想去了解李顺了。

"李顺和丁大夫曾经是美人沟的一时瑜亮,他是个什么样的人? 为什么离开你们医院了呢?"

"他虽然离开了,其实走也没走远,前妻和孩子还住我们楼上,有时候他还会回来看孩子。 他下海的那个医院就在拐过去那条街,我们小区二期的底上,他和上了位的小三在那个小区里租房子住。"

"就是那位门诊手术室的漂亮胖护士?"贾一澜常常提起这位胖护士,丁圆圆对他人的婚恋八卦没有兴趣,因此也没有打听过。

"对,就是她,王琢。 李顺和我,还有丁迅都是校友,一个系的。 丁迅比李顺高一届,前后脚来美人沟。 还有林恒,他比丁迅还高一届。 他们三个这几年都成了所谓的名医。 李顺不像丁迅那么一本正经,人整天嬉皮笑脸的,自来熟,爱跟患者打成一片。 那时候,到美人沟来做双眼皮的小姑娘,不是找丁迅,就是找李顺,或者两个都找,又两边传话,人为地把两个人对立起来,搞得他们关系有点尴尬。 不过他跟我的关系还不错,当年还追过我呢。"

"那难怪两人关系尴尬了。"

"倒也没什么尴尬的,他追过的人多着呢。 他自己的理论是,我家境不好就要笨鸟先飞,不要放过任何机会,有差不多的就追追看。 他跟我们就是有缘,又是同学,又是同事,又是邻居。 他凡事都爱和丁迅比。"

"比什么? 比媳妇,比职称,比收入? 他下海了,收入应该是比得过丁大夫了吧,在外面肯定挣钱更多吧。"

"挣钱可能多,可是他心理还是不平衡啊。 前几天我们医院一人分两箱橙子,我家四箱呢,吃不完,给楼上送了一箱。 他正好在那儿,觉得惆怅。 我说,你现在做个手术,能买一车橙子吧,还羡慕我们这点蚊子肉。 他说,不一样,这是体制的关怀。 他离开医院,也是迫不得已。私立医院钱多,委屈也不少。 他在质美,整天就是做双眼皮,被宣传成美人沟双眼皮之王了。 如今丁迅不做了,没人跟他比了。"

"我在网上看到过,他和丁大夫做的双眼皮风格不一样,各有千秋,还总是被放到一起比,像北大和清华一样,真挺有戏剧性的。 丁大夫这算是退出竞争,拱手让他称王了?"

"要说双眼皮,丁迅还真不能跟他比。 他跟双眼皮的关系源远流长。 你将来要是写一部中国整形史,双眼皮这一章真的应该把他写进去。 他说自己就是成败双眼皮,还说,感谢上帝赐予中国人单眼皮,丁迅有个好丈母娘,可以帮着买房子,他买房子,就要靠全国各地的单眼皮姑娘,她们都是他的衣食父母。

"说来他的前妻就是他的双眼皮患者,是个大学老师,两人不知道怎么好上了,结了婚生了孩子。 王琢跟他,也是从双眼皮开始的。 我们这儿的护士可以免费手术,跟医生说好了就行,王琢有点怕丁迅,就找李顺。 那姑娘人胖,皮厚,做完了老也不消肿,前期整天嚷嚷宽了,那时候养了只猫,给猫都起名叫王宽宽。 见人就唠叨:'是不是宽了? 贾大夫,还能窄吗? 窄两毫米就行,两毫米,能窄吗?'她还整天折腾李顺,说你给我割宽了,你得管我一辈子。 一来二去,她的双眼皮窄了,两人也越走越近,真的要管她一辈子了。"

"他俩是因为奸情败露所以都走了?"

"一方面吧。 医院里这种事情不少,但都是暗地里的,他们搞得满城风雨,是有点待不下去了。 不过主要原因还是他在外面走穴,跟患者有了纠纷,也是双眼皮,术后粘连了,其实也不一定怪他。 患者跑到医院来闹,领导本来就看他不顺眼,也不罩着他。 质美一挖脚,他就走了,小护士也跟着去了,在那儿做咨询。 这倒适合她。 她能说会道,嘴巴甜,当护士就有点害人了,那姑娘责任心相当差,配肿胀液能忘了放利多。"

丁圆圆问清楚利多指的是利多卡因,是一种麻醉药,肿胀液是做吸脂手术用的,生理盐水加上利多卡因。 能忘记放麻醉药,确实是糟糕的护士。

第九章

剖腹藏珠手术

她知道脂肪团被夹出来,她知道剪刀在剪着自己的肉,可是却感觉不到疼痛。 有时候不疼比疼更可怕。 疼是一种自我保护,当和外界发生了冲撞,痛觉让你知道何时停止,何时退缩。 没有了痛觉就会不知道自己受了伤害,傻傻地斗争到死。

"质美医疗整形机构"的门脸和雄伟的美人沟医院比起来,有蚂蚁VS大象的感觉,看起来跟个美发店差不多。

李顺大夫称不上眉清目秀,长了个过度发育的大鼻头,有点像侯宝林。 他的头发很黑很浓密,微微卷曲,如云乌发给他添了些精气神。他满面笑容地站起来迎接丁圆圆,接过她恭敬地奉上的名片,笑嘻嘻地对她说:"美女,丁迅没给你垫个下巴?"

"啊? 没听说过啊,原来我需要垫下巴?"

果然跟丁迅不是一个路数的,几秒钟之后,丁圆圆就觉得与李顺成了老熟人了。

李顺拿起一把尺子,用酒精棉球擦了擦递给她,告诉她鼻尖、嘴巴、下巴应该在一条直线上,这才叫标准。 丁圆圆用尺子贴着鼻子和嘴巴,果然碰不到下巴。 她又把尺子贴着下巴和嘴巴,上面就碰不到鼻子。

"呵呵,真的啊,还真的不在一条直线上,美女都是一条直线吗?"

李顺也拿起一支笔,放在自己的大鼻头上,下端贴在了下巴上。 不过丁圆圆注意到,他在用力抿着嘴。 "李大夫,看来你也需要垫下巴。"

前台的女孩也进到办公室来,她知道丁圆圆是贾一澜的朋友,亲热地跟她打招呼。

这就是原美人沟医院门诊手术室的漂亮胖护士王琢。 小姑娘胖胖的,很水灵,皮肤白,两颊透出新鲜荔枝般的色泽,眼睛可以称为"火辣辣的大眼睛",那是李顺的手笔。

话题就从称赞王琢的双眼皮开始。 丁圆圆说起自己见过很多李顺的案例图片,恭维他有化腐朽为神奇的功力。

"有丁迅做得好吗?"李顺问。

一个人常常把另一个人挂在心上,言必提及,那人要么是他的暗恋对象,要么就是他的假想敌。 丁迅之于李顺,应该是后者。 刚好丁圆圆在天下无单群中了解到一些关于两人比较的历史结论,所以还算有话可说:"江湖上说,论形状,李大夫做得美妙。 丁迅的缝线有特点,看起来轻巧干净……"

王琢插话了,一说一个笑,眼睛弯成了上弦月:"缝线好看有什么用,几天就拆了,有本事他们不拆呀,留做纪念呀。 哎,街上新疆人卖的切糕你知道吧? 我觉得丁迅做的双眼皮就像那个切糕,都是表面文章,好像每一刀切下去都有好多果仁儿,看起来很有料的样子。 其实所有的果仁儿都露在外面,里面就是一坨面疙瘩,也就面儿上好看。"她的声音清脆,叮叮咚咚地,刻薄话听起来也那么可爱。

丁圆圆哈哈地笑了起来。

王琢又说:"当然啦,我说的话不客观啊。 当年丁迅老说我,所以我也就抓住一切机会糟践他。”

李顺表示不服："那是小姑娘们不懂,瞎说的。我没觉得他缝线比我好在哪里。他只不过最后给清理得干净点儿,他上学的时候就老当班十部,带着红胳膊箍儿检查卫生,那是爱好打扫。其实啊,什么缝线,都是浮云!全恢复好了再比一比!"

丁圆圆看了看王琢明眸善睐的眼睛,在心里和董尧的眼睛比了比。她喜欢董尧的眼睛,那显然是她的个人偏好。

王琢朝李顺撇了撇嘴:"喊,你别不承认,你就是比丁迅手重,下手狠,你看我肿了多长时间呐。还有我这眼角儿,都留疤了吧?就是你水平不行,拿姐当牺牲品了。"

"就你眼角儿那还算疤呀?你一茬一茬地长痘,脸上什么时候断了疤了?"他又嬉皮笑脸地说,"你那个我是故意的,好让你找上我。"

王琢瞪起眼睛,拿起桌上的一个本子砸李顺的头,李顺又嬉笑着躲。这一对活宝让丁圆圆看得发呆。如果在刻板的公立医院里也这样打情骂俏,难怪难以立足了。

王琢停下来,一屁股坐在桌子上,对丁圆圆说:"姐,你研究整形啊?我告诉你,整容的都他妈是神经病!个个儿都是。大夫也都是神经病!我在手术室那会儿,看得倍儿清楚。李顺整天跟那儿臭贫,丁迅就把患者当小孩儿哄,患者也都缺心眼儿,还那儿撒娇,我好怕怕,人家能不能吃羊肉哇?几天能恢复到像哭了一场的那种程度啊?靠!我哪儿知道你哭一场能到啥程度。怎么他妈的都那么二!"

她粗言粗语,活灵活现,李顺不以为忤,在一边满脸怜爱地看着她。

"其实吧,整形这东西就是个坑人的玩意儿。我自己做完手术也那么二,见人就问'宽不宽,还能不能窄'。我跟我姐们儿逛王府井,不看别的,就看人双眼皮宽不宽,过路人的、广告上的。路过中国照相馆,橱窗里有毛主席像,我还上去看看毛主席双眼皮有多宽。"

丁圆圆告辞的时候,李顺笑眯眯地说:"常来玩儿啊。"

"好好,等我垫下巴的时候就来找你。"丁圆圆也跟他说笑。

"下巴还在其次,把眼袋做了吧,绝对值得做。"说得倒是挺认真。

丁圆圆从李顺那里出来，想起王琢，嘴里小声念叨着"怎么他妈的都那么二"。她说话粗俗，却给人一种温暖真实的感觉。她似乎不是一个典型的小三形象，可小三应该是什么形象呢？

而这个李顺，还真是跟丁迅参差对照，交相辉映。他们俩一冷一热，一庄一谐，丁迅好像一杯冰咖啡，清冷沁人，内涵丰富，可惜没有放糖，有苦无甘；而李顺像是一碗热汤圆，浓郁香甜，暖心暖肺，不过是火腿馅儿的，口味有点重。

见过李顺之后，丁圆圆的整形研究渐入佳境，开始对工作投入关注。很快她发现了自己的一个问题，她所接触的几位整形医生，丁迅、李顺、林恒、贾一澜，虽然各不相同，却出身于同一所学校，在同一家医院工作，从他们那里了解到的资讯，未免有"近亲繁殖"之嫌。想到这里，她决定拓展疆土，开始"微服出巡"，探访京城的整形名医。

根据国际整形研讨会上林恒宣读的论文，丁圆圆为自己准备好了剧本。三十岁女性，未婚，寻找新工作中，面部初现衰老迹象，诉求为抵抗衰老，改善外貌，以提高在择偶市场和就业市场中的竞争力。

丁圆圆四处赶场，见了不少小有或者大有名气的医生。他们之中有像丁迅一样态度含糊，愿者上钩的；有李顺一样熟络热心，犹如亲哥的；也有林恒一样张扬高调，八面玲珑的；还有贾一澜一样，默默无闻，有些愤世嫉俗的。

公立医院的整形科特点是好挂号，即使是热门医生，也无须彻夜排队或借助黄牛。花五块或者八块钱的挂号费，就可以坐下来恳谈良久。而私立诊所往往见不到医生真面，接待你的是王琢这样的"咨询师"，对着你的脸看上一分钟就可以制定出恢宏的整套变脸方案。

在所有丁圆圆拜访的医生中，有一位独特的神秘的"审美大师"，丁圆圆甚至怀疑他会不会做整形手术。他的咨询费是两百元人民币。出于敬业精神，丁圆圆还是一咬牙掏钱去见了他。他说的话很抽象，很深奥，并没有说出什么具体的手术方案。他一直在谈论相貌对于一个人的意义，各种特征的相貌如何与人的命运相连，还说整形归根结底不是外科问题,而是心理问题。 丁圆圆怀疑他根本就是个相面的,另外可能旁听过几次劳动部心理咨询师三级资格考试的培训班。

各路人马相看和评点着她无辜的脸。 如果他们给出的方案通通被采纳,她的脸从里到外从骨到肉非翻天覆地几次不可。 她曾以为容颜标致的董尧再没什么手术可做,如今看来,别说董尧,任你如何绝色,也有可改变的余地。 方的可以变成圆的,圆的可以变成扁的。 丁圆圆知道自己的五官总体耐不住推敲,不过照镜子观察一下,自认为嘴巴长得还好,虽然不像小唯喜欢的那样饱满有沟,总算唇峰明显,厚薄适中。结果有人建议她整嘴巴,一是可以弄断人中部位的某一块肌肉,让上唇变得长一些,她的上唇有一点点短;二是可以从里面缝一下鼻翼下面的某肌肉,这样嘴角可以永久上翘,无须费力微笑就可以保持有亲和力的表情。 这让她恍然大悟。 近来她留意过一些明星的脸,发现不少人的嘴角形状和弧度都很类似,看来很有可能都是缝出来的。

几乎每个人都提议她注射玻尿酸填充鼻唇沟,切掉眼袋,这都是小意思。 还有人说她需要开眼角,将原来的双眼皮作废,重新割一个,去掉眼皮上多余的皮肤和脂肪、隆鼻、垫下巴,这算是升级版方案。 还有建议她大动干戈,把颧骨凿断,向内缩窄,在太阳穴里面放两片硅胶,上颌骨打断后退三毫米,也就是所谓正颌手术。

对于她来说,最惊悚的建议来自一位小眼睛的韩国医生。 他先说丁圆圆迫切需要去掉眼袋,然后应该做一个"眼底娇媚"手术。 他认为丁圆圆的眼轮匝肌长得不好,就是眼睛下面的肌肉,也叫卧蚕。 但凡美女都有明显的卧蚕,会让人显得可亲可爱,而且卧蚕主桃花。 卧蚕不明显的眼睛看起来太严肃,当然就交不到什么桃花运了。 "眼底娇媚"手术就是做一个卧蚕出来,韩国的好多明星都做过。 可以注射玻尿酸,但是效果不持久,最好的办法是植入自体真皮,远期效果很好。丁圆圆随口问了一下自体真皮是什么,答案令她骇然。 自体真皮就是从她自己身上割一块皮下来,缝到眼睛下面。 并且真皮要够厚才成,而最理想的真皮来自骶尾沟的部位。 骶尾沟是什么呢? 原来就是两瓣屁股中间的地方。 由于隔着翻译,丁圆圆也就懒得质问那个不知真假的韩国大师,先割掉眼袋然后又在眼袋原址缝上一块肉皮,这又是何苦? 明明没痔疮却平白无故做个类痔疮手术,屁股割掉一条肉,上厕所可怎么办? 还有,这种手术让人交桃花运,如果找到了理想夫婿,发现我面貌和历史照片不一样,该如何解释一双妙目的娇媚是从屁股上移植而来?

"如果你是真的要整形,这么多医生,你会找谁做呢?"小唯问她。

这些天来,走访医生的所见所闻,她都及时地向整形界好友贾一澜和韩小唯汇报。

找谁呢? 为了工作的缘故,她的脸受尽了屈辱,可是她只当在演戏,还没有联想到自己身上。 如果真的不得不整形,该如何选择医生呢? 丁圆圆在脑袋里把见过的医生过了一遍,那些留下或忠或奸、或廉或贪、或胸有丘壑或闪烁其词印象的人。 与医生相谈一次,仅能了解他的语言表达能力,对他为人的判断都不见得准确,手术到底做得如何更无从得知。 这就和练武功一样,就算背了无数本武林秘籍,坚信"侠之大者,为国为民",拳脚功夫也不一定厉害。

"我真的不知道选谁好,所以,我的办法就是什么都不要整,这样就谁都害不到我。 我要做整形,顶多把眼袋去掉。 有的医生也很厚道,告诉我不需要整形,保持充足睡眠就可以了。"

她是认真的。 就算她见过的最朴实的医生,甚至反整形的整形医生,至少都会说,你无须做其他整形,只把眼袋切掉就行了。 丁圆圆的眼袋,也是她自己所在意的。 因为,眼袋似乎并不只是相貌的一部分,也是生活方式的代言。 "你是不是哭过啦?" "昨晚没睡好吧?"常有八卦同事这样问她,然后再揣测她为什么哭了,是不是失恋了,还有,没睡好是因为去泡了夜店,还是和什么人一夜缠绵。 虽然都是开玩笑,说多了,也不免让她觉得讨厌。 她试过用各种民间方法勤加保养,冰彤那里有各种护肤品的试用装,也给过丁圆圆许多明星产品的眼霜,似乎都没什么效果。 贾一澜数次劝她对其他尝试死心,对于眼袋,只有外科手术是最彻底最有效的解决方法。

偏见源于无知,随着她对整形的了解不断深化,对整形医生也收起了轻慢之心,把标签撕下来。 做个小小的眼袋手术现在在她眼里也就像去补一颗蛀牙一样稀松平常了。

以身试法之前,先做技术调查,她到网上搜索了眼袋手术的视频,然后被吓到。 论血腥,眼袋手术自然比不上下颌角手术。 可是,那个手术只是看热闹,把自己代入,想到眼睛这样的要害部位被刀子割开,不免感到心惊胆寒。 视频里,手术刀从睫毛下面切开皮肤,鸡油一样黄黄的脂肪团扑地弹出来,一只镊子把那团黄油继续向外拽,然后用剪刀犹疑地剪掉一些,剩下的居然又塞回皮肤下。 缝合好之后,眼睛下面的黑色线头好像镶嵌了好多只露出脚的苍蝇。

手机上及时地来了一条垃圾短信,而此刻却显得不那么垃圾:"二十分钟抚平岁月痕迹,不开刀去眼袋,快速溶脂,美丽不留痕。"

她想起在几家私立医院了解到的眼袋信息,有三家医院都分别自称拥有人称"中国眼袋王"的医生。 当时没有放在心上,恍惚记得有溶脂针去眼袋、激光去眼袋之说,都不用开刀,非常舒服便捷,看来她在视频里看到的手术是过时的方法。

她找到贾一澜,给她看短信:"我就要这种,不开刀,美丽不留痕的。"

"不开刀做手术,就像不张嘴吃饭,我们做不了。"

"你们落后了,还是美容院体制灵活,技术也更先进。 溶脂针,你们没有吗?"

"溶脂针没有药监局批准,我们医院当然不会用。 国外能合法用的,也不能用于面部。 你以为不开刀就安全? 要是不小心扎在血管上,出了血肿,眼睛都会瞎。 还有的所谓不开刀,可能就是给你上个镇静让你睡着,然后做个内路手术,醒来以后再给片止痛药,反正结膜伤口愈合得很快,神不知鬼不觉,你就以为没开刀呢。"

丁圆圆莫名惊诧:"有这样的事? 我可不干,要是把我弄睡过去,眼睛被开刀,说不定把肾也摘走了呢。 可是我在网上看了眼袋手术视频,真的很吓人。 那黑黑的缝线像苍蝇脚一样,我有密集恐惧症,忍受不了的。"

"你的皮肤不松,不需要缝针的,外切才需要缝。 内路就是从结膜开一个小口,外面看不出来,算是最简单的手术了。"

贾一澜只提供咨询,拒绝为她手术,原因是给朋友手术会影响判断。 丁圆圆猜她是有心理障碍,害怕朋友关系变成医患关系,会生了嫌隙。

贾一澜推荐丁迅,丁圆圆却想找关锋。 就算是小病小手术,也是找大专家看更有把握。

关锋也拒绝了她:"还是找丁迅吧,他最熟练。 我看他做眼袋切下来的脂肪,都够做一顿海南鸡饭了。 我们总院副院长都找他做,当官的在他手底下做手术的也不少。 他的水平配得上你。"

丁圆圆说:"这么说也不对吧。 什么院长啊,大官啊,他们的命可能比我的值钱,可是他们都是老头子,做坏了就做坏了,什么都不耽误,怎么能跟我这大姑娘比? 我要找最好的大夫,我只信得过你。"

关锋呵呵笑着:"傻丫头,你以为专家主任做的就好? 可不是那么回事。 你知道我多少年没做过软组织整形了? 让我给你做反而可能做坏了。 你们最好永远没机会让我做手术,我的每个手术背后都有一场悲惨的事故。 小美妞们还是找丁迅去吧。"

然后,关锋又问她和丁迅沟通得怎样。 丁圆圆告诉他,有了贾一澜,不需要丁迅做顾问了。 关锋还有些遗憾:"丁迅这小子不爱思考,我看你特别会说道理,还想让你多敲打他,好让他进步呢。"丁圆圆这才知道,关锋把她介绍给丁迅别有居心,要把她当牛虻来用。

于是,她到隔壁办公室见了丁迅,丁迅依然没有多言多语,只说近来的日场手术均已约满,反正手术小,要她自己找一天,他晚上加班为她做。

"丁大夫,你都没有好好看我一眼,怎么下诊断?"

"不用看了,我心里有数。"

丁迅是她见过的诸多整形医生中唯一没有建议过她切眼袋的,可是他"心里有数",好像她的眼袋就像一只坏了的灯泡,早就坏在那里,早晚会找人换过,而且一定会找他换。

门诊手术室不像住院手术室那么肃穆。 换拖鞋,换罩袍,洗脸,戴上一次性的无纺布帽子,然后被护士招呼去照术前像。

在一块幕布前像逃犯一样被拍了正侧面照,虽然被闪光灯闪得眼前一片黄晕,丁圆圆还是在来来往往的蒙面人中找到了她的主刀医生丁迅。 真奇怪,戴着口罩的丁迅似乎更有辨识度。

丁迅和她面对面坐着,交给她一张纸,请她签字。 这是手术同意书,医生和病人之间的生死契。 丁圆圆从头到尾仔细读了一遍,一共十七条。 她是个说明书爱好者,不管什么说明书或服务协议,不管字多小,语言多晦涩,条目多么多,她都会从头到尾看上一遍。 看完后,她开始问问题,什么是血肿,凹陷了会怎么样,麻药过敏了怎么办。 她其实并没有多担心,只是要体验,就体验得仔细一些。

丁迅没有不耐烦,他态度温和,言简意赅,一一解答了丁圆圆的问题。 他可能把丁圆圆的表现理解为一种焦虑,在她签字的时候,跟她说了一句:"放心吧,保证你不会有问题的。"

美人沟医院的关键字之一就是镜子,手术室里也有一面墙的大镜子。 屋子中间是一张窄小的手术床,铺着白单。 她按照要求爬上手术台躺下,丁迅用布巾包住了她的头发。

她平躺着,脸的正上方是无影灯,光线有些刺眼,她下意识地用手挡了一下。

丁迅看到了,走过来调整了一下灯,然后问她:"现在好点没有?" 声音很温柔。

丁圆圆看着他,一个躺着,一个站着,这个九十度的视角让丁迅看起来和平日不太一样,这大概就是董尧眼里的丁迅吧。 丁圆圆在手术室门外第一次见到他,觉得他潇洒精干,而后来与他的接触中,却对他不乏腹诽。 他像是那种到了一定年纪就失去了特质的人,思想和行为都有了定式,成了编好程序的机器人。 就算貌似事业有成,人中龙凤,实际上内核完全可以被另外一个类似的机器人代替。 他的外表也平平淡淡，是那种轻微脸盲症患者见过三次也记不住，反而可能会受特工选拔机构欢迎的类型。 人的同质化，在某些制服职业中尤其突出。 警察、铁路乘务员、医生，穿上制服，所有人都变成了同一个人，同样的态度、同样的言辞，他们的自我消失了，制服让他们戴上了人格面具。 穿白大褂的，除了少数像李顺那样保有着自己的鲜明个性，多数都冷漠、疏离、怕惹麻烦，好像他们随时会被起诉，被追杀。

"我给你的脸消毒，会有点呛，你可以暂时不要呼吸。"丁迅解说着他的动作。

酒精在她脸上擦了一遍又一遍，她感觉皮肤很紧。

"下面要给你打麻药了，可能会有一点疼，不要紧张。"

丁圆圆竟然应声而紧张了。 她想起了看过的手术视频，眼睛像一只被开膛的小鸡。 这是她平生第一次做手术。 她自己并没生过大病，而且讳疾忌医，除了屁股上被打过针，在口腔科被凿过牙齿，体检时被摸过乳腺，个人的身体没怎么和医生打过交道。 小时候有同学因为骨折或者阑尾炎做了手术，她心里还暗暗羡慕，觉得那是不平常的经历。

紧张袭来，她不敢声张，这是个小手术，平日里自己表现得见识非凡，这就紧张了，不是丢人吗！

可能是颤动的眼皮或者僵硬的肌肉暴露了她，丁迅体察到了她的紧张，没有继续打麻药，而是带着笑意对她说："你来数数看，我的眼皮有几层。"

这是儿科的手段，丁圆圆不禁失笑："小朋友，你来数数那个阿姨衣服上有几只蝴蝶？ 你在你们班个头排第几？"难怪王琢说丁迅把患者当小孩来哄。 从丁迅的态度看，他是在开玩笑。 丁迅居然也会开玩笑？

她真的仔细看了看他的眼睛。 他长了双大眼睛，眼皮真是多层的，左边五层，右边三层半。 他的眼睛看起来很善良，没有小鹿的眼睛那么纯洁，可以比作老黄牛的眼睛，牛郎织女里的那头老黄牛。 是什么让人的眼睛看起来善良呢？ 是形状，白眼球的清澈度，还是眼神？ 眼神到底是什么东西？ 是否算是相貌的一部分，可以通过整形塑造吗？

经过丁迅的哄逗,她开始了数眼皮和对眼神之本质的思考,果然不紧张了。 放松到麻药针打进去都没有感觉。

丁迅用针试探她,看她没什么反应,说明麻药起效了。 这时候又进来了一个人帮他的忙。 丁圆圆感觉自己的下眼皮被翻开并且固定住了,看不清东西。

"眼睛尽量往上看。"丁迅叮嘱她。

丁迅的动作很轻,进行每一个步骤前都轻声地提示她。 她感觉到眼睛下面被揪扯着,又让她心里一阵烦躁。 她知道脂肪团被夹出来,她知道剪刀在剪着自己的肉,可是却感觉不到疼痛。 有时候不疼比疼更可怕。 疼是一种自我保护,当和外界发生了冲撞,痛觉让你知道何时停止,何时退缩。 没有了痛觉就会不知道自己受了伤害,傻傻地斗争到死。 麻醉这种神奇的东西让人感觉不到痛,让伤害变得舒服。

她的焦虑,丁迅好像也感知到了。 "这里可能会有点难受,很快就好了。"

"感觉像第一次游泳,被教练拉下水,有点失重。"她不知道为什么会用游泳来比喻,可能,都是对自己的身体失去控制。

丁迅轻轻地笑了:"怎么会像游泳?"丁圆圆想起贾一澜告诉过她,丁迅是游泳健将,几乎每天都早早起床,先去附近的游泳馆游一圈再去上班。

"你刚学游泳的时候,没有那种在水里失去控制的感觉吗?"她问丁迅。

"我都不记得怎么学的,我们那儿的小孩儿都会游泳。 小时候没什么玩的,我们家那里水塘多,夏天热,一放学回家就跳到水塘里去。有时候从村这头到那头,我都是游过去的。"

"那衣服不是湿了?"

"小孩有什么衣服啊。 夏天的时候也就一条裤衩,跳水就脱下来扔到树杈上。 有时候游一圈回去,裤衩就丢了,回家就挨我奶奶一顿打。 以至于我一出门玩,我奶奶都不让我穿裤子,就怕丢了。"

丁圆圆哈哈笑了起来:"原来你还裸奔过! 那时候谁给你拍个照片

就好了，整形医生艳照门！"丁迅的助手，也跟着笑，一个年轻男人的声音。

丁迅说："不要笑，你这么一动，多危险，剪子在你眼睛上呢。"

"丁大夫，老关说你取出的眼袋脂肪够做海南鸡饭了，还说你给大官做过手术，你都给什么大官做过手术啊？会不会把你灭口？"

"给他们做手术，没有给你做手术难。他们皮肤松弛，处理多一点少一点影响都不大。怕的是有糖尿病什么的会影响恢复。从技术上说，给小姑娘做手术，要求更高。"

这话让丁圆圆听了很受用。

她感到好像有黏湿的东西从眼角留下来，虽然不痛不痒，心里却有点难受，好像有毛毛虫爬过。

"呀，我流血了。"

丁迅用一块湿纱布轻轻地帮她擦拭，柔声说："没事的，只有一点点，别紧张啊，什么问题都没有。"

在这里，丁迅这杯冰咖啡似乎变得甘甜了。她有点明白迷住董尧的是什么了。这样一间安静的手术室，好像与世隔绝。他对董尧说，"在这里，我的时间是完全属于你的"，也许可以理解为，在这一段时间里，我是属于你的。

他轻松地跟她谈论着儿时家乡的水塘、院长的眼袋，又健谈又温柔，对她充满呵护。在手术室里，丁迅变成了另外一个人。这里是他的王国，他是这里的君王，他卸下了与白大褂配套的冷漠面具。难道只有在重重包裹之下，将大多数细菌和世俗繁杂隔绝在外，才能去伪存真，袒露自己？或者是她自己的问题，在仰视的角度，才看到了真实的丁迅？

"下面我要用电凝，可能会闻到味道，不要怕，是给你止血的。"丁迅一边操作，一边还给旁边的人讲解，那个男孩似乎是个学生或者进修大夫，"用电凝的时候，要注意看准出血的方向，在血管断端上方凝血，范围大了就焦了。"

丁圆圆闻到一股肉焦味，不由得说："嗯，好香啊。"

"馋烤肉了吧？ 烤的还是你自己的肉。"那个叫做"沈雷"的说。

"有孜然吗？ 给我撒点儿。"

沈雷把一块湿纱布在丁圆圆眼前晃了晃,上面有几团玉米粒大小的脂肪,黄黄的。 手术做完了。

丁迅最后用湿棉球擦了擦丁圆圆眼睛的周围,在她眼睛下边压了两块纱布,用胶带固定:"很好,大功告成,出血不多。 纱布要一直压着,明天早上可以自己拆下来。 回家以后适当冷敷一下,注意别老低头,很快就会好了,放心吧。"

丁圆圆从手术台上爬起来,眼前有点模糊。 她看了看墙上的大镜子,自己的样子很好笑。 丁迅刚才的温柔只是逢场作戏,使命完成,转瞬间已经不见了踪影。 沈雷把她的眼镜交给她,扶着她出了手术室,递给她一张卡片,说是术后注意事项,然后又在护士台的桌子上拿了一个一次性口罩给她。

"这是做什么用的？ 我的伤在眼睛上,干吗要挡着脸？"

"免得被人认出来呀,你在这个医院不是熟人多吗?"

丁圆圆仰着脸看着朦朦胧胧的沈雷,他很高,块头也大,身高八尺,虎背熊腰,戴着口罩帽子,眼睛很亮,眼神很纯,闪着阳光般的笑意,衬着湖蓝色的短袖刷手服十分好看。 看来他认识丁圆圆,可惜丁圆圆不记得他。

丁圆圆从手术室出来,韩小唯在门口,拿着她的羽绒服和手袋等着她,见了她,就说:"哈哈哈哈,恭喜破处!"

在小唯的车上,丁圆圆不时地把遮阳板上的镜子翻下来照,却根本看不到什么。 她一时心急,不顾丁迅的医嘱,把纱布扯了下来。 眼睛看起来还好,只是有些睁不开,看东西有些模糊。

"我以为会很肿呢,结果还好。"

小唯有经验:"刚做完手术一般不会太肿,二十四小时以后才会肿得厉害呢,你要冰敷一下,可以冻一袋牛奶,然后用毛巾包包好。"小唯又说,"你快快恢复好,我等着看效果呢。 如果效果好,我未来也找丁迅做眼袋。"

听起来,她还盼着自己长眼袋,就为了尝试丁迅的手艺。

"做手术有那么值得期待吗? 虽然这个手术小,过程当中我还是焦虑了。 好在丁迅作为医生很好很好,一直安慰我,还让我数他眼皮有几层。"然后她想到,小唯做过那么多手术,跟她讲手术感受是班门弄斧。

"其实我做手术的时候也会焦虑的,说到底是一个冒风险的事情,不知道结果会怎样。 为了变漂亮,没办法嘛。"小唯说。

"是啊,难怪大一些的手术要全麻呢。 像我第一次来这里,看过的那个下颌角手术。 幸好那个姑娘不省人事了,如果醒着被这样搞,吓也吓死了,心里会留阴影的。 你做过下颌角,可是并不知道手术是怎么做的吧,只知道醒过来脸就变小了?"

"我知道呀,嘴巴这样翻起来。 我的下颌角就是局麻做的。"

"啊? 还可以局麻做?"

"没办法,我的时间紧张,全麻需要提前做很多准备,那种睡觉的静脉全麻也不行,好像说会被自己的血呛死,只好局麻做。 一边手术我一边连哭带喊,脚还在下面乱踢,那个锯子嗡嗡地,震得我脑子都麻了。"

"他们敢这样做手术,难道不怕病人中间情绪崩溃? 弄不好会毁容的!"

"这样手术肯定是不规范的,不过我们也知道,我们的脸比命还重要,所以不管怎么哭闹,头是不敢动的。"

听小唯讲她的手术,丁圆圆觉得,自己眼部切掉几粒小小的脂肪,简直跟被蚊子叮一下差不多。

丁圆圆在家里歇了两天,养着还有瘀血的眼睛,每天照镜子。 她总觉得不见好。 想到自己刚做完手术就把加压包扎的纱布拆掉了,不禁担心起来。 贾一澜告诉过她,丁迅每天都要接到十几个术后表达担心的电话。 因为是熟人,她反而不好意思给丁迅打电话,问毫无新意的问题了。 她想起董尧做过内路眼袋,于是决定跟她沟通一下,这个时候最能安慰她的就是同病相怜的人了。可是董尧居然说,自己做完手术很快就恢复了,毫无感觉。

她俨然忘了董尧做手术醉翁之意不在酒,并没有参考价值,只觉得自己问题严重,更加担心了,于是去骚扰贾一澜。

"姐姐,我的眼睛红了,白眼球上都是淤血。"

"应该是毛细血管破裂了,没有关系,会吸收的。"

"为什么我眼圈周围黄了,而且好像眼袋还在?"

"你觉得眼袋还在是因为肿,眼圈黄是瘀血吸收时候铁黄素的颜色,是正常的。"

"刚做完都不肿的,现在怎么反而肿了?"

"正常的,都有这个过程,耐心等待!"

"耐心等待"是整形医生跟自己的病人重复过几千遍的话。偏偏他们就是从不肯耐心等待,包括丁圆圆这样平时显得有强大理性的人。

"我会不会是血肿了?"隔天,丁圆圆又问贾一澜。虽然是在 QQ 上,丁圆圆也能感觉到贾一澜哭笑不得。

"放心吧,丁迅做的,绝对不会的。"

"你又没看见,你怎么知道?"

"请问你知道什么叫血肿吗?"

"不知道。可是我记得我签的那个霸王条款上,就有什么血肿,我问过丁大夫,他讲了,我也没有听懂。"

"你眼睛做坏了,我把我眼睛赔给你,好不好?要是还不够,我把手也赔给你。右手!你就放心吧,小姐!"

果然如丁迅和贾一澜的预言,四天后,眼睛消肿了,瘀血吸收了,眼眶周围只有淡淡的黄色,眼袋不见了。

丁圆圆去上班,帕梅拉对她说:"内切果然好得很快,再过十年,皮肤松掉了,你再做个外切。"

在丁圆圆的鼓动下,杂志准备策划眼袋专题。丁圆圆现身说法,觉得其他的一切都不管用,还是动刀子来得痛快彻底。她自己又不是没试过,什么土豆片、茶叶包、抗浮肿和有紧致作用的眼霜。冰彤对这些依然乐此不疲,她也有眼袋。 "我的眼袋就像我的孩子,它是我的一部分,我可不能像你一样轻易放弃。 我要好好教育它。"除了眼霜,她还介绍了几种起掩饰作用的明彩笔一类的化妆品,还有淋巴引流按摩手法,还有依兰和玫瑰的复方精油,都适用于改善眼袋。

"那些都没有用,眼袋是疝出的脂肪,外用品是不会起作用的。 就像是装了果冻的两层袋子,里层的袋子破了,果冻冒出来鼓了一个包,你在外层的袋子上涂涂抹抹或者按摩,怎么会管用? "她胡乱打了个比方。

冰彤问清楚"疝出"就是疝气那个疝,直说整形语言很恶心。 "如果外层的袋子足够厚,足够有韧性,里面的东西漏了,外面依然可以看起来不明显。 我们就是要对外面的袋子做功课。 不像整形,不管什么都要用刀。 现在是新时代了,不是什么都可以用武力解决的。"

"可是看你的眼霜测评,并没有什么能增加皮肤韧性的试验结果,只说滋润,延展性好,好推。 眼霜是用来推的,那为什么不装上轮子呢? 那才好推呢。"

冰彤为她痛心:"你看看你,屁股决定脑袋,你脑袋上头做了个小小手术,屁股就坐到那边去了。 你不会从此演变成整形狂吧?"

再到美人沟,丁圆圆特地去看了沈雷。 在手术室里得到他的照顾,他的眼睛又那么迷人,让她有些好奇,想看看他的脸长什么样子。 贾一澜告诉她,沈雷是关锋的博士生,是美人沟近年来罕见的帅哥,很阳光,只是身材胖壮了一些,还有就是鼻子长得不够好,驼峰鼻,有些下垂。

沈雷的脸看起来有些稚嫩,和他那魁梧的身形很不匹配。 那张脸轮廓精致,蜜色的皮肤,嘴角微微上翘,两颗小虎牙和董尧是同一款的。有趣的是他长了一张小唯孜孜以求的漂亮嘴巴,上唇薄而微翘,唇珠明显,下唇像"屁股"一样中间有条小沟。 眼睛看起来笑盈盈的,鼻子确实长得不够好。 沈雷这样的样貌,应该是女娲亲手捏的,可惜漂亮的脸要完工的时候,可能被什么事情分了神,鼻子捏到半路,没有按照应有的弧度完成鼻尖,就匆匆收尾了。

“感觉怎么样？ 完全恢复了吧？”沈雷问她。

“还好。 只是觉得有点肉疼,花了两千多块,只买了几小团脂肪,还是我自己身上出产的,比金子都贵。 还有现在一照镜子,眼睛底下平平的,一点存在感都没有了。”

贾一澜对沈雷说:“沈雷,你看,丧失反应! 才做了个内路眼袋而已。 慢慢你就会发现了,整形没那么美好。”

丁圆圆知道,丧失反应一般发生在相貌有了戏剧性变化的患者身上,因为接受不了新的自己,产生心理问题。 在关锋和沈雷所在的颌面外科中最为常见。 贾一澜这样说她,主要为了嘲笑她在恢复过程中的种种病态表现。

人在生活中遇到问题,会习惯性寻求解决方案。 有的人会暴食,有的人会沉湎于赌博,有的人会去跑步,有的人会一遍一遍地擦地板,有的人工作不顺利就去考研,读了一个又一个学位。

“有了第一次,以后就容易了。”这是她做完眼袋的时候,小唯对她说的。

果然,过完春节没几天,丁圆圆决定做下一项手术了。

起因是一组艺术照。

他们公司有个摄影工作室,近水楼台,隔上一段时间就让全体编辑穿上借来的各色服装,拍一组照片。 这一回要拍南亚风情,每人一套纱丽。 纱丽是印度的传统服装,下身是衬裙外面裹上一块六米长的绸布,留一截搭在肩上,上身是一件露背露脐的短袖小布衫。 一般来说,小布衫都是量身定制的,因为胸部和袖子需要和身材严丝合缝,可他们的衣服是借来的成衣,只能挑相对合身的。

纱丽是很漂亮的服装,胖子也能穿出袅娜感。 但是丁圆圆没有穿纱丽,而是穿着由宽大的长衫和灯笼裤组成的旁遮普服。 因为,没有合适她的衣服。 那些短衫,袖子都太瘦。 袖子合适的衣服,胸围都要大上两三个尺码。 同事们都暗暗笑她,让她好生尴尬。

显然,她的胳膊肥得不成比例。 这是家族遗传,她妈妈、姨妈,以及姨妈家的表姐们,清一色地都长了两条灌肠一样的胖胳膊,减肥是没用的。

她跟贾一澜提了此事,贾一澜说:"很好办,抽脂。 我给你抽。"

抽脂和切眼袋一样,是釜底抽薪的办法。 眼袋已经好了伤疤,让她觉得手术不过如此,贾一澜的态度也让她轻敌。 本来,贾一澜对给朋友做手术颇有心理障碍,能主动请缨,说明抽脂是件很简单的事情。

她的决定做得很轻率,进了手术室,就有点后悔了。

出于对朋友的信任,丁圆圆事前没有对抽脂手术做什么功课。 她老觉得整容就是整脸,对抽脂这样的身体整形认识不多。 她想象中的抽脂,是关羽刮骨疗毒的画面:她坚强地坐在桌前,伸着胳膊,和贾一澜扮作的华佗谈谈说说,谈笑间,肥肉灰飞烟灭。

没想到进了手术室,她被要求脱掉衣服,面对墙壁,两臂平伸,姿势像个落网的劫匪。 贾一澜给她的后背拍了一张照片,然后用棉签蘸着龙胆紫,划出要吸脂的范围。

抽脂的姿势不像她想象的刮骨疗毒一样有尊严,手术台两边各放了一个圆凳,上面放着布巾包着的支架。 她需要俯卧在手术台上,手臂向两边伸开,放在支架上,这根本就是一个老虎凳。

贾一澜用碘伏大面积地涂在她后背和手臂上,然后在她身上盖了几张白单子,像是要被解剖,又像是美容院的按摩,不过按摩床应该有个洞放脸,在这里脸只能朝下埋在枕头里,说起话来声音被憋得瓮声瓮气。

吸脂手术其实是个力气活儿。 脂肪是由脂肪细胞组成的,一团一团地埋藏在皮下。 在一定压力之下,把混合着生理盐水和麻醉药利卡多因的肿胀液打进脂肪层,脂肪细胞会变得疏松,漂落在盐水中,然后,再用负压吸引机朝外抽,消除肿胀,一部分脂肪细胞就混合着血水被带了出来。 脂肪少了,抽脂的部位自然就瘦了。

贾一澜在丁圆圆胳膊肘外侧切了个小口,然后开始向里面注射肿胀液,姿势跟给自行车打气差不多。 丁圆圆感到胳膊越来越涨,好像鼓成了皮球。 虽然肿胀液里混合了麻药,她依然感觉有些疼,钝钝地、闷闷地疼。 水打完之后,一根细管子又通过胳膊肘的小切口伸了进去,像只鳝鱼一样摆来摆去,打进去的水一点一点被抽出来。 水被抽到一个圆柱形的容器里,水、脂肪、血,像鸡尾酒一样分了层。 贾一澜抽完一边抽另一边,不时停下来检查她的手臂和瓶子里沉淀的脂肪量,还连声夸赞她脂肪黄黄的,质量好。 不知道这"好"有什么用处。

抽完一边,丁圆圆就开始内急起来,这时候也不能停下来去上厕所。 又麻又胀的胳膊加上涨涨的膀胱,让她非常难受,连声催贾一澜快快结束,差不多就可以了。

贾一澜不紧不慢,说膀胱没那么容易满,只是她的精神作用,还说丁圆圆的两个胳膊是不对称的,左边的三角肌更发达一些,左边粗右边细,抽脂量要精准把握,左边得多吸点,让两边对称。

她两边胳膊各抽出了两百多毫升脂肪,等于一袋牛奶的体积。 从老虎凳上下来,她都没心情看看那两瓶来自自己身体的"人油",裹上隔离衣就赶赴卫生间。

她的胳膊在两边架着,走起路来像个僵尸。 贾一澜事先嘱咐她要穿宽松的衣服来,现在看来绝对是必需的。 手术结束后,她的两臂被厚厚的棉垫包扎了很多很多层,胳膊回不了弯儿,胸罩是穿不上的,毛衣也穿不了了,好在里面还有一件宽松的短袖衬衫。 护士帮她穿上衬衫,直接穿上了羽绒服。 羽绒服的袖子还够宽松,让她能把包得比施瓦辛格的胳膊还粗的手臂伸进去。

她打车回了家,脱下外衣,发现胳膊包得虽厚,渗出来的血水还是把敷料都打透了,羽绒服的袖子里面也沾湿了。 打进去的肿胀液虽然抽了出来,但抽得还是不够干净,残余的积液还在渗来。

丁圆圆披上一件旧衣服,在屋子里来回走了几遍。 本来感觉还好,可是偶然瞥见穿衣镜里自己的样子,双臂鲜血淋漓,像战场上的重伤员,顿时心里一阵恐慌,觉得自己要血竭而死,自感脸色都变得苍白了。 打进去的肿胀液的麻醉,此刻似乎也失效了,她觉得胳膊开始钝钝地疼。

要在平日,小唯肯定会陪她做手术,然后送她回来照顾她的。 不过小唯的男朋友已经回来了,准婆婆也从浙江来了,一直待在北京,所以她有点脱不开身。 她给小唯打了个电话。 她也只能找小唯,她做抽脂是悄悄做的,除了帕梅拉和庄菲,其他同事朋友都不知道。 自己做了吸脂,难受,别人肯定认为她是自找的,只有小唯才会理解她。 她有点明白天下整友是一家的意思了。

　　小唯告诉她，要准备成人尿垫铺在床上，否则渗出的液体会把床弄脏。 小唯从前做过抽脂，有经验。 丁圆圆听出她轻言细语，语气含糊，可能是在家里当着男朋友和准婆婆公然谈整形不太方便，于是说了几句就挂断了。

　　另一个可以找的人是董尧。 董尧还没有开学，不过年后就回北京了。

　　董尧了解了她的情况，直接赶来照顾她。 她买了成人尿垫，一包便宜的纸尿裤，还又从大书包里拿出包了好几层塑料袋的东西，说是学校食堂的大包子，很好吃，在全北京的高校里都颇具盛名。

　　丁圆圆又在董尧的书包里见到了那本英文书。 "每次见到你，你都带着这本书，像圣经一样，是你特别喜欢的书吗？"

　　董尧把书拿给她看，那是一本原版的《道林·格雷的画像》，英国作家王尔德的作品。 "我毕业论文就是写这本书的，下学期就要开题了。 我总是带着它，也就是给自己个心理安慰，其实也没怎么好好看。"

　　董尧帮她把几张尿垫用胶布拼成一张大的，放在了床的上半部。又帮她在敷料里面塞了片夜用卫生巾，把纸尿裤包到胳膊上的敷料外面。 胳膊更粗了一圈，不过看起来没那么血腥了。 董尧告诉她，渗出来血水里面血的成分很少，主要是肿胀液，这让她心安了不少。

　　不管做什么手术，术后最需要的就是过来人传授经验，好让你知道你的痛苦不是你独有的，还有，要注意什么，准备什么，什么时候会好转。 董尧的下巴做过吸脂，所以有经验可以和她分享。

　　董尧一边察看着丁圆圆家里有什么她可以帮忙照应到的，一边讲着她做下巴抽脂的过程，每个细节她都记得。 这个又懂事又体贴的小妹妹，说起丁迅，眼角眉梢都是掩饰不了的甜蜜。 丁圆圆心里想，是不是应该做点什么，惊扰一下她的幻梦。 暗恋就是这样，自己以为谁都不知道，其实所有人都能发现你的秘密。

　　第二天，她去医院换药，剪开敷料，见自己的大臂细了，小臂却粗了，又青又紫,好像被人捆了手在房梁上吊了一夜。 她觉得这是自己一生中最狼狈的时刻。 受了这些罪,只是因为穿不上一件印度纱丽。

"我受了这些罪,看来非要嫁给印巴人士,到那里定居才划得来,然后天天穿纱丽。"她对庄菲说。

庄菲向她揭示了一个真相,让她觉得自己愚不可及。 "咱们穿的那个纱丽是道具服装,上面镶的珠宝都是塑料的,不是真纱丽。 你要是嫁给印度人,穿那种镶着真正的猫儿眼祖母绿的纱丽,肯定是找裁缝定制的,胳膊再粗都没关系,根本没必要抽脂,你这是剖腹藏珠。"

丁圆圆意识到她忘了一个很简单的道理,胖的解决方案应该是更宽大的衣服,而她选择的方法,叫作削足适履。

第十章
地铁玻璃窗里的中年恐慌

————————————o 如果一个年轻女孩去割双眼皮,那她一定
是单眼皮。 如果一个双眼皮女人去割双眼皮,
那她一定是老了……

　　丁圆圆的杂志社决定从四月份开始,出一份双周的增刊,刊名叫
《被美人 》,以风格别致、言语俏皮的专栏为主,集服饰、化妆、健康保
养和整形,强调普通人的真实体验,避免假大空的模板语言。 刊名是丁
圆圆想出来的,大家一致称好。 这段时间社会上流行"被"字,被代
表、被离婚。 "被美人"就是用漂亮衣服、首饰、化妆品、燕窝、瑜
伽打造出来的后天美女。 天赋美貌是上帝的眷顾,但是要做个"被美
人",全在于自己。
　　丁圆圆当然负责整形版块。
　　让她发愁的是找作者。 从前杂志上的整形文章,多半是她用化名
写的。 切眼袋和抽脂的一点小经验早已经抖落完了。 她急需有亲身
体验又有好文笔的整形人。
　　整形是真刀真枪的,一个人的皮肉骨头,经不起太多次折腾,所以整

形体验较为稀少。 而且别的时尚消费是可以用来炫耀的,整形却不是什么光彩的事情,世人对此充满偏见。 有的人整容,连自己的枕边人都瞒着。 不过,人们仍然对整形津津乐道,因为这是个有些禁忌的话题,和性一样,因为禁忌,所以更让人遐思连连。 网上 出现整容相关的帖子,比如"揭秘明星整容",顷刻之间,便翻页无数,但是这些民间资讯往往是一知半解的道听途说。 尝到了整形甜头的人,通常闷声发大财,不会出来宣扬。

丁圆圆问贾一澜,在她或者丁迅的患者里面,有没有合适的人选,能帮他们写整形体验的稿子。

"你想找有才的患者,可是有才的人一般不来整形。"贾一澜把丁圆圆的要求总结为"有才",倒也算贴切。

"为什么有才的人不整形呢?"好像又是老问题,整形的人身上有标签,除了肤浅、虚荣、自我不认同之外,还有一个是"无才"。

这回又是她的福将庄菲帮了她。 庄菲的一个作者,现在是专职妈妈,她们两个人经常沟通育儿经,比较熟络。 最近这位专职妈妈开始起意整形,问庄菲有没有什么可信的信息途径,庄菲便想到了丁圆圆,不如搭上线,说不定可以互利互惠。

丁圆圆看了庄菲给她的文章,又去看了作者的博客,非常开心,觉得自己找到宝了。

她的博客名叫作"大琪下大棋","大棋"就是她发文章的笔名。看她的文章,机锋颇多,诙谐俏皮。 庄菲以前做过一期"女到中年"的专题,大棋给她写了稿子,不过没有被采用。 丁圆圆在她的博客里看到了这篇文章。

怕老,是过了青春阶段的人,尤其是女人,常会有的一种症候群。可能发生在二十五岁,认为过了二十五岁,就成了剩女,被世俗所要挟,急着嫁出去。可能是二十八岁,开始服用胶原蛋白,使用抗衰老的面霜,为日益明显的眼袋担心。症状最集中的是三十岁,似乎跨过了这个门槛,就像从西三旗搬到了回龙观,从立水桥搬到了天通苑,一街之隔,却从市区沦落到了市郊,整个被边缘化了。

　　某一天,在报纸上看到一桩小新闻,是一件不幸的事故。某条河里发现一具中年男尸,身穿白衬衫,三十岁左右。相信报道者是二十出头的小实习记者,也相信但凡偶然读到这里的人,如果出生于二十世纪七十年代中到八十年代初,心里都会打个突,原来,三十岁已经是中年了。

　　在多年前的电影《人到中年》中,美丽的女主角潘虹当时只有二十六岁。那时候我们身处中年的父母正心有戚戚,在影院中流泪。中年,意味着有着青春期的孩子、年迈的父母、繁重的家务和工作,是人生最沉重的阶段。我记得初中时的班主任,有一次参加了同学聚会后对着全班感言:"我初中毕业二十年了。"那时候觉得她的年龄已经很大很大了。无知无觉地,我们也到了这个年纪,不得不心生恐惧。

　　这位老师,也是我和我的许多同学少年时代的噩梦。她是教物理的。至今我仍然记得她脸上的横肉,以及她说出足以让人世界观崩溃的刻薄话语时那鄙夷的神情。她让我在内心中,和许多人一样将中年女人妖魔化。中年女人是蜚短流长的生力军,没了追求,没了天真,又不慈祥,只顾私利,没有廉耻;在家里和老公吵架,嫌弃自己的婆婆小姑,在单位里对年轻小伙子揩油,挤兑小姑娘。她们坐公共汽车抢座位,跟生人熟人显摆自己家的老公车子房子;她们嘲笑一切浪漫和理想,溺爱孩子同时又虐待孩子;她们撇着嘴做出鄙视的市侩表情;她们永远拉长着脸,脸上的眼袋是那么明显,化妆不化妆都显得很突兀;她们的腰腹部有很多赘肉,即使穿了塑身衣也毫无作用;她们或者是破鞋或者性冷淡……

　　她的另一篇题目为《地铁玻璃窗里的物理老师》的博文里,又提到了那位给她许多阴影的中年女老师。她写道:

　　　　每次坐地铁,车子在隧道中行驶,车门的玻璃映出脸的暗影。脸上松弛的纹路、横肉,让她看起来很像那位刻薄的老师。年轻人各有各的美丽,老年人各有各的慈祥,而中年女人,不管你内心是个怎样娇俏的小妞,时光还是会把你的脸变成那个物理老师的脸那样让人讨厌。

她叫徐传琪,亲人朋友都叫她大棋。 她不工作,孩子上了幼儿园,如今正在发胖、变老、无聊、迷茫中。 她有时候给杂志写写文章,没有多少常来常往的朋友,没有圈子。

现阶段,她主要的注意力在自己的脸上,在地铁玻璃窗里、镜子里和用微距模式拍摄又放大十倍的数码照片里。 发现自己变老的痕迹,她感到恐惧,并且在寻求解决的办法,她想到了整形。

心理学上有一种"同感偏差现象",就是说当你熟悉了什么东西,就会发现这东西到处都是。 比如贾一澜就觉得现在的人整形过度,其实那只是因为她每天所见的都是这些人。 而丁圆圆,自从与自己矛盾的内心、和丁迅、和整形业握手言和,便整日潜心研究整形资讯,关于整形的一切在她眼里渐渐透明起来。 北京有好几家大医院的整形科都很有名,有点名的医生她都去探访过。 美人沟一条街上到处都是整形诊所,美人沟医院里有几大名医,另外还有好多像贾一澜一样,虽非名医但是基本功扎实为人可靠。 美人沟医院的网站上对各种整形项目都有介绍,几乎每个整形机构都有自己的主页。 英语好的,可以去看一家叫作 Egoist 的美国网站,《被美人》的意向合作伙伴,称得上是整形百科全书。 要想纠正脸上的缺陷,应该做什么手术,找谁做,怎么做,要花多少钱,在她看来,都是很容易掌握的信息。

对于整形,徐传琪自己研究了好久,仍然不得要领。 她为人也比较谨慎多疑,咨询了不少地方,找了不少资料,只感觉这个行业好乱,到处是广告。 信息不少,可到底什么是可信的呢? 她需要一个自己信任的人,帮她甄别。

徐传琪与丁圆圆联系了几回,就相约见面了。

徐传琪比丁圆圆大几岁,个头不高,说话的声音很响。 她长得不算标致,但是有特点,年轻时候应该看起来娇俏活泼,可是如今看起来有点显老了。

丁圆圆把自己代入整形医生的角色,仔细观察了徐传琪。

她的眼睛好看,眼尾微微下垂,睫毛不太长,但是非常浓密,让眼睛看起来好像画了眼线,瞳仁也很黑,又大,像带了美瞳,一双眼睛精光四射,很是灵动。她长了个日本漫画里面的鼻子,好像是轻描淡写的随笔勾勒,有点塌但是让脸的线条很柔和。不用李顺那把尺子量,也看得出她的下巴是后缩的。虽然她算不上美人,迟暮的感觉看着也颇令人遗憾,因为她曾经漂亮的眼睛的眼皮松弛了,本来眼尾就下垂,现在这样看起来有些三角眼。眼睛下面有皱纹,眼袋也很严重。后缩的下巴在年轻的时候看起来可能亲和可爱,可是到了一定年纪,脸颊不再圆润,看起来就很是别扭。她闭上嘴的时候,下巴上像有个小核桃。

她自己说,生孩子的时候特别胖,之后瘦了些,人也老了很多。胖过又瘦,加上怀孕的过程中激素改变,有不少女人就此老去。能看得出她的身材曾经纤细,而且至今上身看起来也瘦,却有赘肉堆积在腰腹和屁股上,像半满的砂袋。丁圆圆这种高个子,表面积大,长一斤肉均匀分布下来,围数并不会长太多,但是小个子身体容积小,有了赘肉就十分昭彰。同样道理,她脸上的肉坠在下巴两边,下巴又后缩,脸的轮廓就不明显了,可是两颊看起来却有些消瘦,并且两边不对称,左边的颧骨下面有一道明显的沟,这是面部老化、脂肪流失的结果。丁圆圆马上明白了颧骨下软组织下垂形成的那道沟,就是让她觉得自己像那个物理老师的原因。

美容整形有两个主要目的,一个是变漂亮,一个是变年轻。徐传琪需要的是后者。

"看起来你需要面部年轻化手术呢。"她对徐传琪说。

"是啊是啊,我就是想看起来年轻一点而已。可是我也去过些整形机构,那些小姐都缠着我要我垫鼻子凿颧骨,我在网上也研究过,好像说要整容必须去韩国,国内的都不行。可是我有孩子,哪里走得开,再说人生地不熟,语言不通,纯粹任人宰割。"

"你见的都是前台小姐吧？ 他们都是销售,看着你的脸,心里算着自己的提成,只想让你多多花钱,才不管你真正需要做什么手术呢。"

"所以我要找你这个明白人啊。"

"找算什么明白人,我也只是知道一点皮毛,刚刚学会怎么具体地看人的脸。 你要见医生,真正的医生才行。"

"你认识神医吗？"

"哪里有什么神医,我只是认识几个本分的医生,水平怎么样我并不懂,不敢乱说,至少不会乱来就是了。"

徐传琪啧啧了两声:"守本分,不乱来,医生能做到这样的已经凤毛麟角了吧。 好像他们还真把希什么拉底誓言当回事了一样。 我对中国的医生是彻底失望的,心都像石头一样硬。 大人的也就罢了,给小孩看病,那态度! 他们对我家孩子还好,还算客气,我见过多少那种大老远来的,等了那么久的时间,三言两语就打发了,看都不看你一眼。"

"要说儿科,在医生里是特别累的,收入也不高,心理不平衡,态度也就好不了吧。"

"喊,"徐传琪脸上露出鄙夷的神情,"他们可能工资条上收入不高,黑钱可没少收吧。"

"可是工资条上的收入才能给人价值感啊。 有价值感才有尊严,有尊严才会好好对待自己的工作。 就算拿了多少黑钱,那是用良心换来的。 咱们说体面的收入,不仅仅是收入的数字体面,也要来路体面才好啊。"

"也许是吧,潜规则。 可是这些不是我们造成的,为什么要我们来承担他们的不满呢?"

"都不容易,我就认识个儿童医院的大夫,一般周末都不能休,全国的人都到北京来看病,排队都排到复兴门了。 一天看上百个门诊,小孩本来就难搞,何况还都是有病的小孩,态度能好吗?"

徐传琪此刻把整容丢到九霄云外了,她关注的重点是丁圆圆说的"认识儿童医院的大夫"。

"你认识儿童医院的大夫啊? 介绍我认识吧。 你看你都没孩子,真是资源浪费。 我家孩子，别的还好，就是爱过敏，老是要跑医院。"

丁圆圆非常直接地说："你觉得医生都不好，那就根本不理他们好了。 儿童医院不是有国际部吗？ 还有私立医院，态度可好了，只要两千块钱挂号费，不用排队。 要是你鄙视医生这个群体，却要把其中的个体当作资源来结交利用，我觉得这不太公平。"

丁圆圆看着徐传琪，她做出撇嘴皱眉的表情，看着十分眼熟。 丁圆圆知道她脸上这种表情，应该和那个物理老师一模一样。 那位老师，当年也曾经这样盘算着，谁的家长是大夫，看病方便；谁家里有路子，能搞来平价供应的煤；谁妈毛衣打得好，可供驱使。

她脸上的那种表情，正是她在文章中嫌恶和惧怕、让她产生了中年危机的东西。 贾一澜和她同龄，同样也牢骚满腹，同样也因为怀孕生子和精神压力容颜受到了时光的摧残。 贾一澜也同样怕老，怕长胖，对脸上各种皱纹、色斑耿耿于怀。 可是贾一澜脸上就不会有这样的表情，她其实是天真的，她的种种牢骚，是理想主义者因为环境不合理想而表现出的愤世嫉俗。

徐传琪让她失望。 丁圆圆原以为她这样文采斐然的文艺女青年应该有些情怀，可是徐传琪的言谈中流露出的东西却实在是庸俗。

徐传琪的心思很敏捷，好像看出了丁圆圆在想什么。

"桃李春风结子完，有了孩子就变成了市侩，像鱼眼睛一样讨人嫌了。 当了妈，孩子让你的生命完满，同时也变得狭隘。 都说母爱无私，有无私的大帽子戴着，就可以理所当然地自私了。"她自嘲了一下，又说，"你说得还真对。 有时候就是这样，就像嫖客对欢场女子，看不起这个群体，却又需要她们，对其中一个可能还喜欢得难舍难分的，妓女同样也看不起嫖客，可他们又谁都离不开谁。"

丁圆圆忍不住乐了："算你狠，你这比喻口味真重。 把人家医生比成欢场女子，他们听到该气死了。 不过还真是的，有时候就是有这样的关系，互相鄙视，互相猜疑，又互相需要。"

"也不一定谁是妓女，谁是嫖客。 两方本来是素昧平生，互相不信任，却要产生那么深入的肉体侵入。 妓女是收钱被侵入，当病人的是花钱被侵入。"徐传琪笑起来,恣意的笑让她的眼睛挤在一起,皱纹更加明显了,而且她的上唇短,大笑的时候向外呲的兔门牙和一半以上的牙龈毫无保留地露在外面,奇怪的是那皱纹并没有让她看起来更老,脸颊下垂的肌肉向上堤起,给她的脸罩上了一层光彩。丁圆圆好像看到了少女徐传琪的模样,物理老师的阴影退散了。

徐传琪同她说起了《战争与和平》。她上高中的时候就啃过这部书,对其间的史诗般叙事不甚了了,只有娜塔莎让她深深记得。那个精灵般的女孩,经过了堕落和离散,最后成了不断养孩子、不再唱歌、不修边幅的平凡妇人。那时候她就想过,我不要变成娜塔莎。

丁圆圆和她聊了很久,一会儿说这,一会儿说那。灵气和戾气在她脸上明明灭灭,交替出现。她一定是那种曾经真善美的女孩,然后,渐渐地被消磨,直到珍珠变成了鱼眼睛,娜塔莎变成了物理老师。

丁圆圆抽了一天时间,带着徐传琪,开始了美人沟之旅。

她们首先去找丁迅。徐传琪拿起丁迅桌子上的相框。"丁大夫,这是你儿子小时候啊?"

丁圆圆偷偷笑,这要是贾一澜,会很生气的。

丁迅倒是一本正经地回答:"就是最近的,去年底的。"

"几岁了?"

"四周岁。"

"四岁啊,跟我女儿一样大,结个亲家吧。"

丁迅既不恼,也不回应她的调皮,只是认真地看她的脸,对徐传琪所关注的面部问题一一回应。

"眼袋可以做一下,最好外切。眼皮松弛,可以做一下切眉,把双眼皮露出来,眼角下垂也能改善一些。脸两边不对称,有一边脂肪流失得严重一些,可以做一下自体脂肪注射。"

"那我颧骨下面这道沟是怎么回事?"那是徐传琪最介意的。

"肌肉下垂了,你这个年纪,也算正常的。"

"那怎么办呢?"

"可以做个颞部除皱,就是拉皮。"

"拉皮? 我先拍个黄瓜吧。"

丁迅假笑了一下,目光却毫无表情,穿上了白大褂,他又变成了扫描仪。

"那好吧,您什么时候有时间,我就来个全套,能做的都做了。 拉皮就算了,不敢做。"

丁圆圆在一边听了有些着急,悄悄说:"大棋,从长计议啊。"

丁迅也说:"不能一下子做全套。 不必着急,你跟丁圆圆商量商量再说吧,她是专家。"

从丁迅那里出来,丁圆圆对徐传琪说:"你还真是,一见丁迅就一副要以身相许的样子,想全套都做了? 他有那么大魅力吗?"

"我知道他是谁呀? 我是信任你,你不是很信任他吗? 所以我觉得找他不会错。"

"我的意见呢,就是多见几位大夫再说。 这一条街上,全是整形医生,咱们没必要把鸡蛋都放在丁迅这一个篮子里。 我带你多考察一下,你也能多些体验。" 丁圆圆又说,"丁迅的老婆也是整形医生,我俩是好朋友。 丁迅的态度是爱谁谁,但她就特别爱为患者操心。 你俩年纪也一样大,你的那些问题她也有,一定能说到一块儿去。"

贾一澜在做手术,于是丁圆圆带徐传琪去另一站,到质美整形机构见李顺。

"你想回到二十岁吗?"走在路上,丁圆圆突然问徐传琪。

"不想,真的不想。"徐传琪回答得毫不犹豫。

"我也不想。 都说年轻怎么好,可是我觉得年轻的时候心里乱乱的,脑子也不清楚,整天做蠢事,说蠢话。 可是我不想变回二十岁,仍然希望自己看起来年轻。 说是虚荣吧? 好像也不是。 网上的整友们的观点是只有年轻漂亮了在男人那里才有竞争力,这对咱们也不适用。 我还观察到,就算是七八十岁的人也很介意自己是不是看起来比同龄人年轻。 有些高干,都老头子了,还偷偷跑到整形医院来切眼袋。 人为什么怕老呢？"

"你不是学心理学的吗？ 这是心理问题,我想,怕老是出于对生命的焦虑吧。 当官的切眼袋,就是为了自己看起来不那么老,因为年老往往和昏聩联系到一起,看起来年轻些,表示还可以为革命继续工作。 年轻代表生命力,怕老的本质其实是怕死。 就算你不怕死,可能也怕自己在别人眼里是一个离死亡更近的人,成了棺材瓤子。 这些都是我过了三十岁之后开始逐渐感悟到的。 你比我还年轻些,生活没稳定下来,可能还不会想这些。"

"我以前做救助,读过一些医学文献,里面有些对年轻和年老的病人区别对待的原则,看了让人觉得悲哀。 比如用于人体的材料,有的能用一辈子,有的只能用若干年,给老年人就使用寿命短的,因为他们可能活不到那东西坏的时候。 真的是把人当棺材瓤子了。 没想到我们抽丝剥茧,发现整形的根本原因居然是怕死。"

"你不是要把这结论发在你杂志上吧？ 做你这行的,最好还是把世俗点的东西给大众看,里面加一点小哲学就够了。"

丁圆圆悄悄指了指路边一个男人,他是个黑车司机,此刻正站在自己的车子旁,一边吸烟一边百无聊赖地踢着马路牙子。 "我不是在为工作做功课。 让我想到这些的,是那个胖子。 我常到这儿来,他老在这儿趴活儿。 我记得他,他不记得我,每次都跟我搭话。 我发现他有时候说'小姐,打车吗',有时候说'大姐,打车吗',然后我总结出,我要是戴了帽子他就叫小姐,不戴帽子就叫大姐。 所以你看,我现在常戴着帽子。 说明我也是在乎的。 我本以为我不在乎的。"

徐传琪回头看了看黑车司机先生。 "一个黑车司机都能引发你如此这般的哲学思考。"

"你们已经去见过丁迅了吧？"李顺一见到她们,就这样说。

她们把丁迅的意见老老实实地告诉了李顺。 提到丁迅说可以切眉来改善眼皮松弛的问题。

"净瞎说,不行,不能切眉,你眉毛长得这么漂亮,动了多可惜。"

李顺这样说,丁圆圆才注意到徐传琪多数时候被头发遮着的眉毛,一字形,又黑又浓,没有修过但是很顺。

"眉毛很重要,眉毛好才是真的好。 眼睛也很漂亮,切开去点皮就好了,是个美女!"李顺从来不吝惜当面赞美的语言。

徐传琪被夸得很高兴:"哎哟,谢谢谢谢。"

"不过当务之急,是垫个下巴。"李顺又说。

"李大夫,你见人就让人垫下巴!"丁圆圆说。

"下巴重要啊,下巴翘翘的才有气质,尖嘴猴腮就是不好看。"

"嗨,李大夫,你说谁尖嘴猴腮?"丁圆圆抗议了。

"我我我,我说我自己。"李顺一边说,一边嘟着嘴,指着自己的嘴唇。

"那你自己垫个下巴呀。"

"我是想啊,可我又不能自己给自己手术,再说了,我脸上的问题多了去了,做也做不完。 不像你,垫个下巴就成大美女了。"

"我是大美女,我知道。"丁圆圆说,"我前段时间还去微服私访,见了好多医生,结论是,把我的脸拆了重组,五官都换掉,就成美女了。"

李顺贫归贫,看徐传琪的脸还是非常认真严肃,他跟丁迅给出的方案也差不多。

"我给你做切开,也就是重新做个双眼皮,把多余的皮去掉,眼角往上提一提。 眼袋得外切,可以做个眶脂释放,就是把眶隔的脂肪填在泪沟的位置。"他是南方人,发音不准,把"泪"说成"内",王琢在一边调皮地学他:"内沟,内沟四放。"

"能变回跟我年轻时候一样吗?"徐传琪问。

"你现在也年轻啊,你三十几? 还没我大呢,我都没老,你老什么!"李顺说着好听的,接下来还是说,"软组织的老化基本上是不可逆的,松弛的皮肤切掉了,也不能恢复原来的弹性。 做整形还是要根据自己的情况,期望太高了会失望的,大夫不是神仙。"

"没关系,我漫天要价,你坐地还钱好了。"

徐传琪跟李顺互贫了半天,在李顺的鼓励下,当场决定在他这里做双眼皮切开和眼袋外切,然后,两人又回到美人沟医院去找贾一澜。

往医院里走的时候,徐传琪给自己的丈夫打了个电话汇报情况,她讲的是英语,丁圆圆这才知道,她的丈夫是个老外,英国人。

走到小花园里的时候,丁圆圆停下来,对徐传琪说:"大棋,要不你做了双眼皮就打住吧,眼睛变年轻了,整体也会好很多。 你老公是老外,他们看不出来咱们东方人老的,你何必遭那么多罪呢?"

徐传琪说:"我要整容,也不是为他。 我个子矮,在英国的时候人家还以为我未成年,就是长得老呢。 你有所不知,我闺女长得一点儿不像我,看着就是一个老外,给你看照片。"徐传琪给丁圆圆看她手机里女儿的照片,果然,是个洋娃娃的样子,"我平时也不怎么捯饬,带孩子出去,人都以为我是我们家阿姨呢。 你看我满脸横肉,皮肤松弛,是不是真像个保姆啊?"

整形的理由真是五花八门。 丁圆圆看着徐传琪的脸,心里有些迷惑。 在大街上看到这样一个女人带着个洋孩子,她会不会认为她是个保姆呢? 现在她已经无法回答这问题了,因为经过这半个下午的相处,她已经认识了大棋。 她人如其文,说话做事都机敏,鬼马精灵,是个性情中人。 而且只消这几个小时,丁圆圆就看惯了她的脸,觉得那些岁月带来的苍老根本不是问题了。 也许不认识她的人会以为她是外国人家的保姆,那又有什么相干呢? 反正是不认识的人。 她的丈夫,她的朋友,应该也和丁圆圆一样,眼中的她机智诙谐,妙语连珠,谁会留意那些皱纹和下垂呢? 她被岁月所改变,可是真正被改变的,并不仅仅是她的脸。

"大棋,你认为自己是很重视相貌的那种人吗?"

"那我还真的不是。 我是大而化之的人,本来也不是什么美女,何必太在乎相貌。 街上的人回头看我,恐怕多半是我嘴巴上沾了辣椒或者裤子拉链没拉好吧,谁会留意我的脸呢。"

"我猜你跟我一样,本来就是无可无不可的。 我自己也做过两项整形手术,一个去眼袋一个胳膊抽脂,事先的时候认为眼袋什么的是个很大的问题,可是做过之后,并没觉得有什么变化,或者说这些变化的影响太微小了,自己都注意不到。 既然如此,又何必费事做手术呢? 说不定你最后也会和我一样的感觉,会觉得做不做并没给生活带来什么差别。"

徐传琪说:"哎,真是怪哉了。 其实你事先有提醒自己,不要被你蛊惑了。 你要找体验者写稿子,大夫还都是你朋友,还担心你忽悠我多做几项呢,结果你倒先开始泼冷水了。 你这个人的良心不错。"

"正因为大夫是我朋友,我才知道他们的底细。 你看刚才丁迅和李顺都提到下巴鼻子什么的,其实你整形的目的是什么,他们怎么会领会? 他们虽然说是专业人士,但是在人的相貌上是最没有发言权的,因为他们看人又微观又机械,一叶障目,不见青山。 一个人长什么样,还要以老百姓的感觉为准,他们已经失去了老百姓的视角,只知道什么是标准,不知道什么是漂亮动人。 而且,每个大夫都有自己的偏好,会按照偏好建议你整。 你又不跟他过日子,凭什么按他喜欢的样子整呢? 所以他们说的,你只参考一下就好了。"

"呵呵,你想得还真多。"

"我也是出于私心。 整形这回事,结果怎样还真不好说;再有,做完整形手术,人都有个心理变态期。 连我做完眼袋这个小小的手术,也天天折磨朋友。 我拉着你来,要是你不满意了埋怨我,我就要内疚了。"

"你放心吧,肯定不会怪你。 我三十多岁的人了,做什么事自己没数,还埋怨别人,那不是白活了吗?"

遇到徐传琪,让丁圆圆很是欣慰。 在整形研究之路上,她实在有些寂寞。 她没有同好,小唯只关心自己的脸,贾一澜三句话之后必然开始大发牢骚。 她从前的朋友,多半"腹有诗书气自华"的,对整形这事充满鄙夷,本来就觉得丁圆圆对帕梅拉这个假洋鬼子是盲目追随,如今又开始做这种毫无前途的事情,算得上是误交损友、误入歧途了。 她对人的外表,对整形,开始有了种种感悟,却无人分享,结果天上掉下个徐大棋,可能会成为她整形事业中的知己良朋。

她们见到了贾一澜。 在丁圆圆带来的患者面前,贾一澜并没有多言多语,还是端着医生的架子。 她给的建议是,在脸颊注射一些脂肪,让面部饱满,整体就会看起来年轻一些,现在还没有必要拉皮。 她也说,最好做一下隆颏,也就是李顺一直鼓与呼的垫下巴。

徐传琪先走了,丁圆圆留下来和贾一澜再聊一会儿,这时候来了个咨询的女孩。

小姑娘身材娇小,说是云南的少数民族,在音乐学院学一种民族乐器的。 她先是带了一叠打印出来的照片找贾一澜的主任刘铁钢,想做一个 Angelababy 杨颖一样的鼻子,再开一下眼角。 刘铁钢看了照片之后,说杨颖并不好看。 小姑娘和他话不投机,出了主任室就来到了隔壁的医生办公室——贾一澜这里。

贾一澜告诉她,杨颖是混血,骨骼的结构和一般的中国人有所不同,杨颖的鼻子不适合她,而且她根本就不适合做高鼻子,更不适合开眼角,因为两眼的距离会变得更近。 不如什么都不做,如果一定要做,不如先做下颌角,再把又厚又上翻的上唇做薄一点。

丁圆圆看了看这个小姑娘,她的眼睛鼻子嘴巴都很小,脸盘儿却挺大,五官都挤在中间。 那张脸很平,不知道为什么给人一种脸很薄的感觉,就是脸在颌骨上只是薄薄地覆盖了一层。 她说不想伤筋动骨,下颌角手术太大,只是想要大眼睛双眼皮高鼻梁,演出的时候看着有点立体感就好。 丁圆圆想象着她变成大眼睛双眼皮高鼻梁之后会是什么样儿,觉得一个高鼻子在她脸上可能会有象棋盘上放了个国际象棋子儿的感觉。 贾一澜让她撩开头发,仔细看她的脸,突然发现她是招风耳,又建议她把招风耳做一下。 有这两个耳朵在,脸显得更宽了。

小姑娘不太高兴,自己的目的没达到,又被挑出一堆毛病,敷衍了几句就走了。 贾一澜对丁圆圆说:"你看,好容易有个找我的,没谈拢,还是跑了。"

丁圆圆经过了多日的观察,发现了丁迅和贾一澜行医风格的不同。贾一澜非常坚持自己的意见,如果患者不同意,就谈崩了,这单生意就不成了。 当然,贾一澜并不认为自己做手术是"做生意"。 而丁迅,会给出自己的建议,且只要不是太离谱,还是会根据患者的要求来手术。

这代表了整形医生的两种不同理念,他们各自都认为自己是对的,也有自己的理由,而现实表明,丁迅这样的医生更受欢迎。

"看来坏医生都是相似的,好医生各有各的好。 你和丁大夫都是好医生,不过他比你聪明。 有人总结,聪明的男人泡妞三原则,就是不主动、不拒绝、不负责。 这三不原则真是放之四海而皆准的真理。你看,丁大夫就是这样,你却是又主动又拒绝又负责。"丁圆圆说。

到底是一家人,贾一澜不赞同说丁迅"不负责"的说法。

"这个不负责不是没责任心的意思。 你当大夫的,只对你的手术的过程和结果负责就好了。 至于因为这个手术,他生活受到什么影响,有什么纠结,就不是你要操心的了。"

贾一澜想想,丁圆圆总结的也挺对。 丁迅不主动,不会跟你说,你应该做什么手术,不拒绝,只要他认为你精神正常,适合做,你想做,他会做,就可以做。 手术之后你再怎么纠缠他,他也不会把烦恼招到自己身上。

贾一澜就正相反,她认为自己的专业眼光比你对自己的认识更有价值。 你看到的是当前的眼睛鼻子,但是对改变后的自己缺乏想象力。手术后的人,都有个心理异常期,期间对自己过度关注,疑神疑鬼,不能接受自己的样子,声称要自杀的不少。 遇到这样的人,贾一澜就会深深烦恼,认为患者的痛苦与自己有关,是自己带给他的。

丁圆圆认为来做手术的人,既然是成年人和"完全行为能力人",就应该可以为自己的决定负责。 "如果你觉得比患者有见识、有水平,就应该由你来做决定,这和暴君的想法有什么区别? 宰相、大学士、经济学家,肯定比普罗大众懂得多,那什么都让他们做主了,民主有什么意义?"丁圆圆一下子把整形决策拔到了民主的高度,贾一澜也辩不过她。

"反正我有我的底线要守,大不了我没手术做,也不能违背我的原则!"

刚做完双眼皮和眼袋的徐传琪,果然不再显老了,但是也没有显年轻,用她自己的话说,"怪物是看不出年龄的"。 她的眼睛,上面肿,下面也肿,白眼球上有淤血,眼眶四周有暗红的淤血、蓝紫的淤青,还有土黄的铁黄素,好似刚被鲁智深打过的镇关西。

徐传琪带着她的乌眼青,给《被美人》首发刊的整形专栏写了第一篇稿子。

"如果一个年轻女孩去割双眼皮,那她一定是单眼皮。 如果一个双眼皮女人去割双眼皮,那她一定是老了……"整形版,就是徐大棋诙谐泼辣的双眼皮记。

第十章 地铁玻璃窗里的中年恐慌

第十一章
妈妈、树杈和相关存在

妈妈突然叫她的小名，让她心里有点异样，
可是她还在为充电器的事烦躁，出门的时候还
在说："你净给我帮倒忙……"

二〇一〇年的北京，春天很冷。花儿们倒是如期地开了，可是人们总是没有温暖的感觉。偶尔暖和几天，不久又冷下来。

"这样的天种下去，不知道能不能活。"妈妈一边念叨着，一边比画着从修自行车兼收废品的老郭那里要来的塑料布，想自己做个温室。

贾一澜的妈妈生长在农村，一生都对务农有着某种情结，总是找机会开一片小荒地，种一点蔬果花草。他们的房子虽然在一楼，却没有什么属于自己的小空间。不过她还是努力在窗下少人光顾的地方开辟出了巴掌大的自留地，很小的一块，以免物业和其他业主反对。她会在地里种上点儿小葱、香菜和小白菜。她还喜欢收集农夫山泉四升装的塑料桶，用来存水浇地。冬天则会把桶放在暖气上温着，用来给焕焕洗手，她说水龙头的热水一打开，冷水要流很久，浪费。贾一澜很讨厌那个水桶，觉得家里被搞得像是废品收购站，但是妈妈比较强势，这个家不

由她做主。

妈妈对她的小菜园很用心。天气冷,她打算用铁丝衣架和塑料布做一个小温室来防冻。丁迅和贾一澜隔着飘窗,看着在袖珍菜园里进行科学种植的妈妈。丁迅在考虑换房的可能性,换一个带小院的房子,哪怕远一点,以满足妈妈的务农欲。比起贾一澜,他对岳母更具孝顺的美德。有了院子,还可以为焕焕支起一个小秋千,养只小狗。丁迅从小也在农村长大,觉得现在的小孩断了和土地的接触,很可怜。贾一澜有点反对:"小院子本来是花园景观,在咱们家就会给搞成塑料小棚的农业景观,最后院子里还会堆满废品。我妈也得更受累了。"丁迅表示,他自己也会种地,当然会帮忙。贾一澜说:"我妈那么偏心,能舍得让你种地?到时候肯定逼着我干农活。你当大夫的,手坏了怎么办?我这吃闲饭的大夫,手坏了也没要紧。"妈妈经常指责贾一澜太懒,不爱干活,可是丁迅一动手做什么家务活,她却要加以阻拦:"你当大夫的,手坏了怎么办?"这让贾一澜很是气愤,这是她的亲妈,却像个婆婆,总是偏心丁迅。

不过换房的事情恐怕难以成真,一说起来,贾一澜的妈妈定然会反对,她还执着于学区房,然后又回到让贾一澜转到什么大学校医院整天割包皮去,然后再引发一次争吵,这是个死循环。

这个阴晴不定、乍暖还寒的春天,很多人都感冒了,妈妈也感冒了。丁迅和贾一澜本来早就定好了周末去鼓浪屿度假。两个人很久没有一起出游了,好不容易能同时请假。妈妈感冒,虽然不是大病,但是带着病一个人带几天孩子也很辛苦,他们又有点不想去了。但是妈妈知道他们订的打折机票是不能退的,怎么也不肯让他们取消行程。"一个感冒,至于吗?"

妈妈很固执,从来都不可违拗。丁迅还是有点不放心,于是给住在楼上的赵颖打了个电话,拜托她这两天有空的时候来照应一下家里的一老一小。

他们周五到的厦门,晚上才到鼓浪屿。第二天早上,丁迅照旧早早醒来。他叫贾一澜起床,可是哄了半天,她就是不肯起来。她在床上打着滚,拳头挥来挥去,嚷着好不容易有机会,要好好睡个大懒觉。 丁迅没办法,只好自己出去游泳了。

贾一澜果真睡了一个大大的懒觉。 十点多钟才起来,快错过了酒店的早餐了。 她一个人去吃早餐,刚走不久,丁迅的手机响了。

是李顺。 丁迅有些奇怪,贾一澜和李顺的关系还好,自己和他却颇有一段时间没直接来往了,也很少通电话。

"一澜在你身边吗?"李顺在电话那边问。

"不在,你找她啊?"丁迅看了一眼贾一澜的手机,还在电视柜上面充着电,没带在身边,也没响过。

"我找你。 你们赶快安排回来吧。 你岳母脑梗,救护车在路上呢。"

"啊! 什么时候的事情?"

"恐怕已经十几个小时了,赵颖早上下去才看到。 看样子恐怕溶栓也来不及了。 你们有点准备吧。 稳住贾一澜,焕焕在我家,你放心。"

丁迅定了定神,决定先到大堂的商务中心去订最近航班的机票,然后再上来收拾东西,这样贾一澜回来的时候,不会显得那么慌乱。

妈妈在 ICU 里昏迷了四天,在星期二下午去世。

奔丧的亲戚都走了,过了事务性的忙乱,家里一下子静下来,焕焕也很安静。 贾一澜感到空气中似乎到处都是芒刺,啃啮着她,谴责着她。

出发前一天晚上,贾一澜把手机充上电,临走的时候她却发现手机只有一格电,原来妈妈习惯性地把插线板的开关关掉了。 她去跟妈妈抗议:"我的插线板放得好好的,你干吗把开关给我关了? 我手机根本没充上电!"妈妈说:"你充电的时候不看着点儿,插线板的灯老亮着,孩子碰到电了怎么办?"贾一澜嘴里一直嘟囔着,就是母女俩时常拌嘴的样子,可是这次妈妈似乎没有生气,也没打算跟她辩。 行李放在门口,她换鞋的时候,妈妈脸上带着笑,叫了她一声:"哎,转转呐……"

转转是她的小名,很久没叫过了。 她很小的时候,就喜欢站在地上迅速转圈,一边念叨着"迷糊迷糊转,倒了不吃饭"。 妈妈突然叫她的小名,让她心里有点异样,可是她还在为充电器的事烦躁,出门的时候还在说:"你净给我帮倒忙……"

后来,贾一澜无数遍地回想那个场景。 妈妈站在那里,叫她转转,好像贾一澜的不停抱怨只是如同小时候神经质的旋转一样,不值得她介意。 而贾一澜自己也像个比焕焕还小的孩子,她眼里的妈妈年轻、强壮、能搞定一切,她都没有注意到妈妈的白发和苍老的脸,也没有想到,"转转呐"会是妈妈留给她的最后一句话,而她给妈妈的最后一句话却是:"你净给我帮倒忙。"

此前的"感冒"已经是发病的症状了,再之前一段时间妈妈常常在电视前打瞌睡,这是血液黏稠的表现。 她的医保不在北京,不肯去体检,她不想做的事情,没人勉强得了。 这个家她是支柱,一切都是她做决定。 她很强大,照顾别人一辈子,可是在她最需要照顾的时刻,却没有人在身边。 她在卫生间冰冷的瓷砖上躺了十几个小时。 病发后五分钟左右,大脑缺氧就会让她失去意识,然后会进入脑梗患者典型的酣睡状态,一直到死。 那有意识的五分钟,那一生中最后清醒的五分钟,妈妈在想什么? 她是不是感到惊恐? 她有什么话要对我们说? 她是不是还叫了一声"转转"?

之后很长一段时间,贾一澜都避免进卫生间。 她早上起来直接到医院去洗漱、上厕所,晚上在住院手术室洗了澡再回家,有时候夜里去厕所,坐到马桶上,就忍不住掉眼泪。

他们的生活变了样。 从前,丁迅早早起床去游泳,然后回家吃早饭,提前十分钟到医院。 贾一澜却要睡懒觉到最后一刻,饭都来不及吃,在查房开始之前狂奔到医院。 现在,丁迅不去游泳了,他每天起得更早,准备早饭,帮焕焕穿衣服。 贾一澜也不睡懒觉了,虽然她的睡眠变得更差,夜里经常醒。 两个人开始同进同出,一起把孩子送到幼儿园,一起去医院上班。

他们还发现,家务事远比想象的复杂和麻烦。

有一天,临睡的时候忽然听到了激烈的水声,马桶的角阀爆裂,水汹涌地向外喷。 两人竟然都不知道自来水的总阀门在哪里,忙乱了半天,贾一澜给李顺打了个电话,才在房门外的墙柜里找到水阀。

物业要第二天才能上门修。 贾一澜开始急躁:"没有我妈,日子过不下去了。"

丁迅安慰她:"别人家能过,咱们也能过。"

丁迅好不容易在家里找到了备用的角阀和扳手、螺丝刀、生料带,开始自己动手。 不知道是原来的施工质量太差,还是他使工具的力道不对,拧了几下就滑了扣。 丁迅又研究了一下,更加卖力气地开始拧。贾一澜用抹布擦着卫生间地上的水,看着手术室里设备用得灵,做水暖工却手忙脚乱的丁迅,突然对他说:"你别弄了,你当大夫的,手坏了怎么办?"说完,丢下抹布,坐到沙发上痛哭起来。 焕焕醒过来,也到她身边,跟她一起哭起来。

焕焕是个更大的难题。 两个人的工作性质,都不能保证在五点半及时把孩子从幼儿园接回来。 赵颖帮忙接过几回,但这也不是长久之计。 找一个小时工专门接孩子? 不放心。 而且小时工都觉得这个活儿责任重大,时间又不灵活,不肯干。 丁迅提议把孩子送去全托,医院里有其他大夫就是这样的。 贾一澜不愿意,童年就这么几年,不能错过了看他长大的机会。 丁迅的姐姐知道这种情况,提出到北京来帮他们带孩子,可是丁迅不想再拖累她。 姐姐在他的帮助下已经在家乡的县城定居,日子过得挺安逸。 陌生而干燥的北京对于外地的年轻人可能是宝地,对于五十多岁的乡下女人却无异于沼泽。

后来还是赵颖帮忙想了个办法。 他们联系到住在四楼的大爷,在他们没时间的时候帮忙把焕焕接到自己家。 他的孙子也在小区的幼儿园上学。

焕焕在大爷家很拘谨。 贾一澜每次去接他,都见他乖乖地坐在一边,完全没了从前的活泼劲儿。

她心情懊悔难当,生活手忙脚乱。 前几年好多次她觉得自己到了人生中的低谷,没想到低谷之下还有更低谷。

好像就是从她怀孕生孩子开始的,那一年,关锋当了副院长,开始锐意改革,一系列举措,捧红了林恒和丁迅等人,他们迅速成了名医。 可是她恰巧错过了机会,工作上赶不上人家了,生育之后自己又落下了神经衰弱的毛病,妊娠斑也一直没有褪去。 她产后抑郁,妈妈却并不理解。 妈妈总是说:"你比别人强多了,还有什么可闹的?"是啊,跟有些人家比起来,她算得上幸福了。 她和丈夫的单位就在家对面,每天无需舟车劳顿;她不用操心什么家务;孩子很健康;丁迅从不和她一般见识,所有的吵闹都是她自己的独角戏。 有时候,她也会突然怀疑自己,她的存在对于丁迅来说,到底有什么意义? 自己到底给予了他什么?

丁迅的名头越来越响,时常被二十出头的妙龄少女围绕。 每天晚上,丁迅都和各种女孩耐心地通电话、回短信。 他的邮箱里都是小女孩发的照片,医院里的小护士、女研究生也爱和他搭话。

而贾一澜的状况似乎越来越糟,工作中,一切机会都躲着她,一切倒霉事都伴随着她。 整形外科狼多肉少,几年前关锋主导的改革,把医生的工作量和工资紧密挂钩。 丁迅的工资卡直接交给了妈妈,由她来管理。 越来越丰厚的数字让他们的生活告别了窘迫,可是这似乎让贾一澜的内心更加困扰。 如果工资卡上的数字代表着人的价值,她的工资卡似乎变得无足轻重、可有可无,像是买菜找回来的零钱,或像是米袋子的底儿,那一点米,可以倒入米桶,也可以和袋子一起扔进垃圾桶。作为另一头狼,她只觉得失去了自己。

贾一澜妈妈在的时候,母女俩经常拌嘴。 丁迅常常会责备贾一澜不懂事。 每家的父母子女都有自家的相处方式,贾一澜是个娇生惯养的独生女,习惯了这种沟通方式,贾一澜并没觉得自己有什么不妥。 在这个家里,妈妈不是弱者,她是真正的一家之主。 在街道另一边的医院,贾一澜是端庄矜持的女主治医生,在家里,她依然是个青春期的别扭孩子。

她自己做了妈妈,却还是没有长大。 她以为妈妈一直都会在,她没有想到这一天毫无预兆地来了。

有一天,从赵颖那里,贾一澜了解到一件事。 妈妈曾经和赵颖聊过天,赵颖随口说妈妈特别疼女婿,妈妈说,一澜越来越不懂事,整天蓬头垢面,在医院里不顺心,回家就折磨丁迅。 三十多岁的女人,已经成了黄脸婆,男人还正是好时候。 丁迅是脾气好,能忍耐她,早晚有一天会忍不了的。 自己对丁迅好一些,也算是为贾一澜找补一下⋯⋯

她听了这话,忍不住眼泪,赶紧回了家。 妈妈走了,没有留下遗言。 现在,赵颖转述的话,是遗言,又像是预言——她是早晚地位不保的悍妇。

她一直哭到丁迅回家。 "原来我在妈眼里就是这样的。 我就是整天折磨你的一个泼妇。 我都黄脸婆了,她对你好,就是怕你抛弃我。 原来我每天都折磨你,我自己都不知道。"

丁迅心里暗暗埋怨赵颖不晓事,这样的信息传递出来,只能带来麻烦。 他努力宽慰贾一澜:"妈说得不对。 看人要看大局。 你看别人家,为什么吵架? 为钱,为了老家来的人没换拖鞋。 你看我,天天患者电话要接多少个,他们我都能应付,你发点小脾气,是小得不能再小的事了。"

丁迅的认识抓住了重点。 在这样一个时代,很多家庭矛盾重点是房子、钱、婆媳关系、大家族和小家庭之间的平衡。 在这些方面,贾一澜没有一点藏私,高风亮节,从不计较。 她回想几年来的种种烦恼不快,起因多半是工作,发泄口却在家里,工作上毫无建树,如今家事烦琐,连丁迅也被拖累了。 这个工作的投入产出比实在太低了,也许,她真的应该像妈妈建议的那样,想办法进个校医院混日子算了。 或者⋯⋯或者不如就此放弃。

"我不干了,回家带孩子,你养我好了。"她对丁迅说。

丁迅当然觉得不妥。 贾一澜一向争强好胜,才三十多岁,回家做主妇,怎么会甘心? 从长远看,只能让家庭更不安定。 而且体制内的工作就像牙齿,就算是一颗经常发炎的烂牙齿,长在牙床里总算占着一个萝卜坑,一旦拔下来,就再安不回去了,再想工作,就只能去私立医院了。 贾一澜那种又脆弱又执拗的个性,怎么可能在私立医院生存?

贾一澜好像落入了深井中,她抬头看着井口,听得见外面的喧嚣,她爬不上去。 还好,丁迅始终在她的身边。 可是,他的不离不弃,并不能给她一段绳缆,一架扶梯,让她逃出去。

丁迅隔着窗户,看着贾一澜。 她拿着她最讨厌的农夫山泉水桶,试图浇灌妈妈的微型温室,仿佛小苗是她的妹妹,和她一样是妈妈留在这个世上的有生命的东西。 他想到了丁圆圆。 贾一澜自从认识了丁圆圆,就常常在家里提到她,这位学心理学的姑娘,常常用各种新鲜有趣的奇谈怪论评点他们的工作。 他和她直接打交道不多,不过通过贾一澜的转述,知道她经历很丰富,曾经做过灾后心理干预工作。 亲人亡故后的内疚心理和与此相关的种种问题,是她所熟悉的范畴。

他给丁圆圆打电话,恳求她帮助贾一澜。

丁圆圆感到意外,又觉得有些歉疚。 她和贾一澜相识有半年了,几乎每天打开电脑,都会见到几条她的 QQ 留言。 她和妈妈拌嘴了,焕焕说了一句什么好玩的话,不讲理的患者来闹事,某位同行写了一篇忽悠性的广告文章,什么地方的医院又有医生被砍事件了……事无巨细,都要向她唠叨几句。 她多数时候在发牢骚,牢骚多的人,往往让人无法同情。 丁圆圆知道贾一澜母亲去世,生活忙乱,牢骚倒少了许多,却没想到这件事给她的情绪带来了这么大的影响,甚至要放弃工作。 而这样重大的事情,她并没有告诉丁圆圆,这让丁圆圆觉得自己这个朋友做得不够格。

"你记得我那位师姐吗? 我觉得我早晚会变成她那样。"

她们俩又站在了烤鸭店旁边的过街天桥上。 贾一澜提到的师姐,丁圆圆在巡访整形医生的时候见到过,神情木讷,精神恍惚,也没说出什么道道来。 对于丁圆圆来说,那是一次无效交流。 贾一澜说过,这位师姐为人很好,曾经技术也很过硬,在她读研的时候经常手把手教她。她在一所著名医院的整形科里,里面有几位高调的名医同事,都善于到处自我宣传,在外面还有参股的诊所。 同事个个风头极盛,她是女大夫,为人又老实,养在深闺人未识,常常无人问津。 为了练习,也为了生存,只好在外面走穴,为他人做枪手。 手术效果好,也没有人知道她的存在。 作为医生,却不能直接和患者沟通,难免有风险。 有一次,一位患者月经期间做了手术,而她并不知道这个情况,患者术后出现感染,结果颇为严重。 做得好了与她无关,出了问题她却脱不了干系。 这件事情对她影响很大,她从此一蹶不振。

在丁圆圆看来,至少在工作中,贾一澜的情况并没有她说的那么糟糕。 在他们医院,当红的医生也就那么几位,多数医生过得都很平淡。她的科主任刘铁钢也很知名,科室并不缺手术做,小耳畸形的孩子也是他们稳定的患者来源。 她整天并没有闲着,跟医院其他的医生相比,收入比她低、门庭比她冷落的大有人在。 她只是经常与丁迅对照,再加上她妈妈平日里各种无心的暗示,才让她如此自我否定。

"我保证你不会成为你师姐的。 你有丁大夫,你坠落,他会永远在下面托着你的。 你看,你们两个人每天从这条街走过去,走过来,这是你俩的人生。 你留在一边,就是把你的人生切掉了一半呢。"

是的,这里就是她和丁迅的整个人生。 左边是她的家,妈妈的逝去,把家切掉了一半;右边是她的工作,离开医院,她的人生又被切掉了一半。 丁迅的右边一半会始终精彩,而左边的一半,她和他共同的那一半人生,就是她以后的全部。

她毕业后刚刚到这家医院的时候,这条街很小很破,没有路灯,晚上一片漆黑,下一场雨就会泥泞好多天。 后来,开始搞建设,修路、盖房子,好几年路上都立着蓝色的塑料围挡,到处尘土飞扬,马路不是围住这半边就是围住那半边。 医院门外总是混乱不堪,夜里也常常被各种工程车的声音打扰,她每天的工作就是拉钩剪线,可她是开心的,因为她有丁迅。 丁迅多么好啊! 别人也都说丁迅好,他聪明、稳重、头脑清楚,院长都想招他做女婿。 可是贾一澜并不留意这些,她只知道他好,从她十八岁见到他,就觉得他好。

渐渐地,这条街越来越热闹,马路拓宽了,到处是闪耀的霓虹灯,医院的对面盖起了房子,那是她后来的家,她和丁迅的家。 他们天天在一起,两个人一起慢慢变老了。 即使她在一天天地变糟,丁迅还是那么好,好到让她没有任何患得患失,像丁圆圆说的,丁迅会在下面托着她,他能承受她的一切。她从不相信丁迅会像李顺那样离她而去,因为她觉得他从来不是一个人,他是一棵树,他的根扎得稳,而她和焕焕,还有他的其他亲人,都是他的枝枝权权,树是不会跑掉的。站在离自己的生活百米之外、五米之上的过街天桥上,作为旁观者,她才开始看清自己。

"给你们写稿子的那个大棋,看起来很能干,不就是一个人在家里带孩子? 她过得怎么样?"

大棋,响亮的、聪敏的、花样百出的大棋。她在生活中是怎样的,丁圆圆并不清楚。她有她的问题,否则也不会来整形了。她是否可以做贾一澜回归家庭的参照体呢?

"她和你不太一样。她老公是英国人,她不工作,可是坚持要留在中国,他老公也就跟她留在中国。我想,她在家庭中是那种有存在感的人。我们中国人,习惯用你挣多少钱、买房出了多少钱来衡量对家庭的贡献,而家务活和养育孩子的价值被低估。咱们丁大夫肯定不是这样想的,可是你自己呢? 要退守家庭,你要有巨大的存在感和对自我价值的认同感才行,否则,你会被丁迅的存在所吞没,像一滴水落到海洋里。"

存在感,这不是贾一澜常用的词汇,也许这个词正道出了贾一澜的问题。"你就怎么都不会成为树权吧?"她问丁圆圆。

丁圆圆看着远方,用略带夸张的腔调吟诵道:"我必须,是你近旁的一株木棉……"

> 我必须,是你近旁的一株木棉
> 作为树的形象和你站在一起
> 根,紧握在地下
> 叶,相触在云里
> 每一次风过
> 都是我们相互致意

上高中的时候,贾一澜也曾在摘抄本上抄过这首舒婷的《致橡树》。 也许这也是她少女时的爱情观吧,在遇到丁迅之前。

她没价值感,她没存在感,这是她的问题,也许是全部问题,并不是什么产后抑郁,并不是什么经前综合征。 她在家里不断地闹腾,也许就是想要存在感。 而她妈妈所希望的,可能就是她安全地做一滴水、一个树杈,消融在丁迅的存在中,这样才不会干涸,这样才不会枯萎,这样才不会孤单无助,不会被伤害。

贾一澜抑住眼泪,用很小的声音说:"我记得你对我说过,真的怀念一个人,就想想他希望你怎么样活着,成为什么样的人,然后照着去做,这样就是纪念他了。 我妈突然走了,没有留下一句话。 她想让我去校医院,让焕焕上个好学校,让我别变成泼妇,别被丁迅抛弃,这就是她的遗愿了。 她就是希望我乖乖地做一个树杈。"

"不对!"丁圆圆说得很坚定,"绝对不可能。 我相信你妈妈的遗愿只有一个,就是你能过得好。 她要你去校医院,是让你能轻松些,不用整天那么烦恼。 父母爱我们,但是可能不了解我们,你要自己觉得好才算好。 你是有理想的人,不是钱多房子大老公好孩子乖就能满足的。"

有理想的人,贾一澜哪里敢这样说自己:"你说得对,我就是没有价值感,我家里的事也做不好,工作也庸庸碌碌,拖着丁迅的后腿。"

"你怎么能没有价值感呢? 天天有双眼皮做才有价值吗? 我看过你做的耳朵,像真的一样。 我很崇拜你。 你让没有耳朵的小朋友有了耳朵。 要是我,就算只做过一个耳朵,也会觉得很骄傲,活得很有价值呢。"

小耳畸形、唇腭裂、被驴子咬坏的鼻子,对于贾一澜来说司空见惯,她做过那么多耳朵鼻子,感觉这些没什么,她没想到在丁圆圆眼里是如此的有意义。 她自己为什么看不到这些呢? 妈妈为什么看不到这些呢?

想到妈妈,又让她心里刺痛。 她明明是爱自己的,为什么总是在否定自己呢? 即使此时此刻,在她的潜意识里,好像也在觉得,她的很多人生问题是妈妈加诸于她的。 她纠结于自己的存在感,那妈妈的存在呢? 她把她所有的积蓄,把她的整个晚年,都投入了家庭。 她所得到的又是什么呢？还有，她对她说的最后一句话。她忍不住，伏在栏杆上，哽咽着说："你知道我对我妈说的最后一句话是什么吗？我马上要出门了，我在门口换鞋，我说'你净给我帮倒忙'。"

这是丁圆圆所熟悉的。每一个人的辞世，都会伴随着亲人的遗憾和内疚：不恰当的话、被漠视的请求、未被回应的表达，这些在亲近的人之间如此常见，却突然成了最后一次。

丁圆圆搂着贾一澜的肩膀，平静地对她说："你也是做妈妈的。你有一次告诉我，焕焕说你的脸上有土，别人妈妈脸上没有土，丁迅看他这么说你的斑，骂了焕焕，把焕焕吓哭了，你又骂了丁迅，是吧？孩子这么说你，你有没有在意呢？你想，要是你现在死了，你希望焕焕记得你什么呢？你一定希望他知道，他不管干什么，你都觉得很好玩，他说什么，你都不会怪他。如果他对你说的最后一句话是你脸上有土，然后一辈子为了这个怪自己，你希望这样么？我想你妈妈也是一样的。那些离开的人，一定希望我们想到他们的时候，记忆是甜的。要是你总是带着后悔和内疚想起她，才是真的对不起她呢。"

丁圆圆用的案例很好。贾一澜用代入法，理解了妈妈，也不再责怪自己了。

一有机会，丁圆圆就跑到美人沟来陪伴贾一澜。贾一澜放下了做全职家庭妇女的打算，可是现实依然在那里。孩子的存在限制了她活动的时间和空间，她依然没能好好地理清思绪，抑郁的状态并没有缓解多少。

"我可能永无出头之日了。"她对丁圆圆说。

"你有实际困难，我不能只动嘴巴了，要有实际行动。我搬到美人沟来，帮你做保姆吧。"

丁圆圆是说真的。她的一位前同事在丽然庭小区租房开了家小型的文化科技公司。丁圆圆到美人沟来的时候，有时还去转一转。他们在这里待了一年，公司也发展起来了，打算搬到东边去。丁圆圆喜欢这套房子，有心搬到这里来，只是原来租的房子还没到期。为了能帮到贾一澜，她决定马上接手这套又大又便宜的房子。

"那你原来租的房子怎么办？不能退租，白白浪费了。"贾一澜为她的经济损失心疼。

"房租已经交了,不会退给我的。 我就把它当成别墅好了。 这些年我丢的钱、赔的钱也不少了,不差这一点。"丁圆圆表现潇洒。

贾一澜的家是五层板楼的一层,而丁圆圆的新家在十二层高板的顶层,是个小跃层。 一层是三十平方米的南向起居室,北向有一个小房间。 走上一段楼梯有两间卧室,其中一间是带斜屋顶的阁楼。 一般层高不够的地方不算面积,所以这个房子实际面积其实很大,至少有一百多平方米,由于形状不规则,又被爱搞创意的小公司装修得很另类,并不太好出租,所以价格便宜,却正适合喜欢不规则的丁圆圆。

她搬家那一天,贾一澜下班后就直接前来帮忙。 看到满屋堆着的东西,直替她发愁,又把沈雷叫来做苦力。

丁圆圆说:"其实我不怕搬家。 每搬一次家,就可以重新盘点一下自己。 在一个地方住久了,或者一个工作做久了,就会形成死角。 好多东西在那里,从来用不到又舍不得放弃,占着有限的空间。 表面上拥有很多,实际上有效空间越来越小,人也就失去了自由。 所以不如隔一段时间就清理一下的好。"

贾一澜真的很佩服她,什么事情都能讲出哲学来:"你好像在说我啊。 我就是这样,工作、生活都是很多年不动窝,到处都是死角。"

贾一澜站到窗口,摸着带着漂亮花纹的深蓝色窗帘。 "我家!"透过落地玻璃,她看到了玫瑰花丛掩映后自己家的窗户,要是家里有人站在窗口,一定也能看得到。

丁圆圆也过来看:"原来那个就是你家啊。 以后记得拉好窗帘吧。 我准备在这里架一个摄像机。"

"认识了你,我总是有机会旁观我自己。"这个窗户,又像是烤鸭店旁边的过街天桥。 她觉得心里踏实,因为她知道,从此这里有一窗灯火,在不远的地方陪伴她,安慰她。

第十二章
翡翠和鼻子

———————————○ 苹果肌,短一点的人中,卧蚕,翘翘的鼻头,
酒窝,还有颏唇沟,哦,还有虎牙,这些可爱元素
都齐了,就怎么都不会难看。

"以上十七条医生已告知,同意手术。"

董尧在手术同意书上写下自己笔迹幼稚的签名,抬头看丁迅。 丁
迅把她的手术同意书放到病历袋里。 那是属于她的病历袋,里面已经
有了一叠资料,记载着半年来她做过的手术。

"走吧,小姑娘。"丁迅站起身来,大步朝手术室方向走去。 董尧
跟在他后面,像一只失群的小鸭子。

董尧轻车熟路地爬上手术床,平躺,头上方是无影灯。 她等着楼上
的靴子落下来,她已经准备好了很多说辞。 直到此刻,靴子没有落下
来,一只都没有。 丁迅什么都没说。

他的手安详轻柔,酒精冰冷辛辣。 她的脸、她的鼻子、她的耳朵,
滚烫、清醒、麻木。

耳边能听到轻微的咯吱声,她知道,那是她耳窝里的软骨被剪开。手术室外面有人在讲笑,手术室里她和丁迅都沉默着。

然后是鼻子。 虽然看不见,董尧知道那是很精巧的动作,通过鼻孔,什么东西在把肌肉和软骨分离,好像有血涨在两眼之间,额头上有一种尖锐感,但是没有疼痛。 眼睛的余光看得到他戴了薄薄的塑胶手套的手,还有他俯视的眼睛。 他在很专注地看着她,却没有在看她。

一块湿润的布巾遮住了她的眼睛。 她看不到他了。 她闭上眼睛,感觉在旋转,像有风一样旋转。

"下面用庆大给你冲洗一下,会有些苦。"丁迅的声音。

苦味涌进了她嘴巴的深处,鼻子和喉咙交界的地方。 充分消毒过的鼻腔里好像有一种清洁的金属气味。 鼻子被牵扯着,又有剪刀的声音,喀嚓喀嚓,还是在旋转,旋转。

苏打汽水、洒着杏仁片和糖霜的小圆面包、新出炉的膨化果,空气中到处是属于儿童的甜味。 "你坐枣红马还是大白马?"旁边是猴山,挂在铁丝网高处的猴子在指手画脚。

董尧的眼睛被一块湿布遮着,耳朵和鼻子被刀子切开,被剪子剪断,她却想起了小时候的旋转木马,记忆里破碎的片段。 每次发烧,或者因为疲倦而失眠,一闭上眼睛,就好像这样在旋转。

她看不到丁迅。 丁迅依然像从前那样,轻声提示着每个动作的步骤。 但是他没有像从前那样,问起她的学校、她的家乡,问她怎么才能学好英语,也没有用各种不太相关的理由温和地阻止她。 那只靴子没有掉下来,他不管她了。 他看她的时候,像是没有在看她。

董尧再见到丁圆圆的时候,丁圆圆发现了她有变化,只是看不出变了哪里。

董尧指了指自己的鼻子,提示她:"鼻子动过了。"

"垫鼻子啦?"她想不起来董尧的鼻子原来是什么样子。

"没有垫鼻梁,只是鼻尖。 我从前的鼻尖是像巫婆一样的,现在里面处理了一下,还放了一块耳软骨。"

董尧让丁圆圆摸自己的耳朵。 丁圆圆摸了摸她左边的耳窝,又摸
了摸右边的,左边的薄一些,摸起来很软。

"这次丁迅没有苦口婆心地劝你?"

董尧说:"丁大夫什么都没说,他好像不太开心。"

看来贾一澜家里的变故,同样影响到了丁迅的情绪,让他顾不上阻
止这个女孩了。

"也许他觉得这个手术值得做。"丁圆圆对于董尧的沉迷,总觉
得有些不忍和担心,此刻又觉得并没有什么了。 她经历了疼痛和肿胀
的过程,现在依然天衣无缝地在这里。

丁圆圆有事情找董尧。 帕梅拉和 Egoist 网站已经达成了合作的意
向。 Egoist 是一家提供整形资讯的网站,已经做了五六年了,内容丰富
翔实,对于各种整形手术都有详细的综述、医生答疑、患者写的手术过
程和对效果的评价,还有很多术前术后的对比照片。 帕梅拉想按照他
们的模式做自己网站的整形频道,同时也算做他们网站的中国频道,把
他们几年积累下来的资讯内容进行本地化。 大量的存档文件需要翻
译。 丁圆圆问过财务,可以不通过翻译公司,直接找人翻译,按照酬劳
扣税就可以了。 她告诉董尧,如果她有时间做,可以按照比市场价好一
点的价钱付给她报酬。

董尧想了一下,说:"姐姐,可不可以让我的一个同学做? 她笔译
做得比我好。 整容方面她不太明白的我也可以帮她。"

"你没时间做吗?"

"我这个同学经济比较困难,她有点缺陷,不做口译也不教课,我有
笔译的活儿都给她做。 她英语很好,考研的时候笔试成绩第一呢。"

丁圆圆提出让她的同学先试译一下。 董尧一直在保证,她的同学
做的至少不会比她做的差,而且她会帮她一起做。

这一段时间,丁圆圆和韩小唯联系得不多。 小唯回过一次加拿大,
而且她的准婆婆一直在家,和他们在一起。

丁圆圆和她在 MSN 上说起董尧的新鼻子,小唯表示知道:"把鼻小柱那个箭头一样的尖儿弄掉了。 她和我商量过,我讲没有什么必要做。 后来也没再联系,结果她还是做了。"

"你都建议她不要做? 她说她原来的鼻子像巫婆,我都没留意过。"

"她原来的鼻尖有点垂,这样会显得鼻子长。 不过,她脸上的可爱元素够多,鼻子就不是很大的问题。 如果脸不可爱,鼻子又长,就真的会有一点像巫婆了。"

"哪些元素是可爱元素?"

"苹果肌,短一点的人中,卧蚕,翘翘的鼻头,酒窝,还有颏唇沟,哦,还有虎牙,这些可爱元素都齐了,就怎么都不会难看。 没必要再去弄太多细节了,可能反而会破坏了那种可爱。"

"看来我的观察力还是不够,这些细节我都没留意,也记不得她原来鼻子是什么样子。"丁圆圆说。

"那很正常的,只有我们这些整形的人才会去留意别人的鼻子。人的五官里,眼睛和嘴巴是能动的,还可以化妆,会让人印象深刻。 鼻子在脸最中间,又没表情,所以形状怎么样其实最重要了。"小唯说。

丁圆圆想想,真的有道理。 有时候我们说一个人美,说她美在神态,美在生动,美在笑容,平凡的五官也可以看起来楚楚动人。 说到人的"神",往往不包括鼻子,鼻子主要是"形",所以整形爱好者和整形医生才会特别注意别人的鼻子。

"说起鼻子,我鼻子上竟然长了个大包包,鼻子整个都有点肿,好倒霉哟。"小唯又说。

又过了几天,小唯给丁圆圆打电话,她有点着急,说鼻子可能感染了。 丁圆圆替她问了贾一澜,贾一澜告诉她,如果她鼻子用的假体是膨体的,感染了就必须取出来,因为膨体的感染是控制不了的。

小唯很愁。 在她男朋友和准婆婆的视线之内,鼻子出了问题,会感觉像被捉奸一样狼狈的。 这个时候,她的知己良朋不是丁圆圆,而是其他在网络论坛或者诊所里认识的整友。 他们才会理解她的问题，帮她想办法如何骗过家人，神不知鬼不觉地修好鼻子。 她和整友们商量出的办法是谎称回重庆，然后找个地方住下，重新弄鼻子，如果再次现身的时候鼻子还有点肿，可以编理由说是被车子撞了之类的。

小唯向丁圆圆汇报，她正在根据整友的推荐寻觅医生，她也考虑过丁迅，丁迅的"韩式鼻子"在北京很知名。 她找过一些案例，觉得那种翘翘的鼻尖并不适合她。 她请丁圆圆帮忙回忆，见过的医生里还有哪些看起来不错。

可是没等她找到合适的医生，阴谋就败露了。 她没想到准婆婆会看她的聊天记录。 那是她和一家医院的网上客服的聊天记录，虽然不是很长，却把她的底儿泄得干干净净："鼻子做过三次。""感染了。""瞒着家人做修复，多少天能恢复得看不出来？""嘻嘻，我的下颌角，眼睛都做过了，就算给我优惠也没什么可做了。 你们玻尿酸多少钱一只啊？"

"你找的媳妇是个B货加C货。"准婆婆这样说自己的儿子。

这足够伤害小唯了。 小唯善于自嘲，夸她什么部位漂亮，她会呵呵地笑起来："假的，假的，眼睛是假的，鼻子也是假的。"不过，也只限于同她不熟悉的人或者整友。 在亲人面前，她还是尽量掩藏自己的整形史。 不过，她还从没想过，自己整个人，都是以次充好的假货。

B货C货是翡翠鉴定的术语。 小唯的男朋友家里是做珠宝生意的，这次他妈妈在北京，也是为了打理在珠宝城的店铺。 小唯这些天随他们一起做事情，也知道了B货C货的意思。 天然的没加工过的翡翠是A货。 而B货则用强酸浸泡过，滤去杂质，又将其中形成的空隙用硅胶填充，让它看起来通透漂亮，其实质地完全被破坏，过上几年就会现原形，根本没有玉石至刚至坚、历久弥美的特质。 C货是染过色的翡翠，翡翠以翠绿色为最名贵，而黄红色为翡色。 翡翠的品质讲究的是种、水、色，B货做出假的种、水头，C货的色是假的。 对于不明就里的人，可能觉得加工过的翡翠美丽稀有，而对于行家来说，它们简直一文不值，因为它们已经失却了玉石最本质的东西。

第十二章 翡翠和鼻子

小唯在刚了解到这个概念的时候,已经心有所感,尤其是知道了硅胶用于 B 货加工的时候,她还和丁圆圆说过,硅胶真是个好东西。 有大的有小的,有硬的有软的,可以垫鼻子、垫下巴,如果额头平太阳穴凹,也可以放进去一片做个硅胶脑门,隆胸也是在胸大肌下面放上两坨软软的硅胶圆片。 那种放在高帮鞋里的内增高的鞋垫,也是硅胶的。 硅胶能在人身上做出假的饱满、假的挺拔、假的高挑,没想到玉石也用得到硅胶。 小唯自己身上虽然没有什么硅胶填充物,但是她这个人是典型的人工作品。 她整日盛装打扮,也被老太太理解为 C 货。

小唯又羞又愤。 本来看她自己电脑上的隐私信息就是一件不可思议的事情,没想到还会拿这个来攻击她,真是不可理喻。 可是和老人也讲不出什么理来。 小唯说:"这是我自己的事情,和你们没关系。"老太太说:"和我们当然有关系,谁知道你到了我们家,生的孙子是什么样。 我们找儿媳妇,关系到后代,怎么能要个假货!"

丁圆圆见到小唯是在酒店里,小唯见到她,就趴在她肩上哭了起来。 原来她一气之下,带着电脑和几件衣服、护肤品,从男朋友家搬到了酒店。 要伤害一个人,最有效的办法是找到她的短处加以攻击。 丁圆圆意识到小唯原来的洒脱不在乎都是假象,她其实内心里认同了自己是个 B 货,所以才会深深受伤。

丁圆圆一时不知道怎么安慰她。 小唯哭着跟她说后悔,这些年整了这么多,没变得多漂亮,自己却成了假货。

小唯的男朋友打来电话,看样子他还是很爱惜她的,虽然知道了小唯的真相对他也稍有打击,但他还是舍不得小唯:"我好好劝劝我妈妈,你也跟她认个错,你找些以前的照片给她看看,让她看看你本来什么样子。"

丁圆圆在一边听了,心里暗暗叹息。 如果小唯回头,她免不了永远是个有过错的儿媳妇。 她的眼睛、鼻子、漂亮的牙齿,都成了刻在脸上的红字,代表着耻辱和不诚实。

小唯对自己的男朋友没那么客气:"我有什么错嘛,还要我认错? 她看我的电脑她才有错。 还要我的照片,要质检证明啊?"

那边在跟她说,她毕竟还是不对,"身体发肤,受之父母,不可有丝毫毁伤"。 他可以原谅她,可是要父母接受,总需要一个过程。

"要你原谅,我怎么错了? 我自己的鼻子,又不是你的鼻子,我想怎么样就怎么样。 你不必原谅我,你以为我没有你会死啊?"

小唯嘴是硬的,可是心是虚的。 她的男朋友很宠她,可是,他也会更听他妈妈的话。 其实这一年来,他和他们家对她的态度已经在微妙地变化。

小唯的男朋友是"富二代",而且是新晋的暴发性富二代。 小唯刚和他认识的时候,他们家只能算是殷实,做着一些珠宝的小生意,在富庶的江浙一带也就是普通人家。 他们在温哥华时,住的房子还是小唯租的。 他个性温柔,很会照顾人,对小唯呵护备至,长得不错,也会穿衣服。 小唯和他在一起,很开心,也很习惯。 他们家从前是珠农,珍珠虽然算贵重饰品,但在原产地,只是农业产品,很多做珍珠生意的企业家是渔民出身。 二〇〇八年的时候,他家开始做其他珠宝生意,懵懵懂懂地,没有考虑经济形势,进了不少翡翠碧玺之类的货品,结果这个行业也受到经济危机的冲击,生意清淡,又正好赶上珍珠丰收,价格大跌,积压了不少珍珠。 不过,随后很快迎来了报复性上涨。 珠宝这一类非主流资源的价格变化毫无理性可言,因祸得福,当时积压的货物有的零售价格涨了几十倍。 而且,当年他们还受人蛊惑在海南买了几套便宜房子,近两年房子市值也涨了近十倍。 两年之内,他们家好像撞上了财神爷,资产狂增,在北京和深圳的珠宝市场都开了店,虽然称不上什么大亨,但是与当年是不可同日而语的。 乍富之人未免骄矜,富而骄则贵,好在没有经验的新贵,会觉得爱花钱、爱买贵东西的小唯身价也贵,配得上他们的富贵之家。

他们在向大富大贵蜕变,但是小唯还是小唯。 她会收到男朋友送的贵重礼物,有时候会刷他的信用卡在网上买东西,但总的来说,小唯还是用以前的方式生活和消费着。 正是她的这种自尊,让准婆家的人也不敢轻视她。

这回,一切都不同了。

丁圆圆一直想着那句话，"身体发肤，受之父母"，还有 B 货 C 货的比喻。她觉得不对，却想不出如何反驳。她需要想通这个问题，用来劝慰小唯，也为了让自己能更理直气壮地接受整形的存在。

这种时候，她总是会去求教袁敢为——她大学里的老师。

对于 B 货 C 货的说法，袁敢为说："翡翠是石头，品质就是它的价值。一个人的价值可不仅仅就在于那张脸。"

至于身体发肤受之父母不得毁伤，是孔夫子对"孝"进行阐述时说的话，这是反整容者攻击整容人士的经典言论。甚至有的不太得志的整形医生，也在用这句话来说明自己职业的无奈和荒谬，好像是被社会或者命运逼迫，不得不成为忤逆者、不孝者的帮凶。

袁敢为说，讲这样话的人，不知道是不是从来没理过发、刮过胡子，另外古人的价值体系，还有"君要臣死，臣不得不死，夫要子亡，子不得不亡"，或者"父母在，不远游"，除非坚持认为这一整套体系都是真理，否则断章取义地随便拿出一句话来，算不得什么有力的论据。

丁圆圆在整形研究的工作中，有不少心里没有理顺的问题，此刻一一同袁敢为探讨，就像是多日熬夜之后有了一次自然醒，神清气爽，心思澄明。

她跟袁敢为聊了几句，问起他为什么送她一只鹦鹉。"鹦鹉？"他们两个人是在网络上交流的，丁圆圆好像见到了他脸上的困惑，心里有一点点黯然。他送她的生日礼物，看来是随手买来应付她的，并没有特别挑选。

不过袁敢为马上想起来了："那是只鹦鹉啊，我都没有注意，只觉得是一只傻鸟，有点像我这老头。"

丁圆圆去找小唯，把袁敢为的道理讲给她听。丁圆圆原来是不认同小唯的，她爱美的程度，在丁圆圆看来实在有些可笑。可是现在面对着否定自我的小唯，丁圆圆只希望她能变回从前的样子。"扮靓，我一生不变的追求。"这又有什么错？人各有志，追逐功名的人，追求富贵的人，难道就比她高明吗？

小唯备受煎熬,不但因为摧毁她自尊的屈辱,还因为自己前途未卜的鼻子。 她觉得鼻子和自己的宿命相连。 鼻子遭灾,自己也要身世飘零了。

"我这个样子,怎么回加拿大去? 我也不能回重庆,我没有家了,我走投无路了。 想想我还是在北京待着吧,可是我在这里什么都没有,都没地方住了。"

小唯现在还处于负气出走的状态。 目前她不可能再回到男朋友家了。 且不论两个人的未来如何,她当前的首要问题是修复鼻子。

丁圆圆已经想好了:"正好我搬到了美人沟,原来租的房子还没退呢。 我自己花了好多力气刷墙、添置东西,洗脸池和马桶都是我换的,本来退了可惜,房东还不还我房租,现在还空着呢,你就先住那儿吧。现在通了四号线,交通也很方便的。 别说你在北京什么都没有,你不是有我吗?"

小唯接受了她的建议。 丁圆圆借来了帕梅拉家的旅行车,又在公司找了两个用来装道具的大号皮箱和几个蛇皮袋,陪小唯去男朋友家拿走自己的东西。 丁圆圆一直拉着她的手,在耳边告诉她要表现得冷静有范儿。

老太太一个人在家。 "阿姨,我来拿走我的东西。"小唯努力平静地说。

她的东西多得不得了,有很多很多的衣服,很多很多双鞋子,两个化妆箱的保养品,还有不少美容美发的小家电。 虽然多,但也简单,也就只有这些东西。 小唯在这间房子里做了一年管家婆,跟家事相关的东西,如水电煤气的卡等等,她都认真地向老太太一一交代。

然后,她又想起了什么,把收拾好的东西又翻开,找出了首饰盒。小唯的首饰并不多,她更喜欢用来搭配衣服的流行饰品,贵重的珠宝没有几件。 她的美丽资金,主要投入在整形手术中。 她从首饰盒里拿出一条钻石手链,还有一个黑色丝绒的小袋子,交给了前准婆婆。 袋子里是一只镯子,翡翠的,老坑玻璃种带阳绿。 那是他们家刚开始做翡翠生意的时候男朋友送给小唯的,当时的进价就三万多块,据说现在翻了十倍不止,老太太时常在她面前念叨。 小唯从来没带过这个镯子,虽然贵重,但是和她的风格不配。 她打算结婚的时候,穿中式礼服的时候再戴。 小唯把钻石手链和这件 A 货翡翠还给了他们,带着自己感染了的 B 货鼻子决然离去。

丁圆圆一边帮小唯布置她的新家,一边和她讨论鼻子的处理方案。破损的自尊心需要时日来痊愈,不如先把破损的鼻子补好。 小唯曾经探访京城的几位鼻子名医,他们说法各不相同,有的说可以把假体取出来重新再安放膨体;有的说她的鼻子做过多次了,瘢痕比较严重,应该取自己的肋软骨作为假体;还有的医生说要先把现在的假体取出来,等鼻子完全恢复好了再重新做。 小唯不愿意等待,所以自动排斥等待的方案。

丁圆圆建议她,如果难以定夺,不妨还是去找一找丁迅。 丁迅毕竟以做鼻子见长,最重要的,他还是丁圆圆的熟人。 在中国看病,不就讲究找熟人才踏实吗? 至于她最熟悉的好朋友贾一澜,这事暂且不拿去招惹她,免得她多话。 丁圆圆有时对她说起小唯,她会说:"你那位整形狂朋友,到底要整到什么时候才是头啊?"小唯现在最需要的是肯定和理解。 她那样的态度,万一流露出来,对于脆弱不堪的小唯来说必然是打击。

从她自己的故居、小唯的新家出来,已经很晚了,地铁上没几个人。 丁圆圆站在车门前,看着玻璃窗里自己的脸。 颧骨下面有两道阴影,脸的线条有些下垂,看起来凹凸不平。 她印象里的自己还是个年轻的小姑娘,如今,地铁车门的玻璃告诉她,她老了。 地铁玻璃窗真的是中年现形镜,徐传琪的中年危机,就是从这个玻璃窗开始的。 前几天,徐传琪采纳了贾一澜的建议,让她给自己的脸颊注射了脂肪,填充颧骨下面形成了阴影的凹陷,希望由此摆脱玻璃窗里见到的物理老师。 丁圆圆也想起了自己的初中物理老师——她曾经暗恋过的翩翩青年,那时候她只有十三四岁,豆蔻年华宛在昨日。 她悄悄偏过头去看身边的女人,和她在车窗里的映像并没什么不同。 这个女人在黑暗的玻璃窗上看到的自己,和在明亮浴室的镜子里看到的自己,一定不一样。 一个人自己眼里的自己和别人眼里的自己一定也不一样。 别人看你,如果他带着喜欢、嫉妒、抗拒的感情,看到的你也是不一样的。 到底哪个自己的哪个模样才是真实的呢? 为了这靠不住的模样,有的人会自恋,有的人会自贬。 为了不知道什么是真实的相貌整形,值得吗?

丁圆圆在上班的时候意外地接到了丁迅的电话。

"今天你的那位朋友来找我了。 她感染都那么厉害了才来,我告诉她不能把假体取出来马上换,必须要等瘢痕恢复了。 我看她的样子还不怎么信,你跟她强调一下,绝对不可以,否则后果严重。 她那么爱美,到时候出现炎性的鼻尖肥大,瘢痕挛缩,麻烦就大了。"

丁圆圆很感动,她知道丁迅有些冷热不定,对病人固然尽心负责,但是并不热心,事不关己不开口。 "丁大夫,多谢你,其实一澜也这么说过的。 她去过几个地方,有的大夫告诉她可以马上换。 我跟她说无论如何要你看一下,听听你怎么说才放心。 她真是不死心呢。 我会劝她。"

丁迅在电话那边说:"患者就是这样,医生怎么说都听不进去,倒是别人说可能还有用。"

丁圆圆放下电话,依稀记得丁迅说什么炎性,什么瘢痕挛缩,她怕跟小唯说不清楚,又在网上问她的技术顾问贾一澜。 贾一澜给丁圆圆讲了膨体感染不可控制的原因,还有瘢痕增生、挛缩,各有什么后果。 瘢痕挛缩就是有疤痕的地方抽抽起来,出现在鼻尖的话,鼻子会变短,向上翻,如果出现这样的状况,恐怕小唯死的心都会有。

此时,小唯正在沮丧。 她见了丁迅,丁迅坚决要求她把假体取出来,恢复至少半年之后再考虑修复,这让她无论如何也无法接受。 可是丁迅的态度又不像是在吓唬她,让她觉得贸然换假体真的有些危险。她本想找丁圆圆说,又想到丁圆圆自己的鼻子好好的,不会真正理解她,凄凉又漫上心头。

没想到丁圆圆下班后亲自上门,向她转达了丁迅的意见。

"丁迅那个人,一般话说到了就算了,不太爱管闲事的。 这次专门找我,让我劝你,说明事态严重。 你要相信他的话,马上把膨体取出来,再看下一步,不能因小失大。"

丁圆圆又告诉她跟贾一澜咨询的结果,膨体这种材料,在体内时间长了,血管会长进去,很难取出,需要找有经验的医生。 而且手术后要输液,现在小唯住的地方附近没有医院,也没有什么诊所,输液不方便。她建议小唯不如找丁迅取假体,术后住几天院,好好消炎,也有利于早日恢复。 小唯觉得有道理,丁圆圆又给沈雷打电话,他是总住院医师,负责安排床位。

联系好住院事宜,小唯拿起化妆镜,悲凉地看着自己即将不保的鼻子,不禁桃腮垂泪,星目含悲:"我真是在人生的最低点。 我真的不能想象我自己原来的鼻子,我都和它分开十年了,不知道它是什么样子了。"

丁圆圆调侃了一下:"你就像是抛弃了自己亲生孩子的人,现在他要回来找你了,你紧张,因为不知道他会是什么样子。 也许,并没那么糟糕,毕竟是亲骨肉呢。"

小唯笑了。 她是个开朗的人,不会整天愁容满面的,可是她现在的笑,只能露出四颗牙。 她不是原来的小唯了,她失去了露出八颗牙的大大笑容。

丁圆圆有点为小唯担心了。 从前说起整形,小唯一直是以喜剧的方式叙述的,包括她被各路诊所忽悠,包括她遇到的韩国山寨大夫,包括局麻做下颌角时,高频电锯在截骨,震得脑袋里面嗡嗡响,她的嘴巴被扒开,还在边哭边喊。 对于那些经历,小唯都是讲笑不休。

现在,小唯变成了悲剧。 她为了男朋友到了北京,住他的大房子,开他的车,刷他的信用卡,如今和他分崩,好像是午夜的灰姑娘,失去了爱情,失去了住处,又要失去漂亮的鼻子。

正好徐传琪也要去美人沟,丁圆圆就让徐传琪载着小唯去住院。小唯的手术是临时插进来的,所以排到了晚上。 办好住院手续,做完检查,没什么事情做,三个人就在病房里闲聊。 贾一澜没有手术,听说徐传琪来了,也跑过来看她。 她在《被美人》上看到了大棋的文章,连续记录她做面部脂肪填充的过程和恢复期的感受,题目就叫《猪头日记》,文章写得妙趣横生。

脂肪填充,是把从身体里抽出来的脂肪,经过沉淀提纯之后,再注射回体内。 填充到组织里的脂肪,有一部分会被身体所吸收,另外注射物里多少会掺杂一些没有沉淀掉的血水和肿胀液,还有已然破碎难以成活的细胞。 所以在操作的时候,原则上是要超量注射,留出吸收的余地。再加上术后的肿胀,做完面部脂肪填充后一段时间,难免会脸如猪头,好像被人狂殴过一样。

徐传琪把自己的脸称为"猪头",贾一澜难免有点介怀,因为,这个猪头是她做出来的。

徐传琪到医院来并没有什么特别的事情。 不过她自己说,自己的脸这样子、眼睛这样子,在外面是怪物,在医院里却有一种归属感。 她在外面一律戴着口罩,到了医院就坦然地摘下来,混迹在蒙眼戴头套的人群里,感觉很舒服。

小唯带了一个旅行箱来住院,在场的三个人眼见着小唯把箱子里的东西一件件地往外拿,放到柜子里。 化妆包、衣服包、吹风机、卷发棒,还有一件小电器,说是高科技的红外线理疗仪,帮助消肿的。 她又拿出一个小东西,放了一瓶纯净水在上面,这是加湿器。 几个女人都说:"看看,这美人真是不好当,装备真齐全。"

小唯又拿出一面很有质感的双面镜,立在床头柜上。 徐传琪随手拿起镜子照自己的脸,说:"虽然脸像猪头一样,照镜子看,脸还真的紧了,看起来年轻了点儿。"

小唯说:"那是虚假的繁荣,是肿的缘故,脸肿的时候看起来就饱满一些。 我刚做完下颌角,肿了很久,消肿以后,就有点下垂了,就只好又做了个提升手术。"

"这样啊,难道结果是镜花水月?"

"其实根据我最近的观察,年轻不年轻还真的不见得是皱纹啊,眼袋啊,这些问题。"丁圆圆说,"我前两天还和庄菲讨论来着。 年轻是一种范儿,没了那种范儿,脸皮光,身材保持好,也没用。 比如,这四月天还穿着秋裤,出去 K 歌点什么童安格、王杰,还不知道谁是李雷和韩梅梅……"

贾一澜和徐传琪异口同声地问:"谁是李雷和韩梅梅?"

"看看,暴露了吧。 小唯,你知道吗?"

"我听着耳熟,也想不起来。"

"李雷和韩梅梅是中学英语课本里的人物,八○后基本上都知道他们。 除非你是中学英语老师,否则更老的人基本上是不知道他们的。 所以什么面部年轻化手术,根本没有抓到本质。 年轻化是个系统工程。 你想让自己像二十五岁,就算你回到你自己二十五岁的样子也没有用,你的做派还是三十五岁。 你要真想像二十五岁,要去观察一九八五年出生的姑娘穿什么、想什么、怎么说话、看什么电视剧,这个,就不容易了。"

小唯说:"亲爱的,你道出了我一直困惑的问题。 我也想装嫩,也有人说我像二十岁,可是我看二十岁的姑娘,还真是和我不一样。 想变成二十岁,就要像九○后那样子,还真的很难呢。 我得好好想想。"

"一个人的身上,不仅仅有时光的烙印,还有时代的烙印。 我的师傅庄菲是个神童,十五岁就上大学了,同学都比她大三四岁,她就说自己看起来一直比实际年纪大三四岁的样子,让她好不郁闷。 其实她并不是长得老,而是因为上学早,状态和她的同学同步了。"丁圆圆说。

徐传琪又拿起镜子看自己的脸:"我并不需要像二十五六岁,其实都不需要看起来年轻,以前我就觉得自己满脸横肉的样子像江青,尤其是戴上眼镜。 我只要不像江青就好了。"

丁圆圆回想着江青的样子,恍然记得在什么报纸上见过穿着军装的江青,那时候的照片质量不好,看不到细节,最明显的就是她颧骨下面有两道横肉。 这样想来,很多女人都有些像江青,其实只是肌肉下垂的方式比较相似而已。

缝合好之后,丁迅循例把取出的膨体放在纱布上让小唯看。 这块膨体几年前放进去的时候,是如白萝卜条一般的长方体,取出来却是血肉模糊的一条。 小唯想到自己天生的鼻子本来就长得幼小缺料,现在拿出假体,又白白地带出了不少血肉组织,只怕量会缺得更多,忍不住哇地哭了起来,引得护士都来围观。 手术的时候她还和丁迅相谈甚欢,这时突然哭得如此伤心,丁迅吓了一跳,连忙安慰她:"没事的,很快就恢复了,没有你想象的那么坏。"

小唯跟丁迅道了声谢,抽抽噎噎地离开了手术室。 丁迅到手术接引区的护士站给沈雷打了个电话,让他记得去病房关照一下小唯。 年轻的沈雷比起丁迅,更擅长和患者打交道。

丁圆圆晚上有工作,没有陪着小唯。 小唯回到病房,就坐在病床上哭了起来,一边拿着镜子看自己的脸。 看一会儿,哭一会儿。 右边的鼻孔露出一点黑色的线头,鼻子除了稍有点肿,本身看起来和从前倒没什么变化。 贾一澜说原来隆鼻的腔隙有包膜积液,会占一定的体积,让取了假体之后的鼻子在一段时间内看起来和没取的时候一样。

管床大夫沈雷程式化地来病房看她。 她蜷着坐在床上,脸浮肿,鼻子红红的,眼睫毛上挂着泪珠儿,手里拿着镜子。 她光着脚,穿着宽大的病号服,裤管下露出一截纤细脚腕,脚丫白白嫩嫩。 年轻的住院医生觉得她是那么楚楚可怜,楚楚动人。

沈雷不是第一次见她,术前谈话的时候,她还化着精致的妆,沈雷记得她深蓝色的假睫毛。 春寒料峭中,她穿着绒绒的厚 T 恤,微微露着一边的肩膀。 就像整形医生经常会见到的那种爱美会打扮的女孩子,会给人留下印象却不为所动。

可是沈雷走进病房的一刹那,喜欢上了倒霉的、憔悴的、卸了妆的韩小唯。

第十三章
二十三十四十

过了一会儿,丁圆圆见到董尧站在窗口,看
着外面。 春天的风刮着,北京的春天很干很
干,嫩草很干,树叶也很干,可是董尧站在窗前
的背影,加上窗外的景致,像是在制图软件中换
上了灰蓝的 Lomo 色调,看起来湿漉漉的。

　　小唯住的虽然是 VIP 病房,她还是觉得条件不够好,床硬,网速慢,
食堂的饭也难吃。 反正她住院只是为了输液,丁圆圆就把这个资产阶
级的娇小姐带回自己在医院对面的家里住。
　　然后她发现这位娇小姐其实很能干,她帮丁圆圆做家务,麻利又有
章法。
　　"我们吃火锅。"重庆女孩最爱麻辣火锅。 小唯说她几乎每天都
吃火锅,一般都是在家里自己做着吃。
　　丁圆圆有她送的火锅底料,一直没有善加利用,此时找了出来。 小
唯又戴着口罩,到小区门口的超市买了很多材料,准备做火锅吃。 丁圆
圆见食物这么多,两个人吃不完,就想起沈雷来了。

沈雷很积极地来了,可是一来就阻止小唯,说她现在还没拆线,鼻子里面有伤,还有炎症,不能吃辣。 小唯满不在乎:"沈大夫,我做过好多次手术了,我从小就吃辣,没关系的。"

沈雷急得脸都涨红了,他歪着头,挠了挠耳朵:"真的,还是不要吃吧。 辣椒刺激伤口,你会恢复得慢的。"

小唯一向都比较尊重医生的,看他的样子,是真的着急,也就听从了他,吃了可能是平生第一顿白锅。

吃完之后,沈雷帮忙收拾好桌子,收起电磁炉,把碗洗得干干净净,又在客厅里的各色座椅上轮番坐了一遍,又嘱咐了小唯一番,然后才走了。

"这个男孩子多大了? 他不像个医生啊,像个大学生。"沈雷走之后,小唯说。

"怎么就不像医生了?"

"医生就要傲一点,拽一点,才让人觉得有水平吧。"小唯说。

"你难道没注意到他的嘴唇吗?"丁圆圆提醒她。

小唯的神情有点疑惑。

"他才长了一个你想要的那种嘴唇,饱满又漂亮。 丁迅的嘴唇跟他的比起来,简直就是屁股。"

"哦哦,"小唯回忆了一下,"是的啊,我现在为了鼻子都黯然神伤了,别的好像都不注意了,真可悲呀。"

想起鼻子,小唯又黯然神伤了。

丁圆圆赶快安慰她:"你的鼻子又不是好不了了。 不是说刚拿出来一段时间鼻子不会有什么变化吗? 等你鼻子打回原形,再等上没多久就可以再修复了,只是要等待而已。 说不定现在的鼻子比以前的更漂亮更高级了。 反正要等,何必愁眉苦脸地等上半年? 还不如先关注点别的。"

一早起来,两个姑娘在卫生间里相遇。 小唯看到卫生间地上的一双夹趾拖鞋,拿起来查看,问:"亲爱的,这双鞋子你是多少钱买的?"

"大约在十五到二十五块之间吧,是不是贵了?"丁圆圆说着,也明白了小唯为什么要问这个问题,因为她的脚上,穿了双几乎一模一样的。

"哈哈,你这双是真的?"丁圆圆毕竟在时尚刊物工作了几天,知道这是香奈儿经典的山茶花人字拖。她这双是随便买来,放在洗手间里洗澡穿的。看来小唯脚上穿的是正品。

小唯脱下自己右脚的鞋,穿上丁圆圆的,试了试鞋底,然后把真货和山寨货分别拿在两只手里,进行比较:"其实差别真的没那么大,你这双也蛮舒服,香奈儿的做工也蛮一般的。不一样的地方只有一点点,可能我就在乎那一点点。"

"你的这双多少钱?"丁圆圆问。

"我在专卖店里买的,二百八加币,好像还打折了。"

"价格差了一百倍!"二百八加币,折合成人民币也快两千了,丁圆圆从没买过那么贵的鞋,更不用说一双塑料拖鞋了。

两人嘻嘻哈哈地笑了一顿。

"哈哈哈哈,我真是个败家子。"她自己先说了出来。

丁圆圆在一张棉片上倒上化妆水,胡乱在脸上招呼。小唯坐在单人沙发上,一边照着镜子,一边说:"化妆水要用拍的,你要拍脸,按照年龄乘以五,你每天早晚要拍一百五十下,这样皮肤会有弹性。"小唯笑嘻嘻地轻拍着自己的脸。

"我看你小时候的照片,和现在还是很像,没多少变化,你就是靠每天自扇耳光永葆青春吗?"

"是哦,我整了这么多,竟然没怎么变,也许我没整对,还是整形就是这样?只是在细微处变一变,让你自己知道,别人都不会注意,也不见得会变漂亮。"

"那董尧就是整对了吧?看她以前的照片,和现在并没有很不一样,可是还真的有点丑小鸭,可能她做的手术有画龙点睛的效果。"

小唯最关心鼻子,提起董尧就很想见见她的新鼻子。正好到了周末,丁圆圆就请董尧来自己的新家做客,她们三个经常说要一起聚,还没有真正聚过呢。

董尧来了,还背着她蓝色的大书包,书包里装着那本始终随身携带的《道林·格雷的画像》。

小唯知道这是她论文要写的题目,拿起书翻了翻,说:"这样学术的事情真是麻烦,这是本小说吗? 想不出来要怎样写论文。"

董尧给她简要地讲了小说的内容,一个美貌的少年很爱画像里年轻而完美的自己,担心青春老去、容颜衰败,所以把灵魂出卖给了魔鬼,以保持自己青春纯洁的形象,画像代表着他的灵魂,代替他变得丑陋和衰老。

"好像在讽刺我呀。"小唯说,"可是容貌保持漂亮,灵魂就一定会变丑吗? 这样讲好像美貌和美德是矛盾的似的。"

"对,就是说你的。 将来有一天你成名成家,我给你写专访或者传记,就说你在今天看了这本书,突然悔悟,灵魂升华了,发现了自己从前是多么的浅薄庸俗,于是痛改前非,放下镜子,立地成大专家。"丁圆圆说。

小唯嘻嘻笑着:"那我能成个什么大专家呢? 我做科学家还来得及吗?"

董尧说:"你不用做科学家,可以做美学家。"

丁圆圆说:"美学家? 我上大学的时候去听过关于审美的公开课,美学家可都是灰头土脸的老头呢。 我看他也没说明白到底什么是美,不过高级的审美好像和漂亮的姑娘都没关系的。"

关于什么是美,有人看书,有人听讲座,有人苦苦思索,小唯却只对着镜子寻找答案。 丁圆圆从来没见过这么爱照镜子的人,不但手里总是拿着镜子,每经过穿衣镜、玻璃窗,甚至见到厨房里的不锈钢锅盖,都要停下来照一照。

"照出什么了? 魔镜有没有告诉你谁是世界上最美丽的女人?"

小唯知道丁圆圆是看不惯她了,笑着解释:"做完整形手术的人都是这样的嘛,要随时看看鼻子有什么变化。"

"医生都告诉你要半年恢复,每时每刻的变化可能以微米为单位,你观察得到吗?"

董尧说:"我想起来有人整理过新闻联播播音员的画面,二十年来差不多天天出现,每天看每天看不觉得怎么变,可是慢慢地就老了。"

"是啊,人就是时时刻刻在变的。时间这个整形医生的刀,谁都逃不掉。"丁圆圆说。

小唯放下镜子。"我知道你看我捧着镜子照很看不惯,我都知道的,我这样子在上学的时候就经常无缘无故地被人恨,可是这样的我才是正常的。前几天鼻子出问题,我都觉得自己完了,残花败柳,连镜子都不想照了,现在才算好点了。"

董尧这时才小心地看了看她的鼻子。她从丁圆圆那里听说过小唯的鼻子出了问题,怕她难过,一直没有问起。小唯同时也在研究董尧的鼻子,十分羡慕。小唯说董尧脸的结构长得好,鼻额角和鼻唇角都很标准,所以侧面非常漂亮。鼻额角和鼻唇角就是额头和鼻子,鼻子和嘴唇的过渡和相对位置,比例和角度好相貌就精致。

小唯欣赏董尧的鼻子,丁圆圆还是最爱她的眼睛。她有明显的卧蚕,像丰厚的云朵,托着两轮明月。丁圆圆很遗憾没有见过从前的董尧,无法知道她这双眼睛的美是来自心灵的清澈,还是手术刀的刻画。也正是这双眼睛,激起了丁圆圆要对整形的本质一探究竟的好奇。丁圆圆从董尧那里知道了道林·格雷,也找了中文译本来看,之后又是一番思考。那幅绝美的画像,那种美到底来自画中人的原型,还是艺术家的内心?就像董尧眼睛的美丽,是丁迅赋予的,还是她固有的,或者只是丁圆圆自己感知到的?

董尧被她们钻研得有点不自在。她摸着自己的脸说:"我的脸太大了,肉太多了。"

小唯叹道:"这就是年轻啊。我现在都不介意脸大小的问题了。只有很年轻的人才会觉得自己的 babyfat(婴儿肥)不好。到了三十多岁,想要肉都没有了,还要往脸上打玻尿酸,打脂肪。"

董尧的脸上没有一点阴影,没有一点凹凸,中年的达摩克利斯之剑离她似乎很遥远。

"其实我的脸也不平整了,我也考虑打点脂肪修补一下,可是照着镜子看,又说不清是哪里不平。 这样的初期衰老最恼人了,还不如老到底,直接拉皮就可以了。"董尧说,"不过要是在图片软件里把照片的对比度提高,脸上有点凹陷的地方就会变成暗的。"

小唯听了,就去取电脑,又找丁圆圆要相机,想实践一下:"你真有办法啊。 没想到你也在关注这个问题呢。"

董尧说:"其实是我同学发现的,她们也都要抗衰老呢。 我有个同学 28 岁了,她有一天说自己开始长得像男人了,这就是衰老的前兆。"

"像男人,真可怕!"小唯拍了照片,在电脑上看,"果然啊,我颧骨下面也有了阴影了,我要打脂肪或者玻尿酸,就带着这个对比强烈的照片去给医生看。 让他知道该打哪里。"

小唯对着电脑,调色调,调对比,眉头微蹙,专注的样子真像科学家。

丁圆圆和董尧聊着自己的新家,随手指给她丁迅家的窗户。 过了一会儿,丁圆圆见到董尧站在窗口,看着外面。 春天的风刮着,北京的春天很干很干,嫩草很干,树叶也很干,可是董尧站在窗前的背影,加上窗外的景致,像是在制图软件中换上了灰蓝的 Lomo 色调,看起来湿漉漉的。

星期一上班,丁圆圆接到一个电话,对方自称楼伟良,是小唯的男朋友,约丁圆圆到公司下面的咖啡厅见面。 这次见面让丁圆圆了解到了两件事:一是她丁圆圆很容易通过网络搜索找到;二是楼伟良还很在意小唯。

楼伟良是个非常清秀的小伙子,看起来也很年轻,又高又瘦。 他问丁圆圆是否和小唯有联系,小唯不肯接他的电话了。 丁圆圆是小唯在北京新交的朋友,想必她经常对男友提起。 丁圆圆很老实地告诉他,小唯在自己家。

"那这几天麻烦你了。"楼伟良像小唯的家人一样很客气地对她说,"让她回来吧。"他说,他妈妈过几天就回老家去了,小唯可以回来,以后再慢慢做妈妈的工作。

丁圆圆也明白此事尴尬难免。老太太应该不会轻易转变。此中的逻辑很明晰,"富贵人家"找儿媳妇,将来要分享财产,操持家事,应该举止雍容,有贵妇风范,同时还要勤俭质朴,恭谨隐忍,并且要美丽大方,给子孙一个好基因。不知道老太太最终会如何接纳这个 B 货的儿媳,至少楼伟良看起来是诚恳的。

她表示会转告小唯,但是实在不确定找回了亲生鼻子的小唯是否愿意面对她生了嫌隙的男朋友。

楼伟良对丁圆圆谈起小唯,态度很亲近。言谈间的意思是,自己平时太娇宠小唯了,快三十岁的人,不该再折腾了,幸好遇到的是他这样重情义放不下她的人,否则怕是会血本无归。

很有趣,从他的态度中,丁圆圆体验到了新的一期《被美人》情感专题的现实版。这一期的内容,没有探讨男女关系,而是探讨女女关系。女人之间的友谊,有时候是小人之交甘若醴,非常不牢靠,好到闺阁床笫之事都相互分享,可是又相互轻视,互相攀比。尤其是一方已有伴侣,时时会炫耀一下情郎的好,而单身的那个,很清楚自己女朋友的种种弱点,会觉得她所得到的一切幸福,都是不配享的。所以男人抱怨起自己的女人来,女人的闺蜜最能共鸣。丁圆圆看了这乱七八糟的东西,毫无同感,不过不知道庄菲从哪儿找来的作者,写人情世故实在精彩,所以丁圆圆虽然觉得是无稽之谈,仍然认真地看完了。

眼下这位楼伟良似乎深谙此中道理,他相信丁圆圆一定会同情他。他,这样一个面目俊秀、身价贵重的大好青年,对于品行不端、弄虚作假的女友仍然不离不弃,努力挽回,丁圆圆应该告诉小唯要珍惜才对。

丁圆圆对他说:"恕我直言啊,我没觉得你怎么宠她。没错,你很会照顾她,可是她有手有脚,又不是残疾人,其实并不太需要多少照顾。你知道她最需要什么吗?最在意什么吗?现在最担心最害怕的是什么吗?你做过的那些都没什么意义。"她本来一直没有跟楼伟良提过小唯的鼻子,现在也提出来了,"她目前最纠结的就是鼻子,你要是真对她好,就关心一下她的鼻子。"

丁圆圆也知道这很渺茫,看样子,他是在高姿态地准备接纳迷途知返的小唯,很难指望他和小唯一起面对她的问题。丁圆圆觉得自己说话有点尖刻,不过管它呢,大不了得罪他。

富二代海归的涵养还不错,并没有生气:"小唯她就是太虚荣了,对外表关注得太过了。"他根本没有对鼻子的议题做出反应。

"你喜欢的不就是那个爱漂亮的小唯吗?"

"其实,外表是很虚的东西,在两个人的关系中,可能只在一开始起作用。我们两个在一起这么久了,我并不在乎她长什么样子。你说,她要说有多漂亮吧,也谈不上,她的可爱之处在于那种率真的个性,并不在于外表。你说她是何苦呢?"

丁圆圆又有一句话藏在肚子里,没有说出来:"她要是奇丑无比,或者烧伤毁容,你不在乎她的长相,要谢谢你。可是她自己在乎啊。她打扮、整形,又不是为你。你不在乎,她就不用关注自己的脸了吗?"但是这话说出来有挑拨之嫌,她只好咽回去。

"你和小唯真是很不同啊。她能有你这样有内涵的朋友真好。她家人都很虚荣,给她的影响不好。什么事情都要适当,过了就不好了。我觉得,你应该是能同意我的,也希望你多和她沟通。"丁圆圆感觉到楼伟良不动声色地观察了一下她。

他的确有理由认为丁圆圆该站在他一边来否定小唯。丁圆圆和小唯如此不同,她此刻穿了一件泥土色的有点皱的外套,脖子上缠着条皱皱的围巾,头天晚上小唯给她弄了一头吉普赛似的卷发,一觉起来乱糟糟地,只好戴了一顶灰色的软帽遮丑。她不化妆,由于没睡好而面现菜色。丁圆圆自己的妈见了她肯定说她打扮得像个叫花子,客气的人说她这样子是"文艺女青年",可小唯的漂亮男友竟然从她有点邋遢的打扮中看到了"内涵"。

丁圆圆对他的这种赞许并不领情:"你看我今天穿得破,就说我有内涵。我要是浓妆艳抹,你就觉得我肤浅了吧?这么说内涵比美貌更不牢靠呢。小唯是很爱美,可是什么叫适当呢?谁没有弱点呢?小唯的弱点体现在最表面的地方,摆在她脸的正中间一目了然,这不比满肚子弯弯肠子的人好多了？ 每个人都有虚荣心，只是有的人努力掩饰，那才是虚伪。 小唯她多真实呀！ 你不能只要她好的地方，也要接受其他的部分才对呀，尤其是现在。"

其实她也知道，自己说也是白说，一个人认定的东西，不是别人说什么就可以动摇的。

楼伟良和丁圆圆说起小唯，有点像学校里的老师在和家长谈论有很多毛病的孩子一样。 他的本意是好的。 丁圆圆和小唯的价值观差很多，所以并不知心，她知道自己可以在一些具体事情上帮帮小唯的忙，却不能真正慰藉她。 丁圆圆也很想能就此把陷在她家的软沙发里苦恼的小唯交还回去，如今看来恐怕难以如愿。

丁圆圆回家后告诉了小唯和楼伟良见面的事情，为了避免刺激她，隐去了他说她虚荣、受到不良家庭影响等负面言论。 小唯呆呆地听她讲着，之后突然说："圆圆，我想通了。 我知道自己为什么怪他了，原来我都没想明白。 你说得对，我又不是残废，我并不真正需要那些照顾。 我也不需要什么 A 货的翡翠镯子。 他给我买名牌，在超市里帮我推车子，这些没有也可以的。 主要是他都不理解我最在意什么，最怕什么……"

说着说着，小唯咽呜起来，这个发现让她意识到，她是必须和楼伟良分崩了。

价值观不相合的人，仍可以恋爱、结婚、生活一辈子，但这只限于浑浑噩噩毫无知觉的情形之下。 而一旦觉悟，原来的伴侣在内心就成了怪兽，而那些往日的浓情蜜意，也好像是妖精用石头瓦块变出来的鲜花，一旦现了原形，就空留缠绵意，难以追回。

小唯哭了一会儿，情绪就缓和些了。

"他跟你说嫌我臭美了吧？"

丁圆圆笑了："他是说过你太爱美了。"

小唯也笑了，眼泪还挂在脸颊上："他只知道我经常打激光、打玻尿酸，已经觉得我过分了，要是知道我脸上到处都是整的，他打击一定更大了。 男人都要自己的女人美，却只能接受她天生就美。 我们就是

'被美人'，'被美人'没人爱，只好自己爱自己了。"

小唯站起身来，对着门口的穿衣镜又照了照自己的鼻子，说："我们做麻辣烫吃吧。"

没有了楼伟良，小唯的世界只剩下鼻子和麻辣火锅。 小唯在丁圆圆家里几日，白天去医院，一边输液一边看网上的整形八卦，研究将来鼻子修复的方案，晚上帮丁圆圆做饭。 沈雷常来蹭饭，让丁圆圆有些疑惑，她和沈雷何时变得这么熟了。

第十四章
红玫瑰与白玫瑰

他的特质,在美人沟医院是黄种人中奇货可居的高鼻子,韩国人里得天独厚的大双眼皮,到西方人的世界,便毫不稀奇,一文不值。

　　鼻子里面的线拆掉,小唯就回自己家了。 丁圆圆把她送上出租车,沿街走了一段去买报纸,在丽然庭二期的小区门口,见到漂亮的胖护士王琢快步走过来。 王琢从她身边呼啸而过,背着个小包,怀里抱着三花大猫王宽宽,猫紧张地瞪大眼睛扒着她的肩膀,她的毛衣领子被抓得偏向一边。 然后又见到了李顺匆匆地追过来。 两个人都神色匆匆,不容她打招呼。 这一对,不知道在搞什么把戏。

　　同一天晚上,贾一澜向丁迅报告了一件事。 李顺因为王琢和质美搞翻了,又要找新地方了。

　　"这又是为啥? 王琢又犯错了?"

　　"说起来还和我有关,有一天我去他们那儿,跟王琢说起咱们医院的玻尿酸五千多元一支,她说咱们太黑,他们那儿搞活动,还不到两千元。 我跟她说这药进价就三千,还没算注射费呢,现在好多便宜的玻尿酸，是奥美定冒充的。 她回去调研了一下，果然。 可能她就把这事儿嚷嚷出来了。 这回李顺也没法干了，王琢可真是他命里的魔星。"

丁迅有点吃惊："没想到这小丫头这么有血性！"

李顺一早醒来，发现王琢不在身边。 头一天晚上王琢离家出走，他好容易把她哄了回来，想必是夜里越想越气，又起身走了。

在另外一个房间里，他发现了王琢，小卧室里没有床，她就睡在地上。 开着电暖气，屋子里十分燥热。 李顺搬了个板凳坐在她旁边，凝视着她的脸，大花猫宽宽蹲在她的枕头旁，意味深长地看着他。

王琢睡得很香，竖抱着枕头，脸朝下趴着。 她翻了个身，一条白胖的大腿露在了被子外面。 李顺试图给她盖被子，她醒了过来，看到他，迷迷糊糊地说"滚"，声音嘶哑着。 她在地上睡了半夜，只铺了两张瑜伽垫，一床被子难免着凉。 待到她起了床，已经完全说不出话了。 李顺让她张嘴，看了看她的喉咙，找来消炎药给她吃下。 看她的样子，不由得又爱又怜。

"宝贝，还生气呢？ 生气也别跑到地上去睡呀，你应该把我赶下去。"

王琢哑着嗓子说："滚！你大爷的！"

"别生气了，啊。 我错了。 我说你欠考虑，不是说你不对，我是觉得咱琢琢这么聪明，应该有更好的办法。 是我错了，这时候我应该支持你，你是女英雄。 对不起啊。"

王琢是一头顺毛驴，她定心想想，也觉得有点后悔。 如果替李顺考虑，自己也是过于冲动了。 她是做事情不管不顾的人，什么都不太在乎，可是李顺和她是拴在一起的，她不是一个人。 而且奥美定冒充玻尿酸，冒充脂肪，跟地沟油一样，是行业潜规则，野火烧不尽的。 她突然行侠仗义，其实意义也不大，风头过了该怎样还怎样。 她不喜欢当护士，当年上护理专业是志愿被调剂的结果。 不过护理就护理，咨询就咨询，反正工作对于她基本上是混饭吃，干什么都一样。 可是工作对于李顺的意义，和对于她是不一样的。 李顺表面上看着老没正经，其实是个挺保守的人,当时离开美人沟医院,有一半原因是为了她。 名为下海,其实也承受了不少风险和压力。 现在李顺又要因为她丢工作了,这么看来自己还真有点红颜祸水的意思。

她表现出一种大无畏的毅然态度:"你跟老杨商量商量,我自己走,你还在那儿干吧。 我干啥啥不行,你就养着我好了。 或者干脆咱俩划清界限,我该干嘛干嘛去。 你再找个懂事的去,或者再回头找你老婆孩子去。"

李顺很慈爱地摸了摸王琢的头,说:"别瞎说了,咱俩是一体的。你就算是干了坏事我也和你一起担着,何况你也没做错事。 你有良心,有道德,有正义感,让我刮目相看,我佩服你。"他伸出大拇指,按了按王琢的鼻子。

"屁! 我有啥正义感啊? 别跟我来这套。 你们不说我们八〇后没心肠,小太妹吗?"李顺赶紧表示他可不这么认为。 王琢又说:"我觉得吧,连我这样的都觉得这事儿过了,那肯定就是过了。 你看咱们平时忽悠得也快够得上伤天害理了,可是奥美定这个事儿,姐真不能忍。"

作为前美人沟医院门诊手术室的护士,她了解奥美定。 她记得曾经有一个周末,外面下着大雪,她值班。 贾一澜在做一个门诊手术,修复重睑,打开后才发现上眼睑里被填充过冒充脂肪的奥美定。 贾一澜坐在椅子上,蚂蚁搬家、米里淘沙一样低着头用镊子夹出成百上千个奥美定小颗粒。 她急着下班,和朋友去特卖会买东西,雪越来越大,可是她走不了,只能在那儿陪着。 贾一澜,患者,还有她,都机械而静默,外面昏天暗地,她恨贾一澜多事,也恨奥美定害人。

王琢做咨询,无数次向客人建议过注射玻尿酸和脂肪。 没想到她赚的销售提成里,有这么多伤天害理的成分。

王琢在质美做整形咨询,做得得心应手。 整形咨询需要做三件事:一是要客人相信,他为什么需要整形,都需要整哪里;二是想办法把相信了第一点的客人留在自己店里;三要对其他同行尤其是行业旗舰进行诋毁,告诉他们只有自家的店才是明智之选。 这工作对于王琢,简直是量身定制。 她平时说话糙,但是对客人嘴巴很甜,能言善辩,在美人沟工作几年,专业背景绝非寻常的咨询小姐可比。 而诋毁自己的老东家,恐怕是每个反出老巢的人都最擅长的。

这份工作她做得很舒服,业绩好,收入也不错,而且不像当护士时候,有好多束手缚脚的臭规矩。 如今她却莫名其妙地像刘胡兰一样英勇,砸了自己的饭碗,也砸了李顺的饭碗。

她心中懊悔,咳嗽起来,喉咙更疼了,半真半假地哭了起来,哑着嗓子说:"你说我怎么这么二呢? 以后咱们这对儿苦命的鸳鸯可怎么办呢?"

李顺拍了拍她的屁股,说:"没事儿,哪至于没地儿去! 此处不留爷,自有留爷处。 只要天下还有单眼皮,哥哥我就不怕没用武之地!"

王琢一阵风一阵雨,突然情绪好转,抱起王宽宽蹂躏了一番,然后站到镜子前,把猫竖着抱在自己身前,说:"其实我也没多胖嘛,我这腰比宽宽的也没粗多少。"

"那是你的猫太胖了。 它不胖也太对不起咱们了,我一天才吃几块钱的东西? 它那一天两罐头,赶上人吃燕窝了。"

"切,你少造谣,它一天就吃一个罐头,哪儿吃俩了? 看你抠的!它吃的都是从我嘴里省下来的。"

李顺看着她,哭笑不得。 也可以说,他对她的感觉,就是含着泪的笑。 大花猫王宽宽的伙食,是美国进口的罐头,十七块钱小小的一罐。从前只是猫咪偶尔的牙祭,自从王琢跟他过到了一起,就成了主食。 这比李顺自己吃过的任何罐头都贵。 李顺出身于农村的困难家庭,猫狗在他心目中还是功能性动物,难以有点接受如此奢侈的对待。 可是,男人有了一个比自己年纪小很多的情妹妹,气焰从来都矮上三分,他不敢表示异议。 何况王琢会说:"我跟着你什么也捞不到,我们处女座又这么节俭,至少让宽宽的生活品质有点提升嘛。"

她说得对,她跟着他,什么也没捞到,也就是让自己的猫改善了伙食。

中年汉坐拥妙龄女,惹人艳羡,但是个中滋味,甘苦自知。

第十四章

红玫瑰与白玫瑰

154

　　李顺的前妻赵颖，是他割双眼皮的客户。　那时候年轻的李顺大夫连主治医师都不是，在医院里都没资格独立做手术。　他积极地在外面走穴，供养弟妹，攒钱娶媳妇。　医生和医生各不相同，有巧夺天工的，有鱼目混珠的。　患者和患者也不同，有人割个双眼皮，要做上好几年功课，选医生如同公主选驸马，可是年轻的赵颖却随便找到一家整形机构，不问年龄、职称、经验，轻易地相信和接受了和她同样年轻的李顺。一个年轻女人去整容，并且和自己的整形医生恋爱结婚，大家一定会觉得，这女人一定既爱美又风流。　赵颖还真的不是，她大大咧咧，身上很有那种传统女知识分子的阳刚之气，平生做的最爱美的一件事就是割这个双眼皮。　而且似乎冥冥有定，并不是为了双眼皮，只是为了遇到李顺，并且被他伤害。

　　赵颖和李顺一样，都朴实、热情、自来熟。　她不爱计较，日子过得不精巧，但是洒脱轻松。　两人加上女儿小敏，整天嘻嘻哈哈，很热闹。后来有了王琢，他脖子上的红印泄露了她。　好像一个寓言，她用她的青春，陪他度过了早年的困窘，用自己年轻的单眼皮承受了他生涩的刀法。　她的双眼皮一直留着一道拙劣的疤痕，岁月让她的上眼睑下垂，眼睛变成了内双，身材也逐渐走样。　然后，她把他拱手让于依然年轻的王琢。　这个下山摘桃子的女孩受惠于他精妙的刀法，拥有了漂亮的人工眼睛，而且他已经成了点石成金的名医，能够带给她富足的生活。　赵颖的伤心很短暂，短得让李顺没自尊。　"房子归我，孩子归我，你带点钱走，算安家费吧。"赵颖的方案像她人一样干脆，不给他任何机会犹豫和做选择。　没想到一个女人居然可以如此强悍。　李顺不知道是他抛弃了她，还是她抛弃了他。

　　跟王琢在一起的生活，是在泼辣老成的赵颖身上绝对体验不到的。王琢自称节俭，可她不仅给猫吃十七块钱的罐头，用七十块钱的牙膏，她五百米的路程都要打出租车。　她坐在前台，每天都要收到网购的包裹，并且由于总是高估自己的身材，买来的衣服一半以上都穿不上。　她参加各种团购，不管那些东西需要不需要。　一说她，她就撇着嘴说："老年人。"

她过日子的方式处处让他不适应。他习惯了平凡的家庭生活，不算很整洁但是有基本秩序的屋子，滋味平淡的热饭菜，不一定看但是要开着的电视，客厅里散落着孩子的积木和图画本，阳台上堆着用不着的纸箱子，洗手间的暖气上晾着旧 T 恤转变成的抹布。这是标准的城市温暖家庭，无聊、安全、可预见。

可这些都是王琢所鄙视的。她懒，什么都不爱干，要不是李顺偶尔动手收拾，她会把家里搞得猪狗窝不如。可是她一旦勤快起来，又如同日本家庭主妇一样，强迫症般地彻底。她会从网上买来一堆高科技清洁用品，角落里的小灰尘也不放过，抹布必须是洁白的，脏了一点就要扔掉。而且往往干到一半累了，就半途而废，让屋子陷入更不可救药的凌乱。她声称要减肥，不吃晚饭，深更半夜饿了，又打电话叫肯德基的外卖蛋挞，一盒六个，就着奶茶全部吃完。她晚上不肯睡觉，上网、玩游戏、买东西，到后半夜玩够了，爬到床上来搞鬼上身。早上不起床，要是强行拖她起来她会变得六亲不认，当场翻脸。她一百三十多斤的体重，常常朝李顺扑过去，跳到他膝盖上，还试图沿着他瘦弱的身体攀援而上。她的压迫和撞击带来的货真价实的疼痛，让他不知道自己是痛苦还是幸福。

不过，这个不怎么靠谱的姑娘又有她的好。对他的净身出户，她没发表什么意见。她只需他的信用卡让自己的支付宝账户资金充沛。她只爱多多地买穿着有点小的衣服，她不爱名牌，认为攒钱买死贵的名牌"真他妈二"。她不急着结婚，她不闹着买房，她不要求什么安稳。赵颖一个人带孩子辛苦，他放心不下，常常过去照应。一开始他讪讪地怕王琢不高兴，而她面对着电脑，背对着他，白胖的小手朝身后挥了几下："滚滚滚，少废话！"她每天光临的包裹中，有一部分是给小敏买的东西。她从来不亲自面对小敏，也不要这份人情，但是会给她买那些赵颖肯定不会买的华而不实又稀奇古怪的小孩东西。他有时候觉得她好，有时候受不了她。那种感情就像她这个人的外表一样颇有争议，你可以说"王琢很漂亮，就是太胖了"，也可以说"王琢真胖，可是很漂亮"。

人生总是有各种境遇，让你无法判断好坏，就像红玫瑰与白玫瑰，像有人想进有人想出的围城，像漂亮但是胖、胖但是漂亮、野蛮但是可爱、可爱但是野蛮的王琢。他下海之后的工作状况，也是这样。

他和公立医院的国营环境不太合拍。他不严肃，放浪形骸，随和，不喜欢等级制度，不爱做表面文章。一般的大夫总爱摆个臭架子，尤其是怕被人同剃头师傅和按摩小姐混为一谈的整形医生，可是他跟患者，却从来是嬉笑不拘的。这是他的可贵之处、他的卖点，让紧张兮兮的单眼皮们放松下来，让他成了在医院里虽然从没当选过先进、江湖口碑却极佳的草根名医。

都说他的风格，更适合灵活不刻板的私立机构。其实，现实远不是那么回事。在医院里，你是高贵的医生，随和热情是你的美德。在私立医院，你是做买卖的，没有人相信你的热情是出于真诚。他的特质，在美人沟医院是黄种人中奇货可居的高鼻子，韩国人里得天独厚的大双眼皮，到了西方人的世界，便毫不稀奇，一文不值。可是，他终于可以只需研究美女、割双眼皮，不必无病呻吟地写论文、开会、做手术助手。虽然，他安放软组织扩张器和疤痕处理的其他绝活也就此闲置了。

他遗憾吗？他后悔吗？他说不清。

第十五章
凡大医治病

————————————○　在整形江湖上混了这么些年,谁手下没有
几个败笔呢,可能是凹陷的眼睛,可能是坑洼的
大腿,也可能是二合一的乳房。 用钱,用谦卑
的态度,用肥厚的脸皮,自然可以把这些孤军逐
个击破,有惊无险地渡过。

"我们医院门口的医闹你看见了吗?"

丁圆圆起床以后打开电脑,在 QQ 上看到贾一澜的留言。 她站到
窗口,看远处的医院门口,车来车往,人来人往,不知道哪个是医闹。

丁圆圆平时四体不勤,懒得做饭,又对食物有点洁癖,不爱吃外面的
东西,一向喜欢住在学校附近,吃安全实惠的食堂。 沈雷近来对她异常
热情,她知道他别有所图,是在利用她,她也就同样"利用"沈雷,让他
帮办了一张美人沟医院学生食堂的饭卡。 中午,她到美人沟医院的食
堂去吃饭。 在医院门口,见到了贾一澜所说的"医闹"。

她脑袋上戴着个肉色的弹力头套,不吵不闹,手里举着一把阳伞,腿
上靠着一个半人高的广告牌。 广告牌的标题是"无良医生刘铁钢致人

毁容"。 标题下面是简介,说她一年前在美人沟医院做了"颧弓内推"手术,术后折断的骨头一直没有愈合,吃饭说话的时候会咯咯作响,而且面部出现严重的肌肉下垂,人看起来老了十岁,医院却强词夺理,不承认手术失败。 她的脸垂得不像话,又丑得羞于见人,只能整日戴着头套。 整容本来是为了变美,她却因此毁容,生不如死。 下面还贴了几张医院的凭证,手术缴费单,还有其他医院为她开的"骨不连"的诊断书。 另有两张关于她的剪报,不知道是哪家媒体的。 还有两张遮了眼睛的照片,一张是在阳光下满面笑容的术前照,一张是在暗影里表情阴沉的术后照。 她戴的头套,把整张脸的外缘紧紧兜住,只露出中间一圈,脸颊的肉被挤到了颧骨上,眼睛鼻子都变了形。 看不出年纪,她的长卷发枯黄凌乱,以丁圆圆现在的水平,能看出她露出来的鼻子和眼睛也都是动过手脚的。

　　戴弹力头套的人在美人沟一带很常见,医院的走廊里、丽然庭小区里、小区门口的超市里、街边,都常见戴头套的姑娘坦然地游荡。 一般来说,做过面部吸脂、烧伤修复、颌面手术的患者,需要戴上几个月的弹力头套,保持整形术后的软组织平整,帮助骨肉分离后的"肉"与"骨"紧密贴合,防止下垂。 头套的材质,很像是一般文胸的侧翼,丁圆圆做过胳膊抽脂之后穿的弹力衣,也是这种材料。 她很不喜欢那件弹力衣,更不喜欢这种头套,戴上以后,五官虽然都露在外面,却都变了形,嘴巴猿人般笨拙地撅起,长得再漂亮,看起来也都是一副模样。 董尧做过下巴抽脂以后,怕人询问,只有在独处的时候和睡觉时才戴。 她来丁圆圆家,也会见缝插针地戴一会儿。 戴上头套,她那双美丽的眼睛好像都没了神采。

　　时尚杂志的整形编辑丁圆圆觉得,为了媒体人的职业精神,她应该停下来,跟戴着头套的女人沟通一下,因为这属于她跑的"口"。 可是,那个喜欢按自己意志行事的不合格的媒体人丁圆圆,又有些害怕她的头套和她眼神里的阴鸷。

　　不管怎么样,她都很可怜。 丁圆圆拿着饭盒,在头套女身边站了一小会儿,好像在陪她,然后没跟她说什么,走进了医院。

有点晚了,学生食堂已经关了,她转向小灶食堂,在那里,竟然遇到了贾一澜和丁迅。

"你们上班时间还约会?"

"头一回,我们两个科一起会诊呢。一起吃吧。"贾一澜邀请她。

丁圆圆坐到他们俩对面,依然稍稍有点尴尬,她和贾一澜前几天吵了架。

她俩是为鼻子吵起来的。

贾一澜的科主任刘铁钢是耳鼻喉出身,擅长耳朵鼻子的畸形修复。丁迅的鼻子做得好,也是在他们科里轮转的时候跟刘主任学的。他们科里最近可能遇到几个整鼻子的麻烦人物,贾一澜提到"我们主任说,做鼻子的,尤其是反复做鼻子的,多少有点变态。这个鼻子和生殖器有某种神秘的联系,在某种程度上与性有关"。据说这是国外某部整形方面的经典著作中的结论,那本书还举了一个例子,一个做过鼻子的患者,对效果不满意,但是没有说什么,只是有一天拿着一把枪将自己的整形医生击毙于家门口。

从前,丁圆圆会把贾一澜说的话奉为至理。不过如今她的研究不断深入,翅膀硬了,不会无选择地相信贾一澜灌输给她的整形观念了。尤其她说到鼻子,让她想到了为鼻子受尽煎熬的小唯,本来就够倒霉了,又被整形医生诬为变态,而且还是性变态。把鼻子变成生殖器的图腾,是象征,是联想,是隐喻,这多少属于心理学范畴的东西。虽然她没有从事心理方面的工作,可是也不愿意看到自己大学里的专业成了软柿子,谁都来捏两下,什么都瞎联想,然后以讹传讹,就成了常识,成了真理。至少对于小唯,她的鼻子象征着她的自我。当然,也可以解释为生殖器也象征着自我。就像弗洛伊德的办法,人生一切问题,都可以从母亲的子宫里追溯到因果。

"什么破主任?什么破经典?鬼话连篇。一个案例就能得出结论整鼻子的是变态杀人狂?如果来找你们的人都是变态,不给整就好了,没有人逼你们吧?你们可以给小耳畸形的小朋友做耳朵,可以修复唇腭裂,何必去跟变态打交道呢? 没人来找你们,你们又着急了,没钱赚了嘛,恨不得全国人民鼻子都歪了,耳朵都没了。 如果你们觉得要整鼻子的人都有毛病,还靠这个赚钱,那就是乘人之危,或者助纣为虐! 我们韩小唯的鼻子就做过好多次,我看她变态的程度,根本比不上你们。你去问问老百姓,普遍认为哪一行的最变态,肯定是你们,医生最变态!都是人格分裂加被害妄想!"

贾一澜说:"咱们是道不同不相为谋,你不是大夫,立场不同嘛。不过,不能否认有很多人的心理状态不适合做整形,比如人格障碍、妄想症患者,还有太神经质的人,都不适合手术。 其实我们医院还是不够正规,做整形手术之前应该做心理评估的。"

"那有没有人给医生做心理评估呢? 有没有有妄想症的、神经质的医生呢? 谁来确定他是不是适合给别人做手术? 兵熊熊一个,将熊熊一窝,你们把患者当作神经病,患者又怎么知道这个大夫是不是神经病呢?"

丁圆圆给贾一澜诊断为被害妄想症,贾一澜自己也承认,并且说这可能是医生的职业病。 这个态度谦恭的患者,他会不会带了一个录音笔,所有的出言不慎将来都会成为呈堂公证;而这个蛮横的患者,手放在口袋里,里面是不是有一把刀;这位满嘴专业词汇、咄咄逼人的咨询者是不是同行派来刺探的;这个人目光闪烁、语无伦次,他的精神状态是否正常。 没错,大多数求诊者和患者都是普通老百姓,咨询完,做完手术,就此一拍两散。 可是不怀好意的人,但凡碰上一个,带来的麻烦就没完没了。

丁圆圆说贾一澜的被害妄想症犯了,贾一澜说丁圆圆的经前综合征和间歇发作的癔症犯了。 贾一澜认为医生是被侮辱和被损害的,丁圆圆认为他们的患者才是被侮辱和被损害的。 贾一澜代表"弱势群体"医生,丁圆圆代表任人宰割的普通群众,吵得酣畅淋漓。

后来两个人都反思了,太平盛世,为了假想的医患斗争影响友谊不值得,所以都打算和好了。 早上贾一澜在 QQ 上给她留言,就是伸出橄榄枝主动示好。

提到医闹，丁圆圆和贾一澜刚和谐了没一小会儿的关系又破裂了。

"她就是个神经病。她那么一闹，我们科的病人都跑光了。"贾一澜给她下了定论。

"哦？贾大夫，没想到您是全科大夫，还会诊断神经病呢？请问您诊断神经病的标准是什么？影响你们科生意的就是神经病？"丁圆圆语带讥讽。

"她根本就没什么问题，你没看她都不敢露出脸吗？她就是做完了手术还是不好看，再加上别的医院不懂整形手术的特点，给她瞎下结论。现在她就把闹医院变成人生大事了。这不是神经病是什么？天都开始热了，干点什么不好啊！"

"人家别的医院都给她做鉴定了，就是骨头有问题，诊断书都贴出来了，你没看到？"

"小姐，医院是没有权力做医疗事故鉴定的好不好，要有专门的机构。别的医院不知道前因后果，下个诊断根本不说明手术有问题，这就像谁做手术截掉一条腿，别的医院给他出个诊断，下肢缺损，这有什么意义？这个手术做完了就是这样，她是心理有问题，脸并没有问题。"

"她的脸有没有问题，不是你们说了算吧？人家可能以前并没什么问题，你们偏说有问题，说人长得丑，给人做手术。她花了钱，花了时间，骨都不连了。是，她给你们带来点麻烦，可是我看她的痛苦比你们大多了。如果不是特别爱美，谁会做这么大的手术呢？你们只不过跑了几个患者，她这一辈子可能真的就毁了。"

"那不是她自找的吗？整形手术就是这样的，刘主任给她做的完全是标准的式样，符合国家规定的。没有人逼着她整形，这是她自己选择的！你不是老强调什么选择权、什么自由意志，她是成年人了，又不是没签术前协议书！"

"她自己选择的？她懂什么？还不是你们提供给了她这种选择，她才做的选择？她怎么知道手术会有什么结果？还说什么国家标准？你平时那么愤青，这时候抬出国家来了。国家是谁？国家哪知道什么标准？标准还不是你们专家定的！然后出了事情什么都是患者的错。 奥美定还曾经符合国家标准呢！那些给人打过奥美定的医生,有多少是不知道有问题,有多少是明知道有问题,就因为有所谓国家标准罩着,就挣这个昧心钱了？ 你们手术做多了,尤其做到名医的,切人的肉和杀猪的还有区别吗？"

贾一澜看丁圆圆这么说了一大通,也不想和她辩:"我和你立场不同,我也说不过你。 反正你想啊,我们只不过是小大夫,做个手术收那么几个钱,凭什么让我们为别人一辈子的幸福负责。 你知道我们手术费多低吗？"

"手术费是你们自己定的,又不是人家病人定的,手术费低就是做不好的理由吗？ 再说,你们手术费还低？ 双眼皮,眼袋,割两个小口,再缝上,前后不过一个小时,就收两三千,这还叫便宜？"

"还不便宜？ 我们手术费好几年都没涨过。 那时候两个双眼皮就能买一平方米房子,现在得做十个,要是学区房,得二十个！"

丁圆圆眼珠转了转,对贾一澜说:"你记得舒婷的那两句诗吧？ '与其在崖上展览千年,不如在爱人肩头痛哭一晚。' 你也是啊,你不是想做无国界医生吗？ 与其没谱地想着去救治可怜的非洲妇女,不如稍稍厚道点儿爱一下门口站着的中国妇女。"

贾一澜开始还怔怔地听她说舒婷,之后的话,暗指她是个叶公好龙的医生,真正触到了她的痛处:"你又对我恶毒攻击！ 我们当大夫的,上辈子没欠他们的,她站那儿诽谤我们,我们凭啥要爱她？"

"你就该爱她呀,不是医者父母心吗？"

"什么医者父母心？ 我们明明是孙子！ 不管怎么说,反正我是问心无愧。 你知道我和丁迅他们科为什么会诊吗？ 有个患者,被电锯从正中间锯到,鼻子没了,嘴豁了。 我们刘主任和关院长,还有天坛医院来的专家一起会诊,能把他的脸修得好好的。 到时候你去看看我们刘主任做出来的鼻子,全世界能做好鼻再造的能找出几个？ 修复患者谁不说刘主任人好？ 你还真像个无良记者,你根本不会了解医生！"

"你们刘主任再牛,外面那姑娘的痛苦依然是痛苦。 我在马路上被民族英雄把腿撞断的,我腿就不疼了？ 就断得光荣了？ 我是不了解医生。 我只知道你们自称妙手仁心。 你们的妙手,搞不好是咸猪手,你们那仁心,已经跟这腰果仁儿一样,捂出哈喇味了!"

丁圆圆把腰果鸡丁里一颗咬了一口的腰果仁扔到桌子上。 两人都开始说气话了。

丁迅在一旁,一副事不关己的样子。 贾一澜跟他说:"你看,她说咱们的仁心哈喇了。"

丁迅说:"哈喇就哈喇。 你们俩还真像亲姐妹,好的时候那么好,吵起嘴来一点都不客气。 争这些有什么用? 做好自己的事儿就完了。"

丁迅其实算是很会说话的,他这样说两人像亲姐妹,不见外,把争执定性为人民内部矛盾了。 丁迅还发现贾一澜对丁圆圆真是非同一般,如果是他,或者别的什么人这样说贾一澜,她早就爆发或者崩溃了。 而丁圆圆言辞激烈,不乏无理攻击,她却并不怎么生气,还耐心解释,并没有觉得受到了冒犯。 这一点,丁圆圆自己都没意识到。

贾一澜接着说:"你看,咱们俩现在好像倒过来了。 以前你说我是暴君,剥夺患者的选择权,说他们作为独立的人应该去承担任何不好的后果,不用我操心。 现在真有了问题,你又替他们操起心来。 其实你跟我说这些都没用,你去跟主任说,跟院长说,跟卫生部说去,我又不是专家,我就是一个小主治。 我也不想看这些女孩跑来闹着整形,整完又精神崩溃,说一辈子都毁了。 你去呼吁一下,让国家叫停整容,我一辈子取肋软骨做耳朵也没问题。 就算没活干,扫大街,喝西北风,我也认了。"

她这么说,也提醒了丁圆圆。 "是啊,咱俩立场好像真的掉了个个,说明咱们都有道理,但是又都失之偏颇。 看来应该停止争吵,好好反省一下,咱们的目的其实是一致的,都有着非常高尚的社会责任感,不像丁大夫,事不关己高高挂起。"

两人一致把矛头指向丁迅,丁迅埋头吃饭,一言不发,显得根本不和她们一般见识。

经常性的冲突,让两人都意识到了"君子和而不同"的重要。 道

第十五章 凡大医治病

不同仍可为谋。 说是屁股决定脑袋,彼此的屁股离得如此远,脑袋也不在一起,但是两个人还是好朋友,而且关系越来越亲近。

某一天丁迅下班回家,在门口就听到焕焕在嘎嘎地笑。 他和贾一澜,加上岳母,都是不太会逗孩子的人,但是焕焕从前很会自得其乐,每天晚上都要兴奋一阵子,一边喊一边笑,嘴巴也说个不停。 岳母去世之后,家里气氛沉重,焕焕也常常是蔫蔫的,很久没有开心地大声笑了。

丁迅进了家门,看到丁圆圆捣着小碎步追在焕焕后面,焕焕边跑边笑。

丁迅一边换鞋,一边微笑着跟她打招呼。

丁圆圆停下来,看着眼前的丁迅,突然觉得有点不认识他,还有点像见到他没穿衣服一样尴尬。 丁圆圆从前认识的,一直是穿着制服的丁迅。 穿着白大褂的丁迅像机器,没有感情,带着程式化的态度。 手术室里的丁迅又全副武装,只露出眼睛,对自己刀下之人尽现温柔慈悲心。 而此刻的丁迅穿着款式常见的夹克衫、牛仔裤,说话声音也大,动作也大,全然不符原来慢声细语、花拳绣腿的形象。 脱下制服的丁迅他不过是一个邻家大哥,他是身边这个胖娃娃的亲爹,和丁圆圆同为七〇后,胳膊上打过同样的疫苗,先后学过同样的没有李雷和韩梅梅的英语课本。

焕焕叫了声爸爸,然后又转向丁圆圆,举着胳膊叫:"再来再来!"

丁圆圆把两手放在焕焕的腋下,把他举了起来,还一上一下地荡着。 焕焕仰着脑袋,笑得很大声,两排小牙都露了出来。 丁迅为之陶醉,不知道是什么让他开心成这样。

"你的力气真大,还这么会哄孩子。"丁迅说。

"你去过幼儿园吧? 看他们的小桌子小椅子,是不是像到了小人国? 其实小孩子看我们也是一样的。 你想想周围的一切东西都大了一倍,会是什么感觉? 所以小孩最喜欢高处了。 可是现在幼儿园的滑梯才一人多高,你们家还在一楼。 在高处看大人的世界,一切都不一样了,世界好像变小了,所以开心。 这一招对小孩屡试不爽。"

丁圆圆最善于搞定小孩子了,她给焕焕唱《黑非洲》,举着他"坐飞机",马上跟他混熟了。

焕焕意犹未尽,还要求再来,丁圆圆又举了两下,觉得胳膊酸了:"求求你让我歇歇好不好? 你要控制体重哦,再重我就举不动了。"她回头对贾一澜说:"早知道有这人肉哑铃,我胳膊抽脂就不做了。"

丁迅走过去,举起焕焕,听着他咯咯地笑,原来开心是如此简单。

贾一澜听她说到抽脂,问她:"弹力衣你还穿着吗?"

"最近有点热了,我都没穿。 穿上那东西像五花大绑了一样,很难受的。 不穿有什么后果?"

"让我看看。"

丁圆圆脱下外衣,撸起袖子让贾一澜看。

"不用穿了,皮肤贴合得挺好的。"

丁迅举着焕焕,突然问了一句:"什么是含灵巨贼?"

"看,你确实没文化吧。"贾一澜又笑话他了。

"那我也没文化,我也不明白。"丁圆圆说。

"你不明白没什么,他是学医的,连这都不知道。"贾一澜背诵起了一段名人名言,"凡大医治病,必当安神定志,无欲无求,先发大慈恻隐之心,誓愿普救含灵之苦,若有疾厄来求救者,不得问其贵贱贫富,长幼蚩妍,怨亲善友,华夷愚智,普同一等,皆如至亲之想。 亦不得瞻前顾后,自虑吉凶,护惜身命。 见彼苦恼,若己有之,深心凄怆,勿避险恶,昼夜寒暑,饥渴疲劳,一心赴救,无作功夫形迹之心。 如此可为苍生大医,反此则是含灵巨贼。"

这是孙思邈的话,中国古文版的希波拉底誓言。 当年医学院里比较有理想的青年都背过。 苍生大医是悬壶济世的活菩萨,含灵巨贼就是草菅人命的虎狼医。

丁圆圆听了个大概,基本知道是什么意思,于是又开始攻击贾一澜:"你虽然会背,可是没什么用啊。 你如果照着做,就不会认为医院门口的头套女是变态的医闹了。"

"我刚才见门口又多了一个医闹,'含灵巨贼'这几个字就是在她的牌子上看到的。"丁迅说。

头套女每天从早到晚都站在医院门口,用沉默非暴力的形式控诉着美人沟的主任医师刘铁钢。 事实证明,这个办法比大吵大闹敲诈勒索还奏效。 没几天,贾一澜他们科的患者就集体出逃了。

当然,仅限于美容患者。 以耳鼻畸形为主的整复患者并没有受到影响。 每天查房的时候,他们还纷纷地向刘铁钢表示支持,认同头套女是个"神经病"的说法。 整复患者和美容患者一向是两个世界,可是,只剩下整复患者的病房区十分冷清,他们科里的收入,主要还是来自于美容患者。

然后又出现了一些传闻。 说头套女背后有人支持,是专门针对刘铁钢的。 患者出逃也是受人煽动。 最大的嫌犯就是林恒。 刘铁钢对林恒的不齿常常溢于言表,两人也算是仇家,而且从他们科里出来的患者,有些真的转投到林恒的病房了。 贾一澜一贯讨厌林恒,也有点相信林恒是幕后黑手的传闻。

不过,现在她不得不承认自己是冤枉林恒了。 不知道是受到启发,还是早有预谋,头套女有了一个盟友,医院门口又多了另一个非暴力不抵抗静站示威的新医闹。 这位战友戴着口罩,她准备的易拉宝喷绘海报装帧精美、内容翔实、言辞恳切、对仗工整、图片惊悚。 标题是"为患苍生,含灵巨贼","黑心劣术,辣手毒心"。 海报时常更换,颇有"中国整形黑幕系列图片展"的意思。 她的"毁容"在鼻子,控诉的对象,正是对刘铁钢幸灾乐祸的林恒。

口罩女的海报上,有她"毁容后"的鼻子细节照片。 鼻孔不对称,形状不规则,两个鼻孔之间的鼻小柱上有一道很明显的疤痕,红色,向外突出,从鼻子正面的图片看,鼻梁很细,有点 S 型弯曲,鼻头又大又歪,口罩女自己的注释"好像一棵葱下面插了一头蒜"。 鼻翼外侧也有明显的红红的疤痕,说是做了鼻头缩小,鼻翼外切,留了疤痕,鼻头却更大了。 除此之外,还有更惊人的,是一张胸部的照片,一只手向上托起乳房,露出乳房的下缘,那里有一条疤痕,根据图上的比例关系,那条疤痕看起来有乳房直径的一半长。 被手托起的部分引人遐思,诱人酥胸跟那条讨厌的蜈蚣疤痕一对照,给人刺激更深。 她自称从胸口取了一条肋骨,做成鼻梁,结果没几个月鼻梁就变得七扭八歪,完全变形。 看起来口罩女或者说她背后的智囊很有营销头脑,无关的人不会留意鼻子,但是酥胸之下的疤痕,却很吸引眼球,引人驻足。

头套女照片上的脸,还是正常的脸,只是和术前的照片比起来,显得苍老阴郁。 而口罩女的鼻子、胸部,看起来确实像悲惨的医疗事故。

贾一澜对她一贯反感的林恒并没有落井下石。 她对丁圆圆说,瘢痕本来就不是什么让人愉快的东西,而且,人的鼻子,或者任何器官都经不起放大了细看。 广告里面的明星人像是经过精心的美化,要是看原图也好不到哪里去,普通人就更经不起高清微距的审视。 看人要看整体。 口罩女戴着口罩,看不到她的鼻子,只看到可怕的照片,这只是为了打击林恒。 客观地说,林恒的技术不错,心也许称得上黑,术却不一定劣。

丁圆圆和贾一澜又产生了认识的倒错。 贾一澜有爱对人品头论足的职业病,她在饭馆里有时候会不错眼地盯着上菜的服务员,让丁圆圆在一边好不尴尬。 看到一个人,丁圆圆觉得长得不错,她却给挑出一大堆毛病,还用的都是听起来很欠扁的术语,什么外眦韧带、角区、脸颊沟、梨状孔凹陷,如何如何,然后说人家应该做个什么手术。 丁圆圆对此很反感。 说人好看,就是指各部位长得好,比例协调,整体感觉也是来自具体器官的结合。 如今,是丁圆圆带着同情,在微观地、局部地看一个鼻子,整形医生贾一澜却在说:看人要看整体。

鼻子,占领着人脸的制高点,面部扁平的东方人,要营造立体感,鼻子至关重要。 人的眉毛眼睛嘴巴牙齿脸蛋,只要有一样长得好,就能有点动人之姿。 可是单单鼻子漂亮,并不会让人印象深刻。 不过如果鼻子长得不好,也没法成为真正的美人。

整形医生喜欢强调鼻子在人脸上的重要,也是因为多数医生最喜欢做鼻子,尤其是不改变内部结构的单纯隆鼻。 从鼻孔内缘做切口,放一条假体进去,鼻梁立刻变高,外表却不着痕迹。 做完隆鼻手术一两周就

168

会消肿，不像双眼皮，久久不恢复，患者着急担心，医生也不胜其扰。 最好的一点是，隆鼻是可逆的，如果对效果不满意，把假体拿出来，鼻子还会变成原来的样子，而其他手术多数对机体都进行了永久性的改变，无法变回从前的样子了。 不过隆鼻只能改善塌鼻子，其他鼻子问题就要用更复杂的手术来解决，比如鼻头肥大、鼻子过长或过短、鹰钩鼻、驼峰鼻，需要把多余的组织切除，有时候还需要把骨头截断重塑，比单纯隆鼻的风险更大些，因为如果不满意，也无法回到从前了。 而且，人体在疤痕修复的过程中会出现增生，所以在有些情况下，鼻头做了缩小手术，结果最后鼻子看起来反而比从前更大。

丁迅在鼻整形方面是名医，不过他一般情况下只做隆鼻，以及取耳廓软骨垫鼻尖。 他为人相对保守，这样做一是出于对患者负责，二是为了避免惹麻烦，所以一招鲜吃遍天，只管做他的翘鼻尖。 遇到复杂的鼻整形，比如基础条件太差的短鼻、朝天鼻，他没把握的时候，通常都会推荐给自己的鼻子师傅刘铁钢。 刘铁钢对鼻子的结构认识很深刻，不仅能做整形，而且可以做再造。 比如鼻子整个没有了，他能给造出一个。一般来说，每个名医都要有自己的看家本领，才好立足。 林恒基本功不错，善于搞媒体宣传，忽悠患者，但是各门功夫，都有人占了老大。 双眼皮比较基础，只拿双眼皮吃饭不够档次，于是林恒给自己找了个肋软骨鼻整形的卖点。 他急于扬名立万，常常做很激进的手术。

肋软骨是一种上佳的自体移植物，量大结实，不会排异，不怕张力。贾一澜他们做外耳再造、鼻再造，都要用到肋软骨。 做隆鼻，肋软骨也是不错的材料，但是并不普及，原因之一是要在胸部开刀，留下几厘米长的疤痕，代价有点大。 而且，肋软骨隆鼻还有其他缺点，软骨有记忆功能，肋软骨本身是弯的，从上面雕下来一段直的，植入鼻子之后，有很大的几率发生弯曲变形。 软骨还会被人体吸收，吸收到什么程度却又无法预计。 基于这些原因，多数整形医生不做肋软骨隆鼻，有的是不会做，有的不敢做，有的认为不值得做。 林恒认为这个人迹罕至的领域是个机遇，一直鼓吹肋软骨隆鼻，还自办网站，到处写文章，把自己粉饰成国内肋软骨隆鼻第一人。 肋软骨鼻子做完当时效果非常好，变形、塌陷、吸收等问题在日后才会陆续出现。所以一般他会在术后立即拍，对比照片传到网站上，吸引更多的人前赴后继。"一将功成万骨枯"，整形外科每一项医学创新背后，都有许多人的眼泪和鲜血。

不满意的人不少，林恒都一一化解。口罩女的手术效果，够不上医疗事故，她和林恒私下里交涉过，她想要的赔偿数目林恒难以接受，也不想给后来的人立下个对自己不利的标杆，只能任由她站在门口展示自己。林恒明白，如果阻止了她，她可能会使出更极端的招数，出人命都有可能。

姐妹同心，其利断金，"医闹两姐妹"看来做好了打持久战的准备。两人轮番站岗，不出空缺，同时出场的时候还可以互相撑个伞，聊个天。天气越来越热，两个人穿得越来越少，装备中也加上了行军床和凉伞。丁圆圆每次到医院去买饭，都犹豫是不是要停下来和她们说说话。贾一澜一直主张她去和这两个人沟通。"你是心理专家，我是蒙古大夫，你有人文精神，我冷漠无良，你去鉴定一下她们到底是不是神经病。你研究整形，怎么能避开患者中的神经病、变态和低智商呢？"

其实贾一澜说得没错。丁圆圆发现自己并没有深入整形人群，只是整天跟整形医生和做过整形的朋友混在一起，进行抽象研究。走近口罩女和头套女，看不清她们的面目，可能她们都曾经是美丽可爱的女孩子。她们的眼神看起来很偏执，她们是神经病吗？如何定义神经病？有心理障碍者何止他们？

自恋的小唯执着于她的鼻子细节，何尝不是一种偏执？有被害妄想的贾一澜，本来宽厚亲和的丁迅穿上白大褂就戴上了冷漠的人格面具，陷入单恋不可自拔的董尧，中年恐慌发作开始整形、又逐渐得陇望蜀的徐传琪，还有丁圆圆自己，她面对她们的时候，内心的惰怠和逃避……这一切不都是心理障碍？

美人沟的大夫有点人人自危。在整形江湖混了这么些年，谁手下没有几个败笔呢，可能是凹陷的眼睛，可能是坑洼的大腿，也可能是二合一的乳房。用钱，用谦卑的态度，用肥厚的脸皮，自然可以把这些孤军逐个击破，有惊无险地渡过。可是，如果不满意的患者都受到启发，形成集团军,进行规模化控诉,场面就要失控了。 有着高贵心灵的医生,谁能承受得了有人在大庭广众之下,在可能视你为神祇的患者面前,在爱看你笑话的同事面前,指名道姓地对你进行阴损的书面辱骂? 每天来上班的大夫,来就诊的患者,在大门口看到值勤的头套女或者口罩女,他们都要在心里提醒一下自己,整形有风险,手术需谨慎。

徐传琪又跑来找丁圆圆,还带着女儿。 当她开始走上整形之路,就成了丁圆圆家的常客。 她每次来都会带点茶叶、水果、点心,为她增加补给。

丁圆圆弯下腰,对小女孩伸出右手:"你好,我叫丁圆圆,我是你妈妈的朋友。 你叫什么名字呢?"

孩子握了握她的手。 "我叫徐萌真!"说得字正腔圆。

徐萌真小朋友趴在沙发前一块彩色的方地毯上,一本正经地和丁圆圆聊起来。

"咦,你对小孩子很有一套啊。 她平时对人挺抵触的。"徐传琪对丁圆圆说。

"当然,我知道小孩儿讨厌什么。"

"谢谢你没惊叹她汉语说得好啊。"

"我们是中国小朋友嘛,汉语当然说得好。"不过,丁圆圆也要承认,这样一个看起来完全是洋娃娃的小朋友,说着一口京片子还真有点稀奇呢。

徐传琪告诉丁圆圆,孩子的英文名字叫 Imogen,他爸爸是莎士比亚迷,这个名字是从莎士比亚的一部作品里来的,按照英文名字的谐音起名叫"萌真"。

"这名字好听。 生个混血儿真好,孩子可以跟自己的姓。"

丁圆圆偷偷打量这个东西合璧的小家伙。 民间都认为混血儿漂亮,因为混合了优质基因。 贾一澜也说过,好多人跑到医院想整出混血感。 在整形圈,"混"是个术语。 整出"混"的感觉了,就是看起来像混血儿。 所以除了范冰冰,有外国血统的 AngelaBaby 杨颖也是热门的整形模板。

　　但这个徐萌真小朋友,刻薄点的人会说她混得有点失败。 小姑娘长得并不难看,完全是个小洋人,只是脸有点平,轮廓上缺了西方人那种立体和精致。 幸好,头发是深栗色的,如果是一头纯黄毛,恐怕更加糟糕——在中国,洋人总被另眼看待,不知道整天要遭遇多少人的大惊小怪,说个"你好",他们都要惊叹你精通汉语。

　　"你就打算让她在中国长大?"

　　"是啊。 必须的。 二〇〇八年经济危机,我在英国待了一段,那儿有一个华人主妇的圈子,我在那儿交了些朋友。 我一个好朋友,她孩子就不肯说也不肯学汉语,回国跟她外婆都没法交流。 人可能是天生的势利眼,英语是强势文化,要掉到那个环境里面,我这个孩子算是丢了一半。 我的英语也不是那么好,不能跟自己的孩子充分沟通算什么? 也不是说我自私,如果这样,她就等于有个不完整的妈妈。 在中国,她讲英语就一点都没耽误。 我一定要让她先做好中国人。"

　　丁圆圆感叹:"哎呀呀,真不容易,到处都是战争。 我以前一位领导,孩子还上初中就忙着给送出国了,说国内的人文环境不好,等中国人这套价值观形成之后再出去就来不及了。"

　　"这就像割双眼皮的。 原来是单眼皮,生怕割了不明显,白花钱,非要宽的。 我们本身是双眼皮的,做双眼皮反倒最怕宽,可惜我的就真宽了。"

　　徐传琪也成了整形界的人,打比方都爱用整容的例子。

　　"其实我是有件事要和你商量……"徐传琪在李顺那里整了眼睛,贾一澜给脸上打了脂肪,现在还都没有恢复,算是个半成品。 注射了脂肪之后,脸颊饱满了,显得年轻精神了一些,可是脸看着又胖了,脸的轮廓不明显,双下巴倒是更明显了。 她和丁圆圆商量,想做个下巴抽脂,让脸的边缘清晰一些。

　　果然,尝到了甜头,徐传琪也要走上用整形解决一切脸部问题的道路了。

　　"大棋姐姐,作为你的编辑,我是真希望你浑身上下都整上几遍,给我们写一辈子的'徐大棋得趣美人沟'。可是作为朋友，我却感到有点沉痛。你说人脸这么个弹丸之地，你一会儿打脂肪，一会儿又要抽脂，好像有点发神经呃。还都是我给你找的，你家人知道了，岂不要说你误交损友？"

徐传琪也笑："果然有点发神经啊！"

不过后来丁圆圆还是陪着大棋找了丁迅咨询。丁迅的意见是，徐传琪的下巴并没多少脂肪，要抽脂抽不出来多少，她的脸边界模糊，是因为下巴后缩，如果下巴出来，轮廓就出来了。于是，徐大棋又做了个硅胶隆颏，由丁迅主刀，也就是李顺津津乐道的"垫下巴"。

《被美人》上又见徐传琪的趣文。垫下巴是在嘴巴里沿着牙龈和嘴唇交界的"唇龈沟"切开，在骨膜下放一条月牙形的硬硅胶，然后再缝合。做完手术，丁迅把她用拉钩撑开的下嘴唇合上，麻药的作用让她无知无觉，她说感觉丁迅是"在给一个不省人事的女人提裤子"。读到这里，丁圆圆脑补了那个画面，乐得不行。隆颏之后要肿上一阵子，肿的时候脸像马脸一样又长又凹。"昨怜破袄寒，今嫌紫蟒长。一夜之间，D大夫把我由张怡宁变成了阿凡提。"自此，徐传琪有了一个又尖又翘的漂亮下巴。

第十六章

烧伤科逃兵的春天

医生思考生命的意义,真是好辛苦。 我是觉得,人是有权利选择自己的生死的,但是即使他自己想选择死,在他生病受伤的时候,医生还是要努力让他活着,这样他才有选择的能力。

　　沈雷喜欢小唯,他从不掩饰,而且寻找一切机会通过丁圆圆这个中间人去接近小唯。

　　小唯没有表现出明朗的态度,丁圆圆作为旁观者,也觉得他们并不合适,看不到未来。 丁圆圆见过沉稳的楼伟良,通过这个前男友可以大概推断出小唯的偏好。 小唯自己爱漂亮,也喜欢好看的男生。 沈雷也好看,可是他年纪比小唯小好几岁,虽然人高马大,行事却显得有点幼稚,单纯得让人难以置信。 这样的人固然可贵,可是不知道小唯是否会欣赏。 而且,小唯在北京,也完全是一个过客。 她是为了鼻子才留在这里的,因为没有勇气带着自己的原装鼻子去面对从前的社会关系。她在北京没什么朋友,平时能见到的人也就是快递、海关,再就是丁圆圆。 她和整友们在现实中也很少来往。 她不爱出门,整天对着电脑,

MSN却经常显示为脱机。 她其实过得很寂寞,她的生活处于悬停阶段,只等着鼻子恢复好了之后,重新做过,才能重新开始生活。 在这个阶段,一切都无可无不可。 这段时间,楼伟良还找过她,经过几次反复,小唯心意已决,不会去接受不接受她的人。

沈雷似乎没有想过这些,也并不在意,他只是喜欢。 人们都祈望纯粹的感情。 可是真的见到这种纯粹,又觉得不可能,不牢靠。

丁圆圆没有和小唯讨论过,在这段凄凉的空窗期,要不要从一场逢场作戏中找到点慰藉。 那可能会让处在迷茫中的小唯更加迷茫。

五月是北京的赏花季。 沈雷找丁圆圆和小唯去潭柘寺看花。 关锋的太太很喜欢沈雷,她最近换了车,淘汰下来的旧赛欧没有卖掉,就交给沈雷开。 沈雷本来就很喜欢户外活动,一到假日,就张罗着开车出去玩。

小唯不爱动,她在北京待了这么久,基本上没有怎么出去玩过,而且那天上午她约好了理发店染头发。 沈雷不怕晚,坚持要等她弄完头发再出发。 丁圆圆和沈雷一起到理发店等小唯。 沈雷对丁圆圆说:"要不你也去弄一下头发吧,反正都是等。"

"我不。 我留长头发,就是因为不爱上理发店,比去医院还怕。剪个头发他们就叫你焗油、烫发、染颜色。 你不弄,他就说个没完。都把自己说成大师一样,结果剪得不好看,他们还常有理,就说你头发不好,或者脑袋形状长得不对。 你们整形医生也是那一套吧?"

沈雷嘿嘿一笑:"我现在还是个小工,还没开始学坏呢。"

丁圆圆知道,沈雷现在是住院医生,目前只能参观学习,就算在手术中做助手,也只能打打下手,跟理发店的小工差不多。

"你是特别喜欢整形吗?"沈雷原来在一家著名医院的烧伤科工作,却转了专业来做整形,说明他是真的爱这一行。

"别看烧伤和整形经常放在一起,其实我不怎么了解整形,我只是觉得原来的工作压力太大了,整形轻松一点。"

"那倒是,一般的科室很辛苦的,你们那就轻松多了,毕竟危重的病人不多。"

"学医的都辛苦,我还年轻,也没什么拖累,真的不怕工作辛苦,只是心理压力太大了。"

"我怎么觉得整形医生的心理压力才会比较大啊,毕竟通常是给没有病的人做手术,而且手术的效果显而易见,不像普通的病人,你生了病,必须要治,没得选择,治病的效果怎样,医生也可以强词夺理一番。"

"圆圆姐你不知道,我们烧伤科跟别的科室还不一样。 整形科也治烧伤,但那只是矫形,我们那里可真是一片灰暗。 情况一般都比较重,还有很多并发症。 危重的病人送来了,我们费了那么多力气治,日夜守着,终于熬过来了,救活了。 可是这个烧伤不像别的病,治好了,或者控制住了,就可以过正常生活,这样做医生也能有成就感。 大面积深度烧伤的,就算活下来了,也毫无生活质量可言,真有点生不如死。 实际上很多烧伤的患者都不想活,有时候家属都不想让他们活。 有的病人救过来,声带已经坏了,说不了话,看医生的眼神里都是冷漠,可能还有怨恨。 有时候真的也会疑惑,千辛万苦救活他们,到底应不应该。我们说把一个人救活了是奇迹,这是医生的本事、医学的奇迹,可是一个全身都烧焦的人,他的生活里根本不会有什么奇迹。 所以我就做了逃兵。 我现在在整形科,看到来做烧伤修复的,心里都特别高兴,这说明他们要好好活下去。"

丁圆圆轻声重复着"逃兵"。 她自己从四川跑回来,也是和沈雷一样,面对别人的苦难,选择了做逃兵,由悲剧行业进入喜剧行业。 整形有时候也有悲剧,像头套女和口罩女,像奥美定,不过这些悲剧不是不可抗拒的命运,而是他们自己选择的结果。

"其实我也和你一样,也总是在纠结自己的工作有什么意义。 我知道有的整形医生也老是在想自己的工作到底有没有意义。 你在整形科找到了意义? "丁圆圆问。

"整形科里,虽然患者很挑剔,还经常质疑我们,可是至少我很明确,他们想要的是什么。 我们做的都是他们要求的,这样多有价值! 可是以前,我们日夜守着十几天,救活了一个人,觉得挺自豪,可是患者自己还有家属却比死更绝望,就免不了质疑这一切有没有价值。 他自己不想活,活得一点没尊严,医生凭什么决定他的生死? "看来,已经脱离烧伤病房的沈雷,仍然被从前的经历所困扰。

　　丁圆圆看着门前街道上的车流和熙熙攘攘的人群。 沈雷的话,又让她对整形有了新认识。 人们来整形,是为了好好地活着,漂亮地活着。 而医生给他们做手术,是他们自己要做的,不是被命运胁迫的。

　　"医生思考生命的意义,真是好辛苦。 我是觉得,人是有权利选择自己的生死的,但是即使他自己想选择死,在他生病受伤的时候,医生还是要努力让他活着,这样他才有选择的能力。 人确实有生不如死的时候。 可是活着就算是痛苦的、窝囊的、没希望的,哪怕是祸国殃民的,只要活着,就还可以去死,一旦死了就不能活过来。 医生救人的命,不是在决定他的生死,而是为了让他活着,好把选择权交给他,这就是医生给予人的尊严。"

　　"你说得真哲学,我好好感悟一下。"沈雷微微歪着头,好像在认真思考。

　　"我们老百姓,只觉得医生都很冷血。 我现在明白了,当医生要是多愁善感,得有多痛苦。 反正,但凭人事,各安天命。 而且当大夫还是变态一点好,最好学会欣赏别人的痛苦,从中感受生命的真实。"

　　沈雷灿烂地笑了:"都说我不像医生,可能就是因为我不够变态。"

　　丁圆圆面对面看着他那张俊秀的脸,心生淘气,拿出手机,发了一条短信:"这里有漂亮的唇珠和屁股一样的嘴唇,虽然没长到你脸上,但是你如果想要,就属于你了。"然后,她透过玻璃窗看小唯,她正拿着手机笑,侧面看得到她露出了闪亮牙齿。

　　终于上路了。 车窗关着,小唯坐在副驾的位置,车里弥漫着她头发上定型水的香气。 下了高速,汇入国道的车流,一辆蓝色的君威别了他们一下。

　　"哼,居然欺负别克家的小兄弟。"沈雷说着,看着还在前面那辆车,"京P的? 完全是新手嘛。"沈雷开的赛欧是久远的京F牌照,那时候赛欧还属于别克。

　　"追它!"小唯说。

"好。"沈雷果然开始提速,左右并线,去追那辆君威。

丁圆圆着了急:"沈雷,你平时那么乖,怎么还开斗气车? 交通事故都是这么来的,别跟他们一般见识,乖乖地开吧。"

"圆圆姐,你平时那么傲,现在怎么这么胆小? 别害怕,勇敢地坐着吧。"沈雷说她,小唯听了嘻嘻地笑。

真的追上了。 小唯转头朝君威的车主做鬼脸。 那是个四十岁左右的白胖男人,可能还真是新手。

"车大管什么用! 咱的车比他的快!"小唯说。

沈雷听了这话,显然飘然了,因为小唯说"咱的车"。 坐在后面旁观的丁圆圆很想对他说,沈雷,你有什么好美的? "咱的车"也不一定是说你的就是她的,不是你们俩就是"咱们",就算一辆坐了一千人的火车,乘客也可以跟司机说"咱的车"。

但是沈雷就这么糊里糊涂地美着,开着既不是他的也不是她的而是关老师家的车,两个人在前座上像孩子一样哈哈地笑着,驰骋在北京的春天里。

把小唯送回家,沈雷载着丁圆圆回美人沟。 在车上,丁圆圆说:"沈雷,得鼻子者得小唯。 你只需要记得看重她的鼻子。"

"我不在乎她的鼻子什么样子。"沈雷说。

"不要只想你在不在乎,你要去在意她在意的东西,这样才好。"

沈雷是天真的,也是聪明的,他领会了丁圆圆的话,抓住了精髓。

一天夜里,小唯醒来,哭了。 "我梦见我的鼻子挛缩了。"她对沈雷说。

"没事的,梦都是反的,不会挛缩的,挛缩了也不要紧,可以松解。"

"可是丁大夫都说,要是疤痕挛缩了就没办法了。"

"丁大夫没办法,沈大夫有办法,你放心。"

沈雷坚定地昂了昂头,俨然忘了年轻的住院医生沈大夫至今为止还没有独立做过任何一例整形手术。 不过,小唯相信他。

第十七章
如果有时光机

杨曦侧坐在沈雷的椅子上,手扶着椅子背,下巴放在手背上,轻轻摇着椅子,笑吟吟地对丁迅说:"是不是做了这个手术,我就很久不能做这个动作了?"

　　杨曦穿着暗橙色的飘逸绸衫,烟粉色的大摆长裙,微卷的黑发又长又多,一直散落到腰间。 她个子很高,又瘦,站在医院的走廊里,颇为引人注目。 早班的护士来来往往,都忍不住看她一眼,另外几个结着伴的女孩也等在丁迅办公室的门口,她们也窃窃议论着杨曦,好像看到了林志玲,或者汤唯。

　　头套女和口罩女的示众行为是有成效的,四五月份本来就是整形的淡季,不知道又有多少来求医的人看了她们的宣传展板之后被吓走了,总之,美人沟医院的生意日渐清淡,连丁迅的办公室门前也不再门庭若市了。

　　丁迅把门口的等候者们都请进屋里,对杨曦点了点头,说:"你稍等我一下。" 就去应付另外几个女孩。 杨曦侧坐在沈雷的椅子上,伏在椅子背上看丁迅点评女孩们的脸。

其他人都被打发走了，这时沈雷也进了办公室，杨曦意识到自己坐了他的椅了，连忙站起身来，手腕上的一串金属镯子叮当作响。她拉开大背包的拉链，从包里拿出三个拳头大的瓜类水果，放到桌子上。"我从中东带回来的，偷偷带进海关，都违法了呢。这种瓜味道特别，放几天就更甜了，丁大夫尝尝看。"

丁迅笑了笑，说："谢谢啊。"拉开抽屉，把几个瓜放了进去。

杨曦拿起他桌上的相框："这是你家的小孩吧？真好玩。"

"是啊，我儿子。"

杨曦拿着相框看："这个照片要好好给他留着。我有一张小时候的照片，胖胖的，满脸坏笑，又叉腰，特别可笑。我老公……说每次跟我生气，他就把那张照片找出来看，看着看着就忍不住乐了。"

丁迅对杨曦说："来，我先看看怎么宽了。"

他把杨曦叫到窗口，在自然光下仔细看她的眼睛。疤痕已经很淡了。"恢复得还不错，挺自然了，真的还要修？"

"形状我很喜欢，就是觉得有点宽了，修窄一点点就好了。"

"别修了，又要恢复很久的。"

沈雷看得出来，杨曦是丁迅的老患者了，两个人十分熟悉。

日久生情，也适用于医生和患者。医生和患者之间，有某种天然的戒备和隔阂，但这往往只是一开始，时间久了，反而会形成某种默契，卸下因身份而形成的刻板偏见，把对方还原成一个人。尤其是慢性病的，或者长期住院的患者，如果最终不治，他的医生感受到的痛惜和伤心，不是外人甚至患者的亲人所能明白的。当一个人生活的重点成了生病和治病，医生也就成了他医院人生的亲密伴侣，他的状态，只有医生最清楚。同样，医生有时候明知道自己注定要失败，还是要不断地治疗，他甚至能预见患者的生与死，却无力改变，那种孤独感无人能懂，于是患者成了医生唯一的知己。在长期的治疗中，医生和患者似乎形成了某种联盟，他们互相保守着一些别人不知道的事情。所以医生和老患者之间，往往有某种特殊关系。就像眼前的丁迅和杨曦，看起来自然和谐，像是自幼就相识了一样。

小唯接受了沈雷，也让沈雷真正开始认识整形。 他理解了自己要面对的并不只是软组织、骨头、瘢痕、切口、血管、筋膜，那可是人的脸，是爱美的女孩的脸。 他开始注意去观察别人的脸，开始去研究什么是漂亮、人怎样才漂亮。

杨曦和丁迅站在窗前说话，杨曦笑起来的时候，沈雷认出了她。 他在丁迅那里见过她的很多病例照片。 医院的存档照片很难和现实中的人对上号，照片上的人，带着无纺布的帽子，把头发包起来，露出整张没有任何修饰的大脸，用暴露一切瑕疵的灯光，拍出呆滞的表情。 在这样的背景、这样的帽子、这样的灯光下，一切美女都变了形。 但是沈雷认得她的笑容，她在照片上就咧着嘴笑，肆意地、毫不造作地笑。 她的嘴巴大，笑起来嘴巴占了脸的半壁江山。 仔细看她的脸并不标致，她长了一张瘦长的锥子脸，从耳根到下巴几乎直着下来，天生没有下颌角。她的眼睛是丁迅做的，看起来也并不出奇。 她的头发很漂亮，衣服考究，脸上看不出化妆，声音柔和、有厚度、有磁性，和丁迅讨论修窄双眼皮的事情，好像在和裁缝讨论改一件衣服一样，态度从容。 她看起来是个成熟的女人，至少有三十岁了。

杨曦想把双眼皮修得窄一点，丁迅的意思是，她的双眼皮并不宽，只是重睑线上面的皮肤去得比较多，而按她的年纪，过一段时间皮肤会松弛，就会越来越窄。

"丁大夫，我小时候的衣服，不管是我妈买的还是别人送的，都不合身，都大，好让我长大点儿也能穿。 这样我就从来没穿过合身的新衣服。 长大以后，我就只争朝夕，买衣服都是买当季的，宁可贵一点。"

"我是按照你原来双眼皮印子切的，看来还是没有和你沟通好。其实就你这个宽度，有不少人还嫌窄，说一化妆就变成内双了。"其实杨曦本来就是双眼皮，和徐传琪一样，做手术是因为眼皮松弛下垂。

"对对，我的眼睛画上眼线就一点儿都不宽了。 可是我不习惯化妆，我们有一位地陪就很会化妆，她就特别喜欢我的眼睛呢。 她给我画的眼妆漂亮极了，可是我自己不太会，也不能天天让别人帮忙画吧。"

丁迅笑了："那你就学化妆吧。 也天天画眼线就好了。"

"丁大夫，眼线就算画上去容易，洗掉却难，像文身一样。 画了眼线虽然眼睛大了，漂亮了，可是都觉得自己不是自己了，所以并不适合我。"

"可能是吧。 化妆我就不太懂了。 我觉得小姑娘化了妆都挺漂亮，好好化妆根本都没必要做手术。"丁迅说。

"那我举个例子吧。 有的人把头发染成金色的，看起来也挺漂亮，可是你能接受自己把头发染成金黄色吗？ 你不是那样的人，就接受不了那个样子。 我们认识自己，是从外表开始的，自己都不认识自己了，是很别扭的。"

"好，你说得有理，那就修吧。 你想修多窄？"

"窄一毫米就行了，我也不想变成内双。"

"杨曦呀，我觉得你真是有点折腾，我给你做手术容易，但是你要恢复很久，自己受罪啊。"

杨曦说："我知道你很为我着想的，我就是不怕折腾，丁大夫多担待吧。 什么时候能做呢？ 全看你的安排。"

丁迅从口袋里拿出一个蓝色封皮的本子，翻开看了一下，说："明天就行。 我们最近活儿不多，本来就是淡季，又有两个医闹在那儿当门神。"

他又拿起那个本子扬了扬。 "谢谢你啊，很好用。"这个医师日程本，是杨曦在新年前寄给他的，丁迅用来记录手术预约。

"好用啊？ 今年如果他们还定制，再帮你要一本好了。"

丁迅把杨曦的手术安排在第二天下午，又随口问她："你们最近也是淡季吗？ 这么闲。"

"其实不是淡季，现在欧元跌得厉害，去欧洲是好时机。 不过我才不管，我想淡就淡，我现在想多休息一段。"

"你真是潇洒，想忙就忙，想闲就闲。"

杨曦三十四岁，和贾一澜同龄，她并不想改变相貌，她只是和大多数美女一样——怕老,所以她在丁迅这里,做的都是一些对抗面部衰老的小手术。 不知不觉过了四年。 四年时间,医院成了名院,丁迅成了名医,焕焕四岁了。 四年时间,丁迅对杨曦很熟悉了,他了解她的皮肤、她的肌肉,手术过程中的定期交流也让他知道她都去过哪里、做过些什么。

二〇〇六年的时候,杨曦还在从事展会行业,主要工作是带着中国展团去国外参加展会,以及招商请老外到中国来参展。 后来,她成了自由职业,带着富人或者官员家属在以欧洲为主的世界各地进行奢华旅行,差不多等于是高端导游。 她的客户非富即贵。 做这样一份工作,必须要机智得体,把人照顾好,还要保持作为团队首领的威信,才能得到尊重。 这一点,和他们整形医生的工作有所类似。 丁迅曾经接待过一些身份显贵的患者,就是杨曦介绍来的。 这样的人做整形,其实并不知道该找谁,所以通常都会选择最贵的。 他们能接受杨曦的推荐来招待条件一般的公立医院,至少说明他们是信任她的。

杨曦跟随着她的客户,过着奢侈的海外生活,伴君如伴虎的工作做得游刃有余,收入也不菲。 她有时候会带人出国去做整形手术,全套下来花费将近百万元人民币。 杨曦爱美、有钱,也见识过世界顶级的整形医生,但是她仍然选择了丁迅。 这是她的信任,让丁迅有点受宠若惊。

杨曦在手术台上仰面躺下,头发从无纺布帽子下面漏了出来。 她的头发又长又多,帽子兜不住。 丁迅把她的头发塞到帽子里,然后,用布巾把头包住。 她的卷发手感柔软又丝滑。

擦了三遍酒精,丁迅在手术台旁边坐下来,准备给杨曦的眼皮画线。 他有一段时间没做过双眼皮了,不免有点技痒。 他让杨曦睁眼闭眼了几次,仔细看了她眼睛的形态,准备在修窄的同时,再纠正几个小小的瑕疵。

丁迅用画线笔蘸了染料亚甲蓝,开始小心地画线,一边说:"还不错,瘢痕不算明显,对于你这个年纪来说恢复得够快了。"

"丁大夫，你怎么老提我的年纪呀。 我真的很老了吗？ 我要是活一百岁，现在才过了三分之一，而且从现在开始的每一天，都是我最年轻的时候，所以我还要折腾。"

丁迅笑了一下，声音很轻柔："你怎么会老呢？ 你正年轻漂亮呢。我强调年纪，完全是从机体的角度出发。 人到二十出头发育完成，身体机能就开始走下坡路了。 手术恢复的情况，就比不上年轻一些的孩子了。"

"我有时间，慢慢恢复呗，总不能永远不恢复。"

"不着急就好，怕的就是着急。"

"我不着急。 趁着眼睛恢复，再整点别的吧。 我腰两边有了肥肉，我想做一下吸脂。"

"你多瘦啊！ 还要吸脂？"

"就因为瘦，有一点点肥肉都很明显。 还有，我怎么觉得脸变得越来越长了，我想把下巴截短一点，你看可以吧？"

中国女孩的下巴短而后缩的多，常见的下巴整形是硅胶隆颏，或者更彻底的，把下巴截断向前移，磨尖。 而杨曦长了一张细长脸，下巴略长，而且前翘。 用李顺的尺子法测量一下，她的嘴巴就在鼻子和下巴连线的后面。 这算是一个缺陷，虽然并不妨碍她整体成为美女。

"你怎么突然想到做下巴啦？"丁迅记得杨曦的原则是只做改善，不做改变，她对自己的容貌是自信的。

"不是说人老了以后，颌骨也会萎缩吗？ 我早晚要变成瘪嘴老太太，不如趁早解决。 这算是一个小手术吧？ 也很快就会恢复吧？"

"手术不大，但总是有创伤，要休养。 你这样的工作也很辛苦，到处奔波，别人玩，你要操心。 你要真想做，得保证能好好休息才行，让家人好好照顾一下。"

丁迅一边说，一边拿过操作台上的镜子让杨曦看画好的线，却看见杨曦的眼泪顺着外眼角从两边流下来。

眼泪让傍晚的门诊手术室显得更加安静，丁迅放下镜子，默默地等着这个小意外过去。 他拿起一块纱布片，轻轻地给杨曦擦掉眼泪，轻声说："等你情绪稳定下来我再重给你画线，不着急。"

过了一会儿，杨曦开口说："不好意思，丁大夫，我这几天刚刚办了离婚。"

丁迅有点不知道说什么好，轻轻叹了口气。 在手术台上情绪失控的情况他也时常遇到，但往往是因为对手术紧张。 突然有人向他倾吐生活的变故，让他不知如何应对。

"没事的，丁大夫。 不知怎么，本来我心里也没什么难过的，是我自己要离婚的。 我平时是个挺强的人，你跟我说那几句话，好像突然让我觉得自己成了弱者，就觉得委屈了。"

"因为啥至于离婚呢？ 简简单单过日子多好。 你一个女孩子，一个人不是更难吗？"

"其实也没什么事，也许是我在外面的时间太多了，没意思了，彼此不需要了，又何必凑合呢。"

"过日子最后都是平淡的，是你们要求得太多了。"

"丁大夫，你一定觉得我要是有个孩子就不至于离婚吧？"

丁迅还真是这么想的，不过他觉得没必要说出来。

"其实我的不少朋友，有孩子的，也说要是没有孩子，说不定就离婚了。 丁大夫年纪和我差不多吧？ 我们这一代女人都比较独立，对男人没那么依赖。 所以如果婚姻给生活带来的已经是负面的东西，就没什么好留恋的了，丈夫和家庭，似乎都可以随时舍弃。"

这对于丁迅是一个意外的概念，是他从来没有想过的问题。

"丁大夫，真的是我的肺腑之言。 好好珍惜你太太吧，女人对家庭付出的绝对比得到的多。 你太太也是工作比较紧张的吗？"

"她也是我们医院的大夫。"

"同行挺好的，能互相理解。"

"我们当大夫的比较简单，不像你们那么浪漫，我们不会想那么多。"

丁迅重新做准备，提示杨曦要打麻药了。 杨曦也放松下来，手术顺利地开始了。

杨曦的情绪平稳了,重新和他讨论进一步整形的事情。

"丁大夫,吸脂手术还安全吧?"

"安全是安全的,不过会比较不舒服,最好全麻做,睡着了就不难受了。"

"我觉得还是清醒着好,有事情也有个商量。能有多难受呢,就当地震被埋了好了。"

"地震被埋……"丁迅轻轻笑了一下,"看你说得容易,好像被埋过一样。要有那么难受谁还敢整形?"

"你还不知道吧?我是唐山人,我就是地震幸存者,差不多就是挖出来的。"

"哦,你那时候还很小呢。"丁迅知道杨曦就是唐山地震那一年出生的,和贾一澜一样大。

"是啊,我才几个月大。那天我妈刚从火车站买火车票回来,第二天要带我出门,还没睡着,正给我喂奶呢,一地震她赶紧抱着我躲到床底下。地震对我们唐山人每家影响都很大。连我老公,现在是我前夫了,都是因为地震认识的。"

"你才几个月大就认识你老公了?"

"我婆婆是护士,地震以后轻伤员都转移到全国各地去治,我妈和我姥姥就在她那个医院,她很照顾我们,后来两家一直来往,他们一直把我们叫作'唐山患者'。后来我和我老公都在北京上大学,才又遇上了。他小时候去北戴河玩,还到我们家来过呢。这也算医患恋了吧?呵呵。"

"真是缘分。"

"是啊。他那时候老念几句诗来逗我,'那一切都是种子,只有经过埋葬,才有生机',顾城的诗。"想到少年往事,杨曦笑起来,笑声又突然止住,声音也变得黯然,"唉,可是老不在一起,隔阂越来越深,最后只剩下累赘,对于对方都没有存在的必要了。"

丁迅用剪刀剪着杨曦眼睑的皮肤,杨曦慢慢地给他讲着自己的故事。

手术完成了,丁迅用棉片轻轻地在杨曦脸上按,擦掉残余的血迹。

"丁大夫,我还要做吸脂和下巴,你看什么时候合适呢?"

"吸脂先别做了吧,天开始热了,吸完了要穿几个月弹力衣,大热天的太难受,天凉快了再说吧。下巴这几天你再考虑考虑,等眼睛拆线了再商量吧。"

晚上,丁迅想起杨曦说的话,问贾一澜,要是没有焕焕,是不是随时可以舍弃他,是不是除了儿子、丈夫、家,对于她来说都是可以舍弃的。

贾一澜斜着眼睛看他,哼了一声,说:"我的家,我丈夫,都不可以舍弃。谁要抢我老公,我和她拼了!"

丁迅说:"谁要抢你老公啊?"他坐得离贾一澜更近了一些,"今天有个我的老患者,在台上哭了。刚离婚,跟我发了不少感慨,说现在的七〇后女人和从前的人不一样,很独立,对家庭什么的没那么依赖了。"

"离婚了冲你哭什么?想让你接手?"贾一澜表示警惕。

"别瞎说了。那姑娘跟你一样大,走南闯北的,人老在国外。人长得漂亮,能干,挣钱也多。对了,就是送咱们奶瓶的那个患者。她和她老公青梅竹马,从小就认识,我看她的意思,她整天不在家,挣钱又多,他老公就不平衡了。"

"那是,女人太能干了,男人肯定伤自尊。当女人就是难,没本事靠男人,男人看不起你;要是有本事,男人又受不了了。幸福和强大不可兼得。你说,要是我成了名医,你像我这样坐冷板凳,主要靠我挣钱养家,你会不会不平衡、找别扭呢?"

丁迅还认真地想了一下,老实地说:"我不知道。找别扭不敢,可能会比较惭愧吧。"

"你可能表现比我还不如呢。反正做女人就是里外不是人,永远是弱者。"

丁迅说:"也不能这么说。你看赵颖……"

"赵颖那样,反正我是做不到。你知道吗,王琢他们走了,把她的猫放在赵颖家养了,说是孩子喜欢。脸皮真厚!我听焕焕说,王琢告诉小敏那个猫能听懂人说话。 这姑娘骗走了人家老公，又骗人家孩子的感情。 过几个月她回来再把猫要回去，小孩又要伤心了。"

李顺和王琢离开了质美整形机构，之后双双去了韩国，到某家整形医院进修。 这还是丁迅建议的。 整形业的名门正派，对韩国怀着某种复杂感情。 韩国整形的商业化程度令人羡慕又令人鄙视，老派一点的医生都认为所谓"韩式"完全是噱头，所以丁迅擅长"韩式鼻尖"在圈内并不是什么荣耀的事。 不过丁迅对此并不在意。 他知道李顺重新面临选择的时候，和他沟通了一次，告诉他自己在走穴生涯中对韩国整形的认识，建议李顺既然走上了整形商业化道路了，很值得去韩国看看他们是怎么做的。 李顺接受了他的建议，带着王琢去了韩国。 王琢欢天喜地地注册了一个网店，准备帮人代购韩国化妆品，至少把机票钱赚回来。 他们走之前，李顺的女儿小敏去他们家玩，一见到大花猫王宽宽就很喜欢。 本来王宽宽是要放到宠物店寄养的，小敏自告奋勇地把猫带回家了。

夫妻俩从杨曦说到赵颖，又谈回杨曦。 丁迅提到杨曦还要做下巴的整形，贾一澜说："你怎么没有风险意识？ 离婚患者情绪不稳，都在台上哭了，你还给她做手术？ 门口的医闹还不能给你警示？"

"人家那姑娘是老患者了，是个挺成熟的人，不要把谁都想成医闹。"

"再成熟，离婚也不是小事。 我淘汰个笔记本都还舍不得呢，何况是大活人，一起过日子那么多年，一下子分开了，不可能不伤心的。"

"她那个老公，说是一岁的时候两家就认识。 能下决心分开，肯定有人家的道理，能放得下了才会离婚的。"

"女人哪那么容易放下，反正你不懂。 离婚了跑来整容，可能就和我郁闷了去剪头发差不多。 我要是离婚了，就去剃一个大光头！"

杨曦拆完了双眼皮的线，就来找丁迅讨论下巴的手术。 丁迅像对其他患者一样，略讲了讲颏成型手术的原理，然后很快发现，杨曦与别人是不同的，几天时间，她已经对此进行了广泛的研究。

杨曦问了他很多问题，貌似专业实则外行。她问骨头位置的变化对嘴唇的形状、对脸上软组织的形态会有什么影响。丁迅告诉她，影响是很微妙的，一般来说很难预测。

杨曦从她的大包里拿出了她的 iPad，打开一个英文的 PDF 文件，是一篇一九九二年的论文，内容就是探讨颌面手术和软组织形态的关系的。

丁迅没见过刚面世 iPad，也从来没有读过这篇发表在遥远的斯堪的纳维亚半岛的医学整形期刊上的论文。论文的作者之一是一位比较有名的颌面专家，丁迅引用过他的文章。杨曦不知道从哪里找到这么多生僻的资料，用一些似是而非的术语，提出各种刁钻古怪的问题。

他觉得有些头大。几年来，杨曦常常拿出她的掌上电脑，向丁迅演示手术的要求。杨曦似乎比他们这些临床医生更具备严谨的科学研究精神，她会把自己年轻时候的照片和后来的同角度照片在 photoshop 里对照，画上网格，告诉丁迅哪个部位有衰老的印记，想达到怎样的改善。在手术室里，杨曦会自己用棉签蘸着龙胆紫，对着镜子给自己画线，这让丁迅觉得自己就是个泥瓦匠，承接装修的小工。这样的患者，并不讨医生喜欢。尤其是中国医生，和中华烹饪一样，对量化、标准化这一套，执行得略显马虎，往往经不起质检的仔细推敲。不过丁迅一直还能接受杨曦，也许是出于某种虚荣心或者自信。像杨曦这样聪明又要求苛刻的人，做任何事情都要了解完整的背景信息，在整形上，她选择了丁迅，这说明她信任丁迅。正是这份信任，让他们之间有了某种默契，让他不会把杨曦的要求当成责难。

杨曦又找出一些术前术后对照的案例照片，就一些细节继续提问。丁迅的忍耐终于到了极限。如果看照片，哪里有眼袋，哪里有皱纹，哪里松弛了，基本上是一目了然的，可是要讨论脸皮下面的骨头被截断并移动位置，之后会发生什么，就过于抽象，不是丁迅贫乏的表达力可以告诉杨曦的。

"你问的这么多问题，我水平不够，都不知道怎么回答。你不懂解剖，很多问题了解起来也只是隔靴搔痒。你有这么多疑虑，还是不要手术的好。 你要是不信任大夫，我们也不敢给你手术。"

杨曦的表情惊诧又严肃："丁大夫，这么多年了，你还会认为我不信任你？ 我们选择医生的前提难道不就是对他的信任？ 是的，我不懂解剖，不会做手术，对专业的认识永远比不上医生。 但是，我多了解一些，对你们医生也未必不是好事，我问得多，也并不表示是对你的怀疑。 难道你认为我会像在门口那个姑娘一样，将来找你麻烦？ 丁大夫，我信任你，你应该知道的，你也要信任我啊。"驻守在门口的头套女和口罩女越来越如入无人之境，由于连日站岗辛苦，她们竟躺在随身带着的行军床上休息，海报支在身前，权当屏风。

丁迅说："我不是不信任你。 可是如果每个患者都问这么多，那恐怕一天一个手术都做不了了。"

杨曦压抑着不快，说："你的意思是讨论这些很浪费时间？ 说句实在话，我们两个人说的闲话，加起来几百句都有了，怎么说到正题就成了浪费时间？ 买一个相机，都要仔细问一问，试一试，好好了解功能，何况做这么大的手术呢？ 当然，也许对你们来说，只是举手之劳的小意思。好吧，谢谢您的时间。 您忙吧，我先走了。"

杨曦走了，有点不欢而散。

丁迅认识杨曦好几年，相处得很好，还从来没有这么不愉快过。 他这奇怪的无名火，是不是真的和医院大门口的两个医闹有关？ 是不是她们的存在，潜移默化地在医生们心里植入了猜忌和恐慌？ 还有，平日里纠缠着问傻问题的姑娘也不少，比如："取了耳朵的软骨垫鼻子，耳朵会不会聋？""我做完双眼皮，为什么脸都变大了？""做了下颌角，会不会面瘫？""全麻以后会不会变傻？" 反复回答这样的问题，并没有让他心烦，也许是医生的优越感让他有足够的耐心。 可是杨曦的问题，像严谨的律师函，却又并不真正专业，这让他不知道如何作答。

其实丁迅对杨曦，一直有一点暗暗的倾慕，或者说，他对她的生活，有某种羡慕。 他们年纪差不了几岁，都是上世纪九十年代到北京上大学，然后留在这里。 他们每隔一段时间会在他的手术室里相遇。 可是，他们的轨迹却是如此不同。 她来的时候，如果丁迅不那么忙，两个人会多聊几句。 有时杨曦会给他看自己拍的照片。 她有一个软件,在卫星地图上,把她去过的地方按顺序连起来,那轨迹好像地球上开的花,有时候在肯尼亚的公路上看长颈鹿奔跑,有时候在瑞士的静港进行羊胎素疗程。 这让他想到自己的轨迹,几乎是静止的。 除了每年回一趟老家,到外地参加两次会议,偶尔以孩子的需要为中心在北京城活动一下。 多数时候,他在地图上是一个完全不活动的点,整天在医院的范围内打转转,过了马路就回了家。

也许是他自己的问题。 专业领域,是他最后的阵地,他不愿意失去主宰。 他想到杨曦说的话,如果他是卖相机的,是不是也会这样不耐烦呢? 过后,他给杨曦打了个电话:"不好意思,我今天是急躁了一些,你有什么问题就尽管问吧。"

杨曦的反应很客气:"丁大夫,我明白的。 我也很不好意思,女子无才便是德大概是对的,我这样一知半解的女人可能更加难缠呢。"她在电话中笑起来,丁迅也笑了。

杨曦又来了。 眼睛已经消了一些肿,但仍然是红肿的。 她拍了片子,看片子说话,胜似空谈。 丁迅看着夹在灯箱上的 X 光片,初步认为她的下巴应该截短两三毫米,然后再后退三四毫米。 似乎是出于补偿的心理,丁迅给她讲得很详细,然后问她:"你还有什么疑问?"

杨曦笑着说:"丁大夫,其实我也想通了。 我这样问,能问出无穷无尽的问题来。 其实很简单,就是我到底要不要做手术。 如果决定做了,就交给丁大夫了。 反正有丁大夫在,我又不会死。 以后出了什么事情就事论事地再问,也省力。"

杨曦由于有事情要处理,手术当天早上才入院,还有一系列术前检查要做,她的手术被排到临近晚上。 这个手术并不复杂,只需住院四天就可以了。 沈雷和杨曦进行术前谈话的时候,丁迅也在旁边。 知情同意书上又有一些新的信息,比如,术后下巴上的骨头可能会出现"台阶",可能需要过半年左右重新手术进行打磨;由于手术会伤及神经,术后一年左右牙龈和嘴唇可能会有持续的麻木感。 沈雷至少在态度上是一位卓越的医生，他对任何问题都不抗拒，解释得非常详尽。杨曦看着沈雷一本正经的样子，也忍不住笑了。她签手术同意书已经是轻车熟路，根本不介意这些"霸王条款"，写下了她潇洒漂亮的签名。沈雷把她的病历袋拿去给护士，杨曦侧坐在沈雷的椅子上，手扶着椅子背，下巴放在手背上，轻轻摇着椅子，笑吟吟地对丁迅说："是不是做了这个手术，我就很久不能做这个动作了？"

她平时仪态优雅，偏偏有摇椅子这个癖好，动作流露出了些许孩子气。

丁迅也不见外，忍不住说她："伤筋动骨一百天，一般来说骨头要十二周才能愈合，不过一般人谁会像你这样，没事把下巴放在椅子背上。像你这么摇椅子，小时候我奶奶都会打我，说把福气都摇光了。"

"其实你奶奶是怕你把椅子摇散了吧，大人都是这么骗小孩的，比如说小孩不能吃什么东西，那就是他们要留着自己吃！"

这时候贾一澜上来给丁迅送东西，见到了杨曦，她伏在椅子背上，漆黑的卷发像瀑布一样散落在雪白的手臂上，手腕上戴了好多只细细的金属镯子，十分美丽。贾一澜忍不住问："你头发真好，用什么洗头的啊？"

"Alterna 的白松露。"

什么？贾一澜完全听不懂，想必又是一种自己不知道的高级东西。她又一次发现自己很土，灰溜溜地走了。

丁迅和沈雷进到手术室的时候，杨曦刚刚接上静脉麻醉，还没麻翻过去。见到丁迅，杨曦说："哎呀，丁大夫，我一天没吃没喝，又渴又饿，化验尿我都尿不出来。"丁迅温言安慰她，做完手术，晚上就可以喝水吃东西了，忍几个小时就好了。

杨曦很快地沉睡过去了。麻醉医师带了一个年轻的研究生。"来吧，你的处男插。"麻醉师嬉皮笑脸地说。

丁迅心中有些不悦，但是也没说什么。插管失败。丁迅忍不住对麻醉师说："还是你来吧。"麻醉师说："没事，小伙子业务很好的。"

还是失败,丁迅断喝一声:"住手!"让沈雷都惊了一下。 见丁迅怒了,麻醉师只好接过管子,用喉镜看了一下。 "声带上好像有个息肉,难怪费劲。 你小子倒霉,第一次就碰上困难插管。"然后亲自动手,顺利地插了进去。

缝合完毕,丁迅仔细观察了杨曦侧面下巴的形态,觉得满意了,让沈雷拍照,包敷料,然后嘱咐沈雷,一会儿去麻醉苏醒室看一下她。

杨曦是当天晚上十点多钟出的事。 丁迅接到电话,赶到医院,只有十分钟的路,可是已经来不及了。 杨曦在那天夜里死于喉头水肿引发的窒息。 她重睑术后的眼睛没有闭上,丁迅觉得她在看着他,好像在说:"有丁大夫在,我就不会死。"

在那之后的好多天,丁迅总是一遍遍地想整个过程,她有很多机会可以不死的。 一个颌面外科中最简单的颏成型手术,手术的过程那么顺利,只是麻醉插管插了好几遍;只是护工告诉护士病人觉得喉咙难受的时候,护士说这是正常的;只是杨曦包下了一间病房,好让护工也有一张床,不必住简易的折叠床;只是那个护工洗了一个澡;只是值班的住院医在接到护士的电话后,只下了个吸氧的医嘱就去给急诊的伤员缝皮,因为急诊优先于病房,并且急诊收入一半归值班医生;只是整个医院只有一个值班医生;只是去过那么多地方,一切选择都讲究品质的杨曦,偏偏到穷乡僻壤的美人沟来找丁迅做她的整形医生……她偏偏这一天来手术,好像一切铺垫,都是为了在这一天死去。

做医生的人最知道生命的脆弱,也最知道生命的坚韧。 虽然整形科的危重病人并不太多,但是丁迅也曾经目睹过严重的外伤,头骨碎裂,整张脸烧伤,只剩下鼻孔,还有在手术过程中出血两千多毫升,可是他们都活下来了。 而前一刻还活蹦乱跳地摇椅子的杨曦,顺利地做了一个小手术,她却死了。

丁迅一夜没睡。 第二天医务科组织开过了会,暂时没他什么事了。 他回到办公室,给近期约好手术的患者一一打电话取消,当天预约的手术患者已经由沈雷一早通知过取消了。 他从抽屉里拿出预约的本子,心又紧紧地缩了一下。 这是一本很实用的医生专用日程计划本,繁体中文版,是台湾的某个机构为医生特别定制的,扉页上有个薄薄的计算器,纸质轻薄,大小趁手,正好能放到白大褂的口袋里。 抽屉里还有一个杨曦拿来的甜瓜,越来越熟了,散发出让人心乱的奇异香气。

打了一圈电话,他颓丧地坐在那里,不知道该做什么,下意识地摆弄着手机。 他注意到手机屏幕的左上角有一个信封的图标,那是未读消息的提醒,打开短信的菜单,删掉两条早晨的手机报、两条天气预报,还有一个短信:"丁大夫,很抱歉,我有点事情没处理完,九点半之前到不了,大约晚二十分钟,见谅。 杨曦。"

这是杨曦昨天早上发给他的,他已经去做手术了,没有看到。 杨曦这几年来和他通过许多次电话和短信,他从来没有保存过她的电话号码。 他没有删掉这条短信,而是点了"提取号码"—"保存号码",然后输入杨曦的名字,代替了那串可能再没人使用的电话号码。

他觉得头沉脚软,脑袋里面有一根血管一直在剧烈地跳。 关锋也连夜赶来,同样一夜没睡。 他招呼丁迅,两个人都先回家休息。

他睡不着。 本来不记得的事情也被想起了。 他想起杨曦第一次找他,是要切掉后背的一颗痣。 黑痣正好长在文胸的肩带会摩擦到的位置,有人告诉她这样的刺激有让黑痣癌变的可能,她就选了个日子来切掉它,不知道为什么偏偏来到了美人沟。 她趴在手术台上,姿势像在海滩上进行日光浴一样放松,小腿还翘起来,胳膊交叉着放在前面,下巴放在胳膊上。 丁迅想起杨曦总是喜欢把略长的下巴支在什么地方。杨曦那么自然地信任他,要做他的忠诚顾客,一直做到老。 在别人眼里她是个潇洒随性的人,只有在丁迅这里,她才会流露出对老去的担心。她把自己对年轻美丽的期望交给了他。

他每个节假日都会收到她的问候短信,认识她这么久了,他的手机里却没有留存她的号码。 她不是他生活中的人,可是现在回想起来,他对她是如此熟悉。

丁迅打开电脑,登录 VPN,在系统里调出杨曦的门诊病历。 杨曦差不多是医院的 CRM 系统上线之后的第一批患者,资料很全。 二〇〇六年二月二十六日,黑痣切除,那是杨曦第一次做手术。 二〇〇六年四月二日,内路眼袋。 丁迅记起那时她刚刚从泰国回来,带来水果干放在他桌子上。 杨曦的生日是三月二十三日,也许正因为三十岁这个里程碑,让她开始定期地整形,想留住自己的年轻和美丽。

手术室里的聊天时间,他们互相了解了不少对方的事情。 那时候焕焕刚刚出生,初为父母的人总喜欢谈论自己的孩子。 杨曦知道了小宝宝的存在,后来送了他一套能显示温度的奶瓶。 她常会从国外带来一些很实用的小东西送给他,小到恰恰好,不会成为人情负担。 德国的刨皮刀,温度计加定时器的荷兰木鞋冰箱贴,还有焕焕一直用来吃饭的漂亮木碗。

从三十岁到死,杨曦在美人沟医院只有丁迅这么一个医生。 每一份电子病历里都有杨曦的术前照片。

前一段时间,丁迅还试图整理杨曦的所有照片,进行临床病例研究。 年初医院的一次业务例会上,提到了整形术后随访的问题,让丁迅想起了杨曦。 整形术后的远期效果,是医生都很关心却难以把握的。人的机体恢复有一个周期,比如,两周肿胀消退,三个月形态初现,六个月基本上全面恢复,但是最终效果可能在术后一年甚至更久才能看出来。 术后初期,做过手术的人往往很急切地和医生沟通,为自己的肿胀,疤痕担心,寻求医生的解释和安慰。 手术前像找老公一样千挑万选,患得患失,手术后像吃奶的孩子一样纠缠不休。 不过,通常一个月后,最多半年,他们会渐渐接受自己的改变,不再与医生联系,可能在街上遇到自己的医生都要躲着走。 美容手术的患者,往往不希望别人知道自己做过整形,最好自己都忘掉,所以很难指望他半年或者一年后,肯花时间来让医生看手术效果,甚至让他拍照片,除非是那种对结果不满意,来找麻烦或者要求返工的。 术后定期复查的要求很难实现,所以像杨曦这样系统工程的患者就很难得。 她定期出现,每次手术的术前照片,都是上一个手术的远期术后照片。

那时候丁迅把杨曦的一系列照片找了出来,进行对照,希望能找到某种启示,并炮制出一篇论文什么的。 他发现这四年来杨曦并没有多少变化,到底是各种手术并没有给她带来多少改变,没有什么效果,还是没有改变才是手术的效果所在,因为它抵抗了岁月的痕迹。 后来岳母出事,丁迅的相当一部分时间精力用到了家事上,这件事就搁置下来了。

如今再看这张熟悉的脸,这样美丽的生动的脸,从前在他眼里却只是一个病例。 这样一个女人,如果在街上见到,他可能都会忍不住回头看一眼,可是他却只看到眼轮匝肌、眶隔脂肪、咬肌、下颌骨。 这张总是微微带着笑的脸,他没有去留意她的美丽,却按图索骥地去看 X 光片上长了三毫米的下巴。

丁迅在房子里踱步,从南窗走到北窗,他站在窗口望着外面,能看到窗外的花坛绿地,绿地上蹦蹦跳跳的小麻雀。 窗下,竟然长出了几株细弱的菜苗,那是岳母生前种下的。

春节前,他的大学同学尹海良回国了,他在美国生活了十五年,应邀回国到一家药品和保健品公司工作。 尹海良和丁迅说起了美国的中产生活。 丁迅拿自己现在的生活去对照,结果让他满意。 虽然没有豪宅豪车,但他有能够得到价值感的工作,安定团结的家庭,聪明的儿子,有高于北京人均 GDP 五倍的收入,他的大多数患者给予他的都是尊重和肯定。

可是现在他开始怀疑自己。 他的工作真的有价值吗? 他带给社会的是什么? 是美丽,是和谐,还是虚荣,还是不安,甚至剥夺人的生命?

他又想起前一天杨曦说的话:“反正有丁大夫在,我又不会死。”杨曦轻松地笑着,下巴放在椅子背上,微蜷的黑发瀑布般从肩膀两边垂下来。

丁迅想起,杨曦和他讨论手术的时候,他看着她,注意力曾经被两个金色的大耳环吸引。 那时候他脑中有一个想法一闪而过:有让贾一澜羡慕的漂亮头发和这两个晃晃荡荡的大耳环,没有人会注意她略长的下巴。 一个完全可以用发型、首饰掩盖的小缺陷,也许根本不用动用刀子和锯子,也许只是一个刚刚离了婚的女人在寻求改变,排解心中的积郁,就像贾一澜说的。 贾一澜事先向他提示过,他却不以为意,他一向认为无须干预患者的决定,尤其是这样有主见的患者。 他和贾一澜常常为此有分歧,他当然认为自己是对的,他把这理解为自己的成熟。

　　整形科死人是大事。 虽然外科手术病患术中术后死亡的情况不少,这样的情况似乎可以理解,整形手术本身也有和其他外科手术同样的风险,但是因整形而死,往往让人无法接受。 美人沟医院建院以来只有寥寥几个死亡病例,都是死于畸形或外伤整复手术后的并发症,本身病情就比较严重。 可是美容手术死亡,还从来没有过。 医院有专门的特护病房,凡是比较危重的患者,术后都安排在特护病房,由值班的医生护士密切监护;而普通病房的住院病人,情况都比较稳定,所以各科室都不设夜间值班,全院只有一位值班医生,负责各普通病房夜间的异动。 杨曦的情况非常特殊,正是差之毫厘失之千里,各个病房都备有气管切开包,只要医生早一点赶到,及时切开气管,再进行抢救,一切就能避免。

　　患者死亡虽然是大事,但由于没有家属闹事,没有被媒体关注,并没有引起轩然大波。 医务科负责处理此事的正是关锋的妻子,丁迅是他们的嫡系,她注意保护丁迅,没有让他出面和患者家属打交道。 而且在此事上,丁迅确实并无责任。

　　贾一澜也放下心来,她见丁迅的情绪一直没有好转,和黄晶商量:"丁迅心里过不去,到时候想办法私下里慰问一下家属吧。"黄晶是贾一澜所在病房的护士长,还是她大学同学的妻子,和她很要好,在好几家医院工作过,颇有战斗经验。

　　"那不合适。 本来没责任,你给他们钱,他们会觉得你心虚,反倒有责任了。 碰到这种事情已经够倒霉了。"

　　"不是你的错。"贾一澜这么劝慰丁迅。 所有人都告诉他,不是他的错。 他希望有人谴责他,有人来责难他,那样,他就可以用他全部的精力为自己辩解:"我没有做错什么,手术的一切操作都符合规范,手术的过程非常顺利。"他可能还会告诉他们,杨曦是他的老熟人,他对她特别用心,特别关照。

可是没有人谴责他,没有人责难他。他们安慰他,不是他的责任,和他没关系。他们不知道。他们只知道她是死者杨曦,他们不知道她是那么美丽的女人,他们不知道她是唐山大地震的幸存者,从几个月大开始就被叫作"唐山患者",他们不知道她的右边肩胛骨的下面曾经有一颗痣,他们不知道她的头发很漂亮,他们不知道她每年的春天和秋天都去了哪些国家,他们不知道她带给丁迅的奶瓶、儿童腕带、削皮刀、记事本和甜瓜。就算是杨曦的那些亲人,他们也不知道她曾经在手术台上落泪,告诉他要珍惜自己的妻子。

丁迅在家里休整了几天,如常地去上班了。他每天早晚跟着科里去查房,给关锋和科里另一位马教授做手术一助。他推掉了所有主刀的手术,不管是门诊的还是住院的。

经过这次事故,医院加强了对全麻手术的管理,比如,强调术前对气道情况的检查,除了全院总值班外,增加了两位夜间值班医生,还有术后要进行更严密的气道监护。中国一向有头疼医头脚疼医脚的传统,什么地方出了问题,这个地方就进行矫枉过正的改革。有了这些新的规定,美人沟医院在相当长的时间内,不会再出现类似的事故了。

丁迅并没有受到过多殃及,这让贾一澜觉得很庆幸。她原以为一切终于风平浪静,可是渐渐地越来越觉得不对劲。

这件事对丁迅的影响一直没有过去。贾一澜突然明白,自己对于丈夫只是个一起过日子的人,他有了大烦恼,竟然不肯和她分享,他用一道墙把自己封锁在里面了。

幼儿园的老师每天放学后,会在门口迎接来接孩子的家长。家长需要刷卡进门,经老师辨认后,把自家的孩子领走。丁迅也开始时常去接孩子,在爷爷奶奶、保姆和年轻妈妈组成的队伍里,甚是扎眼。没有晚间的手术,他会较早下班,接焕焕回家,做饭,陪焕焕玩。

焕焕在公园的一道残墙边见到一个十几岁的女孩在写生,也嚷着要画这个景观。他画了一面墙,一棵很粗的大树,求丁迅给画墙砖和树叶,他自己上色。当贾一澜看到那幅画,她几乎要哭出来。

那一面墙,横平竖直地画着无数块墙砖,像他的手术一样干净漂亮。 那棵古树,枝繁叶茂,长着铺天盖地的小树叶,椭圆形的、心形的,带着叶脉。

丁迅有家庭责任感,从前在家里他会陪妻子看电视,陪岳母打牌,收拾饭桌,陪孩子画画。 不过他做这些事,只是重在参与,表示一下这些事情他也有份,并不会拿出大块的时间。 他很忙碌,有很多"正事",他曾经对贾一澜说过,双眼皮手术"太消磨",要付出很多无谓的操劳和辛苦,所以干脆不做了。 而如今,贾一澜分明从他和焕焕合作的图画中,看到了"消磨"。

也许正因为丁迅并没有遇到过多少现实的麻烦,杨曦成了他工作十几年来的一个最大的精神危机。 也许,也是多年来对自己职业的一种怀疑感积聚到了一定程度。 他职业的意义何在这个问题此时此刻,也开始滋扰他。

丁迅一遍遍地回想,如果时间能倒回去,无论从哪里抢回来五分钟,也许就来得及留住杨曦了。 还有,杨曦跟他沟通出现问题,悻悻地走了,本来说不定她做下巴手术的事情也就此作罢了,可是他偏偏给她打电话道歉,如果他不打这个电话,杨曦可能也不会回来找他。 如果她的双眼皮没有宽上一毫米,她没有想着来修,也不至于来做这个下巴手术。 她的最后时刻,如果某个大无畏的人想办法用一只圆珠笔芯插到喉咙里,说不定都能救她一命。 可这个世上没有时光机,没有后悔药。她又渴又饿,刚做完全麻手术,衣服都没有穿,眼睛红肿着,下颌骨被截断,美丽的长发被沾满血迹的厚敷料裹着,在抢救的时候喉咙被切开,肋骨被压断,就这样死去了。

丁迅失去了强大的睡眠。 他梦到杨曦,他在这岸,杨曦在另一岸,不知道是条什么河,丁迅想对她喊,不要过来。

不要过来,你好不容易从废墟中幸存,你要好好活着。 别介意脸上那么一点点松弛、皱纹,双眼皮宽一点窄一点又如何,只要你活着你就是美丽的。

不要过来,不要趟过这条河,我宁可没有做过任何手术,如果能换回你平平安安地活下去。

　　每天早上，丁迅会在五点半起床，到附近一个奥运会的游泳训练馆去游泳。游泳馆六点钟开门，他通常是第一个顾客。深水区多数时候空无一人，此刻，他像浮尸一样漂在水面上，看着游泳馆的穹顶。从前少年之丁迅有了烦恼，就会到池塘上扮浮尸。成年之丁迅的懊恼，却不知该如何排解。

第十八章
悲莫悲兮不相知

他睡了一会儿醒来,看到她的脚缩在座椅上,紧紧靠着他,手插在他衣服里,摸着他的肚子取暖,她的口水滴在他的衣服上。 那时他对自己说,他永远、永远不会离开她。

　　被美人网站正式上线了。 董尧和她的同学原小玉翻译的整形内容陆续发布,信息量非常大,每天的注册人数呈级数增长。 网站的论坛上,整形版块一枝独秀,讨论十分热烈。 这让丁圆圆得到了小小的成就感,终于知道自己在做什么了。 她的工作量也增加了很多,并且有了自己的小团队,整天忙忙碌碌。

　　有一天,她写东西卡壳,憋了一下午,决定出去转一转,边走边进行头脑风暴。

　　小区附近的公园,也是丽然庭的开发商建的,平地里挖出了小水塘,从别处运来了一些大树,造出了皇城根的景色。 她在公园里低着头慢慢走,忽然听到有人叫"圆圆阿姨",然后她看到了焕焕,正在体育器材区爬一个架子,丁迅站在一边看着他。

丁圆圆擅长和小孩打交道，她信守搬到美人沟来之前对贾一澜的承诺，帮她照顾孩子，有时会到幼儿园把焕焕接到自己家玩。

"丁大大，吃饭了吗？"

"没呢，一会儿回去吃。你在这儿遛弯呢？"

"是啊，东西写不出来，出来转转。"

焕焕缠着丁圆圆说话，丁圆圆心里在想事情，敷衍了他几句，就继续走下去了。

回家的时候，想起刚才跟丁迅的邂逅，她突然觉得有些古怪。傍晚时分，北京是如此繁忙，二环三环四环都堵成了停车场，可他们两个大好青年，像夕阳红的大爷大妈，一个在遛弯，一个陪孩子在公园里玩。丁圆圆想起她一开始认识的丁迅，步子迈得很大，总是来去匆匆，平时找他，总遇到他被各种人和事情包围着。怎么突然之间，丁迅好像成了含饴弄孙的老人了？

在贾一澜家，丁圆圆看到了焕焕的画，正是公园里的景色，贾一澜告诉她，城墙砖和树叶是丁迅画的。

"哈哈，丁大夫毫无艺术细胞啊，这树叶画得好像在农家院里头码玉米，画画要讲究个疏密有致……"她注意到贾一澜满脸愁苦，好像要哭了，就闭了嘴，明白了问题所在。丁迅竟然会哄孩子、画机械的工笔画。

丁迅的事情，丁圆圆有所耳闻，但是不知道详情。这种事情是应该避讳的，她自然不会主动去打听。贾一澜给她讲了来龙去脉，然后说："你现在知道当医生的风险了吧？其实这件事跟丁迅没关系，根本不是他的错，可是说起来却是'丁迅出的事'，只因为他是主刀大夫。当医生的，死了一个病人，这件事就像刻在脑门上一样，永远随着。"

原来他是因为此事意志消沉。"也许过一段时间，丁大夫缓过劲来了，就好了。你多跟他沟通。"丁圆圆说。

"问题是他都不跟我沟通。我这个老婆做得太失败。"贾一澜说话都带着点哭腔了，"他说不想再做手术了……实在不行转去做科研吧。"

第十八章　悲莫悲兮不相知

丁圆圆虽然不太懂,但看贾一澜悲凉的样子,说明做科研并不是什么太好的出路,可能就像运动员受了伤只能去当体育老师。 丁迅不想再当做手术的医生了,有点像电视剧里警察误杀了人,有了心病,无法再开枪了。

"你认识不认识什么心理专家,不知道能不能帮丁迅解决问题。"贾一澜说。

"我能找到心理专家,可是这也要看丁大夫是不是肯正视问题啊。"

贾一澜叹了一口气:"恐怕他是不肯的。"

"当医生真是不容易。 都说医生心狠,看来还是心狠一点好。 这要是在肿瘤科,或者治白血病的科室,可能有一半病人都要死的,心不狠的医生可怎么过啊。"丁圆圆说。

"如果习惯了也就不会这样了,也是我们整形科这种事太少。 其实有时候我也不想当这个整形医生。 我看着有的小姑娘使劲攒钱,请着假,说着谎,跑来做手术,结果不满意,那种纠结,让我真难受,不知道这个工作到底有什么意义,到底是帮人还是害人。 他们以为整了容就能改变人生,这种出发点根本就是错的! 我们又在把错误的想法变成现实。 一旦出了事,明明不是我们的责任,却要背上这么大的压力。"

丁圆圆突然觉得,贾一澜总是强调"不是我们的责任",也许这正是丁迅不与她沟通的原因。 对于责任,丁迅的内心一定有他的认证,外界越宽宥他,他内心对自己的审判就会更加严厉。

丁迅早上到了医院,看到护士长正指挥护工向病房里加床,他意识到,旺季又到了。 查完房,关锋把他叫到自己的办公室,交代了几件事,最后跟他说:"差不多了,振作起来吧,啊?"

六月是绝对的整形旺季,会出现井喷式的手术潮,从高考结束开始,高考揭榜时形成高峰。

高考是青少年的一道分水岭,高中毕业,等于拿到了进入成人世界的通行证。 被学习的负担压了十几年的孩子,有了两三个月的轻松时间,过了这三个月,他们会到新的地方,认识新的同学朋友,开始新生活。 这两三个月,是改变容貌的最佳时机。 孩子尚懵懂,最积极的是家长,他们似乎更能认识到外貌的重要。 过了六月八日,每天都能看到若干母女组合到医院来咨询或者手术。

二〇〇八年的六月,丁迅最多一天做了六个双眼皮手术,这对于他已经是极限。 他表面冷漠,实际上心肠软,经不起软磨硬泡,尤其是从外地专门来的,不好拒绝。 做双眼皮的六个女孩,来自不同的地方,都是刚参加完高考的。 她们在等待手术的时间里结成了好朋友。 她们互相比较双眼皮的效果,交流去疤痕抗增生的经验。 她们在丁迅主页的讨论区里,天天贴照片,还常常以六个人的共同名义给丁迅发消息,汇报情况,问问题。 六朵九〇后的姐妹花很有戏剧性,她们在网上的帖子被一些女性社区纷纷转载,还上过某个大门户网站的首页,丁迅一时名声大噪。 医院里的人甚至传说这是丁迅找公关公司进行自我炒作的结果。

可是现在,丁迅觉得这些好像都和他没关系。

贾一澜有晚间的手术,丁迅按照她的指示,去丁圆圆家接焕焕。 丁迅本想直接带走孩子,可是焕焕不肯走,丁圆圆就请丁迅进来坐一会儿。

丁迅第一次来丁圆圆家,发现这里比起他自己的家,的确更会让小孩子喜欢。 这不是个规范的家,墙是彩色的,到处放着各种各样的小东西,墙上挂着一块铁板,上面贴满了各种各样的磁力贴,不同的座位上放着五颜六色的靠垫,地上铺着好几块不同的地毯,焕焕就趴在一块地毯上,放在地上的笔记本电脑上在放熊猫的视频,焕焕一边看一边哈哈大笑。 茶几上摊着彩笔,八开的大画本,焕焕的脚上穿着带喜羊羊图案的小孩拖鞋,看来丁圆圆是认真地把焕焕当成了常客。

也许是贾一澜的忧虑给了她先入为主的印象,丁圆圆觉得丁迅虽然看起来平和,眉间却带着郁结的阴影。 丁迅坐到沙发上,突然被烫了屁股一样站了起来。 "你这个沙发怎么这么软啊?"

"我这个沙发是做心理测试的,以骄奢淫逸为耻的人一坐上去就有罪恶感。 看来丁大夫是艰苦奋斗的人。"

丁圆圆侧着坐在一张高背椅子上,含笑看着焕焕。 她的手放在椅子背上,下巴放在手背上。 这个姿势,让丁迅恍然看到了杨曦,他突然有了多了解眼前这位姑娘的想法。

"我听一澜说,你的网站办得不错,内容很专业,这半年你的成就不小啊。"

"内容专业是因为把国外论坛的存档翻译过来了,有一部分是美国医生的答疑,还有他们患者的心得体验。 国内的内容还没建起来呢,要说到专业还得你们多帮忙呢。"

"有什么可帮忙的说就是了。"

听丁迅这么说,丁圆圆有点受宠若惊:"丁大夫,有你这句话我太感动了,我一直觉得你很否定我的工作,我自己也一阵阵地觉得这事做得没什么意义。"

"工作都是为了养家糊口,我怎么会否定你。"

丁圆圆请焕焕为自己画一幅画,以占住他的注意力。 然后从地上拿起电脑,让丁迅看被美人网站和原版 Egoist 网站的内容。 她也打算按照 Egoist 的模式引一批国内的整形医生进驻网站,贾一澜已经就位了。 丁圆圆趁机请丁迅也加入进来。

"我现在没心思,以后再说吧。"丁迅说。

丁圆圆理解他对美容手术心有余悸,心里在想用什么方式可以帮他开解开解。

"圆圆阿姨,我画的是你的家。"丁圆圆跪在地上,在茶几上看焕焕的画。 画面正中是一个冰箱,冰箱上贴了几个冰箱贴。 一个茶几、几块地毯、地毯上的蒲团、窗户、蓝色的窗帘、笔记本电脑,整体布局杂乱,这些都是小孩子眼中她家的要素。 最重要的是,焕焕还画了一个丁圆圆,长头发,格子衬衫,都是写实的,丁圆圆的脸蛋上有猫胡子似的三道线。 丁圆圆忍不住大笑起来。

她起身把门口五斗柜上立着的双面镜拿到茶几上,对照着焕焕的画,看镜子里自己的脸:"真是将门虎子,丁大夫,你看焕焕,不愧是整形医生的孩子,观察多犀利。 一般小孩画的人脸都很简陋,有的眉毛鼻子都没有。 看,这是我的泪沟、颧骨下面的下垂、鼻唇沟,我脸上这几道横肉,幸亏你把我眼袋给切了,要不就是四道线了。 这些我自己以前都没观察到,焕焕倒是都给画出来了。"

丁迅也拿过焕焕的画看,再看看丁圆圆的脸,忍不住也笑了。 他发现丁圆圆对自己面貌的种种分析已经有了些专业味道,不由得对她有些赞赏:"你还真是个不一般的人,有些女人是一点不在意外表的,对这些东西完全没概念,也看不起整形。 特别看重外表的,自己发现这些问题,会觉得不整不行。 你看你,对自己的脸看得那么清楚,都明白,可还是该干什么干什么。 其实跟我们接触多了的人,很难不受影响,难得你还能对整形保持冷静。"

圆圆说:"我也不是对整形没兴趣。 我身上各种各样的毛病多了去了,脸上这些问题虽然看得见,不过都没影响我什么。 如果有一天我像大棋一样,觉得这些问题值得介意了,我也会整的。 谁不希望自己好看点呢? 比如说我自己不会花钱去买很贵的化妆品,但是同事送我的,我也喜欢用,也并不反对。 我对整形也是这样的态度,如果方便做、想做,我也会做,只不过目前我还没发现值得我花钱和受罪的问题。 反正要做什么,随时都可以的,我这样近水楼台。"

"你想得透彻,要是女人都有你这样的心态就好了。"

丁圆圆笑着说:"我既然都老了,又一事无成,还不修炼一下心态?人既然老丑了,心灵就一定要强大。"

丁迅又看了看焕焕的画,又看看丁圆圆的脸:"其实没那么严重,你一点都不显老。 是你坐的地方背着光,脸上的线条就比较明显,谁知道这小子是怎么观察的。"

"嗯,也对,焕焕这个年纪的心智发展,还不会看整体印象。 董尧说过,要想看脸上什么地方老了,就把照片的明暗对比调高,脸上的阴影就是下垂。"丁迅在四月份给董尧做了鼻子之后,就再没见过她,他并不知道丁圆圆和她过从甚密。 丁圆圆告诉他,自从那天在他的门诊相识,两人一直有联系,董尧帮她做过不少事,给她做翻译,积极在她的网站上发帖,自己做完吸脂手术还照顾过她。 丁迅向丁圆圆问起董尧的近况,听起来对她不但熟悉,而且挺关心。

"你这么会说道理,要是跟小姑娘熟,好好劝劝她,别老想着整容了。"董尧虽然有一段时间没有出现,但是根据丁迅的经验,整形一旦成了一种习惯,断没有就此偃旗息鼓之理。 他见过不少这样的人,好像穿上了红舞鞋,身心俱疲却无法停止舞蹈。 他自己也已经成惊弓之鸟,提到董尧,他就又想起了他的另一个常客杨曦。 从前,他心里还因为有这样的铁杆粉丝而自鸣得意,如今他觉得,自己哪里是什么"美的使者",说不定是致命的瘟神。 那时候,杨曦也拿着她的笔记本电脑,用明暗对比、三停五眼的比例尺分析自己的照片,和丁迅讨论该做什么手术。

"其实我也不想看到她不停地整形。 不过我是个自由主义者,觉得人应该为自己做的事情负责,其他人不应该干涉。 所以,我觉得我要是对她说什么,只会给她增加烦恼,不可能影响她的决定。"丁圆圆说。

"也不能这么说,她毕竟还年轻。 她要是你妹妹,你也不管吗?"

"那我就不知道了。 我是独生女,没有弟弟妹妹,从小到大没管过别人,没当过班干部,只有别人管我的。 我就很不喜欢别人干涉我。不过丁大夫,咱们俩现在倒过来了,以前是我对整形很有偏见,你是'不主动,不拒绝,不负责',能做手术就给人做;现在我整天研究整形,你倒开始反整形了。"

"我不是反整形,但是手术毕竟是手术,搞不好要人命的。 你看我那个出事的患者,好好活着多好。"

丁圆圆暗地里吁了口气。 这样的暗结,如果不能面对,就总是不能解脱。 她该怎样劝慰丁迅呢? 跟他说,生死有命富贵在天? 阎王让你三更死,不敢留你到五更? 但尽人事,各安天命? 这样的说法,就是在暗示那位患者命定该绝,只是不巧撞在你手里。 或者说,不是你的错,你没责任,医院已经认定了,家属也接受了,没找你麻烦,这就说明没有你什么事。 或者,人在河边走,哪能不湿鞋;老虎也有打盹的时候,哪个医生身后没几个冤魂呢? 诸如此类的劝解,他这些日子一定听了不少,却毫无作用。

丁圆圆相信,任何问题只有正视它,才能战胜它。 她要用哈利波特的方式。 魔法世界里的大坏蛋,人人都把他叫作"不能提名字的人"、"黑魔头",只有哈利·波特敢直呼其名——"伏地魔"。

"你的那位患者,她叫什么名字?"

丁迅愣了一下,说:"叫杨曦。"说出了这个多日来讳莫如深的名字,让他觉得杨曦好像活过来了,眼前出现了她漂亮的头发,笑盈盈的脸。 他心里好像开了一扇小窗,冷冽的空气进来,让他觉得刺痛,却又清醒了些。 从前他一直感到闷闷的、钝钝的。

"这个杨曦,她是个什么样的人?"

丁迅看了看她:"有点像你。"

"像我? 长得像还是作风像?"

"长得倒不太像。 她个子也很高,聪明,爱说话,有主见,做事情得体,长得也漂亮。"

做事得体,长得漂亮这两条,丁圆圆觉得安不到自己头上。 个子高是客观事实,看来丁迅对丁圆圆的评价就是"个子高,聪明,爱说话,有主见",这高于丁圆圆的预期,不过,重点可不在她身上。

丁圆圆在网上找了个动画片让焕焕看,免得他纠缠,好让丁迅说下去。

"我认识她好几年了,她很信任我,手术前一天她还对我说,有丁大夫在,我肯定不会死的。"

丁迅并不是一个闭锁的人,他的内心并非层层设卡,障壁只有一道,打开这道门,他坦荡而单纯。 在丁圆圆的引导下,他也就说了下去。他告诉丁圆圆的虽然还不是全部,丁圆圆还是了解了很多杨曦的事情,也懂得了丁迅为什么如此愁肠百转。 她听得出来,丁迅对杨曦很有感情,这种感情就好像同窗多年的同学,共同经历了许多事情,彼此熟悉,却没有朋友之契,而毕业分别之后,想起过去的点滴,才觉得不舍。 丁

第十八章 悲莫悲兮不相知

迅的自责,也不仅仅是医生的自责。 这有点像一个朋友来找你,路上出了车祸,虽然你不是肇事者,却总觉得难辞其咎。 而且,杨曦的死是多么的不必然,又不是生病不治。 杨曦死得有多冤,只有丁迅能体会到。

"丁大夫,有时候医院里一个患者没治好,家属接受不了,跑到医院闹事,打医生,要杀医生的都有,那是他们的痛苦无法消解,就怪罪到医生头上。 如果家属本身就是医生,他可能就不会这样了,因为他明白是怎么回事。 现在,你完全是从亲人或者朋友的角度来惋惜这姑娘。 她离婚的事情,她做手术的动机是什么,这本来不是医生能了解的。 你了解,那是因为你熟悉她,她是患者,同时也是你的朋友。 她没有家属来做医闹,所以你就充当了那个医闹。 所以,医生是你,医闹也是你,你就只能这样对自己无理取闹了。 你自己闹自己,闹成死结了。"

丁迅沉默地想了一会儿。 "也不光是杨曦的事情。 我以前总是说这手术如何成熟,如何安全,好像安全就是可以整形的理由。 我们给人家上全麻,锯骨头,总是有风险的。 老实说我以前都没真正考虑过这些风险,因为太小概率了。 你说我们简单粗暴,我还真是简单粗暴,只知道做手术,都没从患者的角度想想,做这些手术,到底值得吗?"

"唉,丁大夫,你也开始质疑自己职业的意义了,像我和一澜姐一样。 你知道我是从震区回来的,我在那边过的什么日子啊! 回来以后,想想四川的那些人,再看整形的人无病呻吟,觉得真没劲。 后来我老板说我,不要觉得为别人苦难而工作才有意义,那是英雄情结。 人活着最基本的也就是吃饭穿衣睡觉,大多数东西,大多数事情,都是没有也行的。 发达社会的意义就是人不是在为最基本的需求努力吧,正所谓饱暖思淫欲。 也许我们为这样不必需的东西忙碌着,也算是一种进步。"

丁迅在丁圆圆家聊了很久才带着焕焕离开。 这一番交流,他们两个互相之间又多了新的认识。 丁圆圆的家像是心灵的手术室,不过丁圆圆是主刀,丁迅是患者。

丁圆圆惦记着贾一澜,丁迅向她开了这扇窗,她赶快去告诉贾一澜自己窥视到的东西,好让她放心。 听了丁圆圆的解说,贾一澜并没有觉得释然,反而更添郁闷。

丁圆圆虽然自诩心理专家,但是她一直处在松散的坏境里,缺乏对人情世故的了解。 她没有想过,让贾一澜困扰的,不仅仅是丁迅的情绪状态,还有夫妻俩无法沟通的事实。 他对贾一澜紧闭心扉,却把心事向另一个人和盘托出,如果真的是不相干的人也就罢了,这个人还是她自己的好朋友。

丁圆圆是有悟性的,她在自家《被美人》情感版的文章中,领悟到了贾一澜态度古怪的原因。 她自己学的是殿堂心理学,庄菲却擅长世俗心理学,尤其是每期必有的闺蜜心理学。 这一期就说到,闺蜜要挖墙脚是最容易的,因为知己知彼。 一个女人把自己的家事讲给闺蜜,闺蜜最知道他们的问题在哪里,痛脚在哪里,而且作为旁观者,会更理解当事人的丈夫,能看到他最需要什么,想要乘虚而入实在易如反掌。 丁圆圆相信贾一澜也并不会荒谬到认为自己会对丁迅下手,不过她和丁迅之间形成的这点默契伤了贾一澜的心。

丁迅接到大学里高他一级的学长连伟的电话,通知他参加一个小规模非正式的同学聚会。 连伟还特别嘱咐,一定要带上澜澜师妹。

医生们工作都比较忙,不在同一个医院的同学之间平时来往少,互相联系多半仅限于为自己的亲友交换医疗资源。 从事的专业相近的,还有机会在业内的年会之类的场合见上一面,像丁迅这样的,专业非主流,又住在北京城的穷乡僻壤,更是难得见到旧同学。

本次聚会由连伟起哄,由海归尹海良做东。 参加者除了贾一澜,都是丁迅本专业同年级或者相邻年级的同学。 尹海良和丁迅同班,特别聪明,年龄最小却成绩最好,当年十分傲气,恃才旷物。 丁迅是班长,总是老大哥般地罩着这位爱捣蛋的小兄弟。尹海良毕业后就去了美国,没有做临床而转做生物制药,据说功成名就,又抱得美人归,娶了个比自己小九岁的美女博士。 年前的时候被国内某个保健品药品集团重金聘请,光荣海归。

丁迅和贾一澜到得较早，找了一个人少的桌坐了下来，贾一澜身边的空位迅速地被占上了。 "我得挨着颠倒众生的澜澜师妹坐。"原来正是连伟。

"连博，听说你评上正高了？"有人问他。

连伟油头滑脑地晃着头说："惭愧啊惭愧，正所谓情场失意，职场得意。"连伟还不到四十岁就评上了主任医师，在北京的三甲医院里算是出众的。 只是他至今还是单身。

"连主任也是飘香京城的名医了，还没有大批的姑娘和大妈投怀送抱？"

"我是飘香京城的菊花大叔，就凭这个能提升我个人形象吗？ 再说我整天饿吃不上饭，内急上不了厕所，相亲总放人家鸽子，名声已经臭了。 要是丁迅他们，患者都是美女明星，还可以发展一下，我的美女患者都满腔是伤，做完手术恨不得把我灭口，还有啥机会？ 我好不容易上回电视，讲的还是痔疮，谁会留意哥的风采？"连伟在肛肠外科方面小有成就。

"是你挑花眼了吧？"

"有澜澜师妹珠玉在前，寻常脂粉怎么入得了老夫的眼！" 连伟好像打定主意要调笑贾一澜，贾一澜是个随和的人，虽然和连伟称不上很熟，对他的玩笑也并不放在心上。

倒是有人说他："你丫注意点，人老公在这儿呢，你这是要找打？"

连伟伸手搂住丁迅的肩膀："丁老弟呀，哥有一句话要跟你说。"

"上级医生有什么指示？"

"这个贾师妹，真是个活菩萨！ 那年我在肿外，贾师妹来我们科实习。 我下医嘱，刚说出用什么药抢救，她马上能接上剂量，给药方式，滴速，那素质！ 有一回赶上我值班，有个病人不行了，家属都放弃了，我也先去睡了，就等着开死亡通知了。 大冬天的，我们急诊值班室滴水成冰，睡到中间把我冻醒了，只见贾师妹穿着单薄的白大褂，挥汗如雨地在那儿奋力抢救，一直到那个病人去了，那情景，感人至深啊。 我就跟我们主任说，咱们就需要这样的人！ 我跪求师妹留到我们科！ 结果，为了投入丁老弟的怀抱,跑去割双眼皮了。 可惜呀。"

贾一澜笑着说:"连师兄,你怎么没开始喝就醉了? "

又有人说:"割双眼皮怎么了? 你看不卜整形,其实人家那才是金饭碗呢。 不用值夜班,一般不死人。 我们门诊切个疤收一百多,他们能收两千。 听说有急诊值班的,一晚上就提成一万六。"

丁迅说:"这夸张了,哪有这样的? "

贾一澜轻声地对他说:"还真不夸张,张九江就干过这事,几个清创缝合,一晚上收了一两万。"

尹海良十几年来第一次和大家相聚,他已经不像少年时一样轻狂。他拿出名片,给在座的人一一分发。

大家拿到名片,心情都未免复杂。 薄薄小小的一张,纸质很好,毛面,有韧性,白底黑字,简简单单,一个小小的 logo,××集团,首席科学家尹海良博士。

在座的医生们有名片的也拿出名片来交换,相形之下,丁迅等人的名片就有些寒碜。 公立医院一般来说品味都比较乡土,拙于形象包装,名片通常也显得廉价,罗列上一大堆乱七八糟的头衔。 和尹海良这张百合花一样高贵脱俗的小小名片比起来,真是情何以堪。 丁迅的名片是沈雷加入科室之后帮他们统一设计和印制的,看起来还比较体面。原来的名片,不知道是谁设计的,白底儿上有宝石蓝花纹的绚烂背景,名片背面密密麻麻地印着业务范围,什么下颌前突(俗称大下巴或地包天)、重睑、开眼角、吸脂、隆胸,有点像美容院的广告。 有的整形医生早年的名片更是丢人,背后赫然印着"祛大脚骨,除黑毛痣,处女膜修补,阴道缩窄,包皮环切",像从电线杆子上揭下来的。

毕业十八年,虽然多数都是做大夫的,走的路不尽相同,他们之中不乏庸庸碌碌之人。 发展顺利成了名医的,还算未来可期,李顺那样飘在江湖的,虽然逃离了医院的藩篱,可毕竟前途未卜。 可是尹海良,在美国风流快活,拿着高级学位,赚着高薪,还被封为了科学家。 在专业圈里混了这么多年,谁敢称科学家呢? 谁又敢把科学家的头衔印在名片上呢?

接着,尹海良从脚下的一个纸箱子里,拿出若干纸盒包装的药瓶来,给老同学们一一分发。 大家接过来一看，食药健字的保健品，功效是"调节免疫力"。 这是海归才俊尹海良交出的第一份作业，新鲜出炉，还没开始上市销售。 他还特别嘱咐，这是给男生吃的。

大家有些释然，科学家的金字招牌似乎也没那么闪亮了，原来这十几年，他只不过在搞一些脑白金一样的东西。

做医生的，一般都看不起保健品。 他们只相信药品，也可接受无伤大雅的食补之说，而价格昂贵效用模糊的保健品则只与广告有关。 保健品公司里的研发人员都是有医药背景的，可是真正起主导作用的却是市场人员，因为脸皮再厚的医学专业人士，也编不出那么夸张荒诞的宣传词。 医生受过多年的科学洗脑，他们笃信，一切功效必须要经过双盲随机的反复试验才算数，而吹得天花乱坠的保健品，就是糊弄不明真相的老百姓的。

科学家尹海良有他的满腹哀伤，对自己的同学也并不讳言。 他的这个宝贝，是一种堪比伟哥的东西，作为药品上市，绝对有石破天惊横空出世的效果。 他在美国找不到伯乐，还好遇到了有双慧眼的当前老板，帮他拿到中国来做。 但是新药批复的周期太长，三期临床做下来，还得中间没差池，就要十年八年。 民营企业哪里有不急功近利的，他们等不了那么久，所以，暂且作为保健品先行推出。 按照规定，正式的说明书上不能宣传保健品的功效，只能是调节免疫力什么的，让人搞不明白其真正的作用。 而商业宣传由市场部把持，往往天花乱坠，夸大其词，最后都不知道这东西到底是干嘛用的，他的成果也就面目全非了。

尹海良的坦言让大家又好过了些，收起未来伟哥留待回家做"靶向定位小样本"实验，然后就药厂、药品市场和医生待遇展开热烈讨论，纷纷发表愤世嫉俗的意见。 丁迅却整个晚上都在走神。 从贾一澜提到张九江开始，他又想起了杨曦，杨曦含着笑下巴放在椅子背上的样子、杨曦没有瞑目的眼睛。 那天晚上的值班医生，就是张九江。

贾一澜留意到丁迅情绪恍惚，心里也不高兴，席散后有些人继续去唱歌，两个人却早早地回了家。

洗漱完毕，贾一澜关了卧室大灯，打开台灯，拿出从丁圆圆那里拿来的一本杂志准备看。丁迅也躺下了,还是闷闷。

贾一澜觉得丁迅反常,想来想去,觉得应该是因为连伟的缘故。连伟这个老光棍,虽然表面上举止浮滑,言语轻薄,但贾一澜多年前和他共事过,了解他作为医生是非常出色的,他在肿瘤科做了这么久,还保有着大医治病的心劲儿,这让她敬服。而且连伟是欣赏贾一澜的,她骨子里的那种东西,在整形科几乎泯灭了的东西,他知道而且还记得。两个人难得一起参加这样的活动,连伟一直和她调笑,她还和人家言笑不忌,丁迅一定是看不惯这个,觉得她轻浮。

“你心眼儿也太小了吧,那个连伟不就是那样的人吗?十年八年见不到一回的,也值得你不高兴?”

“我没有啊。他就是那么没个正经,在学校里就那样,我可没介意。”

“好哇你,人家调戏你老婆,你一点都不介意,你也太不在乎我了。”

丁迅好言好语地说:“你怎么了?就别给我下套了,你不知道我笨吗?”

贾一澜突然哭了起来,丁迅看她哭了,有点摸不着头脑,也着了急。“别哭啊,对不起。我是听你提起了张九江,想起了我那个患者。那天晚上,他态度端正点……”丁迅叹了口气,说不下去了。

两人又毫无意义地扯了几句。丁迅发现,杨曦的块垒依然非常巨大地阻梗在他心里,而作为同行的妻子并不能理解他,还是纠缠在她自己的情绪里。哄了老婆几句,丁迅就昏睡过去了。贾一澜更加生气,又不忍心把丁迅搅起来闹,于是靠着个抱枕,继续隐忍地哭。

贾一澜情绪失控,找丁迅别扭,有多种隐情。其中一个原因是连伟提起她实习时的往事,触动了她的心结。她想做一个扶危济困的出色外科医生,这个心愿,没能实现。而连伟说她为了丁迅成了个割双眼皮的,这是玩笑话,却无意间道出了秘密的实情。

她一年割不上几个双眼皮,做重睑的女孩子们,都喜欢去找医院里的几把名刀,即使他们做的双眼皮,如同麦当劳的各种汉堡包,味道单一,性状稳定。 丁迅从双眼皮界金盆洗手,仍然常有痴心不改的女孩在他的主页上问他什么时候出山。 贾一澜所在的科室主要做外耳再造、鼻子修复,她主要是作为助手在上手术。 在医疗资源如此紧张的北京,她作为一个受过十分扎实的基础医学教育的名校医科毕业生,妙手和仁心常常是闲置的。

丁迅读医学院,是他高三班主任给做的决定,丁迅自己是个无知少年,没什么主意;而贾一澜读医学院,却是为了她的伟大理想。

当年的贾一澜,是一个有理想的医科生,也许现在依然是一个有理想的医生。 在天桥上,相识并不久的丁圆圆一语道破她是有理想的,让她几乎想伏在那个聪明的姑娘身上痛哭一场。 有时候,理想这个东西,就像是个良性的肿瘤,不致命,却折磨着现实的皮囊。 她毕业前在各外科轮转,和后来去市内几个大医院进修的日子,虽然是实习生或者进修生的身份,却让她找到了自己作为医生的价值感。 在美人沟医院,这种感觉很少。

丁迅到美人沟医院来,并不是多爱整形,只是为了能留在北京。 跟当年考医学院一样,他随遇而安,干一行爱一行。 而贾一澜放弃理想来美人沟医院,是为了丁迅。 出于自尊,她都没有告诉过别人,连丁迅都不知道。

贾一澜刚上大学那一年,丁迅在毕业班。 军训快结束的时候,系学生会组织了一个活动,毕业班的老生和大一新生座谈,向他们介绍上大学的经验和感言。 他们像丢手绢的小朋友,抱着膝围坐在操场上,每个人都穿着军装,带着帽章,皮肤晒得黧黑,分不清谁是谁。 贾一澜坐在丁迅对面,他讲了一段话,贾一澜几乎记得他说的每句话。 每个刚入大学的女孩几乎都会很快开始一场迷恋,军训的教官、隔壁班帮忙打水的男生、第一次同乡聚会上的帅哥。 贾一澜选择了丁迅。 他们共同在学校的一年里,贾一澜花了不少时间跟踪丁迅,观察他的行为模式,努力制造和他相遇相处的机会。 贾一澜还记得,寒冷的深秋,她蹲在男生宿舍门口车棚后面窥视他。

丁迅毕业后,贾一澜又努力找各种合理的理由去美人沟医院。 她有时装作去找李顺,还引发了李顺的自作多情。 她和丁迅也打过不少次交道,可是她总觉得丁迅认识她,又仿佛不认识她。 她出现在面前,他知道这是那个短发的小师妹,转过身去,就再不会想到她。 那时候还是二十世纪,北京的建设尚未完成,没有路,公交车很少,去一趟美人沟比去石家庄的时间还要长。 "等着我啊,等着我啊!"她天天在心里祷告。 等到她好不容易到了美人沟,丁迅却到口腔医院进修去了。 贾一澜给自己报了个新东方的班,就为了能有理由去口腔医院食堂蹭饭。 丁迅家境不好,那时还只是个穷酸的住院医生,不过在医院里人缘不错,还有传言说院长有意招他为驸马。 但是他很清醒,又有点自卑,他需要一个和他共患难的姑娘。 最后,贾一澜经过了长达七年的暗恋和苦恋,耗尽了自己的所有勇气、运气和机心,终于修成正果。 在别人眼里,只是两个同事水到渠成、就地取材的平淡婚姻,有时候连贾一澜都似乎忘了自己那处心积虑的情史。

又是七年。 七年,日子真的变得平淡如水了;七年,她的自我一再被消磨。 她只剩下丁迅了。 还有谁比她更在意丁迅的一颦一笑、一悲一喜? 现在她才意识到,她对于他,只是一个吃喝拉撒的伙伴而已。 他的悲喜,并不需要她分享或者分担,宁可讲给另外一个女人,这个女人还是她的好朋友。 还有什么比这更能证明她人生的失败吗?

丁迅现在也睡不稳,他迷迷糊糊地醒过来,发现贾一澜还在哭。 以他的水平,当然猜不到贾一澜的心事,而贾一澜心中的柔肠百转,也不可为外人道。 丁迅知道这些天来她和自己一起承受着压力,他的压力只在他的内心里,而她其实比他更沉重。 但是今天让她哭了一夜的导火索是什么呢? 是自己说错了什么话? 是在同学聚会上连伟言语轻薄,他没有表示态度? 是因为自己情绪低落让她以为在针对她? 还是仅仅是内分泌在作祟? 他在心里算了算日子,好像又该到了经前综合征发作的时候了。

他无限诚恳又不得要领地劝慰了一番贾一澜,对她说:"看,眼睛肿成这样,明天上班人家该笑话你了,我给你拿毛巾敷一敷啊。"

贾一澜渐渐平复,她接过丁迅递过来的湿毛巾,发现是热的。 她把毛巾丢到丁迅怀里。 "要冷毛巾! 你没哭过啊?"

"热毛巾促进静脉回流,你的眼睛就不那么肿了啊。"

"要用冷毛巾让血管收缩。 水平这么差,庸医!"

丁迅用冷水洗了洗毛巾,又在冰箱里拿出一包牛奶衬在里面,给贾一澜敷眼睛。 贾一澜也担心第二天眼睛肿被人询问,想起丁圆圆给过她一个眼霜,说是消肿效果特别好,哭后必备。 她擦掉泪痕,把眼霜找来涂在眼睛周围,然后睡下了。

丁迅把毛巾放回洗手间,又查看了一下焕焕,回到床上,看着呼吸平静的妻子,不知道她是不是睡着了。

他想起了年轻时的贾一澜。 不知不觉过了这么多年,他觉得自己什么都没有变,她却变了很多。 她老了,神经衰弱,总是发牢骚,脾气也变得暴躁。 医院里新来的人,常常会私下议论,说她配不上丁迅。 他们不知道贾一澜是和他一起面对过生活的困厄的人。 她曾经是短发齐眉的小师妹,整天高高兴兴的。 那时候丁迅对自己的未来缺乏想象力,以为自己可能会一直是贫穷的小医生,他知道她才是能和他一起过日子、和他一起承担生活负重的姑娘。 花卷榨菜白开水,她也能吃得开心。 她喜欢吃医院外面街上卖的烤玉米,甚至烤毛蛋,一点没有医生的洁癖。 她拿西红柿和萝卜当水果,还和院里的研究生小伙子们一起淘气,园林处下班后,跑去偷医院花园里的毛桃、柿子。 她不远万里地跑去昌平折扣店买衣服。 他们坐着火车回他老家,硬座,加车,慢车,走走停停,走了几十个小时。 火车上很冷,还漏水了,车厢里都是水,他们的鞋子湿了,他们一天一夜没刷牙。 他睡了一会儿醒来,看到她的脚缩在座椅上,紧紧靠着他,手插在他衣服里,摸他的肚子取暖,她的口水滴在他的衣服上。 那时他对自己说,他永远、永远不会离开她。

艰苦的日子,她过得心甘情愿、举重若轻,没有一点城市独生女的大小姐样子。 这些事情他一直记得。 为了这些,不管她成为什么样子,他都有一切理由包容她。

第二天傍晚,丁圆圆言笑晏晏地出现在办公室门口,让贾一澜心情很复杂。 丁圆圆见到她肿得很明显的眼睛,没有发表评论,只说找她一起去接焕焕。

门诊楼的门口,有人正在更换宣传栏的内容,丁迅的照片赫然在目。 走近一看,原来是上一年度的优秀党员和优秀党小组揭榜公告。

"优秀党员,丁大夫这种就叫高大全、伟光正吧,不管什么发小红花的事儿都有他的份儿,真给我们丁家光耀门楣。"丁圆圆站在宣传栏前看着丁迅穿着白大褂,面带微笑的照片。

这张照片是宣传科直接找贾一澜要的,经她 PS 过,把略显臃肿的面下部修窄,去掉了脸上的色斑、鼻唇沟、眼袋的痕迹,下垂的外眼角稍稍上提。 被美化过的丁迅看起来很精神。 贾一澜也看着自己丈夫的照片,心里又涌起了一阵委屈。 没错,凡是发小红花就少不了丁迅,十几年前,他们系的楼门口,他的照片就常见诸报栏:三好学生、优秀干部、优秀毕业生。 那时候贾一澜久久地站在报栏前看着丁迅的照片,心里就怀着那份委屈——她那么关注他,他却几乎不认识她。 如今,他们在一起生活了这么多年,丁迅似乎仍然遥不可及。

"光荣吧,你们老丁家有这么个好哥哥,他有你这个红颜知己,就是没我什么事儿。"丁圆圆偏过头看她,不知如何应对她突来的酸气。 显然,她心里的不安还没过去,哭肿了的眼睛可能也是因为这个。 她搂住贾一澜的胳膊,只恨自己个子太高,不能方便地把头倚在她肩膀上撒娇示弱。 "什么好哥哥。 我眼里只有姐姐,我和姐姐是一头的,永远做姐姐的耳目和爪牙。"

贾一澜看她这样表忠心,也觉得自己无聊。 "圆圆,我知道你都是为了我。 我对你并没什么芥蒂。 我只是想不通,我是最关心他的人,又是同行,是最能理解他的,可是他就不肯让我分担,让我不免有点心灰意冷。"

"这很正常的。 你年轻的时候,有没有听过深夜的广播? 都是些小女孩跟什么小燕姐小静姐吐露心事。 她们都有父母,为什么不和自己父母讲,不和自己朋友讲呢? 你有什么事,比如在学校闯了祸、挨了欺负、写情书被抓,会跟父母说吗?"

"那怎么一样呢？ 父母是不会理解我们的,而且还可能被抓住小辫子。"

"其实是差不多的,你有没有意识到,越是同行,越是会预设立场,你觉得你遇到这样的事情会如何反应,也期待他如何反应。 其实事情真的轮在你身上,你也一样会内疚,不会强调不是你的责任,最后可能还是会求助于我。 再有,他的痛苦烦恼,告诉我,我顶多同情,不会和他一起痛苦。 可是你在意他,就像镜子一样,把他的情绪都变成你的。 痛苦并不能分担,只能加倍,你们两个交叉感染,就很难痊愈了。 他能对我说,正是因为和我不亲近,当我午夜电台的圆圆姐。"

贾一澜说:"你什么都一套一套地,还真的把话说圆了。 那你呢? 你的烦恼,到哪儿去找午夜电台呢?"

"我人格分裂,所以能自我消化。 另外,我善于做痛苦管理。 所以,你不要被害妄想到我头上,只当我是午夜电台就好了。 你只管放心丁大夫,不必没来由地患得患失。 就算真有什么问题,我自有锦囊妙计给你,我可是婚恋问题专家呢。"

贾一澜喷了她一声:"还婚恋专家? 你也不害臊?"

"不信? 告诉过你我人格分裂的。 我们杂志你看过吧? 后面几页有个专栏,有两个孩子的海归幸福职业妇女小端姐,专门解决婚恋难题的,那个就是在下。 '端'字就是'丁圆圆'的反切。 别的杂志也有请我写呢。"

"这也带造假的?"

"这就像丁大夫冒充韩国专家给模特垫鼻子。 怎么抓住男人的心、智斗小三、应对婆婆,最后过上幸福富裕的好日子,道理由成功主妇小端来讲,就可信。 由大龄三无妇女丁圆圆讲,就是反面教材,所以需要造假。 这就像你说的,同样的诊断、同样的药、同样的医嘱,专家说的,患者就信,小大夫说的,人家就怀疑。"

"还真是的,我没有想过,你也不容易。"听她自称大龄三无妇女,贾一澜开始有些为丁圆圆难过了。

"看你,又多愁善感了,是不是印证了我说的? 谁跟你说点什么,你比人家正主儿还难过。我没什么不容易的。我做小端姐，这是老板给我的创收项目。婚恋就那么点儿破事儿，这些年来什么问题都被反复问过、反复答过了，跟月经贴一样。这种文章不好写，不能重复，不能离经叛道，又不能说教，要与主旋律和谐还不能落俗套，所以稿酬高。唯一的问题是，缺点儿成就感，就当是走穴赚钱了。"

幼儿园门外的街上，她们见到了一高一矮两个背影进了一间饭馆。

"沈雷？那女孩不是你的整形狂朋友吗？"

"没错，小唯。"

贾一澜很吃惊，并且还有点担忧。

"你觉得他们俩不般配？你对你们的衣食父母偏见还真是深呢。"

贾一澜说："我没有。小唯为人很不错，接触过就知道了。可是我听说，沈雷到我们医院来读博，他家人给他提要求不能找整容的女朋友，你看沈雷，肯定是那种听话的乖孩子。"

丁圆圆也有些担忧了。小唯就是因为鼻子跟原来的男朋友分手的，又因为鼻子认识了沈雷，她这爱美路上，障碍真是多。又一转念，觉得也没什么大不了，他们走到哪儿还不一定呢，不用想那么远。

"逢场作戏？现在的人怎么了？就这么对待感情？我看沈雷不是逢场作戏的人，不会被玩儿了吧？"

丁圆圆不喜欢贾一澜说话的方式："玩儿就玩儿了，成年人就得玩儿得起。人和人的价值观不同，咱们旁人何必说三道四？"

新一轮的争辩开始了，这表明两个人的关系又回到了惯常状态。

徐传琪进了丁圆圆家的门，还没放下包，先对着门边的穿衣镜照了一会儿。然后拿出原料，到厨房里用牛奶和伯爵红茶做了一壶奶茶，在一个盘子里放上各种茶点，舒服地坐在沙发里，端起茶杯，悲凉地说："我今天限行，坐地铁来的，从地铁的玻璃窗里，发现自己现在活像弗拉基米尔·伊里奇·列宁同志。"说着，站起身来，把鞋柜上的双面镜拿过来，立在茶几上，把头转过来转过去地看。

丁圆圆忍不住笑了:"其实列宁同志主要是山羊胡子,本身的下巴到底长什么样还真看不出来呢。看来男同志要是下巴后缩,留胡子打上发胶是个好办法。"

徐传琪隆颏术后早期的"马脸"状态已经有所好转,现在的下巴看起来没什么不自然的,不知道的人完全看不出来。垫下巴也是丁迅的拿手活之一,看来果然名不虚传。徐传琪原来的圆脸加上个尖下巴,显得长了一些,虽然脸颊填充了脂肪,看着却比从前瘦了,脸型也好看了。不过,她带着小下巴生活了三十多年,有点不适应自己的变化,有时候无意间摸自己的脸,总觉得被这个新下巴硌到手。

"你的下巴也并不是很翘,没有到列宁的山羊胡子那个程度,都没到周迅的程度,其实是个蛮标准的下巴。"丁圆圆说着,用手指比了一下她鼻子到下巴的连线。

"下巴是个好下巴,可是在我脸上不怎么协调。下巴一翘,显得我的脸更平了。我研究了一下,似乎解决的办法就是垫个鼻子,把鼻尖垫高了,就符合那个什么审美平面了。"

丁圆圆瞪大了眼睛:"你!你真的没完了?又要折腾鼻子?"

徐传琪也觉得自己好笑:"是啊,按了葫芦起了瓢。"

"我刚开始研究整形的时候,胡乱写了一篇文章说整形人的心理,现在看来还真对,有一种狄罗德效应,就是说那种现象。你买了一个东西,为了配套又买了别的,最后整个生活都改变了。比如我送了你一个靠垫,你觉得适合放在车上,于是买了辆车,结果小区没车位,没地方停,就想买带车位的新房,没钱,就去抢银行。最后谁会相信这一切都是因为一个靠垫啊。我是亲眼看着你一步一步上套的,唉,都是我的错。"

"有什么可错的,这么多地方都整了,也不差个鼻子,我闲着也是闲着,不如就来个全套吧。我这几天研究了一下丁迅做的鼻子,翘翘的鼻头确实很可爱。"

"你要找丁迅做鼻子可能难以如愿了。丁迅他们医院出了事,他如今正闭关思过呢。过不了这个坎,以后可能都要洗手不干,不做手术了。"丁圆圆说。

"那件事影响这么大？他是受处分了吗？"

"那倒没有。手术本身没问题，他没什么责任，是他自己心里过不去。这事你也听说了？"

"是啊，我也算整容界的人了，我在网上看到有人讨论了。"

丁圆圆有点忧虑："网上一开始讨论，慢慢事情就会走样了。告诉你，其实我们论坛上也有人发帖说这个事，我很没操守地把帖子给删了。"

"舆论不能堵，只能疏。其实你也没必要删帖子，你找几个五毛党，引导一下讨论方向，帮丁迅澄清，可能还更好些。"

"那种不叫五毛党，叫水军，并没那么容易，需要有水平才行，否则容易弄巧成拙。我自己又没有那么多精力。"

徐传琪听着丁圆圆说话，却不看她，只是来来回回地照镜子。抬头见到丁圆圆带着点嘲笑的表情，也意识到自己一直搔首弄姿地照镜子的样子很丢人："真没想到我居然有一天会变成这样，真是让人笑话。"

丁圆圆带着笑说："我没笑话你，你这样再正常不过。屈原说，新沐者必弹冠，新浴者必振衣，你这个新被美人就是爱照镜子。"

丁圆圆在网上搜到了几个关于杨曦事件的帖子，反响比较大的有两个地界，一个在某个热门公众论坛的美容版，另一个是在某个专门的整形论坛里。公众论坛里的人对整形所知有限，话题很快就引到了讨论整形是否有必要，整形有多大的风险，然后跑题跑到了明星整容的八卦。也有人提到整形医生并不是真正的医生，公立医院的整形科都承包给了南方老板，还有人愤愤地声讨当下医生的医术和医德，说医院如何不负责任，草菅人命。公众论坛上多数是看热闹的，人们对于丁迅是谁，并不关注。而在整形论坛中，讨论会更加专业，也更关注事件本身。他们讨论事故是怎么发生的，美人沟医院和丁迅大夫是不是可靠，不少人的发言颇有技术性。除了整形爱好者，还有些落井下石的整形医生，指出所谓大医院未必安全，公立医院的医生责任心更差，不重视患者，顺便给自己的诊所做个广告。有几个 ID 是专门针对丁迅的，总是要把讨论引到丁迅身上，还曝了一些丁迅的秘闻。不过丁迅为人做事从来都谨小慎微,也没什么"可称道"的劣迹,只不过说他技术平庸,因为得到院长的宠信所以受到吹捧,还有为了出名,买通患者,花钱雇托在网上造势。 同时,也有一些人认为,整形手术也是手术,本身也有风险,偶然出现事故在所难免,不一定就说明医院不负责任,要整形的人也没必要因噎废食。 这样的理智言论,不免被激愤者指为水军。

丁圆圆觉得,有几个攻击丁迅的发帖者很可能是有目的有预谋的,多半是他的同事,因为他们只针对丁迅,对美人沟医院却口下留情。 跟着煽风点火也骂医院的,则可能是美人沟的竞争对手,趁机落井下石。以丁圆圆做传媒的有限经验,知道这种没多少营养的"料",不管目的是炒作还是抹黑,如果不进行规模化投入,很难达到目的,也掀不起什么波澜,对丁迅应该没有太大的影响。

丁圆圆觉得影响不大,贾一澜却不这么想。

贾一澜一直盘算着发帖的人到底是谁。 林恒? 张九江? 是不是医院里的人呢? 还是对丁迅不满意的患者趁机报复? 她问丁圆圆,有没有办法找人删掉帖子。 对于整形医生来说,口碑是最重要的东西。丁迅成为名医,很大程度上得益于网络。 用整形医生丁迅的关键字,搜索出来的是韩式翘鼻尖、漂亮的双眼皮。 贾一澜担心的是,如果杨曦的事故炒作起来,和丁迅这个名字联系到一起,就会是一桩命案。 老百姓才不会去管什么责任,他们只会说有人整形死了,她的主刀医生是丁迅。

丁迅却是一副引颈就戮的样子,他说患者在围手术期死亡,主刀大夫也不能说全无责任,既然网上说的并不是在造谣,就没有权力去管,毕竟这件事情是发生过的。 丁圆圆认为,这是贾一澜关心则乱,她眼里是铺天盖地的负面信息,其实在整个互联网中连个涟漪都不算。 那些帖子只在几个很不起眼的论坛里有点关注度,在门户网站的论坛上虽然也有人发,却根本没什么反响,帖子很快就沉了,所以没必要去管,而且网上阵地众多,人家可以随便再换个地方,换个马甲发帖子。

贾一澜不听,决定亲自上阵,和诋毁者们鏖战。 丁圆圆劝她,这样效果只会适得其反。 医生是有名有姓的真人,算得上公众人物,根本不必人肉搜索,他们的履历就挂在医院的主页上,你电话多少号、家住哪里人家都找得到,和网络上藏在 ID 后面的"虚拟人物"相斗,必然处于劣势。 而且,现在事情的影响还不大,如果真炒得热了,引来一些无知群众围观,跟着打黑拳,就更难控制了。

贾一澜一出场,马上被人识破,甚至有人指出"你是丁迅的老婆吧",还有人说"当托死全家"。 贾一澜气得浑身发抖,不得不承认丁圆圆是对的。 丁圆圆答应她,会对此事进行宏观的舆情监控,网络关注都像泡沫一样来得快去得快,很快就会平息,如果事态有扩大的倾向,她会利用自己在网络媒体的关系,把事情摆平。 贾一澜也就眼不见心不烦,连看都不敢看了。

而丁迅,表示不在乎,只是希望贾一澜不要太过担心。 没有人会真的不在意别人对自己的评判,他还是忍不住到网上看那几个关于他的帖子。 他平时一本正经,脸皮也薄,见到骂自己的言论,按道理说一定很挂不住,可是出乎意料的,他并没有觉得特别气愤。 他和丁圆圆探讨过这一点,丁圆圆说这是一个被自责所困扰的人感到的"受虐的快感",而且那些未能切中要害的攻击,也许能减轻他的自责。 那些歪曲和毁谤伤不了他,最严厉的审判是来自他自己的。

他还留意到,在潮水般的歪曲和毁谤之中,有一个小身影挡在他的身前。 他知道那是董尧。 她不说狠话不说粗话,像写她英国文学的硕士论文一样,认认真真写了那么多逻辑清晰的文字,努力为他说话。 丁迅还发现,时间过了午夜十二点,那些帖子右下角就会显示"此帖内容来自手机"。 他知道大学宿舍到了夜里会断电断网,她就是在黑暗中,在手机键盘上按出这些文字的。

四月份的时候董尧找他做了鼻子,手术之后就再没出现过。 术后的患者,一般术后还会再和他联系几次,可是董尧,总是做完手术就没了消息,然后某一天门诊,她突然到来,要求做下一个手术。 丁迅深刻地记得她。 最后一次见她,她的鼻子上蒙着纱布,在手术室门口向他道别,她微微垂着头,抬起眼睛看他。 丁迅一度找出她的电话号码,想给她打个电话,告诉她没有必要做这些。 她不是在忙着写论文吗? 这样年轻的女孩,这样有前途的英语系硕士,有多少事情可关注,有多少未来可期待,为什么要把自己的时间和感情消耗在整形手术和整形医生身上呢？可是他没有这么做,像对生活和工作中的多数事情,他选择了沉默。

过了不久,整形爱好者的眼球被另外一件事吸引了。一位不知名的小演员,做了全套的整形手术,在网上发布了自己做一系列手术的详细经过,包括大量的术前术中术后照片。她的变化十分惊人,几乎脸上所有的部位都动过了,眼睛大得不可思议。她做了什么手术？怎么做的？是哪位大夫做的？花了多少钱？会不会有什么后遗症？所有人都在问这些问题,她上了门户网站的首页,她的博客点击率超过百万,她成名了。也是由于她的出现,没有人再关注杨曦、丁迅、美人沟。趁这个时候,丁圆圆找了一些关系,默默地清除了杨曦事件的所有痕迹。

贾一澜觉得庆幸。这件事终于过去,没有带来什么影响。她并不知道,其实丁迅也由此得到了解脱。他一直关注着董尧在网上的活动,那些文字在不知不觉间治愈了他。在经过严厉的自我审判之后,董尧好像代表着杨曦,代表着被他改变过的所有患者,给了他赦免。

第十九章
不照镜子的女孩

○ 她的脸向右扭曲,嘴巴的大部分都在脸的右边,且向上歪着,两边的**鼻翼**也不对称。 下巴尖几乎歪到了和右眼的外眼角垂直的位置,右边的耳朵也比左边的小。

　　夏天好像会让年轻的女孩子分外美丽,哪怕像董尧这样穿着黑色的西裤,米色短袖衬衫。 不过淡极始知花更艳,老气的打扮让她看起来更稚嫩。

　　"你不热吗? 穿得这么严实,像个乡村女教师。"丁圆圆见董尧放下书包就坐到电扇前面吹,鼻头上沁出细细的汗滴。

　　"我就是去当乡村女教师了,所以穿得严肃,我刚下课就跑来了。"董尧接过丁圆圆递来的晾凉的茶,一饮而尽。

　　丁圆圆给她添上茶,问:"你去哪儿上课了? 你不是说论文要开题,没时间打工了吗?"

　　"不是打工,就是在我们学校上课,政治任务,研究生得给本科生上至少一个学期的公外课(公共外语课),算学分的。 好在马上考试了,快上完了。"

"哦,我想起来了,我大一的时候英语老师就是研究生,其实就是你这样的小屁孩而已,那时候还挺把老师当回事的。"

董尧叹了一口气:"学生越把我们当回事,我就越紧张,比在外面上课更紧张。这样的课还不能耽误,每次做完手术鼻青脸肿,硬着头皮上课,很怕学生笑话我。"

丁圆圆仔细看了看她,她的脸完全看不出什么破绽了。眼睛仍然清澈迷人,新鼻子也很自然,天使般的脸庞。董尧之前给她打电话,说有为难的事情想要请教她。天使有什么为难的事呢?

"我那个同学,原小玉,差点出事。"

原小玉是董尧推荐帮丁圆圆翻译 Egoist 网站内容的同学。丁圆圆没见过她,只和她网上联系过。她的翻译做得很好,通顺妥帖。董尧还特别提出,如果觉得译文中有什么不合适的,不要找小玉,由她来改,因为她对整形更熟悉。这显得有些奇怪。提到原小玉,丁圆圆突然诡异地觉得这个人好像并不存在,好像她只是董尧的一个化身,回想和原小玉打过的几次交道,完全没有和一个人沟通的那种实在感。

"原小玉是我同班同学,和我住一个宿舍。她家是农村的,经济困难。她没上过大学,但是她很聪明,也有毅力,通过自学考试也拿了个本科。我们考研那年,她笔试第一,可是因为是自考的,而且她脸长得有问题,特别歪,差点不要她,好在当时负责招生的老师一直在国外留学,比较认老外那一套,觉得不该歧视她,把她招了上来,但是还是让她自费。我们班十几个人,只有四个公费的名额,其他都要自筹,她可是考第一的呀!太不公平了。

"可能因为她脸的问题,一直受歧视,她自己也孤僻,不怎么和人来往。最近,就是这个教学实践的事儿。我们给本科生上课,算必修课。学校觉得她不适合给学生上课,可是没这个学分就不能毕业。教课是系里安排的,学分的事儿是学校的教务管,他们互相没沟通,皮球踢来踢去,这本来是学校的责任,可是他们也没给出什么说法,再加上一些别的事儿,她就有点崩溃了。她可能觉得现在都这样,就算毕业了以后也没什么希望。 她想不开了,上了实验楼的楼顶。 我们学校有这个传统,实验楼每年都跳三四个。 我一直偷偷注意她,我吓得脚都软了,我真没想到自己也能遇到这样的事——要到楼顶上去拽人。 找这么笨,真不知道怎么才好。 不过她待了一会儿,就跟我下来了,她还跟我笑了一下,说,想起来我给她找的活儿还没干完,怎么也得把这个完成才行,要不太对不起我了。 姐姐,你说她要是把翻译做完了呢? 我真怕她最后还是想不开。"

董尧的叙述让丁圆圆很震动。 她毕业接近十年了,可是大学里似乎并没有改变多少,混乱的制度、官僚的教务、脆弱的大学生。 她原来的学校也经常有学生自杀,很多都是为了小事,选择的方式也多是无须借助工具并且结果明确的跳楼。 她系里的老师主持着校园心理热线,强烈呼吁学校采取手段防止冲动自杀行为。 后来学校在唯一的高楼楼顶加了一圈围墙。 如今,让原小玉滞留在人世的不是围墙,而是一份翻译作业,一份关于改变面貌的翻译作业。 以研究外貌为生的丁圆圆,习惯了以公益为己任的丁圆圆,作为董尧所信任的姐姐的丁圆圆,还有布置了那份让她在深渊前驻足的翻译作业的丁圆圆,觉得自己有一切原因去管这个女孩子。 可是,她该怎么管呢?

"她的脸到底有什么问题? 能不能整形呢?"丁圆圆先从根源上问起。

"她的脸是歪的。 我有一次手术的时候,问过丁大夫,他说那是一种综合征,能治,但是比较复杂,要做好几期手术,可能得七八万。 她肯定没有那个经济能力的。"

"那你跟她说过吗,可以手术,可以治?"

"没有。 我不敢,我们从来不会直接提到她脸的问题的。"

"你是她唯一的朋友吧?"

"我也不算她的朋友,她很孤僻,和我来往稍微多一些,其实她可能也讨厌我,我也觉得有点对不起她。"

"为什么?"

"她有一张不太正常的脸,我自己的脸好好的,却老是折腾它,所以我老觉得，就是为这个我也应该帮她。 姐姐，你说该怎么办？"

丁圆圆沉吟了一下："我找个理由见见她。"

丁圆圆找了张稿酬申请单，以找原小玉签字为由去学校见她。 虽然心里有准备，见了原小玉，丁圆圆还是吃了一惊。 还不能说她丑，丁圆圆这才意识到要想评价一个人好看与否，起码五官要长在正常的位置上。 原小玉的脸是错位的，好像女娲捏好了她这个泥人之后，一手抓着头顶，一手按着下巴，把她的脸扭了一下。 好在她的眉毛眼睛基本上还是对称的，看起来还是二十五岁女孩的眼睛，可是她的眼睛里没有神采。

丁圆圆没有仔细看她的脸。 她能想到，无礼之人或者不懂事的小孩子见到原小玉，可能会好奇地盯着她看，而富有同情心的人通常会避免正面地看她的脸，以免难堪。 想必这么多年她就是这样过来的，或是无礼的端详，或是带着怜悯的躲避。

丁圆圆能想象她的少女时代有多悲惨。 尤其是小学高年级到初中时期，十几岁的孩子，伤害力和成人一样，却没有足够的心智，完全是小恶魔。 带着这样一张脸，她一定总是处在重重的黑暗之中。

董尧叫她圆圆姐，原小玉却叫她丁老师。 没有朋友的人会不知道如何面对他人，如何判断和他人的距离。 她对人的态度很生涩，为了维护自尊，努力装作不羞怯，因此又显得傲慢强硬。 作为一个想轻生的人，她又带着种听天由命般的惰怠。

丁圆圆能想象，她所遭受的一切。

如果丁圆圆一年前见到原小玉，她会努力想办法，让原小玉接受自己的脸，然后用这张脸去正视世界，虽然无比艰难。 现在丁圆圆已经不同了，因为她知道，脸是可以改变的。 用物理手段改变脸，还是比用精神手段改变世界观更容易些。

董尧告诉她，原小玉从不拍照片，连镜子都不照，见到镜子都躲着。她早有准备，事先从冰彤那里借了一个镜头能翻转的相机。 这是冰彤专门用来在展览会和发布会上偷拍用的，伪装成了一个化妆盒，能神不知鬼不觉地偷拍照片。 她一边和原小玉说话，一边摆弄着放在桌子上的相机盒,从各种角度给她拍了几张照片。

其实,丁圆圆一直觉得原小玉有点眼熟,不知道为什么。 要去找丁迅,她才想起来,在她旁听过的国际整形研讨会上,丁迅的 PPT 里展示过的病例照片中就有一张这样的脸。

"看起来是典型的半面短小。"丁迅说。

"好治吗?"

"具体情况还得见到本人才知道,还得看片子。 一般来说手术要分成几期,先放置延长期,然后根据情况做正颌手术,修正软组织。 就是过程比较复杂,难度倒也不是特别大,算是常规的手术。"

"那全做下来大概要多少钱呢?"

"要看具体的治疗方案,可能要五万到八万吧。 我们这里一共花了十多万的患者也有。"

丁圆圆心里稍有了底,又要求丁迅给她看类似病例的手术效果照片。 丁迅说这些照片涉及患者隐私,给她看不合适。 丁圆圆纠缠了半天,他只好从系统里调出几个半面短小的病例,让丁圆圆看。 多数病例都是十岁左右的小孩,从跟踪随访的情况看,术后的最终效果都还不错。 原小玉已经二十五岁了,已经错过了手术的最佳时机,但是,只要能治,就是好的。

她在心里盘算了一番,又到学校去找原小玉:"找个没人的大教室什么的,咱们聊聊。"原小玉把她带到了一间教室,正是中午,教室里没有人,只有她们两个。

丁圆圆面对面地,直视着原小玉的脸。 她的脸向右扭曲,嘴巴的大部分都在脸的右边,且向上歪着,两边的鼻翼也不对称。 下巴尖几乎歪到了和右眼的外眼角垂直的位置,右边的耳朵也比左边的小。

"小玉,你的问题来自你的脸,我们不要回避,这是一种病,叫半面短小症,这种病是能治的,我带你去找医生,好吗?"

原小玉也看着她,她很少这样直接地面对别人。 她人生遇到这么多障碍,都是因为这一张脸,可是没有谁像丁圆圆这样直白地把问题提出来。 包括那些老师,那些拒绝她、忽视她、嫌恶她的人,都是用暧昧的态度,自以为委婉地回避着她的脸。

"那,那得多少钱……"她嗫嚅着说,"我小时候去县医院看过,那时候还没这么严重,大夫也都不知道怎么回事。"

丁圆圆小心地伸出手,放在了她肩膀上,她的身体有些僵,有些不适应这种亲密。 "我们先去了解问题是什么,这样你就不会被困在这里了,然后再去想解决的办法。 一步一步来,好不好?"

原小玉轻轻点了点头:"圆圆姐,真的能治吗?"

"能! 我见过和你一样的病例,最后都好了,放心吧。"丁圆圆又搂了搂她的肩膀,感觉她好像放松了一些。

董尧觉得开心极了,因为原小玉主动和她说起了丁迅,原小玉见到了她的丁大夫。 最能给予一个生了怪病的人尊严的,莫过于医生。 丁迅看她的脸,不带有任何吃惊、厌恶、怜悯,他甚至不需要看她的脸,他更关注她的片子,那才是本质。 在他眼里,只有颌骨的发育、牙齿的咬合,没有丑或美的相貌。 这让原小玉也觉得解脱,这样的脸,不是"相由心生",不是"前世作孽",不代表丑陋和邪恶,它只是一种症状,仅此而已。

在原小玉眼里,丁迅是上帝一样的存在。 从来没有人这样看她的脸,好像在看一本书,专注、平和。 似乎也没有人这样摸过她的脸。他说起她的脸,好像老师在讲解一道习题,不带偏见,不闪烁其词。

"丁大夫好吧?"董尧趴在桌子上,小声对原小玉说。

"嗯。 他那么一说,我真觉得我的问题是件特简单的事儿,根本没什么大不了。"原小玉好像还笑了一下,董尧几乎从没见过她笑。

"我的眼睛、鼻子都是他做的,还有下巴这里。"她扬起下巴,左右转了转头,把这个秘密告诉了原小玉,带着点儿骄傲。

原小玉的眼睛亮了一下,然后又暗了下去。 她问过丁迅需要花多少钱,丁迅没有明确告诉她,只是说还要再研究一下她的片子,确定治疗方案才能知道需要多少费用。 她给丁圆圆做翻译,已经把最后一个学年的学费赚了出来,她不知道自己有没有能力,再找到合适的活计拯救自己的脸。

"没事儿,咱们一起想办法。"说着,董尧开始悄悄掰着手指头算账。 她也在努力地攒钱,实现下一个计划。 如果需要,她会先支持小玉。

　

丁迅经过和同事的讨论,确定原小玉的治疗方案比预计花费要少,她这种类型的半面短小,不需要放置延长器,可以直接做正颌手术,过一段时间之后再调整一次就可以了。 第一期手术加上牙齿正畸的费用,要五万元左右。 放置延长器进行骨延长,需要耗时几个月,整个过程下来要一两年的时间,而正颌手术虽然也复杂,但是一次手术之后就会有很大的改观,并且两三周就可以初步恢复。

"丁老师,有人找你。"听到沈雷叫他,丁迅转过身去,准备把前来咨询的准患者打发走。 他仍在闭关,还没有准备好开始接手术。

让他意外的是,来找他的人并不是常见的年轻女孩,而是一位中年男人,带着一个小男孩。 那位汉子看起来是农民工的模样,见他就迎上来热情地握手:"丁大夫,你也见老了。"听起来像是老熟人。 他身边的孩子,一眼就能看出来是个唇裂继发畸形的患者。 经过提示,丁迅记起了他们。 他仔细查看了孩子的患处,不由得有些羞愧。 手术显然做得并不高明,唇红缘对合不齐,瘢痕挛缩,人中的一边有些塌陷。 这是丁迅刚开始独立做手术时的作品。 现在看来,这样水平的手术实在不可接受。

十年过去了,尽管手术效果并不好,孩子的父亲仍然千恩万谢。 那年冬天他们从外地来到北京,经济条件不好,丁迅对他们很照顾。 母亲在病房里陪床,父亲没地方可去,又舍不得住店,准备在医院的走廊里混几天。 当时是冬天,走廊里很冷,丁迅见到他,帮他安排到医院的招待所里去住,每个床位每晚上优惠价三十块钱,丁迅自己掏的,但是告诉他不用花钱。 他们出院的时候,在医院外面的小店里给丁迅做了一面"妙手仁心"的锦旗,那是丁迅工作以后收到的第一面锦旗。 丁迅叮嘱他们在孩子六岁左右上学之前再来做一次软组织修复,他们来北京不方便,而且觉得手术效果还可以接受,就没有来。 现在,孩子的父亲到北京来打工,孩子快要上中学了,趁放假来做手术,而且,一定还要找丁迅做。

丁迅不能拒绝他们,他开了手术单,同时叫沈雷来看孩子的瘢痕。父子俩去交钱了。

"你看,这差不多是我做的第一例手术,效果就是这样的。"丁迅说。

沈雷也看得出来,手术的远期效果并不怎么好。 他不太清楚丁迅自曝其丑的目的,也许是为了告诉他,就像爱因斯坦的小板凳,每个人一开始做的事情总不免是拙劣的;也许是想让他知道,你做手术的结果,会长久地留在别人脸上,所以一定要认真、精心。 丁迅不是个理想的老师,他不善言传,只会身教。

手术中,丁迅一边给孩子消毒,一边柔声和他说话,以免他紧张:"来北京去哪儿玩了? 去鸟巢了吗?"

十一岁的孩子还没变声,却已经是个勇敢的小男子汉了,局麻做手术,一点儿都不害怕:"我爸说先做完手术再带我去玩儿,我想去军事博物馆,还有航空博物馆。"

"喜欢军事啊?"

"我想看歼十! 你看过歼十吗?"

"没有。"丁迅老老实实地答。

"那你太落后了!"

丁迅轻轻地笑了:"是啊,要向你学习。 要给你打麻药了。 会疼一下,马上就好了,然后就别说话了。"

十年,当年的小婴儿长大了,都会说他落后了。

唇继修复手术,如今对于丁迅早已轻车熟路。 切除瘢痕,旋转皮瓣做出个对称的唇珠,在人中部位的肌层内缝合两针,形成人中沟的凹陷。 丁迅有把握把手术做得接近完美。

下了手术,丁迅钻进了医生休息室里间的储藏室。 这里存放着他们科室一直用不着,又不太方便丢掉的东西。 老患者没有来取的 X 光片、淘汰的开口器,还有前些年他们收到的锦旗,原来挂在办公室里,后来都被取下来,用纸箱子收藏起来。 宅心仁厚的好大夫丁讯经常收到锦旗,"妙手仁心"、"妙手回春"、"仁心仁术",通常都是医院外面那家刻章制匾的小店帮拟的。 这几年,送锦旗牌匾显得过时了,患者术后表达感激的方式也是物质的了。 那家做锦旗的店也已经关张,变成了某个美容院的一部分。

他突然想找到自己得到的第一个"妙手仁心"锦旗。 那是今天做手术的小孩家属送的。 丁讯记得他们,他还记得自己为那位和自己同龄的父亲安排住处、多方帮助,不仅是出于好心,也是出于感激。 挑剔的患者会坚持要求专家教授主刀,而朴实的他们千里迢迢地到美人沟来治病,只知道北京的大夫个个医术精湛。 那时候的丁讯,对自己的第一个手术战战兢兢,而他们无条件地相信他。

丁讯搬开第一个纸箱子,腾起的灰尘就把白大褂搞得灰突突的,他只好放弃了。 找到了又怎样? 十年,一切都变了许多。 见到这两父子,他想起了自己当年的诚惶诚恐。 他想,也许那才是医生应有的态度,如今自己整日被万千佳丽簇拥和膜拜,忘记了仁心,只剩下惯性。还能找回当年的丁讯吗? 那时候的他,当不起"妙手"两个字,却有一颗赤诚的仁心。 也许那颗仁心还在的,就像那面锦旗,只是埋藏在哪个箱子里,被重重杂物和灰尘覆盖了。

为了原小玉的事情,丁圆圆心神不宁。 阻亘在这个女孩人生中的大问题,是能够解决的问题。 她的朋友丁讯就能解决,能治,而且好治。 她不能忘怀原小玉听到丁讯说这是个不严重的病时,眼睛里闪的光。 不是文艺修辞,是真的在闪光。 她站在窗前,看着医院的大门口,原小玉的解药触手可及,可是她却又束手无策,只因为一个字——钱。

要从帕梅拉的基金会得到资助,有固定的条件,原小玉并不符合这些条件。 凭她的个人关系找帕梅拉要资助,应该也能如愿,可是她不愿意这样做。 丁圆圆在慈善业工作了几年,也了解一些其他资金的渠道,可是她觉得最大的问题是,口说无凭,要想得到资助,免不了需要原小玉带着她那张扭曲的脸去博取同情和感动。 这样一来,她的自尊将会更加支离破碎。

美人沟医院的周边,常有一些乞讨的人,而且都带着些和美人沟医院的治疗范围对口的残疾或者畸形。 有的人严重烧伤,脸上只剩几个窟窿,伸着焦黑的残肢轻轻晃动;有的带着面部畸形的孩子,孩子的脸触目惊心,身体看起来也发育不良,地上铺一大张纸,写上伤病的来龙去脉,声称在筹钱进行治疗。 看到他们,美人沟善良的医生们受到的刺激比常人更深,尤其是贾一澜这样感性的人。 寻常人见了他们,只会觉得他们可怜。 而医生们,能够给他们的不幸准确地命名,这一位是上肢烧伤后挛缩,这个孩子是 Crouzon 综合征。 他们知道应该怎么治,这个可以埋入软组织扩张器或者做转移皮瓣,那个可以做一个 le fortIII 截骨术。 如果在医院内见到,他们知道怎么帮助这些人,可是一墙之隔的医院外,他们就什么都不能做,顶多在他们面前的盒子里放上几块钱零钱。

每次经过他们,贾一澜都要发一番感慨。 先天性畸形不影响生存,其治疗算是整形手术,不在社会保障之列。 而社会援助力量近来虽然也在增多,可是都集中在最常见的唇腭裂上,冷门的病无人关注也无人支持。 这种爱莫能助感让贾一澜很痛苦。

还有另一个选择,就是丁圆圆自掏腰包。 原来她以为整个治疗过程要十几万,后来丁迅告诉她,总费用可以控制在五万以内。 这个数额并不大,既然不是巨款,就更没理由为了钱而放弃了。 丁圆圆工作近十年了,一直动荡不安,并没有以追求财富为目的,虽然不至于贫苦,但也没多少积蓄。 二〇〇七年,她和很多中国人一样,用大部分闲钱买了基金,后来跌成了渣。 二〇〇八年跑到了四川,在山沟里扶危济困,没在股市的最低潮补仓,至今未能翻身。 前一段时间,她开始学摄影,单反穷三代,不少省吃俭用省下的钱,都给了尼康。 还有,她下一步的人生计划,是到各种非热门目的地国家去旅行,她正在做规划。 过些天帕梅拉要带她去美国出差,她有好多购物计划,最重头的是,打算给自己渴慕大名牌却只买得起假货的舅妈买一只两千美金左右的普拉达皮包。 每个计划的实现,都会让她本来就瘠薄的个人财富失一回血。

这一天,丁圆圆从幼儿园接了焕焕,在两个小区之间的小市场门口,碰到个卖气球的。 焕焕说想要一个气球,而且他说:"我用我自己的钱买,让我妈妈把钱给你。"原来贾一澜规定,焕焕每月有一笔固定的零用钱,由他自己决定如何支出。

焕焕挑选了一个最便宜的,五块钱的奥特曼气球。

"你一个月有多少钱呐?"丁圆圆问他。

"我妈妈说,四岁一个月四十,五岁一个月五十,六岁一个月六十。"看起来,贾一澜想通过这个办法,让孩子有年龄的概念、时间的概念、数字的概念,和金钱的概念。

"那,你回家问问你妈妈,有没有考虑通货膨胀?"

"什么是'通握膨胀'?"焕焕问。

这时候,丁圆圆和焕焕走上了过街天桥,到马路对面的报亭去买报纸。 天桥上一个女人带着一个三四岁的小女孩,坐在栏杆下,前面铺着写满字的纸。 她们在这里驻扎了很久,丁圆圆基本上熟视无睹了。 焕焕却是第一次见到她们,他果断地走上前去,把他用月可支配收入的八分之一换来的、拿到手里只有两分钟的气球塞到小女孩的手里。 "给你气球。"

走过她们之后,丁圆圆小声对焕焕说:"她们不需要气球,她们需要钱,吃饭,治病。"

焕焕说:"我不吃饭也要气球。"

丁圆圆捏了捏他的胖脸蛋。 "你每天都有饭吃,吃饱了饭才会想要气球。"

焕焕想了想,说:"那我把气球要回来,换成钱给他们。"

买了报纸,他们重新走过过街天桥。 眼睛突出的小女孩仰着她畸形的大脑袋,看着飘在半空的奥特曼,看起来她很喜欢。 丁圆圆在佝偻病的母亲面前的碗里放了十块钱,同时在心里做了一个决定。

世界上有这么多不幸的人，对于她们的苦难，与其怪体制，怪社会，怪命运，不如像焕焕一样，把气球给他们。 蒙古游、单反相机、普拉达的包，那些只是自己的气球而已。

她到学校去，找到董尧和原小玉，告诉她们自己已经筹到了费用，只待手术。 她们还没有放假，不过已经不用上课了，该考的试也考完了，只差两门课程的学期论文，放假前交上去就行了。 最好尽快手术，以避开马上到来的第二波暑假高峰还有原小玉的月经期。

"咱们咨询的时候可以找丁迅，做手术还是找关锋吧，毕竟人家是大专家。"她和两个姑娘商量。

原小玉并不知道关锋是谁，但她信任董尧。 而董尧坚持认为，还是应该找丁迅。

丁圆圆说："我觉得呢，丁迅虽然是个好大夫，但是他现在状态不好，已有段时间没做手术了。 再说他擅长的是美容手术，眼睛鼻子下颌角，做这样复杂手术的机会不多。 而且他毕竟还太年轻，还是关锋比较有把握一些。 教授，副教授，手术费都一样，当然找教授比较划算了。"

董尧说："那个关大夫太老了，眼睛花了，手也抖了，我觉得也就讲讲课什么的吧，不适合做手术了。"

丁圆圆忍不住笑了："看你说的，人家关锋也就五十岁吧，跟刘德华差不多，怎么就老了？ 这个岁数才是医生的鼎盛期，哪里就耳聋眼花了？ 难道你认为你的丁大夫再过十来年就成了不中用的老头了？ 做手术是个技术活，还得找有经验的专家比较靠谱。"

"可是专家架子大了，会不重视手术的，丁大夫就会特别认真。"董尧还是不服气。

丁圆圆说："妹妹呀，人家就算平时架子大，只要上了手术台，都会认真做手术的。 做医生的这点职业道德总会有的。 关锋也是我的熟人，在他那里我也有点面子，至少会给咱们认真做。 这是要紧事，咱们还是要理性一点好。"

董尧听出丁圆圆的意思是说她偏向丁迅，脸涨红了，说："我并不是不理性盲目相信丁大夫,我是有道理的。"

她按了一下电脑的键盘,待机的屏幕亮了起来。

"你看,丁大夫写过好几篇论文,都是关于半面短小的,没有人比他研究得更透了。他并不是只会做眼睛鼻子。他告诉过我,他不做双眼皮,就是因为他要多一些时间做课题、做实验,他做的实验就是给兔子做骨延长的手术。他不是没经验的,我相信他能做好。一个好大夫,一段时间不做手术也不会手生,他的小宇宙会爆发的!"然后,她转向原小玉,"小玉,丁大夫一定行的!"

原小玉也点着头说:"我也相信丁大夫,我觉得他可靠。"

丁圆圆看着董尧电脑上的页面,那是教育网的论文数据库,以丁迅为关键字搜索出来的结果,是丁迅发表过的论文列表。每一篇论文的题目字体都是紫色的,这表示董尧曾经一篇一篇地点击过,下载过。她的电脑上一定有一个文件夹,里面收藏着关于丁迅的一切。

董尧为丁圆圆分析半面短小方面论文搜索的结果。她说这些论文,有的是认真做过研究好好写的,有的是糊弄的。而丁迅文章里有很多实验数据,参考文献也多是国外的,不少其他作者的文章引用的是丁迅的论文,所以丁迅的研究是原创的。国内在半面短小方面,他做的研究最多,找他做手术,一定是最合适的。她摆事实,讲道理,好像在评审院士,丁圆圆无言以对,没理由不接受她的意见。

丁圆圆跟她们商量好了就去找丁迅,请他主刀,尽快安排手术:"你出关吧,算我求你了。"

丁迅同意了,他的状态已经调整得差不多了,已经准备回归了。

丁圆圆说:"你先开好住院单吧,她来之前我把押金交上。"

"你从哪里筹的钱?"

"能从哪里筹,从我自己口袋里呗。这几万块钱,兴师动众也不值得。开始说可能要十多万,我可愁了,一下子拔那么多毛我可受不了。"

丁迅表示关切:"这样对你的负担也很重啊,你不能想办法找个什么公益项目解决吗?或者你跟关大夫沟通一下,看能不能通过院方的渠道,减免一些费用。"

"还是算了吧。 这种事情我最清楚了。 她这种情况,算不上特别困难,这个病也不危重,也不紧急,不够救助条件。 她都研究生了,工作一段时间挣出手术费来不是难事。 可是她不先做了手术,找工作都成问题。 再说了,什么慈善的钱都不是白来的,都不免要她出面参与,她心理这么脆弱,正处在一种自我否定的状态,不能让她受刺激了。"

丁迅盯着她沉思了一会,说:"你是好人。"

"我也算不上什么好人,只能说我是个明白人。 区区几万块钱就能让她的人生形成良性循环,做这种事值得。 其实我完全可以默默行善的。 我把真相告诉你,是想让你们不要有吃大户的心理,给我们乱药乱收费什么的。 这可是铁公鸡拔下来的毛!"

"那当然了,费用上咱们还是能省则省。"丁迅说着,开始算起账来,"住院费、护理费,是医院统一收的,还有动力系统的费用、麻醉,这些都是定死的。 材料费上我们固定的钛板就用国产的,输液也尽量用便宜的药。 然后可以少住几天院,差不多了就可以出院,每天来输液就行。 这样下来……可能三万五左右就够了。 手术费这块其实是小头,不过这是我们能控制的,我跟关大夫请示一下,尽量少算。"丁迅掰着指头,五位数的加减法,几百块,几千块,完全靠心算就能一笔一笔报出来,并且精确到十位数。

丁圆圆听着丁迅报账,大为倾倒:"丁大夫,你这账算的……不去卖菜真可惜了,脑袋里有计算器啊?"

"你以为呢? 我就是会算账,数学特别好,从小想当数学家来着。我会算账,肯定尽量让你少拔毛。"

丁圆圆嘱咐丁迅,不要告诉原小玉和董尧钱的来源,统一口径,就说是她老板帕梅拉和她丈夫的基金会捐助的。 至此,丁迅才知道原小玉是董尧的同学,以及她的来历。

提到董尧,丁迅又问起她的情况。 丁圆圆实话实说:"其实我是打算找关大夫给做手术的,可是董尧坚持要你做,她给我出示了大量的论文,说你对半面短小最有研究,不次于那些大专家。 而且,她的意思是,沉寂了这一段时间,你会厚积薄发。"

第二十章

脸及其意义

丁迅没有问她话,只是带着探寻的表情看着她。 她低下头,吞吞吐吐地说:"丁大夫,我想做下颌角。"她的声音很小,好像知道自己正在提出一个无理要求,像孩子在向父母提出想退学,像学生请老师给自己不及格的试卷改分数。

　　丁迅又见到了董尧。 她作为家属,来给住院的原小玉做陪护。 沈雷和原小玉在办公室进行术前谈话,丁迅特地到病房去找董尧。 他看了看她脸上各处的手术效果,给她拍了一张术后照片存档。 还有,他想对她道一声感谢,不仅仅为了她在网络上到处为他说话,更为了她力主丁迅为原小玉做手术。 丁圆圆是随口告诉丁迅的,却不知道,这对他很重要。

　　这样的手术他做过多例,但是主刀多半都不是他,他是作为名义上的手术一助在全程操作。 美人沟有一个传统,整复手术和美容手术几乎是对立的。 也许是医院为了平衡不同风格的医生而有意为之。 美容手术走商业路线,给医院带来利润,改善医生的生活。 整复手术走学术路线,保证医院和医生的权威性和功名。 久而久之,在患者心目中,医生似乎也被分成了整复和美容两个阵营。 丁迅虽然是名医,却仅限于美容手术,他的招牌是听起来很商业的"韩式鼻子",还有硅胶垫下巴、切下颌角,以及他已经洗手不干的双眼皮。 这样的背景,在整复患者眼里,不够严肃也不够可靠。 行内的人清楚,不管什么手术,万变不离其宗,可是患者并不认账,他们更信任关锋或者副主任马传强这样的专家教授,不认为专门给女孩垫鼻子的人能治正经病。 这是他行医生涯的一个遗憾,但是董尧好像竟然是知道的。

他把董尧叫到窗边的亮处,把她的脸看得很清楚。 董尧不怎么说话,甚至都不抬起眼睛看他,好像不认识他,比初次见面的患者态度还要疏远,这让丁迅略觉困扰。 丁迅想对她说谢谢,也就无从开口了。

原小玉的手术做了七个小时,晚上八点才做完。 丁圆圆在单位开会,董尧一个人等得久了,心里越来越害怕。 她开始担心出现电视剧里的情形,医生推门出来,轻轻摇摇头,说"对不起,我们尽力了"。 原小玉的亲人不在这里,她是唯一的"家属"。

丁迅真的出现了,不过不是从她等候的门里,而是从走廊的另一边。 医护人员是有另外的通道的。

"小姑娘,手术已经做完了,挺顺利的,不用担心。 病人还要在麻醉苏醒室里恢复一段时间,你再等一会儿吧。"

董尧拼命点头,看着穿着蓝色刷手衣、神色有些疲倦的丁迅,这一身打扮是她最熟悉的。 丁大夫是专门来找她,告诉她不要担心的。

"我觉得自己死过一回了。"原小玉的头和脸都被厚厚的敷料裹着,只露出眼睛,嘴里插着引流管,不能吃东西。 她的嘴巴都张不开,口齿不清,却似乎比从前更爱说话了:"我现在都不关心我的脸什么样了,还是能吃饭更重要。"

三天以后,可以拆掉敷料了。 丁迅亲自动手,把头上厚厚的纱布套剪开,拆下来。 董尧一直盯着原小玉的脸看,让原小玉有些紧张。

丁迅对董尧说:"我办公室桌子上有镜子,你拿来让她看一下。"

原小玉从不照镜子。小时候她曾经对着镜子,试图练习把嘴巴调整到正常的位置。后来她脸的状况越来越恶化,她也就越来越不肯面对自己。她的镜子就是别人的眼神,别人的嫌弃、惊讶、怜悯。现在她看着镜子里自己新的脸,拿着镜子,一直不肯放下。

"现在还是肿的,还要两周才能初步消肿,不要着急啊。"丁迅说。

原小玉对着镜子,照了又照。董尧在一边看着,说:"一会儿我去给你买个大点的镜子来……"说着,突然哭了起来。

丁迅有些奇怪:"你怎么了? 对效果不满意?"

董尧轻轻摇了摇头,跑到外面的走廊里,靠着墙,泪流满面。

这时候沈雷走了过来,见到董尧,露出很关切的神情:"咦? 怎么了? 别伤心,出什么问题了?"丁圆圆早告诉过他这两个女孩是她的小妹妹,要他好好照顾。

董尧用手背抹了抹眼泪,朝沈雷笑了一下,说:"没事儿。我看到小玉的脸了。"董尧跟沈雷一起进了病房,沈雷把手里的东西交给丁迅,是两个弹力头套,看起来是丁迅让他买给原小玉的,因为沈雷还交给他一些钱,应该是找剩的钱。

丁迅把大号的弹力头套从包装袋里拿出来:"现在比较肿,先戴这个大的,松了再换小一点儿的。"

他亲自给原小玉戴上头套,她脸上的肉被挤到了一起,可是她仍然拿着镜子继续照。

中午,丁圆圆到医院来看她们。原小玉只能吃流食,丁圆圆就每天在家里炖肉汤,顺便也给同病房的唇腭裂小朋友热了牛奶,一起带过来给他们,然后和董尧一起到病号餐厅吃饭。

原小玉摘下头套,挂在脖子上,让丁圆圆看她的脸。丁圆圆端详了一会儿,说:"好像胖了。"

董尧喜滋滋地说:"是肿的!"

其实第一次看到原小玉术后的脸,丁圆圆和董尧一样,也有想哭的冲动,只是当着两个比她小很多的姑娘,她要表现得镇定一些。原小玉的脸,还称不上好看,甚至都算不上正常,她的嘴巴还是有些歪斜,下嘴唇肿得翻起来,脸型暂时也看不出来是个什么样子。 可是她终于有了一张有"相貌"的脸。 从前,她的五官皮肤是什么样子,根本没有意义,也没有人会留意。 原小玉,她考研第一名,她的翻译做得非常棒,她又坚强又聪明,只是缺了一张正常的脸,这让她差点落入绝境。 终于,她可以有尊严地活下去了,而且她一定会活得很好。 丁圆圆出了三万多块钱,之前想起来总是不免肉疼,此刻她才觉得,这件事情非常非常值得。

还有,她发现,丁迅的工作是多么有价值。

她到办公室去找丁迅。 丁迅刚吃完最后一口午饭,准备去做下一个手术。 做完了原小玉的手术,他找回了状态,又恢复了从前的忙碌。

"丁大夫,我看到原小玉的脸了。"

"目前只能做成这样,还不能马上恢复正常,下一步还要再根据情况做二期手术,逐步改善,这个病需要序列治疗。"

丁迅的解释,让丁圆圆觉得有些奇怪:"哎,丁大夫,看你的意思,好像我是兴师问罪来了,原来我在你眼里那么不近情理啊。"

丁迅笑了:"我是习惯了。 一般做完这个手术,患者和家属的反应都是不太满意,都觉得怎么做完手术,脸还是歪的,还是不对称。"

"我满意呀。 至少她的脸可以看了。 她原来的脸,都没人有勇气仔细看。 其实我是要谢谢你的,我觉得你好厉害。 咱们老丁家出了你这样的当代华佗,我可骄傲呢。"丁圆圆把两根大拇指都伸出来,在丁迅面前晃来晃去。

丁迅高兴了,笑得很好看:"谢谢啊,你是老板,你满意就好。"他又说,"你也用不着感谢我,你就感谢颌面外科技术的发展吧,还有别忘了感谢你自己。 是你慷慨解囊,小姑娘才能做上手术。"

丁圆圆叹了一声:"难怪你这么招人爱,手术做得好,最难得的是还谦虚,这就叫德艺双馨吧? 回头我做个匾送你。"

丁迅本来站着,这时坐下来,一副很认真的样子:"我可不是谦虚。这是标准术式,又不是我独创的,当大夫的本来就该把手术做好。 其实应该是我谢谢你们,还有董尧那小姑娘。 她说医生是'怀璧其罪',我们给人治病,做手术,并不是个人做的事,而是像一个标准化的工具。医院是社会化的组织,患者在这个框架下用医生这个工具来实现自己的要求。 医生按照规范工作,有了任何不好的结果,不该由医生个人去承担。 医生只是怀璧其罪,如果要求医生把病人的恶化和死亡当成自己的罪责,最后的结果就是只有没良心的人才能做医生。 我接受了她的说法,也原谅了自己。 反过来想,也是一样。 把手术做好,是这个工作的本分,是你怀的'璧'在起作用,算不上个人的功劳。 我以前被人追捧,沾沾自喜,觉得自己了不起,太不应该了。"丁圆圆这才知道,董尧在网上为丁迅辩解的种种言论,一直为丁迅所关注。

丁圆圆奇道:"丁大夫,你还真是有觉悟。 还有,董尧写的那些我也看过。 传播的一个特点是,越是谣言、负面的信息,传得越快,就像病毒一样。 辟谣的、正面的、有价值的就传不出去,不会引人关注。你看人家都骂她托,没想到她的话被你听进去了,还产生了影响,那她这份心意真是得其所哉。"

丁圆圆又想了想,说:"我也觉得很有启发,医生应该好好给人治病,但结果如何,往往是跟目前医学整体的发展水平有关的,不是大夫个人的技术或者态度起决定作用。 如果结果好,我们会把光环放到医生个人身上,同样如果结果不好,医生又要代人受过。"

"是啊。 所以说,我尽量好好做。 效果不好你们也别骂我们,效果好也不需要赞美我们。"

"你也被害妄想了,什么你们我们,一下子就把你我分成了两个阵营。 咱们是一头的,大夫和病人,是伙伴不是敌人好不好? 大家并肩作战,疾病和死亡才是咱们共同的敌人呢。"丁圆圆嘴里说着,手里比划着,丁迅含笑看着她。 看得出来,他已经放下了包袱,准备重出江湖了。

丁圆圆只要有时间,每天都到医院里看一下,给她们带汤汤水水和零碎的日用品。 原小玉的脸每天都有变化,总的趋势是越来越好,丁圆圆观察着原小玉的脸,也观察着董尧。

　　在医院这两周，丁圆圆和丁迅都对董尧有了更多的了解，她真的是个十分懂事的姑娘。

　　丁迅让护士向护理公司借了一张折叠床，丁圆圆从家里拿来了些铺盖，董尧晚上就睡在两张病床之间的简易床上。　另外一个病床住了一个唇腭裂的小孩，经常哭闹。　董尧也没什么怨言，还时常帮帮他们。保洁没来的时候，董尧会亲自收拾卫生。

　　她过得蛮辛苦。　学校并没有真正放假，还有未完成的作业，需要在七月份之前上交，算考试成绩。　董尧要写作业，而且要写两份不一样的，把原小玉的也写出来。　原小玉给丁圆圆做的翻译任务也还没完成，董尧也要帮忙赶工。　病房里没有桌子，她就坐在一个折叠凳上，电脑放在椅子上。

　　丁圆圆还有些担心。　同为女子，董尧的心事，她洞如观火。　董尧并不看重她自己的脸，她比同龄的普通女孩都更朴素，病房洗手间的架子上，只有她的一只洗面奶和一罐郁美净儿童霜。　她流连于美人沟，她与丁圆圆结缘，一切都只和丁迅有关。　她频频光顾丁迅的手术室，只是为了有机会和他短暂相处。　而丁迅对待董尧，也与常人不同，第一次见她，就破例为她做了双眼皮，夜里开车送她回家。　丁迅平日里对患者态度矜持，而对董尧却一直很关切。　董尧在网上为他辩解的话，让他深有所感，帮助他战胜了心里的阴霾，重整旗鼓。　董尧似乎才是他人生中真正的知己，了解他的所愿所惧，所短所长。　平日里，他们没有什么交集，如今董尧要在住院病房里待上两周，朝夕相处，董尧可能会更加泥足深陷，而丁迅又怎么会不为所动？

　　可是，她发现，董尧对丁迅没有借机亲近的意思，反而好像敬而远之。

　　她每天至少能见到丁迅三次。　早上八点，下午四点，关锋率领着马教授、丁迅、沈雷、护士长，还有其他研究生和进修生，白衣飘飘地涌进病房，关锋讲话又响又快，几乎每天都要说上一句"小姑娘，恢复得不错，加油"，然后再考身边的学生一两个技术问题。　这是例行查房，医生们进来转一圈就走了。　下午查房时间，丁迅有时候在做手术，不一定参加,但是总会找时间特地来看一下。 丁迅对她们有着特别的关注,除了每天早晚查房,手术的间隙,还有下班回家之前常常也到她们的病房转一圈。

丁迅在走廊里见到董尧,她正艰难地拖着一桶纯净水,他赶紧过去,把桶抱起来,帮她送回病房,一边和她说:"她那种情况是术后的口底肿胀,正常现象,不是什么并发症,放心好了。 你有什么问题直接来找我就行了,不用问沈雷。"董尧拘谨地答应了。

丁迅有些疑惑。 他把她当作亲近的熟人,董尧表现得却像个陌生人,不怎么说话,问一句答一句,甚至看都不看他,对病情有疑问,也绕过他,去问沈雷。 小姑娘为什么会这样呢? 她在做手术的时候,爱说话,也爱问问题。 和对杨曦一样,他知道董尧很多事情,她是外语专业的,她表姐家住在红领巾桥,她自己打工赚钱供自己上学……他有过很多很多的病人,在庙会上、地铁里,他和他刀下的鼻子和双眼皮有时候会互相认出,而像董尧这样让他深深记得的没有几个,她不是鼻子下巴双眼皮,她是董尧。 可是,她却好像不认识他了一样。 她到底怎么了?

原小玉可以出院了。 她在病床上输着最后一瓶消炎药,丁圆圆去收费处结算住院费。 董尧到丁迅的办公室门口,轻轻敲了敲门。 丁迅热情地招呼她。 "来,这几天辛苦了。"

董尧挨进门,贴着沈雷的桌子边站着,神情忸怩。 丁迅没有问她话,只是带着探寻的表情看着她。 她低下头,吞吞吐吐地说:"丁大夫,我想做下颌角。"她的声音很小,好像知道自己正在提出一个无理要求,像孩子在向父母提出想退学,像学生请老师给自己不及格的试卷改分数。

平常遇到要切除下颌角的,丁迅会端详一下她的脸,然后一手按着她的额头,一手沿着耳前到下巴缘摸上一遍,检查颌骨发育的情况。 可是对于董尧,他不需要这些步骤。

根本不用看,他也能清楚地记得她的样子。 她有一张好看的脸,从颌面外科的角度,她作为一个东方女孩子,发育得很充分,额头、鼻子、颧骨、颏部都标致,符合审美标准。 在整形这个行业里,有一个遗憾就

是,女孩们不知道自己美在哪里。 董尧的两腮略宽,但轮廓圆润饱满,
下颌角也并不外翻突出。

"你的脸型很漂亮,没有必要做下颌角。 锥子脸不一定适合每一
个人。 我不能给你做。"

董尧没有辩解,眼睛里好像满是羞愧,又好像是表白后被拒绝的
失望。

丁迅觉得自己的话说得生硬,他在工作中常常和这样年纪的姑娘打
交道,他无须关注对方是什么样的人。 可是他想对董尧表达一下他的
关切和忧虑,却不知道该怎么说。 他努力去想自己和董尧一样年纪的
外甥女,他会怎么和她说话。 可是董尧和他外甥女不同,丁迅对她,既
没有权利,也没有责任,他不知道她为什么要做手术。 她并不和他讨论
自己的脸,只是要做手术。 丁迅能做的只有拒绝她。

董尧不知所措地站了一会儿,说:"丁大夫,那我走了。"

丁迅有些不忍心看她讪讪的样子,努力找话跟她说:"你明年毕
业吧?"

"嗯,明年夏天。"

"要毕业了,要写论文,找工作,多忙点别的事儿。"

董尧轻轻嗯了一声。

丁迅又认真地看着她的脸,补充说:"你现在这样子挺好的,真的,
什么都不用再整了。"

几天后,董尧陪原小玉来拆线,她没有去见丁迅,但是悄悄找到丁圆
圆,把一个大纸袋交给她,请她送给丁迅家的孩子,还求她不要说是自己
送的。

丁圆圆把那个大号变形金刚给了焕焕,贾一澜怪她乱花钱,她解释
说这也是别人给她的,她只是借花献佛。

过了几天,贾一澜对她说:"你那个擎天柱,是用来羞辱我们家丁迅
的吧?"

"此话怎讲呢?"

"焕焕很喜欢那个变形金刚，就是不会玩，太复杂了。 他就不停念叨：'爸爸，怎么把擎天柱变成汽车呀？ 怎么把擎天柱变成汽车呀？'丁迅就开始帮他变形，变了一个晚上，变到后半夜，也没变成。"

"咦？ 里面应该有图纸吧。"

"有图纸啊，照着图纸也没装上，还看到图纸上的英文，不适合五岁以下的孩子。 嘿嘿，丁迅丢人吧？"

丁圆圆觉得这是个很好玩的段子，想讲给董尧听，可是她发现董尧好像消失了，MSN 和 QQ 上头像是灰的，手机也关机。 她觉得有些蹊跷，又想到她应该是回家过暑假去了。

第二十一章
渐冻的守护神

她是敏感的人,这些年她和袁敢为给他见
面不多,对生活中的他并没什么了解。 可是,
有什么东西不对头,他的状态,也许还有他的情
绪,还有他的手。

学校虽然已经放假了,校园里的人却不少。 丁圆圆有几年没回母
校了,校园里和整个北京城一样,在不断地盖房子,总是有在建的工地。
可是不管建筑物如何增加,这里看起来依然没什么变化,和她十年前在
这里上学的时候一样。 甬路两边的银杏树也没有长大。 教学区和生
活区分界的路口,那家小书店还在,二楼的露台上看得到遮阳伞,那是书
吧的咖啡厅,提供饮品和简餐。 当年丁圆圆经常在这里招待来访的同
学朋友,觉得此处比饭馆更有品味些。

丁圆圆站在路口,朝着教学区的方向走。 迎面来了一群人,都不是
学生模样,看起来是一个什么企业家培训之类的暑期班下课了,大家都
在朝十二食堂的方向走去。 她在人潮中看到了袁敢为老师。 其实她
并没有看到他,她只是在人群的缝隙中看到了他摆动的手臂,那条手臂,

穿着长袖的灰蓝色衬衫，并没有什么辨识度，但是丁圆圆能认得，虽然她已经有两年没见过他了。

看着那条若隐若现的蓝灰色手臂，丁圆圆突然想通了一个问题。整过形的人，往往有一种困惑，自己吃了这么多苦，不熟悉的人通过术前术后照片，都认不出是同一个人，可是自己的家人朋友，有时候根本没发现你有什么变化。是不是他太不在意我了呢？此刻丁圆圆领悟到，整形、化妆、衣服、外形怎么变来变去，都只是给外人看的。对于有些人，那一切毫无意义。不管他变成什么样子，远远看到一个衣服角，就知道是他。还有小说和电影里，一个人整了容或者毁了容，装作另外一个人去见自己的亲人或仇人，没有被识破，也都是瞎编的。真正熟悉你的人，不必看你的五官身形，一声轻咳，一笑一颦，就能认出你。

他们到书店上面的露天咖啡厅落座，随便要了点东西。

丁圆圆把手里的袋子交给袁敢为："哈哈，袁老师，我知道你的隐私啦。"

袁敢为也跟着笑了，一边把袋子里的东西拿出来看。

"美国怎么样？"他问丁圆圆。

"美国好是好，可是我作为一个中国人，觉得那里的生活很假。不过，东西真便宜，水果也好吃，都是咱这儿的进口水果呀。"丁圆圆带着撒娇的语气说了一通，然后，带着点遗憾地扁了扁嘴，"袁老师，你以后也会去美国投奔你女儿吧？"

袁敢为沉默了一下，好像心情有点复杂："应该不会了。"

丁圆圆刚从美国回来。她出发前，替袁敢为给他在美国上学的女儿袁丁丁捎了一大箱子东西，方便面、辣酱、治痛经的中药，还给她带了几本自己的杂志以供消遣。袁丁丁也托她给爸爸妈妈带回来了一些东西，她带给袁敢为的是一种家庭仪器，给打鼾人群用的呼吸机。袁丁丁有一位师兄，才三十多岁，某天夜里因为呼吸骤停猝死，于是大家开始纷纷为自己有打鼾问题的亲人买呼吸机，袁丁丁也跟风为爸爸买了一台，所以丁圆圆会说"知道了他的隐私"。

丁圆圆知道袁敢为会挂念女儿，就详细地讲给他自己见到袁丁丁的情形,最后总结道:"袁丁丁真是个潇洒的小孩。 一般的女孩听说我的工作跟整形有关,都会问我很多问题,她可是一点儿都不感兴趣。"

袁敢为嘿嘿一笑:"还是像小孩一样。 我整天讲发展,自己的孩子就是不发展,不长大。 我还说让她毕业的时候回来整整鼻子,把鼻子做小一点,她也不愿意。"他说的"发展",是"发展心理学"的意思,他一直教这门课。

丁圆圆想起袁丁丁的样子,鼻子是有点大,鼻头肥厚,没有鼻翼沟,然后她又发现对面的袁敢为也长了一个这样的鼻子。 她不怀好意地笑了:"原来你不反对整形啊? 一般男的都反对整形,觉得那就是诈骗。"

"我不反对。 什么问题都有解决的方法,不好看也是个问题,就可以用整容解决嘛。"

"哈哈,一般的人,尤其是男人,特别重视相貌的,就觉得整容是在骗人,不重视相貌的又觉得整容没必要,是虚荣的表现。 你支持整容,不如给袁丁丁做个表率,自己整整好了,正好我认识好多整形医生呢。"

"我整了有什么用。 姑娘整漂亮了,好找对象。"

"你说丁丁不好看,不怕来自父母的否定影响她的自我认知啊?"

"嘿嘿,我闺女心理健康着哩。 我说她她才不在乎。 最近没见你抱怨了,现在的工作适应了吧?"

袁敢为问起她的工作,她并不答话,在想着别的事情。 她决定不忍着,说出来:"我对袁丁丁的心结好像还没过去。 她从箱子里把东西拿出来,我看着你给准备的东西,还是觉得嫉妒、委屈。"她做了个鬼脸,表示自己情绪轻松。

"那些东西都是她妈准备的。 我早就不给她买东西了,她老说老爸拿她当小孩哄。 姑娘大了,就得移交给别人了,小伙子给的东西才能让她开心。 我给的她看不上,也不需要了。"

丁圆圆举起一只手,好像在课堂上要回答问题:"我我我! 我看得上,我需要!"

袁敢为端起杯子喝水："你也一样。早晚你也得移交出去。"

"我像膏药一样粘了你十年,也没甩掉,这你没想到吧?"

"就是啊,十年了,你都二十了。"他放下杯子,拿起筷子,却把筷子掉到了地上。他弯下腰去捡筷子,一时却没捡起来。

丁圆圆捡起筷子,叫打工的女生给换了一双,她突然感到有些异样。她是敏感的人,这些年她和袁敢为见面不多,对生活中的他并没什么了解。可是,有什么东西不对头,他的状态,也许还有他的情绪,还有他的手。

丁圆圆看着袁敢为的手,他没有用新送来的筷子,而在用不锈钢的大羹匙盛起黑椒牛肉饭里的一片洋葱。

"袁老师,你的手好像没劲儿。"

袁敢为嗯了一声:"我的胳膊有点抬不起来,有一阵子了。我去看了,是什么神经元的毛病,进行性的。"

"是重症肌无力吗?"

"不是。也类似吧,这个病不多见,但也有一些病例。慢慢地会越来越重,扩散全身,走不了路,吃不了饭,等到喘不了气了,也就差不多了。"

"那,怎么治呢?"

"你不是上过神经生物学的课吗?神经元的病,没得治的。"

袁敢为给她略讲了讲这种病的原理。心理学专业的人,对神经系统也比较了解,他说得清楚,她也听得明白。

没得治,这样一个噩耗,他就这样轻松平静地随口说了出来。丁圆圆觉得委屈,好像突然发现父母不是亲生的,好像才明白一切都是骗局。她把这个信息在脑袋里处理了半天,然后端起大咖啡杯,把杯口放到额头上,挡着脸,大颗的泪珠成串地掉下来。

袁敢为沉默地看着她,沉默好像是有声音的,很嘈杂。丁圆圆心里在怪他,她这么伤心,他都不安慰她,他从来都不会安慰她。从前她也有过对他哭诉的时候,他只是冷静地掰开了揉碎了地帮她分析问题。他对袁丁丁肯定不是这样的。然后她又怪自己无耻,凭什么期望他来安慰她,那苦难是他的,她却指望他来同情她。 她的悲伤也是毫无意义的、轻飘飘的,袁丁丁才有理由正大光明地悲伤,毕竟他只是她的老师,老师是传道授业解惑的,他对她也是仅此而已。

丁圆圆像小孩一样哭了一会儿,从包里拿出一块大手绢擦眼泪。袁敢为说:"真是做公益的姑娘,还用手绢,这就是低碳生活吧。"

她在哭,他却没事儿人一样,好像事不关己。 丁圆圆不信他不懊丧,他应该只是觉得没必要和她分享。 对啊,这一切和她丁圆圆又有什么相干呢? 袁敢为对于她是特别的,可是她对他没什么特别吧。 丁圆圆知道,她没有必要表达她的悲伤,这只会更让他觉得自己无力。 她和他没什么关系,不能一同去经历生活中的每件大事小事,他的苦难,也没她的份。 哪怕让她陪他打个针,挂个号,帮他打字,哪怕最琐碎最麻烦的小事也好,都没她的份。

他一天要接受多少个熟人的询问,到病重的时候会有多少人去看望他? 他的生和死,不管有多少关心,她只能远远地看着。

她越想越多,沉默了很久,然后努力地深呼吸,让自己平静下来,不再发挥毫无裨益的悲伤。 袁敢为继续找话:"我看你也算渐入佳境了。 你的《被美人》我都买来看了,现在很不错。 你这个工作说不定能搞出点名堂来。"

他这么说,又引起了丁圆圆的新一轮眼泪。 每期从她手里寄出二十本样刊,袁敢为并不在这寄送名单里。 不仅因为他不是他们的目标读者,也是她仍然觉得这种无意义的事业没什么值得称道的,不能代表她自己的成就向他展示和汇报。 没想到,他还是关注她的。

她带着哭腔说:"有什么名堂,无聊透顶的勾当。 没病找病,画蛇添足,都是没用的东西。"本来,她想跟袁敢为说说原小玉的事带给她的新认识,还有她在美国和整形媒体打交道的感悟,结果这新的变故让她万念俱灰,又觉得整形什么的十分荒谬无聊。

袁敢为微微眯起眼睛,好像在凝视着盛夏正午的空气,出了一会儿神。 他懂她的怨气,医学昌明,能让人改头换面,可对于他的病,还是无药可医。

"那个大棋,还有点意思,这姑娘是你找的?"他岔开话题,提起了徐传琪。

她努力收了泪,说:"你也喜欢呀？她手术的大夫都是我找的,现在我俩是好朋友,常见面的。她有点收不住了,狄罗德效应,整了这儿又想整那儿。"

袁敢为笑了笑:"得陇望蜀,人之常情。你没打算也整点什么?"

丁圆圆摸了摸大臂:"我胳膊抽过脂,可难受了,反正我可不想再受那种罪了。"

"要想变美,就不能怕受罪嘛。"

"这你就不知道了。美人不是整出来的,整来整去也变不了多少的,我才不去费那力气。你要我整容,在你眼里我就那么丑吗?"

袁敢为看着她,一脸慈祥,拉长了声音说:"你不丑,你美。"

"我美？我有奥黛丽·赫本、张柏芝、张瑜美吗?"

"比她们美。"

丁圆圆掏出手机,微微仰着脸,给自己拍了一张照片,然后看回放。手机屏幕上的自己,颧骨突出,眼睛浮肿,脸上的泪痕没干,鼻头也是红红的,实在难看得惊人。她把照片给袁敢为看:"袁老师,你不客观,我几天没照镜子,以为出现奇迹了呢。你看,这叫比张瑜美啊?"

袁敢为说:"不能这么比,明星好看,就像一张画。熟悉的人,看惯了,看着顺眼,就是美。"

"那你还要让袁丁丁做鼻头缩小,还不是嫌她不够漂亮?"

"你说的对,我是双重标准。我闺女我自己看着漂亮,我却想用别人的眼睛看她,不该这样。"他微微转过头,看着露台下的小路,"看这个女孩,在小伙子眼里肯定是美的。不过我们看她也是美的。"

丁圆圆也朝下看去。明晃晃的阳光下,路上有一对小情侣,女孩倒着走,面对着她的男朋友。她笑得很开,眼睛挤到一起,露出了两颗兔门牙。这个姑娘并不好看,但是此刻她脸上的光彩,张柏芝也比不上她的动人。

　　回家之后，丁圆圆马上打开电脑，去研究袁敢为的病。

　　肌萎缩性脊髓侧索硬化症。 她看到了霍金的照片，他缩成一团，脸上带着一个从来不变的、不知道是不是笑容的表情，头软软地歪在一边。 患上这种病的人，俗称渐冻人，多数人不会像霍金存活那么久，他们会在几年内死去，对于他们来说，似乎任何其他方式的死亡都是仁慈的，他们全身的肌肉、器官、功能，逐渐冰冻，但是头脑始终是清醒的，眼看着自己一寸一寸地，变得缓慢、僵硬、衰竭，最后死去。

　　她有些麻木地，回想刚才和袁敢为见面的情形，他拾不起筷子的手，他说的话。 她想到他说买《被美人》杂志。 应该就在学校外面的报摊，他这样一个老男人，大教授，去买一本充斥着化妆品、衣服鞋子和小布尔乔亚情感的女性杂志，看起来一定很滑稽。 他一直关注着她。 可是她好像早已经不关注他了，毕业后头几年，她还会到网上搜索他的消息，找他新发表的文章看。 后来渐渐地，她知道他在某个网站建了专栏，他有了博客，优酷上有他的学生上传的他讲课的视频，她只是偶尔找来看一看。 她嫉妒他带给袁丁丁东西，可是袁丁丁知道为爸爸买呼吸机，她可什么都没为他做过，对他只是索取而已。 她认为自己很爱他，这种爱让她觉得有理由索取。 她也在白日梦里想过如何回报他，不靠谱的白日梦。 她成了某个海岛的酋长，让他和他的家人，他家的鸡犬，都在她的领地上享受奢华的生活。

　　有时候她感到自己也不是那么需要他了，虽然每年的最后一天，她还是习惯性地等他礼物的到来。 她回头去盘点过去的十年，他已经不是她的老师了，可是仍然在传道授业解惑。 她从没想过能给予他什么，她觉得他强大到不需要给予。 她从他那里得到的，堆积在她心里。 她多么想能回馈他，可是她没有力量，没有人有任何力量能阻止他被"千年极寒"吞没。

　　接下来的几天，丁圆圆有些丧魂失魄。 不过日子还要继续过，她有版面要管，有 PPT 要写，有合作方要见。 她懒得联系朋友，把网上的各种状态都设为脱机，只和新结识的小姑娘袁丁丁打招呼。 袁丁丁仍然乐颠颠地，看起来她还不知道袁敢为的病。

大棋在一个下雨的午后来找她。 她说很想念丁圆圆,自从成了非主流的整容人士,最亲近的朋友就是丁圆圆了。

徐传琪的样子又变了,在丁圆圆去美国出差的时间档内,她找丁迅做了隆鼻。 丁圆圆对此毫不吃惊,她走上了这条路,不会轻易放手。

徐传琪问她:"你看我的鼻子怎么样? 是不是太高了? 刚做完那两天才可怕呢,像阿凡达一样。 我就说丁迅,你把我的下巴变成了阿凡提,又把我的鼻子变成了阿凡达。"

丁圆圆一直在看她的鼻子,鼻头明显还有些红肿,可是不知道为什么,她心里毫无感想。 四个月来,她眼见着她整这里整那里,眼睛、鼻子、下巴、脸颊。 她的眼角不再下垂,眼睛明显变大了很多,眼袋也不见了。 从前她的双颊有些塌陷,颧骨下有一道斜的阴影,下巴边缘倒是堆积着下坠的肉;打过脂肪之后,脸颊饱满了,垫完了下巴脸型的轮廓也清晰了,嘴唇好像也变得好看了,丁迅的招牌翘鼻尖安到她脸的正中,好像一座城市有了地标,整张脸都生动起来。 她的眼睛、脸颊、下巴和鼻子,经历了血肠、猪头、弗拉基米尔·列宁和阿凡达的恢复阶段,最终的手术效果显然是成功的。 可是,她明明大变样,丁圆圆却觉得她还是最初自己见到的那样子,最有辨识度的是她像画了眼线一样漆黑卷曲的睫毛,和她笑起来略微外倾的牙齿。 还有,她说话的声音很响,带着一点沙哑,一听到她说话,不必看她的脸,就知道那是大棋。

"你看过聊斋里的'精变'没有? 里面那个狐仙小翠打算归位,怕自己老公伤心,走之前一点点地变,最后变成他下一个老婆的模样,可是她老公根本都没意识到。 我也是这样,整个过程看过来,都不觉得你变了。 对了,你老公和女儿对你的变化作何感想啊?"

"我老公说我变化蛮大,不过整形本来就是要变的。 还说对于他来说不重要,我自己喜欢就好。 我女儿根本没注意到我的变化。 我的脸肿的时候,她以为我病了,还问我疼不疼。 倒是我烫过头之后,她不喜欢,说不要妈妈的头发卷。 难道头发比脸更明显?"

"人的五官长相,好像就不是给亲人和熟人看的,是给外人看的,所以,都是浮云。 我还听说有人整完容之后,她孩子不认识她了,把她郁闷成了精神病,看来是瞎掰。"

"那是不可能的。 小孩认妈妈,跟小猫小狗一样,没睁眼睛的时候
就认得。 整个容就不认识了？ 除非是后妈。"

看着徐传琪的天然黑色眼线,丁圆圆又想起了袁敢为穿着蓝灰色衬
衫的胳膊。

第二十二章
残缺的夏天

————————————○　　小唯从她的侧面经过,所以董尧并没有看
到她。　小唯本想过去和她打招呼,却看到她在
用手抹眼泪,于是没有去打扰她。

　　"亲爱的,这么久没见,我都想你了,你是我的主心骨哇。　你忙完
了吗?"

　　夏天里的小唯尤其美,她屈膝坐在地上,脚腕上戴了一条金链子,细
得只能看到一道闪亮的金线。　她刚在沈雷那里洗了澡,没有化妆,穿着
一件简单的花布裙,邻家女孩的模样。　丁圆圆觉得这样的小唯,素颜,
低鼻梁,湿头发散乱着,比平日里粉雕玉琢的样子更漂亮。　她的鼻子随
着肿胀消失,逐渐恢复了原形,两眼之间的鼻根低了下去,显得额头更
高,典型的西南女孩样貌。　她这段时间和丁圆圆的原房东续了约,继续
租住那套房子。　续约前的房租,丁圆圆不肯收她的,她就订了一张丁圆
圆一直想要的贵妃榻作为答谢,择日即将送货上门。

　　小唯拿到丁圆圆从美国带来的东西,开心地说:"太好了,救命的来
了。"这让丁圆圆觉得有点儿羞愧。　这段时间她状态颓丧,不想见人,

尤其不想见小唯,就因为小唯活得太花枝招展了。 想到她对着镜子,研究自己五官的角度、脸蛋的线条,想到她晶莹的指甲,保养得没有厚茧的雪白脚丫,丁圆圆觉得凄凉。 那边厢,有一些生命无可挽回地慢慢消逝,她却在这里为了各种旁枝末节纠缠不已。 丁圆圆自己也明白,这种心态是迁怒,自己或亲友的苦难,没本事找老天爷的麻烦,就去迁怒于活得好的人。

小唯最近很清闲。 今年开始征收行邮税,对她的代购业务影响很大,连她自用的一些东西都只好找人捎。 她一闲下来就又开始琢磨整形,什么眼底娇媚术,嘴角上翘术。 丁圆圆年初到处看门诊,种种创新术式她只当笑话听,小唯却认真地对待。

她最关心的还是自己的鼻子,最多谈论的也还是鼻子。 她一直在犹豫,是不是要找丁迅重新做自己的鼻子。 她觉得丁迅做的鼻子都十分相似,并不太适合自己,但是又觉得丁迅最值得信任。

"丁迅的案例我看得不够多,我要沈雷找丁迅多要手术照片来,他都不好意思。 他们术前的照片都有的,术后人家就不来拍照片了,尤其是恢复好了以后的。"

"丁迅的鼻子我见过好几个。 我们身边就有嘛,大棋刚刚做了,你就跟踪观察她吧,我目前觉得还有些突兀,可能是还没消肿的缘故吧。还有董尧,董尧的鼻子我很满意。 丁迅给董尧做的手术,都很成功。"丁圆圆说。

"哦,董尧最近又做了什么手术?"小唯问。

"没有吧,她应该放假回家了,都联系不到她。 我还给她买了件裙子呢。"丁圆圆把她在美国的奥特莱斯买的裙子给小唯看。 白裙子,方领,款式很简洁。

小唯拿裙子在镜子前比了比:"这么纯洁的裙子,也就董尧能衬它。 我前些天在医院看到过她,我没和她打招呼,她应该是来做手术的。"

小唯那天去医院找沈雷,穿过门诊楼的时候,看到了挺直脊背坐在走廊长椅上的董尧。 小唯从她的侧面经过,所以董尧并没有看到她。

小唯本想过去和她打招呼，却看到她在用手抹眼泪，于是没有去打扰她。但她忍不住回头看了好几眼，心里有些感慨。大半年前小唯和董尧初识，就是在这医院的走廊上。如今董尧有了新鼻子，她却找回了旧鼻子。她们都在变，却都不开心。小唯在度日如年地等待瘢痕软化，而董尧却不知道为什么坐在医院的走廊里哭泣。

丁圆圆听她这样说，觉得有些蹊跷。董尧要做手术，必然是要找丁迅的。而且，她知道丁迅对董尧的那种感念，还请她劝过董尧，没道理再给她做任何手术了。

很快，丁圆圆就知道董尧是怎么回事了。她给原小玉打电话询问恢复的情况，她听到原小玉支支吾吾的，几句话就套出了真相，原来董尧出了问题。

她们的宿舍在七楼，顶层，丁圆圆拾级而上，累得出汗，一进宿舍的门，又差点被热浪冲一个跟头。北京的室外温度有三十六度，这里似乎有过之而无不及，两台电扇分别对着原小玉和董尧的方向，徒劳地快速转动着。

燥热的屋子里，原小玉还戴着弹力头套。董尧坐在床上，转过头来看丁圆圆，她也戴着弹力头套。

原小玉摘下头套，她的脸还是有些歪，不过已经基本消肿了。牙齿上戴着钢丝牙套，让嘴唇显得突出。她拿了两个饭盆去买饭，以便让丁圆圆和董尧说话。不过才一个多月，原小玉和董尧的角色就互换了。

丁圆圆在董尧旁边坐下，轻轻摸了摸董尧的头："摘下头套，让我看看。"

丁圆圆几乎认不出她了。她的面颊浮肿，嘴角两边的肉松松的，下巴看着是方的，脸好像没了轮廓，一边大一边小，很明显地不对称，小的那边没了角度，成了半个锥子脸。最可怕的是，她的眼睛呆滞无神，从前的一汪碧水好像冻结了。头套在脸上勒出了深深的印子，由于压迫、汗水、炎热的作用，下巴边缘一圈长满了红色的小疹子。

这一段时间以来，丁圆圆也见过一些"整形失败"的例子，她并没有受到多少触动。 一方面,她跟贾一澜的关系亲近,让她自己多少有些代入了医生角色,而整形医生和患者,对失败的理解是不同的,医生会觉得多数自称失败的人是吹毛求疵。 另一方面,她认为不成功的整形并不会真正影响生活,一切只在于心态是否强大。 如今她明白了,做到强大是没那么容易的。

丁圆圆不知道说什么好,董尧似乎了解她的痛心。 “过一段时间应该能好一点儿。 我没事儿,你别担心。”她说着,眼圈慢慢红了。这还是那个董尧,总是先想到别人。

“我一直没你的消息。 听小唯说,在医院里见到你坐在走廊里哭。”

董尧想了想:“我做手术的地方不能拍片子。 我那天是到医院拍片子,其实那时候我已经后悔了。”她的声音越来越小,有些哽咽。

你的脸好好的,为什么要做下颌角手术? 要做手术,为什么选择一个水平糟糕的小诊所? 为什么不找丁迅? 为什么不和我商量? 既然拍片子的时候就后悔了,为什么还要做? 手术做成这样,他们给了你什么说法?

这些问题,丁圆圆都没有问,因为没有意义。 现在不是追寻起因和动机的时候,还是去面对眼前的问题吧。

“你就这么躲在这里? 下一步打算怎么办?”

董尧的眼睛看着别处,不知道在想什么。 沉默了片刻,她缓缓地说:“我真希望时间能倒回去。”

倒回到什么时候呢? 上手术台做下颌角那一天,在 X 光室外面哭泣的时刻,还是一开始去做那个双眼皮的时候?

“时间倒不回去,向前看不向后看。 我们找丁迅看看,这个时候,首先要解决专业问题,好不好?”

董尧缩了一下:“我不想见丁大夫。 他会说我。 我找过他,要做手术,他不让我做。”

丁迅应该会和自己一样痛心,他一定想说她。 丁圆圆也有千万句话在嘴边想说给董尧。 可是,说这些对她有什么帮助呢?

"董尧，这是你自己的脸，自己做的选择，自己受的罪，他没权利说你，谁都没权利说你。我们要的是医生的专业意见，他有什么想法，那是他的问题。除非你不信任他。"丁圆圆这样说，其实是在告诫自己。如果你觉得对她负有责任，这是你的问题，但是你没有权利以关爱之名责备她。

"恐怕丁大夫也没什么办法。"董尧说。

"怎么会！小玉那样子都有办法，你这算什么呢？董尧，别去想你做过的事情是错还是对，后悔、自责都没意义，咱们从头开始解决实际的问题，好不好？"

丁圆圆在董尧面前强作镇定，实际上她不知所措。没办法，她只能把她的压力转嫁给丁迅。董尧不肯去见他，丁圆圆却非要把他扯进来，不能让他置身事外，毕竟，她认为，事情也算是因他而起。她找到丁迅，汇报了董尧的问题，最后提醒他："你不要说她。"

"我干吗说她？"

"你肯定想说她，别摆大叔的款儿，她都不敢见你了。她的那些问题，咱们都没真正好好帮过，没资格说她。你想不想管她呢？"

"我能怎么管她？先让她来看看吧，拍个片子。"

"她不肯来，你直接让她来，她肯定就听话了。"

丁迅想了想："行，我给她打电话。"

丁圆圆知道董尧一直是关机的，她用自己的电话拨了原小玉的电话，让她找董尧，然后把电话递给了丁迅。

丁迅对着电话沉默了片刻，然后用有点强硬的口气说："董尧，我是丁迅。你到医院来，让我看看。"

董尧在电话那边不知道说了些什么，丁迅又说："我明天早上在办公室等你，你一定过来啊。"

一物降一物，丁圆圆知道丁迅已经搞定了董尧。

丁迅关了看片板的灯，转过身去看董尧。董尧一直戴着口罩，拍完片出来，她又戴上了。

丁迅让董尧坐下,自己坐在她的对面,伸手摘下了她的口罩。 董尧的头埋得低低的,他托着她的下巴,把她的头扬起。 看着她失去形状的脸,一时间无语凝噎。

"等半年左右吧,到时候修复一下,把这边缺的补上。"

"可以修复的,是吧?"丁圆圆问他。

"是。"

丁迅从桌子上的盒子里拿了一个口罩戴上,查看董尧口腔里手术切口的瘢痕情况。 遮住了无表情的脸,丁迅又变成了手术室里的丁迅。呆滞的董尧看着戴口罩的丁迅,那是她熟悉的丁大夫。 她的眼泪慢慢地涌满了眼眶,瞳仁在泪水中显得更黑,闪闪发亮。 眼泪好像刺到了丁迅的内心,让他忍不住想闪躲。

"对不起。"她小声说。

为什么要说对不起呢?

她的脸,她的悲剧,她却像是弄坏了他的东西,对他说对不起。

丁迅似乎安然接受了董尧的抱歉,似乎董尧真的对他犯了错,给他带来了伤害和困扰。

丁圆圆在一边看着他们,心里也一片混乱。 这大半年的时间里,她常常混迹于这间医生办公室,她对他们的认识也几经沉浮,几番摇摆。整形究竟给人带来的是什么? 这些穿着白衣的人,她曾经觉得他们像纳粹集中营中的恶人,向无病无灾的健康人下刀。 某些瞬间,她又觉得他们是令人倾心的天使,能修正上帝或者女娲的败笔。 但是她知道,他们并不是他们自己,他们只是国家标准和患者意愿的执行者。 感激,崇拜,怨恨,都没有必要。 她的痛苦,与他无关。

真的与他无关吗? 她这样一个女孩,连一支口红都没有,她的硕士论文写《道林·格雷的画像》,她明白外表的美丽是多么虚妄。 可是她忙着打工,辛苦地攒钱,然后让他用刀子一次次划开她稚嫩的肌肤。她的眼睛鼻子都是他塑造的。 在他眼里,她真的不过是万千患者之一?

丁圆圆不知道,从颌面外科的角度,董尧的脸问题到底有多严重,后果有多糟糕。其实缺失了下颌角并没什么大不了，人怎么都能活，有的人没有腺脾腺，有的人没有视觉听觉，可是依然可以好好地活着。可是董尧她失去了自己。她含着眼泪坐在那里，脸浮肿着，下巴上一大片红疹子，她却在对别人说对不起。

丁迅果然表现得很专业，没有说什么多余的话，这又让丁圆圆有些失望。不过，刚才当她拿着丁迅开的 CT 申请单，要去替董尧交钱的时候，才发现丁迅已经交过了。这一点，说明丁迅还是想为董尧多做一些事的。

丁迅要去上手术，董尧也不愿多停留，戴上口罩要走，三个人闷闷地散了。董尧出去的时候，丁迅又叫住她，告诉她：“头套要戴两个小时，松二十分钟，不要一直带着，不过血，更不容易消肿。”

丁圆圆回到家，只觉得头疼，头天晚上熬了夜，为了陪董尧见丁迅，又起得早了。她在贵妃榻上睡了一觉，梦见了袁敢为。她梦见自己戴着一个口罩，在医院两边是大镜子的走廊里，走廊的尽头是一片废墟。她躲在一间病房门口，向里面窥视。袁敢为变成了霍金，他半坐在病床上，头歪向一边。她戴着口罩，不想让人认出她，其实没有人认识她，甚至没有人看见她。他的家人、医生护士在病房进进出出，都没看见她。袁敢为空洞地看向门口，他看见了她，可是又像是他自己的幻觉。没有人看见她，走廊的镜子里也照不到她，她明白了自己原来是鬼，于是她在走廊里飘来飘去，飘来飘去。走廊另一头的废墟下面，就是深渊，望不到底的深渊。

丁圆圆醒了，可她仍然闭着眼睛，想自己的梦，好像自己的身体还在医院里飘荡。梦境中的种种意象喻示着什么？

医院好像就是美人沟医院，病房就是丁迅所在的颌面外科的病房，丁圆圆对这里最熟悉。袁敢为，她在他的生活中就是不可见的。在现实中，如果有一天袁敢为病卧在医院里，丁圆圆当然可以作为他的学生，坦然地去看望他。可是那个依恋他的丁圆圆，在自己的意识中就是这样一只鬼，她与他无限贴近，却无影无形。他周围的人会看到丁圆圆，这个姑娘说起话来高谈阔论,她会带来一大堆礼物,她的个子这样高,她是如此明显的存在。 但是他们看不到真正的丁圆圆,她是一个小小的惊恐的小孩儿,在这个大大的世界里跟跄着行走,只想举着胳膊,紧紧抓着他的衣角。

她似乎在醒着继续做她的梦。 这就是"清晰梦境",不是潜意识,而是意识在做梦。 还是在那条医院的走廊上,丁圆圆自己变成了丁迅。

梦里的丁迅出现在实验楼的地下室,他从福尔马林池里捞出一个人头,放在台上,那是董尧,她的丹凤眼睁着,表情娴静。 他不害怕,也不吃惊,好像知道她会在这里,好像她是祭祀台上的牲口。

她醒来了,脑子里想着戴口罩的董尧,口罩遮着她残破的下颌角,那双眼睛心事重重。 然后戴口罩的丁迅也从脑海中浮现,戴上了面具的他才流露出真正的自我,他的眼睛里满含着慈悲。

丁圆圆试图把自己代入丁迅,看看他能做些什么。

贾一澜说过,丁迅是一棵树。 他即使心存怜惜,也没法子多走一步。 他是一棵树,根植在这里,每天有许多鸟儿会落在这棵树上。 董尧就是一只眷恋的鸟儿,他可以倾听她歌唱,可以给她挡一点风雨和烈日,给她保留几滴露水。 可是他不能跟她走,只能任由她辗转哀鸣,看着她撞向枪口和网套。

他对她是同情的,丁圆圆对她也是同情的,而他们只是拿出了一点善意对待这个年轻的女孩子,眼看着她迷失,他们没有做任何事。

丁圆圆记得上大学时读过的茨威格的小说《爱与同情》的开篇,那时候她还不很理解。 同情恰好有两种。 一种同情怯懦感伤,实际上只是心灵的焦灼。 看到别人的不幸,急于尽快地脱身出来,以免受到感动,陷入难堪的境地。 这种同情根本不是对别人的痛苦抱有同感,而只是本能地予以抗拒,免得它触及自己的心灵。 另一种同情才算得上真正的同情。 它毫无感伤的色彩,但富有积极的精神。 这种同情对自己想要达到的目的十分清楚。 它下定决心耐心地和别人一起经历一切磨难,直到力量耗尽,甚至力竭也不歇息。

她知道董尧的心事，一切都感同身受。董尧每当提起丁迅，眼角眉梢流露出的羞涩和甜蜜，看起来有点动人，丁圆圆甚至觉得她是幸福的。这样的情愫好像是一道景致，那就不要惊扰她，就让她这样吧。她没招谁没惹谁，只是少女的梦幻，无关男女，无关贾一澜，甚至无关丁迅，一切都是她心里的幻象。

还有，她也不愿意触碰这层窗户纸，担心说破了会让她难堪。她似乎都没准备好正视自己的内心，揭开疮疤，甜蜜的缠绵会转为真实的痛苦。就像一位医生，你只要把病人带上手术台，柳叶刀划开他的皮肉，你就不能停下来了，里面也许有脓液，有癌肿，你必须管到底，你要为他手术，帮他把伤口缝合，要一直管到他痊愈。可是你不知道这打开的伤口是个怎样的黑匣子，你可能医治不了他，又让他白白地多受一次伤。而他会疼痛，会失血，甚至可能会死去。你害怕糟糕的结果，心灵的焦灼又让你不安，于是只在他的伤口上涂一些毫无意义的消炎药膏，就在心里骗自己，算是帮过他了。

而袁敢为对她，也只是同情，但是他做到了积极地和她一起面对种种问题，直到力量耗尽。

"姐姐。"她好像听到董尧这样叫她。她自己是独生女，小时候，在街上遇到欺负自己的人，很希望此刻有个哥哥站在自己身后，而在有心事的时候，多希望有个姐姐。那时候，就以为如果有个姐姐，一切都能解决。董尧把她当成姐姐，她自己也以长者自居，丁迅也差不多，他们都把她当作孩子，叮嘱她，教育她。可是回想一下，一直是这个小女孩在帮助他们。她承姐姐之名，但自己为她做过什么呢？

丁圆圆看了看钟，丁迅应该还没下班，她起身去医院，再找丁迅问个端详。

丁迅刚从手术台上下来，一提到董尧的下颌角，他就面露凶光地骂娘，难得见到他这样的感情流露，丁圆圆又吃惊又觉得好笑。

丁迅又把董尧的片子找出来夹在灯箱上，指给丁圆圆看："你看，他这是手里的锯子没准儿，截多了，劈下来一大块，自己觉得不对，另外一边就没敢怎么动。万幸的是她神经线长得高,没伤到神经,否则后果不堪设想。她这还算好了,术前还拍了片子,能对照着看。"

"那修复没问题吧?"

"修没问题,不过还得遭一回罪,也很难完全对称。"然后,他颓然坐到椅子上,好像自言自语,"这孩子,为什么偏要做呢。早知道她是真想做下颌角,还不如我给她做了,是我自作聪明了。"

丁迅这样说,丁圆圆是真的为他难过。她知道,作为整形医生,丁迅的一个特点,或者优点,就是不自作聪明,这是她很欣赏丁迅的地方。以贾一澜为代表的一些人,喜欢对患者加以揣测,认为整形医生应该观察和了解求诊者的背景、精神状态、整形的真实动机,趋利避害才能事半功倍。丁迅却不以为然。他认为心理学是一门学科,跟整形外科一样,里面有很多学问,不是上几次培训课,看几本书就能了解的。作为医生,他只想去做自己能把握的事情,不去自作聪明。正因为如此,丁迅一般只会提出自己的专业意见,不会干预患者的决定。对董尧,他干预了一回,结果呢?

沉默了一会儿,他又说:"或者自作多情。我本来是为了她好,结果害了她。"

说自作多情,好像也有点道理。丁圆圆始终认为,可能丁迅也意识到了,董尧并不是真的要做什么手术,她只是想找丁迅做手术。

丁圆圆无力地劝慰他:"这和你没关系。你怎么可能再给她做手术呢?这不是你没给她手术的问题,是我们眼看着她陷下去,没有帮她。"她又说,"你的身份处境,有些问题不是你能处理的。倒是我,什么都看得清清楚楚,却没有去帮她面对。想想真是后悔,没有尽到责任。"

"我肯定也有责任,就是不知道到底怎么做才对。"

是啊,到底怎么做才对呢?医生对病人的个人感情,难免会影响到判断和决定。他不想让她受伤,也无法回应她的情意。即使知道会到这一步,他能如何阻止她、劝慰她、扶助她呢?感情、道义、专业精神,边界在哪里呢?

对于丁迅，拒绝还有一个原因，那就是杨曦。他常常想起杨曦，后悔不该给她做手术。他足够了解杨曦的事情，如果好好替她想想，可能就明白那时候杨曦并不需要手术，她并不是想改变自己的下巴，她只是想改变，想做些疯狂的事，甚至想自残一下。如果是别的大夫，给她做手术无可厚非，因为她的下巴适合手术，因为她是个成熟的女人，应该为自己的选择负责。可丁迅不是别的大夫，他认识她那么久，她在手术台上对着他落泪，对他吐露心事。她把丁迅当作朋友，可是丁迅却像一个"别的大夫"，将她置于手术的风险之中，让她断送了性命。作为医生，那是专业精神，尊重患者的意愿和决定，而作为一个人，他的所作所为是一种"不作为"。

如果他是"别的大夫"，董尧可能就会安全地拥有一个瓜子脸了。这一次，他想对她负责，却是这样的结果。

一个相反的决定，依然是不好的结果，又给了丁迅另一个阴影。做一个负责的医生，真是两难。丁圆圆对丁迅不禁心生怜悯，把话题转到具体的技术问题上："她的脸问题到底有多严重呢？其实，我觉得不对称也并不是特别大的问题，只是看惯了董尧原来的样子，一时接受不了。另外，我觉得她的表情很怪异，这是最让人难受的。"

丁迅说："表情的问题还好，面部神经受到影响，恢复一段就好了。她的脸现在还肿，会进一步恢复。"

"那能不能恢复得差不多，就不用修了，还是必须要修？"

"当然不是说一定要修，那么多颌面畸形的人，也没都做手术。董尧的问题是，她一边截得多了，另一边没怎么动，不对称就特别明显。另外，她现在年轻，脸上肉多，也许看着还凑合，等面部开始衰老，软组织开始萎缩，就会特别明显了。你没看她耳朵下面都凹陷了，现在看不出来，老了就是一个坑。"

丁圆圆摸着自己的下颌角，体会着丁迅的话。她知道丁迅对董尧挂怀，但是事情比较敏感，他想承担的也只能由她代理。于是丁圆圆告诉丁迅自己的打算，准备把董尧接到自己家来住上一段，帮她渡过创伤后的艰难时期。

"那太好了,要不然我还真不放心。 你是心理专家,善于做思想工作,多开导她。"

"还思想工作,你当我政委啊? 放心吧。 我会管她到底,也替你管她。 我修复她的心,你修复她的脸。"

丁迅到电脑前,开出了一张处方交给丁圆圆,让她去拿一些外用药。 董尧下巴周围的大片红疹也让他触目惊心。

丁圆圆了解董尧,她事事先想到别人。 直接请她到自己家来,她一定是不肯的。 于是她提出,原小玉应该回家让家人看看自己的新脸,而且自己有很多杂七杂八的工作需要董尧帮忙。 董尧也明白,原小玉做了手术,是人生中的一件大事,却为了她绊在这里,于是答应了丁圆圆的提议。 丁圆圆找人帮原小玉买了火车票,亲自盯着董尧收拾了换洗衣服、电脑和写论文的参考书,把她带回了自己在美人沟的家。

董尧去年九月底第一次到美人沟来,然后,从秋天到冬天到春天到夏天,她像一个吸毒者,不能自控地不断踏足于此。 季节转换,她的脸也不断地在变。 她在丽然庭的大门口,忍不住回望了这条给了她许多眷恋、纠结和磨难的整形街。 丁圆圆知道她心中万般滋味,挨近她,握住了她的手,对着她挂着口罩的粉红色耳朵轻声地说:"你最后一定会好好地走出这条街的。"

董尧从小受的家庭教育,其中一条就是"在别人家要懂事,多干活,别给人添麻烦"。 丁圆圆自己也受过这样的教育,所以对她的拘谨,看得清清楚楚。

董尧洗了个澡,头发还没干,就戴上了头套,把洗手间收拾了一遍,然后又用放出来的水,认真地擦地板。 丁圆圆拉她坐下来:"别老戴着头套了,丁大夫不是告诉你要戴一会儿松一会儿吗?"

董尧摘下头套,说:"我是怕看到自己现在的样子。"

丁圆圆拿出丁迅给开的药,炉甘石,硼酸溶液,还有美人沟医院自制的药膏。 她用纱布浸了药水,然后查看董尧的下巴,疹子连成一片,触手发烫,看起来让人心疼。 摸到她左边的下颌角,果然像丁迅说的,是个凹陷的坑。

"定又痒又疼叫?"

"还好,没什么感觉,我已经麻木了。"

麻木、淡漠,这就是创伤后应激的反应。 她该给董尧做"思想工作"了,可是,她应该说什么呢?

董尧像水晶一样通透,她什么都懂的。 她不需要人指点迷津。 她在哪里被困住,她自己比谁都清楚。 她那么了解丁迅,也非常了解自己。 她只是迷恋,没想过未来,没期望过得到什么。

丁圆圆不是俯视人间的心理医生,她会和她一起面对。 她想起了自己从小到大的每一次沉迷,想起了袁敢为。 想起少女时代,冬天的早上,她在窗前,手指轻轻地划着玻璃上的霜花,寂寞地想着一个人。

"依恋,其实是一种恐惧。"

这没头没脑的话,董尧却听得懂。 她脸伏到丁圆圆的肩膀上,安静无声。 丁圆圆感觉到她肩膀的衣服渐渐湿了。

良久,丁圆圆扶起董尧的头,拿起药膏,给她下巴涂药。

药膏里面可能有冰片薄荷,手指感觉凉凉的,涂在滚烫的皮肤上,一定能舒缓她的痛。

"这个药膏很舒服呢。"董尧说,脸上还带着泪。

"这是你的丁大夫开的,一定好用。 你的下颌角也没问题,丁大夫会给你补好的。 解铃还须系铃人,让你受伤的是他,帮你修复的也是他。"丁圆圆决定不再回避丁迅的话题。

"姐姐。"董尧叫了一声,"这和丁大夫没关系。"

"也不能说完全和他没关系吧。 当然,他没什么错。"

"他只是怀璧其罪。"

丁圆圆懂她说丁迅"怀璧其罪"的意思。 丁迅只是那样一个老实人,做着这份医生的工作,给要求做手术的人做手术,然后下班回家,看电视,带孩子。 这个少年时想做数学家的人,只想认真干活,安稳过日子,做一棵家族大树,扶持亲族,荫庇子孙。 可是树欲静而风不止,他不得不面对种种纠缠、抱怨、赞美、崇拜、痴恋、苛责和诋毁。

　　"我不是说丁大夫不好。 你看,你认识了丁大夫,就变得越来越漂亮了。 等你的下颌角修好了,依然是大美人一个。 这就是丁迅带给你的。"

　　董尧艰难地笑了。 不知道是因为内心的郁结,还是面部神经的损伤,笑容看起来很陌生。

　　"告诉你一个我的秘密吧。 我的物理学得特别好,你知道为什么吗?"

　　"为什么? "董尧很配合地问。

　　"因为我上初中的时候喜欢我们的物理老师,所以物理学得特别好。 就像你喜欢丁大夫,所以变得越来越漂亮一样。"

　　听她这样说,董尧的脸迅速地红了,把头埋了下去。 丁圆圆不管她,只讲她的故事。 "这是个秘密,我没对别人讲过。 我上初二的时候,刚开始有物理课。 那是一九九二年,你才几岁? 还上幼儿园吧? 其实我也只有十三四岁而已。 本来我们学校的老师主要是中年大妈,那一年大换血,来了好多师范学校刚刚毕业的年轻人。 那时候不少男生迷上了美女老师,女生的目标就是翩翩少年郎。 我们的物理老师就有点万人迷,我也未能免俗。 不过我喜欢那位老师,并不是因为他是帅哥。 我平时不太好好学习,第一次期中考试考物理,自己觉得有很大的可能不及格,就和一个同学在路上拦住了物理老师——其实也就是欺负人家年轻脸皮薄。 他手里拿着我们的考试卷,正要回宿舍。 我们可怜巴巴地说如果不及格回家会有很多麻烦,半真半假地要哭了。 他说,考试卷还没改呢。 我们就哀求他,他说,那我现在给你们改吧。 他在楼门口的石墩上,找出我们的卷子,当场给我们改。 我们两个一个得了六十分,一个得了六十一分。 那时候是秋天,天很冷,他穿了一件米色的长风衣,玉树临风。 后来考卷发下来,我自己把小分加了一遍,发现自己其实应该是五十八分。 于是,我就爱上了他。 那时候干了不少傻事,比如看到他咳嗽,从家里给他拿上一大堆药。 我们学校在一个小坡下面,站在坡上,能看到他宿舍那间屋子的后窗,我就曾经在冬天的晚上，跑到那里徘徊，看着他窗户的灯光。 不过，学生嘛，要接近老师还是通过学习最方便。 我不爱写作业，结果物理作业写得好积极，比看电视还积极。 我非常认真地研读物理课本和课外辅导，以便能找到机会在课后找他问问题。 我参加了物理兴趣小组、物理竞赛，只要辅导班有他上课我就参加。 我本来理科不好的，结果物理我学得很好，中考的时候居然得了满分。"

董尧很专注地听着："后来呢？"

"后来我上了高中，离我们初中的学校很远。 我总是要借故跑回初中去，不过因为心里有鬼，不敢去看他，只会研究课程表，躲在他上课的班附近，好看他一眼。 我一直假装不经意地打听他的消息，他生病了，失恋了，得罪领导了，去进修了，再后来便慢慢地也就淡忘了。 我高考的时候，考场就在以前的初中，提前一天去验考场，他守在门口，我仍然不想面对他，用准考证挡着脸往里，结果他叫住我。 我还在想，他是能记得所有教过的学生呢，还是特别记住了我？

"再后来，我大概是上大三的时候，去农村社会实践，没什么事情做，就给当地的小孩子辅导功课。 时间久了，初中的题都不太会做了。 结果有个孩子问我们物理题，什么电阻方面的，有点难，别人都不会，我却一下子就做出来了。 那一刻，我突然想起了十年之前在物理老师窗外徘徊的自己。"

讲完了，董尧还在默默地想着。

"董尧，这是我很小的时候的事，称得上是童年往事了。 我后来学了心理学，很知道这是怎么回事，我们还研究过这样的案例呢。 其实只不过是他在秋风里改试卷的时刻感动了我而已，就像有人半夜开车送你回家。 这只是小孩子的感情，可是小孩子的感情，最严肃，最算数。 董尧，我知道你懂的。"

丁圆圆接着说："你说这算不算爱呢？ 强烈、极端、忘我和沉溺，无论对方的年纪、身份、性别，都有可能发生。 我是从没想过要嫁给他什么的。 除了正当地问学习上的问题，我都要躲着他。 其实我是很希望他是我从小失散的哥哥，我妈的岁数对不上，我就幻想我是他妈妈的孩子,从小丢了,被我妈捡来收养了。 丢人吧? 那时候,我就认真地想过,他现在好好的,我就离他远远地。 如果有一天他老了,或者病了残了,什么都没有了,是一个人,我就会永远照顾他。 这些年来我基本上把他忘得干干净净了,见了面都不一定认得出。 可是现在我想起他来,觉得如果他老了,病了残了,没人照顾,我仍然愿意永远照顾他。"

丁圆圆说到这里,有点哽住了。 她想到了袁敢为,他没有机会老去了,可如今病了残了,她依然没有机会照顾他。

两个姑娘并肩坐在地上的蒲团上,背靠着沙发。

"董尧,这些年社会变了这么多,人类的感情并没有长大。 很多你觉得沉重得不得了的东西,其实都有一定的模式,很多人都经历过。 你比我上初二的时候大了十岁,可是你一定很理解那时候的我,所以我也理解你。"

暗恋中的人,会把自己看得很渺小。 好像她做的一切事,她的存在,在空气中都不会引起波动,可事实上,那么显著的爱恋,没有人会糊涂到一直忽略。

这个晚上,丁迅也在想着董尧。

他有多久没想起过供销社里那个卖东西的女孩了? 他们叫她小白菜,因为她有点像演小白菜的陶慧敏。 他记不清她的样子了,这位未来的著名整形医生,十几岁时,还不会留意去观察人的容貌。 那时候,他口袋里可支配的钱非常少,他又舍不得故意加快文具的消耗速度,文具是他在那个店铺里唯一要买的东西。 其实他根本不需要一个理由,不需要买东西,就可以进到店里去看看她。 进进出出的人那么多,有人在里面闲谈,有人躲雨躲太阳,谁又会注意他这样一个单薄的少年呢?

在工作中他也遇到过一些女孩子,找他做了手术,在他的主页上写下热情洋溢的赞美,时常给他发短信、打电话,或者一大早借故到办公室来找他,说几句闲话。 当工作的对象是这样二十岁出头的女孩,这也算是工作的一部分,兵来将挡水来土掩,他知道她们的热情很快会散去。

董尧却不同。她是去年的九月底第一次来找他的，那时候他刚刚决定脱离双眼皮的汪洋大海，不过见到董尧，他没有像对其他人一样申明自己不做眼整形，而是说："你不太适合双眼皮，我给你切得窄一些，纠正了倒睫就行，不做宽的，行吗？"她简洁地答应："行。"

"十一"前是整形的高峰，很多人想利用七天假期进行初步恢复。他翻开工作簿，在安排得很紧的日程里为她挤出了一块时间。那时候的董尧，平凡，清淡，很单的单眼皮，肿眼泡，带着一对遗传性的眼袋。她有一张心形的脸，两颗小虎牙，羞涩的微笑看起来很甜。对，那个卖东西的姑娘就有这样的脸，这样的笑容，这样的小虎牙。那时候，几乎是惯例，医院里做双眼皮的小女孩，"非瑜即亮，非迅则顺"，董尧如果被他拒绝，多半会去找李顺。丁迅不想让李顺手下埃及艳后似的大眼睛出现在她素净的脸上。

之后，中秋夜，他在急诊为她处理创伤。回家路上，他在医院门口看到了她孤单的小身影，一只眼睛蒙着，在踌躇要不要坐黑车。他叫住她，折返回去取车子。他们的车平时很少用，总是停在医院的院子里。他送她回表姐家。国庆期间的北京，夜里很清静，在这么晚的夜里行驶在长安街上，对于丁迅好像还是第一次。他记得路两边的树枝上，挂满了庆祝国庆的小灯。

后来他就经常见到她。一做完手术她就销声匿迹，再次出现又是来看他的门诊，通常都是最后一个来，怀里抱着蓝色的双肩背包，一脸严肃，好像从不认识他。他告诉她不必挂号看门诊，可以直接来找他，或者他希望她最好不要再到医院来，不要再做任何手术。可是她还是会老老实实地挂号，在诊室外面排队，就像当年那个傻小子丁迅，只有买文具的时候才敢名正言顺地到店里去看一眼他喜欢的姑娘。

常有人说，整形的水很深。从前丁迅对此毫无压力，他像是游泳教练，到了下班时间，擦干身体穿好衣服，回到一街之隔的家里，就超脱于水之外。杨曦的事件让他陷入其中难以自救，是董尧，无声无息地在岸边打捞他。这个夏天，他无法忽略这个小姑娘的存在，虽然她的力量很微小，却像是黑夜里一点微弱的萤火、烈日前一片单薄的云彩。

　　关锋曾经笑骂着说他只知埋头拉车，不知抬头看路。　真对，他像驴子拉车一样勤恳地工作着。　他耕耘着各种各样的脸。　逐渐地，脸对于他也变得和庄稼一样，好像忘了那些脸是属于现实中的人的。　他在拿起器具准备重塑一张脸的时候，忘了回头去看看，来时路上留在他脑海中的那些人的脸。　将生活和工作割裂，是他自我防护、自认为有专业精神的方式。　脸，这样重要的存在，被他归档为工作内容，在脱下白大褂锁上更衣柜之后，就成了值得忽略和遗忘的东西。　他不知抬头看路，不肯回顾，也不去审看自己。　也许小白菜的脸始终是一个水印，他其实是衬着那个水印去审视和描绘别人的脸的。　所以他那么喜欢董尧的脸，他对她超乎寻常地用心，他始终小心翼翼，担心破坏了这张脸。

　　难道他记不清相貌的小白菜，让他在无意识间，把董尧，把来找他的一切姑娘，做成小白菜？

第二十三章

旋转木马和田螺姑娘

————————————○ 她一路上就嘱咐我,在舅舅家的时候要懂
事,别给人添麻烦,下次回来还带我来玩。 我
最喜欢坐旋转木马,可是又最怕,一停下来,她
就要走了,我就希望它一直转。

夏天是整形旺季,贾一澜和丁迅都常常要工作到晚上,丁圆圆做晚
班保姆的时候也多了起来。 贾一澜到丁圆圆家接焕焕,发现了她家里
的变化。 屋子收拾得很整齐,桌子上有菜有饭,用过的杯子也洗得干干
净净地放在水池边。

"你转性啦? 怎么变得越来越贤惠? "

丁圆圆抬头看了一眼紧闭的小卧门,没有告诉贾一澜自己金屋藏
娇,藏的还是一个和她的丈夫丁迅不无关系的人。

贾一澜走了之后,丁圆圆喊了一声董尧,董尧在楼梯上现身,带着
头套。

"你是我的田螺姑娘,装在套子里的田螺姑娘。"

"我是阁楼上的疯女人。"董尧自嘲了一下。

"阁楼上装在套子里的疯田螺姑娘,别整天躲在上面了。 刚才丁大夫的孩子来了。"

"我听到了。"董尧微笑着说,她听到了焕焕用小男孩特有的又沙又嫩的嗓音大声说话。

"你看,这就是丁迅的孩子画的。"丁圆圆指给她看楼梯墙上挂着的画。 那是丁迅和焕焕合作的公园景物画,焕焕构图,丁迅画树叶和墙砖,是丁迅消沉期的见证。 后来焕焕在上面题了字,慷慨地把它送给了丁圆圆。

董尧默默注视着那幅画:"画得真好。"

"对了,你送给他的变形金刚,他很喜欢。 不过那个东西太复杂了,都是丁迅在玩,一开始丁迅不知道怎么变形,研究了大半夜。 好不容易搞清楚了,变成了汽车,焕焕就又叫'爸爸,给我把汽车变回擎天柱',又让丁迅折腾了很久。"

董尧笑着,听得很开心:"丁大夫对孩子很好吧?"

"他对孩子好,可惜焕焕正处在俄狄浦斯期,对他不太买账呢。"丁圆圆告诉董尧。 一般认为,儿童发展到三到六岁的时候会有一个阶段排斥父母中的同性,想要取而代之。

"那丁大夫不是会伤心?"

"伤心那是庸人自扰,儿童发展就是各阶段有各阶段的特点,反正四岁的小孩又不会弑父。 我这里是幼儿园的课后班,说不定哪天丁迅也会来接孩子,你是打算躲着呢,还是出来接见?"

董尧又有点脸红:"我还是躲着好。 其实我并不想见到丁大夫,我平时看她觉得他很陌生。 好像手术室里的丁大夫,戴着口罩的,才是我认识的。"

丁圆圆突然有所悟:"对,我也有体会的,只是可能感触不深,已经都忘了。 我也做过手术,当时就觉得他怎么突然变得这么好了。 过后想,可能这是我自己的问题,斯德哥尔摩综合征,他拿刀子,割开你,伤害你,然后又爱护你,安慰你。 丁迅在手术室里确实和平时大不同,可能连他自己都没有意识到,他的家人都不见得了解。 戴上口罩,他就入戏了,好像人格分裂一样,那个丁迅是他的超我。 现在我明白了,你只能不断找他做手术,在现实里再接近他也没有用,因为那个不是你的丁迅。 只有在手术室里,你才能感到那种幸福。"

董尧没有躲避这个话题:"幸福吗? 好像是恐惧。 你那天说,依恋其实是一种恐惧,就像我小时候妈妈带我坐旋转木马……"

"对了,我记得你说过你小时候不在妈妈身边,还没详细问过你。我第一次见你,就是在丁迅办公室,那时候我就自作聪明地下结论,你热衷整形,可能是童年问题或者父母问题。"

"我的童年,是有问题的。"董尧说。

"其实每个人都有童年问题,尤其是中国人。 你看美国的变态杀手,一般都能挖出童年阴影来。 我们没那么极端,只是在一生中没完没了地纠结。"

"其实我好像就没有那个俄狄浦斯期,我特别依赖我妈妈。 我三岁的时候,她去外地读研究生,我很想她,我现在都能记得。"董尧慢慢地讲起了自己的故事,"我妈说,她还怕我不记得她,可是我很记得她,她回家来,我欢喜得不知道怎么样好,直咬她的脸。 她不让,我就咬自己的手。 有一次我生病了,发高烧,上吐下泻,她就请假回来看我了。那以后,我就总是想生病。 晚上我故意不盖被子,使劲贴着冰冷的墙,想着凉了,发烧了她就会回来了。 可是我就是不生病。 她每年寒暑假回来。 我们那里有一个公园,在一座山上,里面有游乐园、动物园,离我家还很远,是小孩们心目中的圣地。 她走之前,会带我去那里玩一次,要坐好久的车。 她一路上就嘱咐我,在舅舅家的时候要懂事,别给人添麻烦,下次回来还带我来玩。 我最喜欢坐旋转木马,可是又最怕,一停下来,她就要走了,我就希望它一直转。"

董尧说到这里,突然哽住,咬住嘴唇,眼泪滔滔地涌了出来。 丁圆圆伸出手臂搂住了她。 旋转木马,董尧从没有对人提过,她几乎忘记了。 长大以后,她再没去过那个公园。 今年过年的时候,全家出门走亲戚,途中经过了那里。 "尧尧小时候最爱去那儿玩了,尧尧你记得吗?"董尧不答话,看着车窗的另一边。 妈妈以为她忘记了。 对于妈妈,也是惨痛的回忆吧。 尧尧最爱去那儿玩,可是每次回家,她一路上都一直哭一直哭,夏天哭得满头是汗,冬天哭得脸蛋发皴。 董尧没有忘,可是她的旋转木马不在那里了。

丁圆圆用力抱了抱她,完全懂了她。 童年时一场未完成的依恋,一直在她的生命中作祟,手术室中慈爱的丁迅,不可避免地成了投射对象。 可是没有用的。 童年里缺失了就是缺失了,这段依恋无法痊愈。人间天上,没个安排处。

依恋,其实是一种恐惧。 这是袁敢为说的。 害怕失去,害怕放手,必须要有一个依恋的对象,才能印证自己的存在,才能安全地活着。

董尧在楼上睡下了。 丁圆圆蜷在贵妃榻上,抬头看着焕焕的那幅画,头脑中浮现出了焕焕憨头憨脑的样子。 董尧刚才站在那里,痴痴地看了很久。 她一定很羡慕焕焕,就像丁圆圆羡慕袁丁丁一样。

董尧和她何其相似。 她也曾经这样依恋过一个人,也曾经在某个不经意的夜晚,窥破自己的真相,带着天大的委屈痛哭了一场。

自从她和丁迅一家做了邻居,除了常来常往,也时常在小区内外遇到他们。 就在前几天,她见到丁迅坐在小区中间的回廊下看书,焕焕在回廊前的下沉广场上和几个小孩子疯跑,过上一会儿,他就跑到丁迅旁边,把头在爸爸怀里顶一下,确认一下爸爸还在这里,然后继续放心地去嬉戏。 丁圆圆站在一边看着他们,看了很久。

袁敢为在她生命中就是这样一个人。 她没有告诉董尧。 她内心的秘密,不是能和人分享的。

从大一开始,袁敢为就开始给他们上课。 他是个随和的老师,并没什么惊人的魅力,也没有锋芒,只有温润的气质。 丁圆圆觉得他是老师中唯一学以致用的人。 丁圆圆那个班的学生都很调皮,爱惹麻烦。 大一学生的淘气和荒诞,并非作恶,但仍然遭到学校当局的管束和压制,包括那些心理学专业的老师。 好像只有袁老师,能用心理学家的态度了解和宽宥他们。 一切问题,他都能见招拆招,从容化解。

她都记得是哪一天,是如何开始的。 那天上午的第一二节,是他的课——发展心理学。 课间休息的时候,他坐在讲台后面,看着喧闹的学生。 丁圆圆刚走到门口,准备出去,有人叫了一声"圆丁丁",女孩子们喜欢互相乱叫名字,她有很多别号,丁球球、丁零零、丁蛋蛋,"圆丁丁"也是其中之一。 丁圆圆停下来,转身。 袁敢为微笑地看着她,随口说:"我女儿就叫袁丁丁。"

我女儿就叫袁丁丁。 于是,有些荒谬地,就在那一刻,她爱上了他。

也许并不是爱,管它是什么呢。 这种爱恋,无关年龄,有时甚至无关性别。

丁圆圆想尽办法接近袁敢为。 有他的课就一定选,有的学期没有他的专业课,她也要去上他的校级选修课。 她和他带的研究生交朋友,给他们做实验对象,他牵头的项目,但凡本科生有份,她一定努力参与。 她终于成了他最熟悉的学生之一。

这种莫名其妙的感情并没有让她烦恼,相反,她好像有了寄托。 她又开始做白日梦,再一次背叛了自己的亲妈,幻想自己是他的孩子。 这样每天夜里连续的幻想,似乎医好了从孩提时期起就困扰她的失眠和梦魇。 她有一种奇怪的梦魇,无内容,只有氛围,她在半睡半醒之间陷入浓滞的黑暗,不是夜的那种黑暗,是什么都照不亮的黑暗,山雨欲来的黑暗,好像有什么可怕的东西就要来临。

就这样,从大一一直到大四。 丁圆圆做好了打算,她要考他的研究生,然后留校,如果不能留校,就继续读他的博士、博士后。 她就要在他身边,上学,工作,结婚生孩子,评职称,老去,死去。 反正他就在那里的,她也要在那里。

丁圆圆不知道这是什么,但是袁敢为知道。 心理学家袁敢为,对她洞若观火,甚至他有各种术语可以定义她:移情现象、依恋理论。

这让丁圆圆恼火。 她不肯承认这些适用的理论。 这和她的童年没关系,一切只是源于她自己。 她不会去打扰他,不需要他管闲事,不需要他医治。

依恋,其实是一种恐惧。 袁敢为对她说。

那是二○○○年的中秋之夜,他们在苏州实习。 那天晚上,其他人都不在。 一段间断的自由联想挖掘出了她内在的小孩、她内心的恐惧根源。

南山雄狮。

她想起来了,南山雄狮。 儿时丁圆圆的妈妈时常要值夜班,爸爸一个人带着她,对于她的夜间哭闹毫无办法。 后来他有了震慑她的法器——南山雄狮。 小孩子晚上哭,南山雄狮就会下山来把她抓走。 丁圆圆的家乡并没有山,更没有南山,雄狮就是铺沙发的一条布巾上的一头怒吼的雄狮图案。 那时候她四岁,她想起来了,流落在潜意识中的南山雄狮。

那天晚上,她觉得自己被剥得精光,梦境中的黑暗变得明晃晃。 她原来从孩提时代就不自知地开始体验残忍和荒谬。 原来她心里有这么一头狮子,威胁着她,恐吓着她,让她始终怯懦、消极、无着落。 而把这头狮子放在她心里的,是一向宠溺她的父亲。

为什么? 你不能保护我,你不能管我,把我心里的怪兽放出来,让他咬我,吓我?

"我会管你的。"这是袁敢为的承诺。 他懂得她的依恋,她只是需要一个精神的父亲,替她赶走代表着黑暗和邪恶的雄狮。

"我也想要一个甲虫的小表。"哭泣中的丁圆圆突然提了一个莫名其妙的要求。 顷刻间她看清了自己,也由此感到解脱。

白天的时候,袁敢为到附近的小店里,随便买了一块卡通怀表,甲虫形状,拉开甲虫的翅膀,里面是表盘。 丁圆圆在一边,又羡慕又凄凉。她也想要这样一只甲虫,一个来自父亲的礼物。

"我女儿是小孩子,我给她的都是小孩的东西。"袁敢为每次出差,都会给女儿买一个小东西,随便什么东西。 他答应丁圆圆,以后每年的最后一天、她的生日,他都会送她一件礼物,直到她不再需要。 他能肯定,总有一天,她会不需要他。

十年了,每年的最后一天,她都等着他的礼物。 当年,他送了她一部手机。 诺基亚3310,深蓝色,那是她的第一个手机,现在,手机的尸体一直保存在她的抽屉里。 某一年他去加拿大，带回一个当地叫"Dream Catcher"的印第安人图腾的挂件送给她。 他还送过她一条大卫之星的项链，用这种宗教的图腾，表示对她的护佑。 二〇〇三年是她的本命年，"属羊的命苦"，她爱这么说。 袁敢为送了她一个小小的黄金生肖吊坠，一头长着弯曲的角的小羊。 二〇〇八年，他的礼物提前寄到了四川，是一条羊绒围巾，很大很厚，褐色的千鸟格，很暖和。 除了从国外带回的纪念品，他买的东西，多半来自双安商场的一层，那是他家附近的商场，和大多数男人一样，他不是一个会经常去商场的人。 这份礼物其实更像是一道符咒，或者一副解药，让她知道，他在那里。 像是在冰场上滑冰，或者在游乐场上坐旋转木马，她是一个人，但是她知道他在栏杆外面，不时地看她一眼。 如果她跌倒受伤，或者有怪兽出现，他会管她。

袁敢为并不在她的生活中，他是她的旁观者。 她只管过她的日子，做她的事，但是不时地回头看看，确认他还在那里，她才能安心，才能继续前进。

董尧还有机会在心里挥别她的丁迅、遇到另外的人，可是她就要失去袁敢为了，物理地失去了。 她的成长还没有完成，失去了他，那头狮子会卷土重来，失去了他，这份缺失会变成另外一头狮子，永远在她心里噬咬着。

丁圆圆参加完星期一的选题会，就应小唯之约去她家吃火锅。

小唯隐约知道董尧做下颌角失败，现在住在丁圆圆家："整形的人，最怕手术失败，比死还可怕，还好有你照顾她。"

"我哪有照顾她，都是她照顾我。 她很乖，不声不响地，我一回到家，看饭做好了，屋子收拾好了，杯子都洗得干干净净，电水壶里灌满了水，真觉得家里有了个田螺姑娘。"

"她很不开心吧？"

"整天闷在屋子里不出来。 她家里人都不知道，她不敢回家，北京的亲戚家也不敢去。 过些天开学了，还要面对老师同学。 做了这件蠢事，她心里不知道多懊悔。"

"她为什么不找丁迅做呢？ 她不是喜欢丁迅吗？"

"她当然找过，丁迅不给她做。 她可能是一赌气就到外面去做了。"

"丁迅为什么不给她做？"

"他多少有点明白了她醉翁之意不在酒。 不想让她再折腾了。"

"他管得太宽了吧！ 这样好像是为她负责，结果不是更糟糕？"

"他当然也是为了董尧好。 不过当医生对病人负起了专业之外的责任，就更难判断什么是对的了。"

小唯叹了一口气："整形的人，尤其是做下颌角的，都有点走火入魔，我当年就是这样，董尧又是另一种走火入魔。 早知道这样，你还不如多制造些机会让董尧接触丁迅。 不就是偶像崇拜吗？ 打破神秘感也就好了。"

"我也是刚刚明白的。 董尧是因为童年心结，也许和丁迅根本无关。 她所爱的不是现实中丁迅这个人，而是他的某种状态，是手术室里的丁迅。 她迷恋的是手术室中的那种感觉。"

小唯想了想，傻傻地说："可是下颌角手术是全麻的，她什么都不知道了，还能有什么感觉？ 要是像我一样局麻做下颌角，嘴巴翻起来，丑都丑死了，这鬼样子让喜欢的人看到，岂不是很惨？"

"董尧对丁迅的感情，还真不是男女的那种，更像恋母情结呢。 我们在恋人面前想保持最体面的形象，可是在父母面前是最不介意暴露出丑态和惨相的。 这样的暴露往往代表着在人际关系中突破了某种藩篱。 心理医生也会常遇到这种事，尤其是失恋的女人，会把她的一腔感情转移到心理医生身上，这种现象叫移情。 对心理医生的那种敞开，在现实当中只会对很亲很信任的人才会有，同样，心理医生对你感情和思想的那种关注，也会让你觉得他是对你最好的人。 人和人之间是有距离的，医生对患者是一种侵入式的关系，这种侵入一下子拉近了两个人的距离。 心理医生是精神的侵入，外科医生是肉体的侵入，患者本身就是一种脆弱的状态，很容易对医生产生感情。 而且整形医生比其他的外科更容易招惹这种事。 比如你们家沈雷，长得帅，人又好，态度那么温柔,以后免不了风流情债的。"

小唯笑起来:"是哇? 回头我要审他。 为什么整形医生更容易惹上风流债呢? 整形的医疗纠纷不是最严重吗? 还真是,我做我那个膨体鼻子的时候,躺在手术台上看着医生的眼睛,还真有点怦然心动。 我那个医生也是帅哥,其实为人是蛮差的,很贪心。"

"那是因为人都需要其他人的关注。 我们的五脏六腑虽然重要,可是我们看不见,对它们也没感情,只有生病的时候才意识到它们的存在。 我们对自己的认识,只有内心和外表而已。 治疗你的肺炎或者痔疮的医生,并没有触及你的自我。 但是心理医生和整形医生对你内心和外表的那种关注,是至爱的人才会有的。 再说,你在手术台上,只有两个人,离得那么近,四目相对,数得清他的眼皮有几层。 除了早高峰时的地铁上,陌生人之间很难有这么亲近的。"

"这样哦? 我还真是想象不到。 亲爱的,你这个心理学家还真的很会分析,不过我觉得我就不会这样,那叫什么? 移情。 可能是我比较自恋吧,我只关注自己。"

丁圆圆忍不住笑了:"你真可爱。 确实是的,自恋型的人就不容易发生移情,也不太会理解那些为情所困的人。"

小唯露出八颗闪亮的烤瓷牙:"我不会为情所困,可是我为鼻子所困,也很辛苦。 我就是自恋嘛,只关注自己,不过也没妨碍到别人。"

丁圆圆说:"只关注自己没什么不好,毕竟自己最了解自己。 不过董尧小朋友就正相反,她事事都想着别人,好像完全没有自我一样。 你知道我家那个淋浴,我总是调不好,不是过凉就是过热。 董尧就给调得特别合适。 水流到身上,温度刚刚好,就像喝茶或者喝汤,冷热浓淡恰到好处,都会让人一瞬间产生幸福感,董尧就能带给人这种感觉。"

"这样的女孩,以后谁娶了她会多幸福呢。"

"还真的不一定。 先人后己也是一种病态。 她童年受到的教育,就是要懂事,不要给别人添麻烦。 这样的人,在社会中是特别好的人,但是在亲密关系中,她全部的自我都要对方来承载。 由于不自信,她会反复折磨对方来确认他是不是真的爱她,然后又陷入自责,最终很难幸福。 所以说,先人后己的教育绝对是大误区。 反而是关注自我的人,表现会比较稳定,虽然有时候可能讨人嫌。"

小唯说:"你这样说得我很开心,我就是很自私的人,看起来好像自私有理啦!"

"你并不自私,自私是不顾别人。 你爱自己,但对别人也好。 董尧就经常说起你呢,她说只有在你面前没压力。 我和丁迅这样的人,虽然关心她,还是给了她压力的。 你什么时候去看看她吧。 她不想见人,但是应该会想见你的。"

"我们整形的人才会互相理解的。 你们可能嘴上没有说她,但是心里还是在评判她。 其实别人说什么可以不去管,就是亲人朋友的态度才伤人。 我妈和我姐姐就是这样。 你整形出了什么问题,他们就做出'我就知道会这样'的样子,好像在期待你出问题一样。 所以我常常都瞒着她们的。"

丁圆圆想到了徐传琪:"没错。 大棋就说,这半年来忙于整容,跟朋友都不来往了,基本上只有我这一个朋友了,她就是讨厌别人的那些大惊小怪、冷嘲热讽。"

说大棋,大棋就到。 大棋一到,屋子里马上欢声笑语。 她见到墙上挂着的画,问:"这是丁大夫家的胖小子画的? 有才啊。"

"是啊,这是你女婿画的。 你不是要和丁迅结亲家吗?"

"不行,辈分不对啦。 我还打算跟这个小孩拜个把子呢。 你看,我跟他一样,都是丁迅他们两口子创造出来的。 入门有先后,我还得认他做大哥。"

丁圆圆一边笑,一边说:"这么说我这楼上还有你一个同门大姐,我给你把她叫下来。"

她把董尧喊了下来:"董尧,她可不是外人,是你们丁迅世家的姐妹,天下整友是一家嘛。"董尧和徐传琪本来就互相知道,只是第一次见面。 徐传琪已经了解到董尧的情况,见她还戴着头套,拉着她的手说:"摘了摘了,不算大事儿,这也就像是墙坏了,补点腻子就好了。"

她这样的态度,让董尧也放松下来,摘下了头套。

妎看了看董尧的脸,又摸了摸自己脸,对丁圆圆说:"还是我们整过的人人生最丰富,我们既有过单眼皮,又有过双眼皮,有过塌鼻子,又有过高鼻子。瓜子脸、锥子脸、鞋拔子脸、猪腰子脸全经历过。"

丁圆圆和董尧都笑了。董尧说:"我现在是一半锥子,一半猪腰子。"

"那还不好?可进可退,可攻可守,等你能修复的时候,想要什么样就修成什么样。她有这机会吗?"她指着丁圆圆说。然后,她又拍了拍董尧的手,"小妹妹,不用上火,没那么严重的。我以前也是大小脸,骨头天生长得偏,人老了,有一边脸萎缩得厉害,后来贾大夫给我打了脂肪,现在好多了。"

丁圆圆说她:"你是越来越觉得整容有理了是吧?我跟关院长说说,让你当美人沟代言人吧。"

"我是自我安慰,其实我上火着呢。你看,我双眼皮太宽了,我要找李顺,他还逃到韩国去了。我正在琢磨,要不要过一段再修一下,修窄一点。"

丁圆圆端详了她一下:"我倒没觉得宽,应该是还没有彻底消肿。这个双眼皮的宽窄还真不好说,听丁迅说,他的好多纠纷都是小姑娘嫌双眼皮窄了,白做了,都不想活了。"

"反正,我这就是宽了,不自然,应该再窄上个一两毫米。"

"那是你心虚的缘故。你要是天生的双眼皮,是七毫米还是八毫米,自己都不会注意。整形出来的,就求全责备。其实那些大夫是凡夫俗子,当然没有女娲造出来的精妙了。"

"那不对,天然的东西可以有瑕疵,人工制品,就要它做工完美嘛。"

丁圆圆说:"这你就要好好调节一下自己的心理了,不能太执着,很多事情都是由执着来的。就这个双眼皮的宽,演绎了多少故事。李顺给王琢做双眼皮,宽了,王琢天天骚扰他,结果酿成一场孽缘。所以,你这个就算宽了,也凑合凑合算了。你现在眼皮儿宽,鼻子高,有点混血感,这样你闺女可能还更像你一点儿。"

"唉,要说我这鼻子,还真的有点过高了。 你看我现在,双眼皮像毛主席,下巴像列宁,大鼻子像马克思……"

"马克思的鼻子不见得大,他是脑门大,我看过一个电视剧,里面的人排话剧演马克思,就安了一个假额头,连着个假鼻子。"

"说的是。 我并不是鼻子高,是额头长得太平了。 我正在考虑,把额头垫起来,那看起来就协调了。"

丁圆圆叹息道:"好吧,都是我的错,把你引上了这条不归路。 你还记不记得,你当年整形,是因为在地铁玻璃窗上看到了你的物理老师。 现在,你坐地铁照镜子的时候,已经忘了那位老师了吧? 你开始想宋慧乔、范冰冰了吧? 既然如此,你不如来个革命性的改造,到丁迅那里,做个硅胶的大脑门,再拔掉几颗牙,做个正颌手术。 然后把颧弓也凿平了,想变成谁就变谁。"

徐传琪嘻嘻一笑:"你说的我可以考虑,不过颧弓不用凿,你看王菲、张曼玉,颧弓都挺明显,依然很漂亮。"

"你看,这还是说明审美是主观的,你喜欢王菲张曼玉,就觉得她们的缺点也漂亮。 你要是喜欢你的物理老师,可能就不介意自己看起来像她了。"

徐传琪走后,董尧在沙发上呆坐着苦思冥想。 丁圆圆坐到她的身边,看着她带着头套的侧面。

"姐姐,你为什么没有问我,为什么要做这个手术。"

这个问题,一直是困扰丁圆圆的一个谜。 到底是为了什么,在她被丁迅拒绝之后,做了一个如此激进的决定,找另外的人做了这么大的手术?

"人做一件事的动机,可能跟这件事并没什么关系。 就像买名牌一样,不一定是喜欢这件东西,但是为了虚荣,为了跟风,可能就会花大价钱。 我一毕业就去了会计师事务所,就是出于虚荣,因为它难考,录取率低,结果做了不合适的选择。 你看我像个会计吗? 所以我也不想去探寻你的动机,因为说实话,这样的事情后面往往有一个很蠢的真实理由,但是你自己在心里必须要敢于面对真相。"

"有时候,我觉得自己真像是道林·格雷。 当时真不该选它。 其实我选这本书,是因为它最薄。 本来是我想偷懒,结果好像被诅咒了。"董尧说。

奥斯卡·王尔德的《道林·格雷的画像》是一部很特别的小说,其中有很多离经叛道的谬论。 虽然也是世界名著,却很难列入青少年必读书目。 小说的主角道林·格雷,俊美异常,所有人都爱慕他纯洁的容颜。 一位画家为他画了一幅惊世的肖像,在画中倾注了自己所有情感。 道林·格雷嫉妒自己的画像,因为他的青春和美貌会逝去,画像却永远保持着最美的模样。 他想由画像替他老去,而自己永葆青春,他愿用自己的灵魂交换。 魔鬼感应到了他的心愿,他变得堕落、放纵、冷酷,可是这一切都没有在他脸上留下任何痕迹。 他的美貌二十年丝毫不曾改变,而画像却记载着他生活的轨迹,代替他变得丑陋衰老。

董尧这样一个朴素的女孩,不太留意自己的容貌,她对这本奇怪的书,只当作一份胡乱应付的作业,并没有什么特别的感触。 可是,仿佛是宿命一般,爱美的书中人为了留住自己的脸不惜出卖灵魂,并不爱美的女学生却走向美人沟,出卖自己的脸,只为了换一份虚幻的幸福。

"你不像道林·格雷,你更像小人鱼。"海的女儿小人鱼,为了能接近心爱的王子,把自己最美的歌声交出去,时刻忍受着肢体的痛楚。

"反正,总是悲剧。"董尧眼睛里露出了悲哀的神情,"我觉得我真可耻。 你说我是童年问题,可是我的童年早过去了。 我从前还认为我是个懂事的人,其实我根本不懂事。 我妈她有什么错,她也是不得已,可是我就是在怪她,我自己都没发觉。 我小时候整天眼巴巴地盼她回来,现在换成她盼着我了。 可是我不爱回家,放假回了家也找借口早回来。 她明明已经回来了,我盼到她了,可是我又不亲近她,却到别人身上去找这种感觉。 我太虚伪了。 还有丁大夫,他也是虚幻的。 就像道林·格雷只喜欢舞台上的西比尔。 这完全是变态的感情。 我搞成现在这个样子,完全是因为我变态! 我最对不起的是我妈。"

　　董尧说着,嘴唇微微颤动,眼里闪出了泪光。　丁圆圆也良久没有说话。　她懂得董尧的感觉,她也有过同样的困扰,也曾经觉得对不起自己的爸爸。　丁圆圆的妈妈很强势,对她很严厉,而她从小就很调皮,说谎、逃课、偷钱都干过。　爸爸总是站在她这一头,替她圆谎,帮她哄骗妈妈,偷偷给她超额的零花钱。　可是就是这样一个好老爸,在她的潜意识里,居然代表着黑暗的恶势力,而她在精神上把那位给自己女儿买甲虫小表的老师当成了父亲。　这不是没良心吗?　爸爸知道了,一定很伤心。　和丁圆圆同期出生的人,正是中国的首批独生子女,他们虽然贵为"小皇帝",受点打骂折辱,也属稀松平常。　可是别人都好好的,为什么只有她丁圆圆,记住了那头"南山雄狮"?　可是她对这一切无能为力。　在意识的理性世界,她过得光明安稳。　而那个潜意识的世界,不由她掌控。

　　"董尧,其实世界上每个人都有心病,但是有病我们也能好好活着。　咱们都是独生子,一个人长大。　其实我们不是一个人,从小开始,就有一个小姐妹和我们在一起,那就是我们的潜意识,是另一个自己。我们在按照世界的规则活着,按照我们受的教育,知道什么是好坏对错,按照父母长辈的要求做个懂事听话的小孩。　可是,那个小姐妹就不吃这一套。　她是个野孩子,她和你的经历一模一样,可是和你的感受却不一样。　可能小到你都不记得的事情,却一直影响着她。　她不管什么是应该什么是不应该,她只诚实地记录自己的感受,就像道林·格雷的那幅画像一样。　你管不了她,她有时候却能控制你。　在你童年时期,甚至童年之前,心智还没发展好,你的潜意识妹妹已经在为你日后的心理定调调了。　你不要责怪她,也不要想压制她,她才是最真实的。　你应该觉得幸运,能够发现她的存在。　你看那么多人,什么都有,可就是不开心,就是因为没有搞定这个如影随形的小人儿。　你不是道林·格雷,你是个聪明的姑娘,你那么善解人意,但是不能只对别人好,对自己也要好。　你要和那个有分离焦虑的小姐妹和解,然后你才能扫清这些幻象,见山是山,见水是水,见妈妈是妈妈,见丁大夫是丁大夫。"

　　丁圆圆突然灵感来袭,朝董尧讲了一大通。　董尧认真地听,默默地想,她需要一点时间来认清自己。

董尧的心境逐渐缓和,脸上的情况也开始好转。 丁圆圆每天见她,
并没有觉得,小唯来看董尧,直说她的问题不严重,丁圆圆才仔细留意
了她的脸。 人体的自我恢复能力真的很强,董尧的脸已经不肿了,嘴角
边松松的肉也消失不见,脸蛋恢复了光泽,表情也自然了。 笑起来脸依
然有些僵,不过终于又见那个熟悉的笑容了。 当然,她的脸还是很不对
称,消肿之后更加明显,半边尖半边圆,不过看起来并不像从前那么怪异
了。 其实每个人的脸都是不对称的,也有不少人天生大小脸。 在丁圆
圆看来,她的脸保持这样也可以接受,未见得非要修复不可。 不过,她
又想到丁迅说的,如果不修复,等年纪大了,软组织萎缩,耳朵前面就会
出现明显的坑。

小唯把董尧带到丽然美发店,亲自监工,看着她的头发被烫成了梨
花头,发尾微卷,向内扣,遮住了脸的两边,掩饰脸不对称的问题。 新发
型很漂亮,只是配上董尧清淡的脸,有些不搭调。

八月底,丁圆圆请沈雷帮忙,把董尧送回了学校。 她陪董尧走到七
楼的宿舍门口,轻轻摸了摸她被梨花头遮住了一半的脸,又为她整理衣
领。 她穿着圆领 T 恤,并没有什么衣领,这个下意识的动作表达的是一
种怜爱和不放心的肢体语言。 快开学了,董尧要用这样一张改变过的
脸,重新面对学校里熟悉她的人,经过了这一个月的心理建设,不知道她
是不是有了足够的勇气。 丁圆圆觉得很不放心。

第二十三章　旋转木马和田螺姑娘

第二十四章
美人者说

要 move on，她有太多的东西需要超越。
她的一边大一边小的怪脸，她心里仍然驱之不
去的眷恋。 还有这旋转木马。 和木马一样，
她在 move，却还是在兜圈子。

"姐。"超市门口有人叫丁圆圆，一迭声地叫，"姐姐姐姐，我回
来了。"

原来是李顺的小情人王琢。 他们两个离开质美整形机构之后双双
去了韩国。 王琢的头发染成了漂亮的酒红色，依然丰满，但是和从前比
似乎略有清减，看起来很有韩范儿。

"你回来啦？ 好像瘦啦。"

"靠，天天吃咸菜，能不瘦吗？ 我给你带了 BB 霜，哪天有空找我去
啊。 我和我们顺子现在在怡韩医院，就在邮局旁边。"然后，她抬起手
来摆了摆，提着购物袋走了。

丁圆圆看着她圆润的背影，心里不由得赞叹她确实是能做销售的好
材料。 她和丁圆圆并不怎么熟，却见了面就亲热地叫姐，还说给她带了

东西。 丁圆圆对她的事迹耳熟能详,因为贾一澜经常说起她。 贾一澜这个年纪的已婚女人,天然地有一种危机感,她心中的假想敌就是王琢们。 李顺和丁讯同龄,是同学、同事还是邻居,竟然在大家的眼皮底下出轨,让她不免兔死狐悲。 所以凡说到小三话题,贾一澜必提王琢。 这样一个小太妹般的胖姑娘,不仅实现了难度很大的小三上位,而且竟然把大婆和孩子也搞定了,能驱使赵颖替她代养猫,说明她表面粗放,实际上心机深不可测。

春天的时候她突然正义感爆发,揭发奥美定,丢了工作。 看来两人从韩国回来,已经有了新工作。

很快,丁圆圆就从贾一澜那里听到了李顺和王琢新工作的原委。

两三年前,美人沟医院曾经来过一个进修生,叫史春雨。 他四十岁上下,在某省会城市医院的整形科工作过,后来就到处混。 他油头滑脑,缺乏医生应有的严谨作风,做事情也不太认真,轮转过几个科室,大家对他的印象都不好。 不过李顺为人随和,时常和他喝酒谈天,两个人关系还不错。 史春雨做医生不在行,但头脑很活络,炒股炒房赚了不少钱,而且喜欢交际,认识不少江湖朋友。 最近他和自己的连襟合伙,在北京开设了一家整形机构。 他虽然是小股东,但毕竟是医生出身,又在美人沟卧过底,熟悉业务,所以由他担任院长。 他的整形机构也开在了美人沟,他知道李顺正在找活,就请他来一起干。 他很了解李顺,出身名校,基本功很扎实,一般的美容手术都做得细致漂亮。 他不是大牌,价码不高,却是草根明星,尤其是做双眼皮享誉江湖。 而且,现在他多少也算是有些落魄,找他来也算帮他,总之性价比很高。 他同时收了王琢,也是一件人情。

除了李顺等几个常驻医生,其他医生都是走穴的。 他知道这一行的规则,在医院做手术,医生能拿到的提成是一成左右,如果把患者约到他这里来手术,则能拿到三到五成。 重赏之下必有勇夫,他有美人沟医院的人脉,医生和客源都不用愁了。 他也想拉丁讯来走穴,晚上和周末到他这里做手术,酬劳从优。 丁讯推辞的理由是,需要照顾孩子。

"焕焕真奢侈,他爹陪他的时间值好多好多钱,这可比什么玩具都贵。"丁圆圆说。

"焕焕可不这么认为,他宁可要玩具。 他最近就想要个玩具,我们没给他买,等他过生日的时候再给买。 他现在特会过日子,自己的那份钱一分都不花,攒着买麦昆。"

"你们真坏,他过生日,又得大半年,到时候可能都忘了。 你们挣那么多钱,还难为孩子。 什么是麦昆? 我给他买。"

"并不是我难为孩子。 人在世上总不能事事顺心吧? 他早晚有一天会知道,不可能要什么有什么的。 现在都顺着他,以后在社会上怎么能适应呢? 就是要让他知道,不是什么都来得容易,什么都是理所当然的。"

"我反对挫折教育。 既然知道他早晚会发现想要的东西不是都能得到,为什么不让这一天晚点来? 咱们小时候什么都没有,总是体验匮乏感和挫折感,才过了二三十年,挫折就成了稀缺品? 我不信。 人需要的是幸福感、满足感,多多益善。 挫折总会来的,避免不了,何必人为地早早让他体验?"

"你说得我好像后妈一样。 你不是儿童专家吗? 原来你的教育理念就是溺爱孩子。 你不知道溺爱也是一种虐待吗? 你是纸上谈兵,自己生个孩子试试就知道了。"

从李顺的新工作,两人扯到了儿童教育,谁也说服不了谁。

被美人网站的月点击量达到了数十万,主管运营的同事监测到,几乎有一半的流量是通过链接到整形频道的内容搜索来的。 而访问整形频道的又有一半人会成为注册用户。 因此,整形是被美人网站的主打。 网络上关于整形的有效信息很少,丁圆圆做的事情,一定程度上填补了市场空白。

帕梅拉的决定非常有意义。 他们自己的平台要想做到内容广泛丰富,可能需要很长时间的积累,而与他们合作的网站已经做了五年,基本上主流的整形项目都有上千人参与评论和评分;有些整形项目,在中国还没有正式引进和开展，对于某些业内人士都是新鲜的；让人感兴趣的还有许多整形医生的经典在线问答。这些内容经由原小玉和董尧翻译成汉语，让这个资料库成了真正的整形宝典。

整形频道基本照搬美国网站的模式，有论坛，有分类资讯，分类中的每个手术项下都有手术简介、用户点评、医生答疑、术前术后照片分享。一开始入驻的只有贾一澜等几个丁圆圆熟悉的医生，算她的人情。随着网站影响力提高，越来越多的整形医生主动注册，建立自己的专栏，回答网友提出的问题。整形美容这个圈子也很小，很快，网络上比较著名的"整形狂"们和整形医生们都在"被美人"相聚了。

丁圆圆遥想当日，工作一筹莫展，整天想放弃，如今她已经成了半个整形理论专家，还以整会友，结交了一干好朋友，他们也成了她的智囊团。她不再耻于告诉别人自己的工作是什么，领导和同事也都夸赞她的成绩。追古抚今，她着实得意了一阵子。

但是很快，得意变成了焦躁。

有几个对整形非常感兴趣的女孩在做着管理员和版主，丁圆圆要准备杂志的专题，几天没怎么留意网站，结果出现了一场风波。

有人在网站上和一位医生问答了几次之后，去他那里做了拉皮手术。手术后对效果不满意，指责医生没有医德，并且声称对网站很失望，她相信了网站和医生的专业性，却被丧尽天良的医生所骗。丁圆圆如今见惯了术后心理失衡的人，只觉得她也是在无理取闹。跟贾一澜说起此事，贾一澜令人意外地站在了患者的一边。

"你知道那女孩多大吗？二十二岁！二十二岁做拉皮，也称得上伤天害理了。你看他们的问答。这女孩看过我的门诊，她根本不知道什么叫松弛！"

那女孩的问题是："脸特别松弛怎么办？"有几位医生回答了她。有人推荐激光，有人推荐玻尿酸，贾一澜的回答很长，很详细。她说这女孩的脸是正常的，不算松弛，她开出的药方是可以使用有紧致功能的面霜，多做运动，按摩脸部，冷热水交替洗脸，等等。凡是回答了她问题的医生，这女孩都去看了门诊，最后，她采信了那位医生拉皮的建议。

"你的回答这么详尽,她看你门诊,你没劝服她?"丁圆圆问。

"谁肯听一个自己脸都松弛的老女人的建议啊。她们会认为我这种年纪的人对她们羡慕嫉妒恨,盼着她们毁容呢。"

丁圆圆喷了一声:"这姑娘不懂事。"

"我是见怪不怪了,这社会观念就这样。我说什么有什么用? 人家是专家教授,还会欣赏青春的美,人家的意见才是意见。你看这位大专家写的文章,《抗衰老要从二十岁开始》。他发在自己博客里根本没人看,到你们这个平台,就有人追捧,以后这种事多着呢。我们这行,就是这样!"

丁圆圆这才觉得事态严重。整形本来就缺乏真正的权威观点,现在有这样一个平台,有人发布貌似专业的狗屁理论,她无法分辨,实际上,她在做着助纣为虐的事情。而被美人是个商业平台,也不能太苛责。网站上也有不少有责任心的医生,比如贾一澜,还有一些刚入行不久的整形医生,虽然心知肚明,也并不太会与伪劣信息针锋相对,毕竟都是同行,各种年会上还会见面。

又有一天,丁圆圆接到了关锋的电话。

"圆圆,我们激光科的人让我找你,说你们那个网站说激光没效果。他们才新上的机器,这对他们影响很大。"

"关院长,那不是我们说的呀,是我们翻译的美国网站上的内容,是人家美国患者的消费体验。"

"也没什么,我就是跟你说一声。"

"那你给我打这个电话,是要潜规则的意思吗?"

关锋在电话那头发出朗朗的笑声:"哈哈哈,鬼丫头,我哪敢潜规则你,你们做你们的。人家找到了我,我不跟你打招呼,也说不过去,你该怎么样还怎么样就是了。"

"他们找你,还不如直接找我呢。你们医院是我的福地,我肯定没有给你们抹黑的意思,只能算误伤。"

"那好,我让他直接跟你沟通。"

"是啊,真理越辩越明嘛。"

美人沟医院的激光科主任也在被美人注册了一个账号,在激光区发表文章,介绍激光、电波拉皮等非介入式治疗,还发了不少术前术后照片,以证明激光对于除皱、紧致皮肤、去除色斑的功效。按照美国网站的讯息,激光除皱的满意率只有约三成。有不少做过激光治疗的人也发表评论,说效果还不如紧致精华。对于主任发的案例照片,有人质疑,几个案例并不能说明问题,主任只好使出浑身解数辩解,讲解激光治疗的原理,最后有些人表示还是愿意一试。

关于整形的种种琐事让丁圆圆不胜其扰,有了专业问题,她就找贾一澜请教,贾一澜解释之余,又常常要发表一大通议论,满腹牢骚,让她更觉得一地鸡毛。于是她转向丁迅。丁迅对各种问题都有就事论事的简洁解释,这让她在工作上开始默默地依赖他。每当她觉得烦躁不安的时候,就到丁迅身边待上一会儿,然后就心静自然凉。

可是丁迅只能做她私人的冰咖啡,为她清凉解暑,对成为社会偶像却毫无兴趣。

丁圆圆在电视台的一位相识,想做一期关于整形的节目,请她出场,另外请她找一位有点名望的整形医生,他们会自备整形爱好者和整形反对者。

丁圆圆当然找到了丁迅:"丁大夫,咱们丁式双雄联袂出场,谁与争锋!"

没想到,丁迅一口回绝:"我可不去丢人现眼。"

丁圆圆说:"怎么丢人现眼了?咱们都算是从事公共服务行业的,需要知名度。我也得帮我们老板宣传一下被美人。我们牺牲色相出去抛头露面,也是为了工作嘛。"

"我要知名度干吗?"

"有了知名度才有更多人找你手术哇。"

丁迅摊了摊两只手。"再多的人,我也就这两只手,这么多时间,找我的人够多了。"

"那,就算不为了自己,你也要有社会责任感啊,教育一下普罗大众,传递整形的正确信息。"

"传递信息是你们做的事,我的本分就是做手术,没有那个本事教育别人。"

丁迅百般不肯。 丁圆圆想找李顺,却被制作方否定,可能觉得他的分量不够。 于是他们自己找了一个私立医院的院长和某个公立医院的主任,这位主任在那个私立医院里也有股份。 没有丁迅在身边,丁圆圆心里没底,也不想去"丢人现眼"了。 但是她还有宣传《被美人》杂志的使命,于是仍然去参加了节目,手持一块《被美人》的宣传牌,作为观众坐在前排。

节目做得浅尝辄止,整形者的代表全程戴着口罩。 从她说话的方式,丁圆圆认出她就是在丁迅门诊见到的那位要取奥美定的姑娘。 她叫白蘅芬。 在节目中,丁圆圆听她讲述自己的整形经历,不免瞠目结舌。 她浑身上下,尤其是脸,平均每个部位整过五次以上,是真正的整形狂,小唯完全没法跟她比。 丁圆圆事后找到这位姑娘,给了她一张名片。 白芬蘅喜欢和媒体打交道,也给她留了电话。

《被美人》杂志每个月都策划一个联合专题,各版块都要出稿件。九月份,他们要做的主题是"美人者说",这里的"美"字是动词,指的是使人变美。

把人变美的人,那就是化妆师、造型师、整形医生,甚至诗人了。"这种事林恒最擅长,你找他最合适。"这是丁迅的意见。

庄菲找了社科院的人文名人给她写稿子,写美的变迁,高端得吓人。 "你这么上档次,我怎么办呢?"丁圆圆对庄菲说。

"你认识的那些整形医生,丁迅林恒什么的,综合采一下好了。"

林恒最合适,丁迅说得没错。 而且现在她认识的人多了,也知道林恒这类整形医生不止他一款。 他们自己的专业博客里就有现成的文章,写得很漂亮,却是清新的陈词滥调,丁圆圆不想要。 可是她所欣赏的丁迅,却没有什么发人深省的观点。

"丁迅对外表的看法,我看就和我老爸差不多。 要那么美没什么用,又不当明星。 一般老百姓,漂亮不漂亮,看习惯了都差不多。 其实这才是有实用性的审美观,值得推广,对吧?"

"当然不对。"庄菲说,"咱们现在以经济建设为中心。 温饱解决了,经济发展要靠不实用性推动。 像你说的那样,别说整形,连时装业也没有存在的必要了,也包括咱们。"

"你说的是饱暖思淫欲,可是实际上温饱还没解决呢。"

"那就更需要不实用行业来解决就业,拉动内需,最后达到共同富裕。"

"行,你比社科院专家还有高度。"

丁圆圆听取了庄菲的建议,给几位各种类型的整形医生发了信,请他们回答几个问题,关于美人的标准,外表的重要性,再谈谈对自己工作的意义有什么看法。

至于她的朋友贾一澜,无须专门采访,两个人平时有很多机会交流,而且,贾一澜在这方面让她觉得很讨厌。

"这姑娘真漂亮,眉如墨画,睛如点漆。"街上见到美女,丁圆圆指给贾一澜看。

"还不错,就是面中部凹陷,偏颌,还有点下睑退缩,还是个鞍鼻。到我们那儿整一下就是真正的美女了。"

丁圆圆很想扁她。 贾一澜平日对于人们热衷整形表现得忧国忧民,一见到具体的人,又总是说他应该整这里、整那里。

"我看你们整形医生是最不配谈美的。 要是丁大夫,我猜你问他,这人好看吗? 他会说,拍个头颅正侧位片和下颌全景片我看看,然后对着灯箱上的片子左看右看,然后后知后觉地说,嗯,好看。"丁圆圆粗着嗓子,学丁迅说话,"这叫按图索骥!"

"丁迅的底线很低很低,是个人他就觉得长得不错。 这么缺乏鉴赏力和批判精神,还干这份工作。"贾一澜说。

"丁大夫喜欢什么样的长相?"

"说不清,好像喜欢大饼脸。"

"大饼脸? 那他真是分裂了,他可是以做锥子脸为生的啊。"

丁圆圆回想了一下,丁迅有时候会说"小姑娘还挺漂亮"。 他所指的对象,往往并不是那些做下颌角或者垫鼻子的美女,而是原小玉这样面部畸形术后的患者,而在丁圆圆看来,实在称不上漂亮。 难道丁迅对漂亮的定义就是眼睛鼻子长在了基本正确的位置? 丁圆圆觉得好看的人,贾一澜会认为或者太平淡,或者有明显的缺陷,而被贾一澜赞许为标致美丽的人,丁圆圆却觉得看起来毫无动人之处。 再绝色的美女,总有个别人认为她并不好看。 美的标准如此不同,被美人该朝哪个方向努力呢? 丁圆圆决定好好挖掘一下丁迅,探寻一下这个喜欢大饼脸、审美底线很低很低的人,是如何实现一群对自己的长相最为挑剔的人提出的要求的?

丁圆圆把丁迅拉到自己家,为他上了茶,然后非常正式地拿出一张打印纸,都是她向其他整形医生提出的问题。

"你饶了我吧。"丁迅认为她太深奥。

丁圆圆本来也是虚晃一枪,她收起那张纸,只问了一个官方问题:"整形作为一种变美手段,和化妆、造型、时装的区别在哪里?"

"化妆和造型给人的变化是暂时的,可以恢复原状,所以他们只需要注重外形就可以了。 整形手术是创伤式的,它涉及人的健康。 在考虑形态的同时,还要考虑功能,一定要在不影响功能的前提下去考虑形态,另外还要特别注意瘢痕的问题……"

丁圆圆觉得他的回答很正确,但是也很无聊,于是打断了他:"这样好了,先抛开你的职业,你就表达你的个人意见,说说你的审美标准是什么,或者说什么样的人才是美的。"

丁迅想了想说:"协调吧,还有顺眼。 这就算美吧。"

"这标准是主观的还是客观的?"

"协调应该算是客观的,顺眼就是主观的。"

"那你整天通过 X 光片看人,就是在按照教科书标准寻找客观的协调吧? 那主观的呢? 你看谁顺眼呢?"

"我看谁都顺眼。"

"那总要有个最顺眼、最标准的。 我相信你心里有个模板,可能你自己都没有意识到,在潜意识里面。 要不然你为什么会喜欢大饼脸呢?"

"我喜欢大饼脸?"丁讯不知道她从哪儿听来的消息,但是他不承认丁圆圆是聪明的,他也许真的有一个自己没有意识到的模板。 那个他都记不清相貌的小白菜,她是大饼脸吗?

"快说呀,你给我举个例子,你觉得谁最漂亮、最标准、最顺眼? 总会有一个的,张曼玉? 张柏芝? 杨颖? 范冰冰? 刘亦菲? 许晴? 张瑜?"这已经不是什么采访了,完全是丁圆圆的好奇心。

"不一定明星最标准。 我们村口卖豆腐的大嫂最漂亮,说了你也不知道是谁。"丁迅搪塞她。

"那你得告诉我豆腐大嫂长什么样儿,是长脸还是大饼脸,单眼皮还是双眼皮,双眼皮是平行的还是扇形的,鼻子是直的还是翘的,或者说个我知道长相的。"

"那就董尧吧。"

丁圆圆心里一惊。 她知道丁迅对董尧也有某种特别的牵系,只是没想到她对于他有这样高超的定位,是他心目中的标准美人。 她突然疑心丁迅也爱董尧,也许像希腊神话中的皮革马利翁,爱上了自己手制的雕像;或者创作了道林·格雷画像的画家,在自己的作品身上寄予了自己的审美理想;再或者,董尧也与他的某种童年情结有关,她知道丁迅早年丧母,也许董尧让他忆起了母亲的形象? 如果是这样,两个人的关系就更微妙了。

不过丁圆圆很快扳回了自己的惯性思维,她想得太多了。 丁迅能够不避嫌疑地如此说,内心应该是坦荡的。 她略想了一下,问丁迅:"哪个董尧呢? 天然的,还是你造出来的?"

"其实,有那么大区别吗?"

"我没见过以前的董尧,不过看照片,确实越变越漂亮,当然是做了那个下颌角之前。 她的眼睛,我从来没想到那么好看的眼睛能人工做出来。"

"那是你个人的喜好。 一般的女孩,给做那么窄的双眼皮会骂死我的。 美是做不出来的。 不要光看照片,照片只能照出形,照不出神。 整形整的只是外形,而往往让你留下印象的并不是外形。 她眼睛没做之前,你也会觉得好看的,那不是我做出来的。 就算她做了这个下颌角,你对她的印象变了吗? 你为她担心的不过是怕影响到她以后的生活,是不是?"

丁圆圆觉得不能同意,却又无法辩驳。 董尧术前的肿眼泡是否也会让她惊艳,这已经是个"死无对证"的命题。

"那你觉得小唯美不美?"

"她也挺好。 她的面部发育不太好,但是她会打扮,也是漂亮姑娘,这样就行啦。 太漂亮也没什么好处。 你看,说是男人个子高好,可是高到姚明那样,只能去打篮球了。 你看沈雷个子高,生活中也有不方便的时候,坐火车卧铺,脚都伸到外面好长。"

"你说小唯是打扮出来的漂亮,可是沈雷是在她最不漂亮的时刻对她一见钟情的。 她刚做完手术,鼻青脸肿,披头散发,穿着最没型儿的病号服。"

"情人眼里出西施,是完全主观的,外人就更看不明白了。"

丁圆圆暗想:你心里把董尧当作美人标杆,不也是如此?

"我再问个问题。 有的整形医生会说,在街上看到丑的人会很难受,恨不得拉他去做手术。 你有没有这种感觉? 有没有觉得在街上会强迫症一样注意别人的缺陷? 跟一般人相比,看人很苛刻。"

丁迅想了一下:"我一开始做这行的时候,也有那么几天是这样,在街上特别注意别人,觉得这样才敬业。 后来就不会了。 不能老去看一个人有缺点的部位,其实每个人都有漂亮的地方,那种自然的漂亮不是整形能整得出来的。 我没有艺术细胞,审美是不行的,只能在手术的时候去关注技术上的细节。 但人的外貌不是细节堆砌起来的,有些东西很微妙。 就像一件衣服,挂着看好看,穿上不一定好看。"丁迅略皱着眉头,一边想,一边说出这番话。

丁圆圆觉得,丁迅虽然质朴而且不善于表达,但是比起爱发表高见的贾一澜、林恒,还有她花了两百块钱才得以一见的大师,可能更配称为审美大师。

丁圆圆在准备稿子的时候,回想起丁迅所说的,他心目中的理想美人是董尧,不由得觉得伤感,为了董尧,也为了丁迅。

董尧在他人眼里也许平凡,却是他心里的标准美人。董尧做的那些手术,在他人看来是变美,而在丁迅看来可能却是损毁。他反复强调董尧的美是本来的,不是做出来的,说明在他眼里,那个初次来找他、没做过任何手术的董尧已是完美的,却要经由自己的手去破坏这种完美。而董尧,一个朴素的女子,在所爱的人面前怎能不在意自己的容颜? 她却不知道,她在丁迅眼里是始终不应改变的。可是就算她知道,她也只能像小人鱼祭出自己最美丽的声音一样,用这份完美换来一张旋转木马的游乐券。要与他相通,除此之外,别无他途。

"你带我去见一下李顺吧。"小唯对丁圆圆要求。

"你有什么想法?"

"我久仰他,一直没见过。他刚从韩国回来,我要向他请教一种提升线的事情。"

"什么提升线啊?"丁圆圆问。

"就是一种能植入到脸里面的线,把松弛下垂的脸提升上去,比较新的技术,创伤小。"

"可是小唯,你的脸很紧致的,根本没有下垂呀。"

"那是因为我已经做过提升手术了。我先跟踪一下这种新技术,等过几年我需要做了,正好技术也成熟了。"

李顺见了小唯,就问她眼睛在哪儿做的,什么时候做的,花了多少钱,小唯一一道来,两人一见如故。听了小唯关于提升线的问题,他乐呵呵地吹嘘:"你是问对人了。这玩意儿还不普及,我待过的那个医院还真有。"

这种提升线可以把下垂的软组织提上去,在耳朵后面固定,对中下面部提升尤其有效。李顺见过这种手术,对细节也有些了解。

"这线能不能吸收啊?"小唯问。

"不能,不过这是种生物材料,比较安全的,留在身体里没什么危害。"

"就像双眼皮埋线一样吧?"丁圆圆说。

"埋线双眼皮效果可以说是永久的,这种呢,由于重力的作用,过上一两年就下来了,还要再做。"

小唯算了一下:"那,从三十五岁开始,每一两年脸上都埋几根线,到了六十岁,脸里头岂不是每边都一百多根线了? 还拿不出来,想想有点吓人。"

丁圆圆接话:"啊,那很像北京地铁啊,一开始就那么几条线,后来越来越密,纵横交错,你要在脸蛋里面修地铁了。"

小唯轻轻地打了她一下。

"那不一定,过几年不知道有什么新技术了,不见得要埋一百多根线的。"李顺说。

"那好吧。 好在我还能等上几年,我就等着能够吸收的线发明出来吧。"

离开后,小唯对丁圆圆说:"这个李顺才是整形医生的样子嘛。 可惜我没有早点遇到他,花了那么多冤枉钱。 我看他给大棋做的双眼皮,就知道他很有料。 其实他比丁迅好的。 还有,那个王琢的眼睛笑起来弯弯的,真好看。 我还想问问李顺,是不是可以通过调整什么肌肉或者神经,做出那样的感觉呢。 动态的应该比较难吧?"

丁圆圆又忍不住笑她。 小唯每见到一个人,都会注意到她最漂亮的地方,然后表示羡慕,然后再想是不是也能通过整形做出同样的来。

鞭炮一阵乱响,美人沟居民期盼已久的商业中心"丽然广场"开业了。

这座新式的购物中心与在售的丽然庭三期相连,是京西的重头商业配套项目。 虽然有些铺位还是空的,开发商承诺二〇一〇年初开业的地下"国际时尚商街"招商也未完成,不过贾一澜们已经很开心了。除了商场常见的品牌专卖店,还有几家不错的饭馆,医院的大夫们终于不需要把饭局定在老远的地方。 商场的顶层有美食城,地下有大超市和儿童游乐场,西门外有面积很大的休闲广场,可以预见很快这里就会被跳广场舞的老年人占据。 更让丁圆圆称奇的是,广场卜边上除了街头篮球、打枪套圈等游艺项目,居然还有旋转木马。

"太好了,以后可以天天逛街!"贾一澜像个乡下孩子一样兴奋。

"还天天逛街,你以为你是西单小妹啊? 咱们这个年纪,逛不动了。"丁圆圆说。

"你是不知道,我从毕业就到了这沟里,十来年就生活在城乡结合部,我老家的同学都说我土,不像在北京上班的。 我就是没见过世面,不是告诉过你吗,我们就是拉磨的驴!"

"驴多难听啊。 你不如把自己比作旋转木马,你看,拴在那里原地打转转的性质不变,但是听起来浪漫多了,你小名不是叫转转吗? 而且驴也就磨个豆腐,旋转木马是运营的,要接待客人,更符合你们。"

他们站在围栏前看试运行的旋转木马,耳边响着王菲的歌:

> 拥有华丽的外表和绚烂的灯光
> 我是匹旋转木马身在这天堂
> 只为了满足孩子的梦想
> 爬到我背上就带你去翱翔
> 我忘了只能原地奔跑的那忧伤
> 我也忘了自己是永远被锁上
> 不管我能够陪你有多长
> 至少能让你幻想与我飞翔
> 奔驰的木马让你忘了伤
> 在这一个供应欢笑的天堂
> 看着他们的美慕眼光
> 不须放我在心上
> 旋转的木马没有翅膀
> 但却能够带着你到处飞翔

音乐停下来你将离场

我也只能这样

……

过了几天就是中秋节了，天也凉了。 丁圆圆把董尧叫来一起过节，顺便问问她是不是需要添置被子什么的。 董尧换季的东西都放在表姐家，但是她如今还不敢在亲戚面前现身。

像献宝一样，丁圆圆把董尧带到旋转木马前。 董尧掩饰地揉了揉眼睛。 "我长大以后，都没再坐过旋转木马呢。"

两人买了票，找了相邻的两匹木马各自坐上去。 "小唯问我你有没有 move on。"丁圆圆转过头，对董尧说。 说着话，木马旋转起来。

Move on，是指忘却过去的种种痛苦和烦扰，迈步重头越。

二〇〇九年的中秋节，皎月当空，街上挂满了闪烁的彩灯。 那一天，丁迅用车子载着她，驶过复兴路，驶过长安街，驶过建外大街，驶过东四环，那感觉好像在坐旋转木马。 就是从那个晚上开始的，从那个晚上开始，她被绊住了。 要 move on，她有太多的东西需要超越。 她的一边大一边小的怪脸，她心里仍然驱之不去的眷恋。 还有这旋转木马。 和木马一样，她在 move，却还是在兜圈子。

丁圆圆仰起脸，看刚刚升起的圆月。 她想起二〇〇〇年的那个中秋夜，也是这样的月亮。 到今天，月球绕着地球转了一百多圈，也像这木马一样，好像在前进，其实在徒劳地往复。 那天晚上，在袁敢为的引导下，她决定 move on，不再流连在他身边。 因为他说过，不用她在这里，他也会管她，带着她。 她只管向前走，以后的路上，他能把她带多远，就带多远。

她其实不喜欢中秋，片刻的圆满之后就是缺损。

姐妹俩各怀心事，陷在自己的情绪里。 一路沉默，回家之后董尧才想起来告诉丁圆圆，她做失败的下颌角，手术费要回来了。

"是小玉帮我要回来的。"

董尧一直忙于怪自己，所以并没有太责怪给她做手术的诊所。 她也去找过,他们用的是整形医生的惯用伎俩,不断推脱,辩称现在还不是最终效果,不能算失败。 吃进去的钱吐出来,难。 没想到小玉居然做到了。

"小玉现在很能说,比我强多了。 以前她都不怎么说话,大家也自动忽略她。 现在她说话还特别冲。 带着牙套,我同学都说她铁齿铜牙。 我们把钱要回来,她后来跟我说,她现在有存在感了。"

丁圆圆挺欣慰:"我看她就不像一般人。 她从小受歧视,家境也不好,这么多不利因素,还能走到这一步,肯定有过人之处。"

"我让她用这个钱做二期手术,她说先不做了。 现在这样子就可以了,以后工作赚钱了再说。 我现在跟小玉在一起很高兴。 我们算是朋友了,从前就没有朋友的感觉,总是有隔阂。"

"她有了社会认同感,这样你们才能正常地交往,做朋友。 你最好能和你的同学们说一说,要多担待她。 她现在在社交上可能像小孩学走路一样,跌跌撞撞,所以才会说话特别冲。"

董尧答应着。

"对了,那个教学实践的事情怎样了? 当时她不是为了这个才绝望的吗?"丁圆圆问。

"这个也解决了。 现在开始安排上课是来不及了,我们正好今年有一位老师搞语言测试研究,她就去帮忙做测试,这个也算教学实践,能拿到学分。"董尧说。

"那就好。 小玉的事情,总算暂时圆满了。"

第二十五章
整形狂的鸿门宴

从白芬蘅家出来,丁圆圆没有坐车,她沿着街一直走着。 才十月中,冬天好像就正式来临了。 寒冷的风吹着,脸都僵硬了。 她发现自己哭了。

整形狂人白芬蘅,在整形圈是个著名人物。

春节前,丁圆圆在丁迅的门诊上第一次见到她,她要求做第九次手术,取出注射在乳房里、如今到处游走的奥美定。 丁圆圆第二次见她,是夏天时在电视节目的录制现场,丁圆圆是观众,她是嘉宾。 她对十几年来自己进行的种种整形项目和诸多缺乏道德良知的医院和医生进行了血泪控诉。 后来丁圆圆看了播出的节目,经过编导的巧妙剪辑,她被表现成了一个心理变态、贪慕虚荣、出手豪阔的蠢女人。 整形专家和心理专家们带着智力的优越感,表面充满悲悯实际轻蔑地对她进行点评。

丁圆圆有些同情她。

在街上随便买一份彩印的小报,翻开最后几页的广告栏,可以看到各种各样整形机构的广告,笔触恶俗,言辞夸张。 所有的这些项目,白芬蕾都做过。 而且每个部位,都不止做过一次。 可是,不管怎样荒谬绝伦、匪夷所思的项目,没有一项是白芬蕾想出来的。 她踏入的是有工商税务登记证的诊所,她听信的是经过"有关部门"审批的广告。而掌握了话语权的人,却把一切归结为她自身的愚蠢和变态。

如果洗尽妆面,脱去衣服,浑身布满瘢痕的白芬蕾,是中国整形业一部活生生的野史。

只是野史。 她没有机会遇到像丁迅和贾一澜这样根正苗红恪尽职守的医生做手术。 "只要手术就一定会有瘢痕,我们只能尽量让瘢痕不明显,恢复的情况有时候还和你自己的体质有关……"丁迅会丑话说在前头,将手术的风险和局限性如实相告,但这样的医生会被白芬蕾判定为水平不够和不自信,不可托付。 而像贾一澜这样的女医生,更不在她考虑之列。 女人天生善妒,对于年轻爱美有钱有闲的患者,女医生很有理由把她往丑里整。 另外,女人整形是为了男人,当然男医生的审美更具有参考价值。 这些理论,丁圆圆在贾一澜那里听说过,她将其理解为贾一澜被害妄想。 可是当她听到白芬蕾等人的言论,才发现是贾一澜所言非虚。

在正规的学院派里,白芬蕾能看中的也就是林恒那样擅长营销的医生,她的整形医生控诉名单里,就有林恒。 她眼睛的数次手术中,有一次就是林恒的走穴成果,那是前几年的事情了。 现在,任何一个懂得好歹的医生,都会对她避而远之。 整形手术的特殊性让医生们更懂得如何趋利避害,白芬蕾这样的人见多了,他们知道,不管手术结果如何,她一定是不满意的。 整形医生像建筑师一样,就算是为了钱设计一座大楼,仍然希望它成为经典,永远矗立。 可是给某些人做手术,注定是在沙滩上建城堡,不管你如何精心,终将被她拆除弃用。 尤其是到后来,有经验的医生见到她到处动过手脚的样子,就知道她无可救药,一定会婉言谢绝。 而肯为她进行第几百次手术的,不是没深没浅的愣头青,就是只顾赚钱的黑心大夫。

她在那次电视节目中痛陈整形血泪史,却被剪辑得面目全非,她心有不甘,于是开始在各网站发帖,写自己的经历。 她做遍了所有整形手术,寻访医生的足迹也遍布上海、北京、广州、沈阳、武汉、西安、成都、延吉,甚至韩国、日本、美国。 她提供了详尽的整形实战信息。在综合性的论坛上,很多人骂她变态。 她虽然无知轻信,但是为人豪爽,有问必答,并且对于他人的嘲笑谩骂,从不恶语相加,只是无辜地辩解。 于是在各种专门的整形论坛,她以饱受摧残却仍有正义感和责任心的形象,成了被追捧的红人。 追捧她的,往往是和她境遇类似的人。

她少不了也出现在被美人网站上。 有几次,被她点名道姓的医生还联系过删帖的事情,足见她影响力之大。

白芬蘅是整形狂的极端案例,因此丁圆圆一直在关注她。 渐渐地她发现,白芬蘅的整形史不仅是纪录片,还有现场直播。 "姐妹们,我在韩国狎欧亭的 XX 诊所,我要做 XX 手术,等我的消息吧。"过上几天,就再传来失败的消息。 她出现在公众视线中只有两月余,这种事情却在反复上演。 她似乎是带着"偏向虎山行"的劲头,去迎接必然到来的失败。 可是,她似乎每次都在以凯旋的姿态讲述自己新鲜出炉的痛苦经历。 她身上有典型的受虐倾向,这显然是需要医治的心理障碍,只是没有人向她指出来,而且她自己并不会认同。

十月中旬,白芬蘅恰好在北京,于是在网上发起了一次整友聚会。想参加的人很多,有些人是出于好奇,想看看花了几百万块钱做过几百次整容的人是什么样子。 要参加聚会,有个限制条件,报名者要提供自己何时何地做过何种整形、如何失败的信息。 聚会定在了西四环四季青桥附近的一个小区里。 丁圆圆虽然不是多次整形失败者,但是也和其他网站的论坛版主、白芬蘅的某些媒体朋友一起,受邀参加。

看到白芬蘅的房子,就能意识到她的确是够富的富二代。 小唯曾经评论过她:"也许她就是因为有钱吧,所以总是觉得不满意,觉得花更多的钱能整得更好,所以一直在修复。"那座房子是一栋叠拼复式,有两三百平方米大,从小区门外的房地产中介挂出的牌子看,市价近一千万。 这套豪宅是空置的,而且听起来,这并不是她家在北京最豪华的豪宅,只是交通相对方便的一处。 此间豪宅装修得不算俗气,一层的起居室里还有整面墙的大书架,整齐排列着人民文学出版社成套的精装硬皮书,只是布满了灰尘。 门外还有一座小小的庭院,搭着葡萄架,久无人照管,架子上的藤蔓已经干枯。

白芬蓿是个不错的沙龙女主人,她找了一家酒店承办酒水食物,丰盛得如同宴会。 音响里放着柔曼的音乐,几个女孩在夸张地赞美着音响的品质。 丁圆圆端了一杯海鲜汤,站到小院里的葡萄架下,风徐徐吹着,夕阳的余晖斜斜地洒下来,她从汤里捞出一颗大虾吃,很新鲜的虾。多好的房子,多好的音乐,多好的夕阳,多好的汤,这样的生活本可以多舒服啊。 夏天里丁圆圆为原小玉筹集手术费的时候,翻来覆去地算自己那一点钱。 那时候她痛心疾首地觉得,一切都好,就是差钱。 可是看白芬蓿,她就是不差钱,可是她浑身上下都没什么未破坏的地方了。也许,人并不怕差钱,怕的是差了完整的肌肤和健全的心智。

一个卷发女人端着一杯红酒站到她身边:"你们是和哪家医院合作的?"

"嗯?"丁圆圆不懂。

"你不是被美人的吗?"那女人说。 她的下颌前凸,皮肤粗糙,法令纹很深,看起来,不是一个"被整形"的人。

"是啊。"丁圆圆说,又补充道,"我们上线时间短,还没和什么地方合作,再说那是市场部的事。"

那人没再继续这个话题,掏出名片递给了丁圆圆,她是一家美容网站的市场主管。 丁圆圆也有些不情愿地拿出名片给她,不知道为什么,她突然有些以自己的工作为耻。

"一群变态。"她在葡萄架下的石墩上坐下,朝丁圆圆扬了扬酒杯,"不过酒不错,花了大价钱了,不知道能不能得逞。"

丁圆圆不知道她说什么,但是她不喜欢人对她卖关子,也就没有追问。

那人果然忍不住:"你不知道吧? 铺垫差不多了,就开始往韩国贩人了。"她指了指屋里一个浅黄色头发的姑娘,"那个,就是成洞医院的代表。 这里的人有一半上他们那里去修复几次,日子就好过多了。

傻逼们,在这儿被人卖了,还不知道呢。"

"不会吧……"丁圆圆说。

那人笑而不语,站起身来进了屋。

丁圆圆想着她说的话,有些莫名其妙。 她没头没脑地说这些,到底是什么目的呢? 照她说的,好像白芬蘅举办聚会让姐妹们见面交流经验是假,为那个什么洞医院当托开说明会是真。 她为什么要来跟丁圆圆说呢? 想到她一开始问和哪家医院合作,说明她是和某医院合作的,她说这些,也许正是为竞争对手搬弄是非。

丁圆圆也进了屋,见那位黄头发的韩国医院代表正在和几个女孩说话。 听得出她是韩国人,口音很可爱:"你做一个 V-line 一定漂亮了。"

丁圆圆是知道 V-line 这种术式的。 她曾经特地央求丁迅为她的网站写了一篇颌面美容手术的实用性介绍。 丁迅很够意思,他虽然并不善于写通俗文章,但还是像写论文一样很认真地对待,其中就详细地解读了所谓的 V-line 手术。 这种术式有很多负面因素,现在已经被淘汰,但是在韩国依然盛行,而且,据说只针对中国人。

"V-line 手术已经被淘汰了,容易引起舌根后坠,对健康的影响很大。 我们网站上有丁迅的文章,写得很清楚,大家可以去看看。"丁圆圆插话。

"哦,你是美人沟医院的。"在外面跟她说话的女人不知从哪里得到了新的信息。

"我不是美人沟医院的,我们被美人是独立的,谁的都不是!"她有点气急败坏。

"独立的。"有人轻轻笑她。

这时,白芬蘅拿出一个名单,念了几个网名,又说了句"奥美定的"。

几个女孩向她靠拢,看起来,她在进行分组恳谈。

丁圆圆从桌子上拿了一块重芝士蛋糕,放在纸盘子上啃了一口,她觉得有点堵心。

站在一边,她听着周围人的对话。

"现在九〇后发育得可真好,十七八岁就 D 杯了,是不是从小吃木瓜呀?"

"就是,压力好大啊。 现在男的找女人,过了二十五岁都没人要。"

"是啊,她也快三十岁了吧? 真想不开。 把自己整成怪物了,就算整漂亮了也老了。 要不是图她钱,谁要她呀。"她们在议论白芬蘅。

……

"到韩国去,手术费高点,就算算上路费和吃住也比在国内强啊。在国内,要是不送个大红包,故意给你做坏。"

"你的日子定了吗?"

"我十二月十五号去,我们八个人一起,住在美月姐姐家,她都帮我们联系好了。"

这些对话都很假很假,很像编造的,可是又很真很真,她亲耳听到。

她们都很年轻,看起来都没有丁圆圆年纪大。 她们都很美丽,虽然都自称是整形失败者。 她们都很富足,她们开着好车子,谈论着爱马仕的包,出国如同去一趟西单。 作为女人,她们在这个世界上掌握着最好的外在资源,青春、美貌、财富、还有迁徙的自由。 只要她们愿意,她们可以上最好的学校,住最好的病房,用最贵的进口药,她们可以做出最好的选择,得到最好的结果,只要她们有一点点的智慧和理性。

丁圆圆感觉自己好像穿越到了另一个世界。 在丁圆圆自己的整形世界里,她所见所感的,是充满机智的自嘲、对外表与自我的反思、对医生的依恋情结、水仙花般的自恋。 而显然此时她眼前的世界,更接近整形医生们对他们的患者的认识。 正因为如此,贾一澜的科主任刘铁钢才会总怀着逼良为娼的屈辱,贾一澜才会对自己的职业价值充满矛盾挣扎,丁迅才会穿上白大褂如同穿上坚硬的铠甲,总带着自我护卫的冷漠。 从前,丁圆圆把他们的反应斥为偏见,斥为被害妄想。

从白芬蘅家出来,丁圆圆没有坐车,她沿着街一直走着。 才十月中旬,冬天好像就正式来临了。 寒冷的风吹着,脸都僵硬了。 她发现自己哭了。

　　老天也跟着下起了雨,雨点又大又稀疏,砸到地面上,腾起尘土的气息。

　　这半年来,她志得意满。 她每天睡到自然醒,交了好多好朋友,做了很多事。 她是被美人的台柱子之一,老板宠着她,同事和朋友都吹捧她,她有了各色粉丝。 她觉得自己在做一件前无古人后无来者的事,中国整形资讯划时代的伟大变革就要在丁圆圆手中实现了。 可是,这一场冷雨浇醒了她。

　　帕梅拉曾经对她说过,"圆圆,你是有使命感的人"。 她有使命感,她希望自己做的事情能够帮到别人。 可是她帮到了什么人? 她做的一切到底是为了谁呢? 也许只是孔雀开屏一样地自我欣赏一下而已。 她的工作,对于白芬蕾之类的人完全没有帮助。 她提供了这么全面翔实的资讯,可是有的人仍然只看自己想看的,只相信自己相信的。 在她的网站上听信鬼话去做拉皮的二十二岁姑娘,还有在被美人网站上向白芬蕾报名参加今天的聚会、很可能将来被贩运到韩国做修复手术的人,自己是在帮他们,还是害他们? 她还好意思整天对着贾一澜指点江山? 贾一澜说过,只要有一个人落在她手里,就少了一次落在无良医生手里的机会。 可是她丁圆圆,她的使命感有什么用? 她不会做手术,她做的一切都是没意义的,她只能在秋风里徒劳地洒下一脸没出息的眼泪。

第二十六章
长相思，在长安

原来能和你在意的人一起痛是多么奢侈的幸福，像是一起在电影院里，吃同一个纸口袋里的爆米花；像坐在同一匹木马上，在音乐中轻快地旋转；像共同奔赴刑场，相视一笑，从容赴死。

　　第二天，她还没有起床就接到了袁敢为的电话，说要到一家疗养院看朋友，正好就在美人沟附近，顺便也看看她。

　　毕业之后，丁圆圆从未在学校之外的地方见过袁敢为。在世人看来，袁敢为给她的承诺，还有她对他的那份依恋颇有暧昧的性质。乖觉的丁圆圆也就刻意避免任何暧昧的形式，以免给他的生活带去困扰。而且她知道，无须她痴缠，在她需要时他总是在那里的。她有问题的时候，会在 MSN 上和他交流，或者去学校找他。除了每年寄礼物，袁敢为很少跟她联系。只是在二○○三年五月的时候，丁圆圆还在审计师事务所工作，她去东北出差，下了火车非常倒霉地被测出发烧，在一间屋子里隔离了十天。期间，袁敢为每天给她打电话，渐渐地她不再烦躁。反思了十天,她决定不要继续可预见的"四大"生涯了,她二十块钱卖掉了全套的注会辅导材料,分了男朋友,辞掉了工作,开始漂泊至今。

袁敢为看起来和从前一样健硕,只是拿了一根手杖,这说明他可能开始行动不便了。他穿着大衣,戴着帽子,比街上的人穿得多,让他有了些老年人的感觉。丁圆圆接过他的手杖和摘下来的帽子,扶他坐下。十多年来,她没为他做过任何事,能够扶他一把,给他泡一壶茶,这样小小的照顾,都让她觉得是非常珍贵的机会。

袁敢为告诉她,他要回西安待上一段时间,那里亲友众多,也有人照顾。

"治病,北京总比西安好吧? 袁老师还是觉得在家乡生活会更习惯一些吗?"

"也不是。 最后还是要回到北京来的,住院报销只能在这里。 是西安正好有一个中医研究所,据说可以用针灸的方法治这种病。"

丁圆圆有些担心:"针灸治神经元的病? 靠谱吗?"

袁敢为端起杯子喝茶:"这就是死马当活马医,反正都是绝症了,还能怎么着。 而且所谓治,也就是延缓而已。 现在我才觉得中医可能真有点冤枉。 很多人明知道治不好,就去找中医,最后死了就要算在中医账上,算他们治死的。"

丁圆圆一直在留意着袁敢为的手臂,目前为止,好像还算活动自如。 她明白了他为什么会例外地来找她,还到她家里来看她。 他是来同她道别的,因为以后可能再没机会了。 他现在已经用上手杖了,等他回到北京的时候,很可能行动已经不能自主,他们之间持续了十年的微妙牵系将会从此断绝。

笑对生死,丁圆圆自认也做得到。 她刚到四川的时候,还余震不断。 回头看时知道是有惊无险,但在当时,他们谁也不知道什么时候会来个大的余震,把他们都埋葬在滑坡的山石下,再也没了踪迹。 丁圆圆对这样的风险却浑不在意,她抱怨的只是上厕所不方便,头发好几天没洗了,下巴上长痘痘这样的具体问题。

笑对生死,可能足够通达的人都做得到,痛痛快快地死比麻烦不断地活着容易多了。 可是谁能笑对亲者的生死呢？ 而且袁敢为的将死，肯定不是痛痛快快的，他会一寸一寸地，一微米一微米地，抽丝剥茧似的，一点一点死去。 他将会胳膊不能动，腿不能动，不能吃饭，不能说话，不能呼吸，可是他的意识，他强大的心理学家的意识会一直一直清醒着。

她没有掩饰自己悲伤得有些扭曲的表情。 他洞察着她的一切意识与潜意识，掩饰是徒劳的。

他轻声劝慰她："还不至于的，还没到时候呢，我现在还好好的。你这样，我就等于提前成了死人了。 我看怎么也还能再拖上两年呢。有一个病友，老爷子快八十了，奥运会前发病，现在还在呢。"他没有说，老爷子是活在呼吸机上的，每次嘴角微微牵动，都让亲人们激动不已。 他又说："我女儿知道了这事，还跟我说'老爸，我真希望二〇一二是真的，到时候咱们可以都一起了'。"

"丁丁知道了？"丁圆圆问。

"嗯。 她妈还想瞒着她。 可我想，这是她人生必经的，不能剥夺了她的。"

剥夺，只有权利才能被剥夺。 悲伤，那是她作为女儿的权利。 丁圆圆想着袁丁丁，她在美国见过的小女孩，拥有甲虫小表和悲伤权利的小女孩。

对啊。 如果二〇一二是真的就好了。 那丁圆圆就不必难过了，她可以和他一起死，还有全世界的人陪着。 她赚大了，她没有房子，没有财产，没有孩子。 那些为了长长远远的人生储备了很多的人才亏了。

"这也是你必经的。"袁敢为说。

他这样说，也是在赋予自己某种为他悲伤的权利吧？ 可是不仅仅是悲伤，丁圆圆还觉得恐慌，还有羞愧。

"我觉得很羞愧。 我觉得我不配伤心。 我领受了这么多，对你一直只是索取。 我都没有机会了，我这么多年来庸庸碌碌，辜负了你……"她哭了，语无伦次，把心中的纠结对他直陈。

"丁圆圆，你不是庸庸碌碌的，你这些年也没少帮别人吧？ 你想过让他们回报你什么吗？"袁敢为说。

"我没帮过什么人。我做的事都是别人也可以做的，不算我的成绩。那是不一样的。可是你从我这儿就什么都没得到过，你是不会在乎的，可是我又不是你女儿，你对我没有责任也没有义务，我心里过不去。"

袁敢为沉默了一会儿，语气和缓地说："你和我女儿是一样的。当老师，和为人父母一样。做父母的，孩子的成长就是对他的回报。这些年我对你的影响，就是你在代替我活着。"

她在小区门口把袁敢为送上出租车，回到家里，瘫倒在贵妃榻上。她想象着自己是霍金，是袁敢为，她想象着自己也是渐冻人，全身都不能动，只有思想，依然尖锐，依然清晰。

可是她的呼吸依然通顺绵长，她的心脉仍然勃勃有力，她感受不到，她体会不到，她不知道一个人怎么会渐渐地冰冻、衰竭。她想了解他的痛苦，她也想体验同样的痛，如果知道了这痛到底是怎样的，不管有多痛，她也会安心。原来能和你在意的人一起痛是多么奢侈的幸福，像是一起在电影院里，吃同一个纸口袋里的爆米花；像坐在同一匹木马上，在音乐中轻快地旋转；就像共同奔赴刑场，相视一笑，从容赴死。

他是她精神的父亲，在她的生活中不是必需的，没有他完全可以的，只要每年的最后一天，她能收到那份礼物，不管是不是来自双安商场一层，不管是不是精心挑选的，只要他在那里就好。

可是，他就要不在那里了。丁圆圆可以如常地活下去，她的一切不会有任何改变。可是，只要一想起，她心里就会出现好大一个空洞，这痛苦如此清晰，像是在明晃晃的烈日底下树了一面大镜子，一切都清晰无比，刺目无比。在镜子里，世界的一切空洞和痛苦，都放大了一倍。

昨天晚上，白芬蘅说的几句话让她深受触动："我早上起来，本来心情很好，我一边洗澡，还一边唱着歌，然后我摸到了我胸口的奥美定，突然就不开心了。"

也许每个人胸口都有一团奥美定，一次一次地开刀，就是取不干净。 它就在那里,永远在那里,让你永远有不开心的理由。 你想要的东西总是得不到,想摆脱的又总是丢不掉。

她给贾一澜发了个短信:"我去接焕焕了。"回家取了还放在她那里的家长IC卡,到幼儿园接到焕焕:"走,我们去买麦昆。"

每个人都有解不开的结,所挥者不去,所求者不得,至少,可以让焕焕得到他想要的。

焕焕梦寐以求的麦昆,居然是一辆拟人的赛车模型,据说会变身,原形是红色,变身的时候会变成其他颜色。 丁圆圆想买最大的,红色的,带遥控的,最主流。 焕焕却很有主见,自己选择了蓝色的,带轨道的,车顶上有一丛草。

付了款拿到东西,丁圆圆就把包装拆开,把盒子扔到垃圾桶里,让焕焕把他心爱的麦昆拿在手里。 焕焕大声地给她讲,麦昆的头上为什么会有一丛草,原来是翻车翻到草堆里了。

她又给贾一澜发了个短信:"我们在丽然广场的游艺厅玩。"

她换了一堆币,准备和焕焕把所有能玩的游戏玩个遍,模拟赛车、打地鼠、打妖怪……游艺厅里,焕焕玩得乐此不疲,平日在贾一澜的管教下,绝不会有这样的机会。 她突然意识到她这样只是在发泄情绪而已,对孩子无限满足也是一种虐待。 她带他出来,到广场上坐旋转木马。 升升降降之间,看到栏杆边上站着丁迅和贾一澜,夫妻俩充满慈爱地看着他们两个。 那份慈爱好像也是给她的,又让她心里一酸。

旋转木马停下来,丁圆圆牵着焕焕朝他们走过去,焕焕怀里紧紧抱着他的麦昆。

还没等贾一澜说什么,丁圆圆突然哭了。 贾一澜把丈夫和儿子打发走,陪着她回了家。 她知道这个姑娘,从来不会吐露自己的伤痛。那至少自己陪着她,让她哭一会儿。

第二十七章
疾病的隐喻

想来,丁迅在拿起柳叶刀去入侵他所赞赏的天然之美的时候心里一定犹疑,或者在丁迅眼里,她的美不是整形所能影响和改变的。

丁圆圆又到丁圆圆家过周末。 丁圆圆注意到她梳起了马尾辫,整张脸坦然地露了出来,依然是不对称的。 这样朴素的发型又让她好像变回了从前的样子。

"怎么把头发梳起来了?"

董尧含笑的眼睛似乎也恢复了神采,这一段时间来萦绕不去的阴霾隐去了。

"还是梳起来方便。 我有时候注意观察一下,发现很多人的脸天生就是一边大一边小,不是也活得好好的,没什么人注意。"

丁圆圆看出来,一个月不见,董尧的境界大幅提高了,失败的手术好像不那么困扰她了。

"你是心境好了,脸就不再是大问题了。"

"是啊,我慢慢想通了。" 董尧拿起茶壶,给丁圆圆倒了一杯茶,伸着腿坐在茶几旁的地上，做出要促膝长谈的样子。

"我觉得没脸见人，其实并不是因为我的脸，而是为自己做的事情感到羞耻。你知道我一向是那种很乖的人，很自律，总是想做正确的事。自从成了整形狂，就很放纵自己。我要做手术，被丁大夫拒绝了，我觉得很羞愧，好像被他看穿了我自己都不敢诚实面对的问题。我跑到外面去做，就是想骗自己，我是真的想做这个手术，需要这个手术，不是为了什么人。"

董尧终于坦陈了做下颌角的原委。

"我要谢谢姐姐。你把我做的这些蠢事解释得合情合理，没有用是非来评判我，我才不那么羞愧了。可我还是觉得自己的这种沉湎是病态的，就算有病的是我那个潜意识小姐妹，我还是觉得很丢人。后来，我看了一本书，突然若有所悟。"说着，她拿过书包，掏出一本书来，"我上学期忙着整容，挂了一科，这学期补修了一门美国文学，老师让我们看这本书，苏珊·桑塔格的《疾病的隐喻》。"

丁圆圆接过董尧的书，封面是一位沉思的年老西方女人，画面的明暗对比很强烈，她脸上的线条异常清晰。

"啊，苏珊·桑塔格，她的眼袋好大。"

"姐姐，你也职业病了。"董尧笑她。

丁圆圆对苏珊·桑塔格略有所知。做"美人者说"专题的时候，她找了一些审美方面的理论，读到过苏珊·桑塔格，这位有着大眼袋的已故老人是美国的偶像级女学者，年轻时风华绝代，被各个圈子追捧，还上过《VOGUE》杂志的封面。不过，她没有读过这本《疾病的隐喻》。

"苏珊·桑塔格得过癌症，后来就写了《疾病的隐喻》。她发现疾病本身被赋予了各种意义，比如癌症是丑陋的，肺结核什么的就是诗意的。一个人得什么病，和他的为人和生活方式有关，值得对他进行道德评判。这样，一个生病的人要忍受肉体的痛苦，还要遭受疾病的隐喻带来的精神羞辱。我突然有点想通了，不管是我的脸，还是我的心理障碍，我只把它看做是中性的疾病，没必要感到羞耻。我看清楚了，就可以面对它们了，不需要遮遮掩掩了。我自己做的事，就算是错的，这是我的人生,我自己承担结果,没什么好丢人的。"

丁圆圆惊奇地看着她:"董尧,你有了力量。"

"知识就是力量。 我们这个美国文学老师是个女权主义者。 她还评论张艺谋给《山楂树》选女主角,说我们中国的传统对于女人是'无知就是力量'。 无知的女人才清纯可爱,才有魅力,这样他们才愿意和你分享他的资源。 女人唯一需要的知识就是知趣懂事,别的最好什么都不知道,见到什么都很惊奇,很害怕,这样才惹人怜爱。 所以对清纯女孩的热衷实际上是虚弱老男人的审美,却成了社会主流。 这也是女人以柔弱为美的根源。"

"对啊,我小时候自卑就因为自己不柔弱,个子太高了。"

"个子高不好吗?"

"现在看来当然好,帅啊。 但那时候可是我的心病。 我个子高,眼睛也不好,却不得不坐到后面。 我很羡慕小鸟依人的女孩,像我这样的,连早恋都没机会,只好去暗恋老师。"丁圆圆说。

"其实,我觉得个儿矮的女生更自卑呢。"

"反正,女孩长大真是太不容易了,高也自卑,矮也自卑;胸大也自卑,胸小也自卑;追的人多也自卑,没人追也自卑。"

"这就是认不清自己,无知者有畏。"董尧摸着自己的下巴边缘,"我现在就不会再为这样的事情烦恼了。 要不是丢了我的下颌角,我还不会想通这些道理,这也算是塞翁失马吧?"

丁圆圆也摸了摸她的脸:"你这个代价也未免大了点儿,一切都怪你太漂亮了。 要是我这张脸,一个接一个手术做下来,也许做上一年,都轮不到伤筋动骨,中间不知道什么时候也就悟了。 你长得太标致,几个手术做下来就没得做了,只好对骨头下手了。"

董尧的笑容已经恢复到了下颌角手术前的样子:"你这是'圆圆之美我者,私我也'。 根本没什么人说过我漂亮,我走在街上都没人多看我一眼。 小唯姐才叫美女呢,光彩照人。"

"你跟小唯不一样。 钻石不一定要光芒万丈才好的,你这样,把自己的美藏起来,懂的人才知道,不是更好? 虽然没经过八箭八心的打磨,依然是一颗价值连城的大钻石。"

"钻石的价值不就在于光芒吗？ 没雕琢的钻石,收藏起来,价值到底在哪儿呢？ 因为它值钱？ 除了价钱,它和普通的石头又有什么区别？"董尧问。

"这么一说,还真是个问题。"丁圆圆开始思考了。 把人比作钻石,不管是否经过雕琢,都算是一种赞美。 可是钻石的价值是什么？璀璨？ 值钱？ 稀少？ 因为稀少所以值钱？ 因为值钱,所以值得珍惜,值得赞美,值得用来比喻美好的女孩？

美的价值到底在哪里呢？ 丁圆圆转过头,看着董尧。 每次她说董尧好看,董尧都说:"我不是美人,我是被美人,赝品!" 董尧的脸饱经雕琢,甚至出现败笔,但是看起来仍有清水出芙蓉的质朴。 想来,丁迅在拿起柳叶刀去入侵他所赞赏的天然之美的时候心里一定犹疑,或者在丁迅眼里,她的美不是整形所能影响和改变的。

她又想起了小唯。 小唯时刻都在顾盼自怜,可是她依然有种美而不自知的动人。 她的脸虽然常常堆砌着脂粉,可是她的为人却和董尧一样,"天然无雕饰"。 她虚荣,但是并不会看不起别人；她说话做事很直接,却毫不刻薄；她自恋、自我,也从不加掩饰。 她经常傻傻的,但是一点都不蠢。 她没有大智慧,也不搞小聪明。

丁圆圆又想起了白芬薇聚会上的那些姑娘,她们是美的吗？

"我前几天参加了一个真正整形狂的聚会,出来之后气哭了。 她们个个年轻漂亮还有钱,完全可以活得好好的,可是整天就知道整形、修复,拿男人的标准来衡量自己的价值,怎么那么没出息呢……"她对董尧讲了在聚会上的所见所闻,还有自己心里的沮丧。

"姐姐,你这是双重标准。 要说整形的动机,还有谁比我更荒谬呢？ 你能包容我,为什么不能包容她们呢？"董尧说。

"你不要拿自己和她们比好不好？"

"你不是说她们都年轻吗？ 也许这就是她们的必由之路,经过这些才能明白,就像我一样。 你也没必要为她们惋惜。 就算她们听你的,不被人骗,不去修复,只要还是和自己的外表过不去,也好过不到哪里去。 其实就算做了很多手术,失败了,也没什么的。 你看,我就整形失败了,想开就好了。 至于什么男人的标准,那是她们的追求。 我们自己不那样想就好了。 我们美国文学老师说了,这个世界被失去了青春的老男人统治,这是现实,无法改变,但是我们自己不要用老男人的视角来看自己。"

丁圆圆笑了:"你们这个美国文学老师是神人。 我不得不对你刮目相看了。 你是失去了半边下颌角,却得到了整个世界。"

第二十八章

亲爱的小孩

沈雷见小唯一直定定地看着他,闭了嘴,绽开笑容,伸手去摸她的脸。 小唯的鼻子红了,眼圈红了,泪水迅速地涌满眼眶,然后沉重地落下来。

"我怀孕了。"

小唯把丁圆圆叫来,说有事跟她说,果然是件要紧事。

小唯告诉她,其实早已经发现了,去了医院准备做药流,但是她还必须马上潜回重庆帮她妈妈办一件事。 医生告诉她,药流之后不能坐飞机,会出血。 等她回来,又已经超期,不能做药流,只好做流产手术了。

"沈雷知道吗?"

"我还没告诉他,怕他啰嗦起来麻烦。 他出差还没回来。"

丁圆圆觉得还是应该让沈雷知道,否则太便宜他了。 不过,这毕竟是小唯自己的事情。

"我想,我做了那个手术,可能需要人照顾一下的。 我在北京也没有什么方便的朋友,只好求你了。"小唯说得很平静。

"你放心。 你要是决定了,我会陪你一起去做手术。 然后在你这里住几天照顾你,或者你到我家去也行。 我家暖气是自己烧的,已经开暖气了。 不过你还是再好好想想。"

"想什么? 你是说,我考虑把孩子生下来?"

小唯之前都没想过这是个"孩子",此刻提到孩子,突然觉得心酸了。

丁圆圆玩着自己的手指,沉默不语。 她也不知道说什么好,也担心自己说的任何话会影响小唯的决定。

"小唯,我给不了你什么好建议。 我只是觉得你最好再想一下。 想想你以后会不会后悔? 还有沈雷,如果你还要继续和他在一起,要让他多大程度上参与你的事? 他如果知道了,对你们的关系会有什么影响?"

小唯想了一会儿:"我没什么可想的,我现在的重点是鼻子。 对这个,我还没准备。 再说我跟沈雷走到哪里还不一定呢。"

小唯嘴硬着,心里还是有些迷茫。

"那好吧。 你确定好了什么时候去医院,提前叫着我,我陪你去。 你做好准备,我也研究一下需要准备什么东西。 你准备去哪个医院?"

"我还没想好呢,我真的有选择恐惧症。 我在网上一个北京的人工流产社区研究了一下。 公立医院可能也就一两千块,可是条件不好,态度也不好。 专门的私立医院条件比较好,要五六千块钱,服务会很好,手术以后可以在那里休息,护士还会给你红糖水,很贴心的。"

"贵上三四千块钱,给一杯红糖水,这杯糖水也真够贵的。 我看你还是去公立医院吧,忍一下,省下的钱够你回家喝一辈子红糖水了。"

"可是有的人,在乎的就是那一杯红糖水。 有的女孩家在北京的,还要瞒着父母,做完手术要装作没事一样。 还有的人不能请假,要坚持上班的。 私立医院做完手术会照顾你一下,可以在那儿睡一会儿,这个对于她们就很重要了。 我虽然也不想多花钱,可是我也蛮娇气的,不想受委屈。"

"你信息得了解还真够全的,这些我完全都不知道。"丁圆圆说。

"有的女孩做过好多次人流,各种医院都去过,很有经验。你知道我是最喜欢研究案例的。"

"现在真是自媒体时代,没想到还有人流达人。这和整形达人一样,都是血泪换来的经验。你放心,有我在,不会让你受委屈的,我会按照坐月子的标准照顾你。"丁圆圆挽起小唯的胳膊,做出照料的样子。

"哎呀! 真是麻烦,本来我的鼻子到半年了,我是打算这个时候做鼻子的,恢复差不多了再计划下一步。哎,不知道我可不可以也做鼻子,这样可以一起恢复。"

"恐怕不行吧。例假的时候都不能做手术,人流应该比例假还凶猛一些呢。等我找丁迅打听一下。对了,你的鼻子打算在哪里做?找丁迅吗?"

"我还没想好,不过我不太打算找丁迅。他为人虽然很好,可是他做的鼻子免不了都是翘翘的,只是程度不同而已。你勉强让他做成垂一点的,他未必能做好。我鼻子的皮肤很薄了,里面有瘢痕,经不起折腾了。我初步打算做肋骨的,但还是有些顾虑胸口那一道疤。"

"沈雷对你的鼻子有什么意见?"

"他哪里敢有意见,只说喜欢我现在这个鼻子。先把孩子的问题搞定了,再解决鼻子吧。"

提起沈雷,小唯明显有些烦恼。丁圆圆就把话题再引回人流手术上:"你要是不介意,我问问大棋。这些妇科的东西我不太懂,她在北京生儿育女,经验比较多,还是老外家属,应该也比较娇气的。咱们还可以让她做司机,做完手术接我们回家。"

丁圆圆跟大棋讲了小唯的事情。大棋说:"她怎么搞的? 她本来是想在他们医院搞大鼻子,结果却被医生搞大了肚子。"

大棋仍是那样,说起话来全是包袱。

"做人流我倒是有熟人。我同学的妈退休以后就在一个女子医院做人流。咱们找她,就不用做一些乱七八糟的检查,能省下钱来,也能喝上红糖水。"

没想到，小唯改变主意了。

沈雷跟着关锋出去开了几天会，回来后迫不及待地来找小唯。 关锋新中了一个基金，沈雷将会是干活的主力，他很开心，兴冲冲讲给医学盲小唯听。 小唯记得丁圆圆告诉她，沈雷平时行事显得有点幼稚，却是个很认真的人。 他们做的课题，对于关锋丁迅这些老油条来说，只是经费，是资历，而对于沈雷，却是正经事，需要好好去做。 小唯对中国医学的进步、科技的发展，毫无使命感，不过沈雷的这个样子，让她觉得有点骄傲。

沈雷的新项目是和基因相关的，他给小唯讲起了基因和遗传，他讲到小孩儿的颌面发育，伸出手指，指着自己的鼻子说："比如我这个鼻子吧……"小唯盯着沈雷的鼻子，鼻梁很高，中间有个驼峰，鼻尖却是下垂的，和自己又短又小的鼻子正好相反，两个人要是综合一下就好了。 帅帅的沈雷和漂亮的小唯，鼻子都有缺点，两个人生的孩子，会不会有个恰到好处的鼻子呢？ 温柔的沈雷，给她的一定是个漂亮女儿，两个人都很白，孩子应该是个粉雕玉琢的小公主，据说双眼皮是显性遗传，她会长着沈雷那样漂亮的八毫米平行双眼皮。 嘴巴最好不要像自己的，沈雷的嘴巴很好看。 糟糕，两个人脸盘都有点大，孩子也许会是个大脸妹，可能还得去削下颌角……

沈雷见小唯一直定定地看着他，闭了嘴，绽开笑容，伸手去摸她的脸。 小唯的鼻子红了，眼圈红了，泪水迅速地涌满眼眶，然后沉重地落下来。 他从来没见过小唯这样，小唯是个很有喜剧性的人，平日也时常哭闹一下，通常都是为了自己的鼻子。 此刻，她咬着嘴唇，无声地掉眼泪，好像心里有无限的纠结和委屈。

丁圆圆去看小唯，拿出她的礼物——款式别致的防辐射服，让小唯穿上。

"前两天还谋算着怎么害她呢，现在就急着保护她了。"小唯对着镜子转动着身体,防辐射服显得很大,"不知道这个东西到底有没有用处。"

"管它有没有用处,穿它是为了表明身份,警告别人我是孕妇。而且这回你坐地铁不用安检包包了,人工检查就行。"小唯拿的手袋通常都名贵品牌,每次地铁安检,她都心疼自己的包在传送带上被磨损。

丁圆圆见小唯光着脚,又说她:"你怎么还光着脚,现在要注意别着凉了。你可不是一个人了,下次我帮你带双毛毛拖鞋来。"

"你好像比我还关心她呢,比我还开心。"

"是啊,我很开心。我就很支持你把孩子生下来。"丁圆圆说。

"那你怎么没说啊?"

"我当然不能说了。你做什么决定我都支持。我说希望你要,你不要,也许你会有罪恶感的。"

"可能真的会有罪恶感。"小唯把手插到防辐射服的口袋里,坐到丁圆圆的身边。她坐得很近,似乎在寻求支持。

"你告诉沈雷了?"

小唯点点头:"我是一时冲动。我告诉他之后,他歪着头想了一下,跟我说'嫁给我吧'。"

丁圆圆夸张地尖叫了一声:"你答应了?"

小唯摇摇头,笑了一下,笑得有点惨淡:"他这么说呢,也就是表示他的态度,他不会不管,他会和我一起面对。其实哪有那么简单呢。不过,我心里还是蛮感动的。"

丁圆圆想着沈雷"歪着头想一下"的样子。这个因为不忍面对生命的残破和毁灭,从烧伤病房当了逃兵的小伙子,自己还像个孩子,会用什么样的姿态面对一个新生命的诞生呢?

"反正总要生孩子的,晚生不如早生,年纪大了生孩子也不好。做流产对身体伤害也蛮大的。我做过这么多次手术,其实还是蛮怕疼的,不如就疼一次好了。"小唯絮絮叨叨地说着,在为自己找各种理由。看来,她心里还是不那么坚定。

"小唯,我相信你会是个好妈妈。不过你一定要准备好了才去接受这个孩子,不是因为怕疼,怕罪恶感,或者怕年纪大了。 也许生孩子有个理想年龄,可是有几个人是因为父母年纪太大才特别不健康呢? 反而是不成熟的父母对孩子的影响最大。"

"是啊,我也没什么信心。"

"所以,一定要想好。"

"亲,你不是支持我吗? "小唯问。

"我当然支持你,不管你做什么决定我都支持你。 我是很希望你生下这个孩子的,不过光说支持也没有用。 这样吧,我保证,只要是在北京,在你需要的时候,比如你又去做整形手术,我一定帮你看孩子,随叫随到。 将来我有钱,你没钱,我会帮你养孩子,我会一直帮你管他,好不好? 我会用行动一直支持你。"

"你这么说,我真感动。 其实我就怕我一个人,手忙脚乱,什么都搞不定。 你这么一说我真的觉得踏实多了。"

"小唯,你不是一个人。 我看好沈雷,他根本不会给我机会照顾你的。"

"我昨天在电影上听到一句话,决定生孩子就像决定在脸上刺青,真的没那么容易。"小唯把头靠在好朋友的肩上。

"你是有勇气的人,你能改造上帝给你的脸,敢挑战上帝。 沈雷也是,他是医生嘛,医生可不是一般的人。"

丁圆圆安慰着小唯。 她心里也明白,真的没那么容易。 沈雷和小唯仓促地开花结果,其实还有很多问题要面对。

沈雷是个乖孩子,他是好医生,也是好朋友、好男朋友、好兄弟、好下属、好同事,可想而知,一定也是妈妈的好孩子。 丁圆圆听贾一澜说起过,家里人给沈雷的要求是不可以找整容的女朋友,他一定生在那种传统和谐的家庭。 他的家人如果看不到小唯的闪光之处,会觉得她称不上是个好儿媳。 她年纪比沈雷大,脸是赝品,十分娇气,铺张浪费,而且只是北京的过客,为了鼻子才滞留在此。 如今,她还未婚先孕。沈雷将要面对的压力可想而知。

小唯也是一样。 她勉强地接受了"亲生鼻子"的回归,又要迎来亲生的孩子。 她这样娇滴滴的模样,谁见了她可能都会自然而然地认为她是会找"有钱老公"的物质女。 她这个人整个就是用钱堆出来的。 她赚过不少钱,可是却没什么资产,那张脸的造价就更不用说了。她热爱名牌,花钱不眨眼。 年轻的沈雷不见得没前途,可是医生的发展道路注定了早年的窘迫。 谁能不在意生活的窘迫呢?

小唯好像暂时还没想到这些,她摸了摸并没有显山露水的肚子说:"本来还想天凉了,让贾大夫给我吸脂呢,这回可用不着了。"

第二十九章
下颌角之罪

其中有一段各参赛选手的自我介绍,她站在水边,样子很拘谨。 "Hello,大家好,我是夏思雪。 今天晚上就要比赛了,我叫不紧张。" 明明不好笑,她却自顾自地笑了。

选题会上,主编满面春风:"圆圆,你这儿终于出了大事,你有得搞了。"

丁圆圆知道她说的是夏思雪的事情。 这件事情已经发生有几天了,丁圆圆早就知道。

信息的传递是有层级的。 怡韩整形医院死了一个人,主刀是林恒,美人沟的大夫们很快知道了,驻守于此的丁圆圆也就跟着知道了。 然后,这个消息出现在网络的娱乐新闻版上。 丁圆圆这才知道死者叫夏思雪,是一个不太知名的歌手。 再然后,出现在社会新闻中。 昨天晚上,电视上一档做深度报道的节目聚焦了夏思雪,拷问了整形业。 丁圆圆不太看电视,是她亲妈连夜打电话来,跟她说"你别瞎整了啊"。 连妈妈都知道了,说明这已经是主流新闻事件了。

电视果然是传播最广影响力最大的媒体。任何事情，只要上了电视，就能变成重大事件。一早上，丁圆圆到了公司，一登录MSN就跳出好几条消息，把她当作整形业发言人，问她到底是怎么回事。

其实丁圆圆曾经报过关于整形安全的选题。主编的意见是，这种得罪行业的东西要慎重，这期做了，"三·一五"做什么？而且，最好是有了新闻热点的时候再应景做，才事半功倍。

终于盼来了这一天，有了新闻热点。主编眉开眼笑地说起夏思雪的事情，丁圆圆歪头轻声对庄菲说："死了个姑娘，至于把他乐成这样吗？"庄菲低声说："人家是为你欣慰呢。这就是传媒人的嗜血性！"

事态发展越来越白热化，丁圆圆对此却没什么兴趣。她跟主编提出，新闻都炒成这样了，这种事情也就是一时的热闹，等发刊的时候，黄花菜都凉了，不如不搞了。主编说："你是跑口儿的，口儿上发生的事儿，你不报，这叫漏报，是做传媒的大忌。我得到消息，这题材央视要连续做，快赶上焦点访谈级别了，能热上一阵子。咱也不怕晚，做这个题材，谁能比你丁圆圆更有深度？"

"主编，你这就叫谬赞了吧？"

"真不是。对行业的了解谁都比不了你，你有医院的内线，别的媒体对整形还是临时抱佛脚。你要好好利用你的资源优势。"

"主编，你以为医院会配合吗？这种事对他们的行业是很大的打击，城门失火，殃及池鱼。人们觉得整形不安全，就都不敢整形了，医院没生意，大夫靠什么吃饭？他们肯定都想捂着这事儿呢。"

"那就看你丁圆圆的才智了。"

她的才智能"搞"什么呢？她先去询问身边智囊团的意见。

新准妈妈小唯把自己代入了夏思雪："真可怜。要是我呢，其实我是不怕死的，就怕毁容。另外，怕让家里人丢脸。我要是整容死了，被人知道了，会有人看我妈的笑话。"

徐传琪的意见仍然有些世故："我觉得这件事情这么热炒，也就是大家在看热闹的结果。这姑娘要不是沾了娱乐圈的边，有这么多人关注吗？ 还有,整容、医疗事故,都是大众津津乐道的,你们媒体也煽风点火。 实际上这算什么大事吗？ 现在医生这素质,一般医院里因为医疗事故死的人不知道有多少呢!"

董尧的第一反应是:"这件事对丁大夫不会有什么影响吧？"

丁圆圆心里本来是最倚重丁迅的,内心把他当作了可信赖的兄长。丁迅凡事不爱发表意见,但是说出话来有分量。 跟董尧一比,她才发现自己对丁迅只有敬,没有爱,竟然没想起他身上也有一段公案。 被董尧提醒,丁圆圆决定不去问丁迅了,他心里的隐痛,自己何必去触动呢？

贾一澜也有同样的顾虑。 医疗中的意外死亡,性质各不相同,不过不明真相的媒体仍然会粗暴地将其归到一起进行盘点,不明真相的群众也更喜欢戏剧化了的现实。 如果来个"近年来整形事故大盘点",把杨曦的事件挖出来,丁迅不免被殃及。 可是她怀有的拳拳八卦心、愤青意和正义感,让她忍不住对丁圆圆发一通高论。

贾一澜在这件事上虽然否定林恒,但是她认为根子不在医生,而在于有关部门的监管不力。 整形这么有诱惑力的蛋糕,必定吸引唯利是图的机构。 要保证安全,应该靠规范监管,而不能仅凭医生的良知。况且,不少做手术的人根本没有资质。 根据传闻,夏思雪的死因是,在做下颌角手术的时候,术中口腔出血倒灌引起窒息,显然是用了没有插管的全身麻醉。 贾一澜说,有些私立医院经常这样操作。 插管全麻对麻醉师的要求高,需要麻醉师全程监控。 对于患者来说,术前要断食断水,准备时间长,费用也高,而且有的患者认为全麻会损伤大脑,有可能放弃不做。 出于种种原因,有的医院就用静脉麻醉铤而走险。 被请去走穴的医生,本身技术一般都是过硬的,但是你过去台上一看,没上全麻,怎么办？ 你做还是不做？ 不做得罪人。 至于为什么要走穴,还是老生常谈,医院里的收入太低了,分配机制不公平,云云。

丁圆圆很不以为然:"又怪体制？ 体制他老人家真是躺着也中枪。 那林恒他挣钱少吗？ 台上看着手术条件不规范,完全可以抬腿跑回医院,才几步路哇？ 还不是为了钱吗？"

"林恒这件事,肯定是他的问题。 可是根子不解决,还会有无数个夏思雪冤死。夏思雪是有点小名,所以引起了关注。其实到底出过多少事我们根本没法知道,一般都用钱解决了,把家属的嘴堵上,再把媒体的嘴堵上。"

丁圆圆对主编说,人的生老病死都是常情。出于伦理,人们对他人的疾病与死亡,必须怀有一份尊重,但是一个健康的人为了整形死掉了,就成了大众的谈资,这些人站在道德的制高点上,以惋惜之名,在茶余饭后指手画脚。她多方调查,也没弄清楚事情的真相,对并不真正知情的事情无法妄加评论,她不想蹚这趟浑水了。

主编形式很客气、内容不太客气地说了她一通:"丁圆圆,杂志不是你的博客,做媒体不是做人,不能太孤标傲世,媒体有媒体的规则和责任心,要站在大众的角度看问题,即使你把自己当作精英,也要做大众精英……"

丁圆圆没听懂他的话,于是找富有经验的庄菲翻译。庄菲一本正经地说:"丁圆圆,杂志社不是你们家开的,不是你想写什么就写什么,必须要做大众喜闻乐见的东东。你还是要靠广告和发行养活着的。搞媒体,脸皮要厚,我们不能造谣,但是要积极地信谣和传谣。还有,必须收起你那一套小布尔乔亚的资产阶级妇人之仁……"

丁圆圆听得直乐:"行行,还是你有媒体素养。我觉得主编还真的就是这意思。我是有点妇人之仁,我告诉你啊,让我觉得对这件事有顾虑的是我一个整容的朋友说的话。她说她不怕死,怕的是整容死了,她妈被人笑话。我就想到这个夏思雪的家人,罪是他们受了,我们在这里说三道四,对他们到底有没有帮助?参与的人到底是有责任感还是在看热闹?炒这件事情真的能警醒世人吗?我的素质可能是差了点,就是做不到高屋建瓴。"

庄菲说:"你说到死,我还挺有感触。死是件大事儿,对家属来说不光是伤心,这和结婚一样,是个社交事件。红白喜事嘛。红事,旁人都想看看这家人找了个什么样的对象,有没有谈资;白事,就看是不是善终。凡不是善终的,像自杀啊,被精神病打死了,被老虎吃了,都会被别人说三道四。你要是心里挂念着夏思雪的家人,就假设你做出来的文章是给他们看的，不是取悦大众的，那就会是有人文关怀的好文章了。"

庄菲确实是一个世俗哲学家。丁圆圆想了一会儿，说："其实我根本没搞清楚这个夏思雪是谁，只知道是个落选的选秀歌手，生前一点不红，死后却好像人人都知道她。"

庄菲告诉她："人人都知道她是因为她陪太子读书，她不红，唐旎跟她一届，红得发紫。跟明星沾边的事儿，都算娱乐新闻。"

丁圆圆是知道唐旎的，至少脸熟。不知道什么时候开始，这个不算太漂亮也不丑的姑娘经常出现在报摊的杂志封面上、地铁里的电视上，歌曲排行榜里也会有她的名字。

因为夏思雪事件，丁圆圆才知道唐旎也是选秀出身，在二〇〇八年一档很红的选秀节目中得了全国总冠军。夏思雪在济南的预选赛中是第一名，唐旎是第二名，但是到了再上一级的什么晋级赛中，夏思雪被意外淘汰，没能进入全国决赛，唐旎却一举夺魁。那一年夏天，丁圆圆去了震区，对这场轰轰烈烈的选秀根本不知情。

假设有人要她采访当红明星唐旎，她会首先去了解唐旎的一切背景。丁圆圆决定，要像对待唐旎一样对待夏思雪，不能把她物化为"死者"。首先她要搞清楚夏思雪是谁，她为什么要去整形。

她的智囊团也都发表了意见。

小唯也是出了这件事之后才知道夏思雪的。为什么要整形对于她根本不是个问题，当然是为了漂亮嘛。所以她的意见都是技术性的："我看这个女孩子其实没有必要做颧弓和下颌角，她的脸型这样子，做了以后改变有限的。她上嘴唇有点厚，显得憨，把嘴唇改薄点就好了。还有她可以把下巴磨尖一点，下巴尖了上镜脸就不显大了。其实这些我想得到，那个林恒应该也会建议，可是她可能术前都没有咨询他。公立医院这一点好，你可以去挂号和主刀医生沟通的，私立医院咨询的医生和主刀的常常不是一个人。主刀会比较客观，可能是怕把客人吓跑了，所以咨询的人忽悠一番，你就决定好了做什么手术，台上才见到医生。"

徐传琪说："这姑娘长得一脸正气，更适合在体制内的歌舞团演江姐什么的。她长相台风都主旋律，自然不造作，嗓子也亮，是块好材料，可惜这形象可能不适合现在的娱乐圈，所以得整。"

董尧这个年纪的女孩正是这类选秀节目的主要受众，她对娱乐圈的了解比丁圆圆深广得多。她对夏思雪有些了解。当年搞选秀的电视台不时地还把这些落选的人找回来参加个群戏什么的。但毕竟选秀风潮已过，她没有签到什么公司出唱片，商演机会也不多。也许她是以整形来寻求改变。

贾一澜依然激愤："都是这个以貌取人的社会给逼的。到处是潜规则，女孩子进了这个圈，就不能踏踏实实地做人了。现在审美也僵化，都照着一个模子整，她这样大大方方的多好哇。"

"那节目你看了吗？"丁圆圆问她。

"看了啊。别提多恶心了，全是炒作，煽情。打着音乐的旗号，害了多少小姑娘啊！"

"哎，你既然都看了，说明人家炒作煽情都有理。你这就不厚道了，爱看人节目，还骂人家。"

"你又抬杠。我看这种节目，是看看那些选手长得怎么样，看谁整过，职业需要！"

丁圆圆在网上找了些夏思雪的视频，她没进决赛，所以连视频的质量都不好，多半是压缩的 RM 格式，不够清晰。其中有一段各参赛选手的自我介绍，她站在水边，样子很拘谨。"Hello，大家好，我是夏思雪。今天晚上就要比赛了，我叫不紧张。"明明不好笑，她却自顾自地笑了。

海选的时候，她唱的是《天路》，直接晋级。电视上很多关于夏思雪事件的节目，放的资料片都是这一段，她背着手，眼睛向上看。"这是一条神奇的天路……"她唱歌时不像说话那样做作，没有手上的动作，张嘴就唱，也不看镜头。做作是因为拘谨。唱歌的时候她是不拘谨的，她正是应该唱歌的女孩。

网上的传闻很多。不仅较为严肃的大电视台，连各种媒体报道，内容往往都是以"网传……"开头。 就像庄非总结的,不要造谣,但是要积极地信谣传谣。 丁圆圆身在美人沟的暴风眼,却没有更进一步的消息,大家对此事似乎都有些讳莫如深。 "网传"如何不可靠,丁圆圆是有体会的。 比如,传说主刀医生林恒根本没有资质,只是在美国念了个野鸡医学院,是非法行医。 很多人的义愤都是在针对这些并不准确的信息。

还有一个传言,说当时和夏思雪一起做手术的还有她的孪生姐妹。人们的关注逐渐转向了这位神秘的孪生姐妹,有人说两个人是想成立一个姐妹组合,双双整容重装出道;还有"知情人"爆料,姐妹俩关系不好,互相嫉妒互相倾轧,所以活着的那个才表现得那么冷漠,不肯站出来说明真相;甚至有人说,说不定死的是另外那个,夏思雪利用死讯让自己声名大噪的时机,作为孪生姐妹重新出山;又有福尔摩斯分析,这件事其实子虚乌有,夏思雪没有死,她设了个局,准备将来作为杜撰出来的孪生姐妹复活。

夏思雪肯定是死了的。 权威媒体报道,根据接诊夏思雪的医院的急诊记录,夏思雪被送来时气管已经切开,发生气血胸,呼吸衰竭,送院时已经不治。 而怡韩医院声称,手术过程顺利,没有违规操作,医师和麻醉师都有资质,此事完全是意外。

夏思雪到底是怎么死的,仍然没人搞得清楚。

丁圆圆了解到的进展是,林恒已经被医院停了手术,正在接受调查,李顺虽然已经离开医院,也作为证人被调查,因为他和此事也有关联。美人沟医院的美容患者跑了一大半,这件事比春天时站岗的头套女和口罩女影响深远得多,是全国性的,全行业性的。 医院重申了对走穴的管理制度,要求医生到其他地方做手术,必须经过医院的报备。

丁圆圆一直在追寻夏思雪的死因。 她想知道,她所关注的这个行业到底有多凶险。

丁圆圆在薄暮之中出门,百无聊赖地到丽然广场购物中心转了一圈,什么也没买。 她整日想着夏思雪,这个从未谋面的女孩。 就在不久之前，夏思雪也在这条整形街上走过，她和她的孪生姐妹，青春无敌，却嫌弃自己的下颌角。又是下颌角。是什么让下颌角成了女孩的心头病，好像是长了六指或者尾巴，只有除掉了它，才能昂首做人？一年前丁圆圆初来此地，见这里没有花圈寿衣等晦气的东西，以为美人沟医院是远离死亡威胁的，现在看来，并非如此。普通的医院有人亡故，往往是因为病人气数已尽，医生无力挽留。可是活蹦乱跳的人到整形医院来，是为了活得更带劲。但死神是不长眼睛的，不管你是什么状态，出于什么目的到医院来，做手术就有创伤。对于生病的人，创伤是为了痊愈；对于整形的人，创伤是为了变美。可是有了创伤，就把自己置于风险之中了。她的好朋友董尧和小唯，都做过下颌角手术，丁圆圆意识到，其实她们都有可能在手术中死去。夏思雪的死为天下所知，可是不知名的夏思雪们，很可能她们的家人因为怕丢脸和医院达成协议不予声张，而民不举官不究了。这条歌舞升平的整形街上，不知道徘徊着多少为美而死的亡灵！

她看到了王琢，她穿着黑色短裙、黑色丝袜，坐在街边花坛的水泥沿上，坐姿很随便，露了底，她自己却毫不留意。一个漂亮大姑娘，穿着短裙黑丝，傍晚坐在大街边上，行人来来往往，常有人侧目看她。她的状态不对头，她怎么了？

"王琢。"丁圆圆走到她身边。王琢抬头看她，叫了声"姐"。

丁圆圆站了片刻，对她说："走吧，去我家坐会儿。"

王琢听话地站起身来，跟着她回了家。

王琢捧着大茶杯，仍然有些发抖。"我去找夏思雪的父母了。"她说。

在王琢这里，丁圆圆听到了夏思雪罗生门的另一个版本。

夏思雪是和她的姐姐夏思冰一起到怡韩来的。姐妹两个并不是双胞胎，但是长得很像，除了眼睛不像。夏思雪是单眼皮，而夏思冰的双眼皮是李顺出品。李顺不记得她，但是她记得李顺。在手术台上，李顺像对所有他刀下的患者一样，热情地夸赞过她貌美如花。她信任李顺,所以要做下颌角仍然来找他,一路追寻到怡韩。 王琢娱乐八卦的修为很高,她认得夏思雪,这让那位半红不红的小歌手十分开心。 王琢一番花言巧语,被单纯得有点傻的小姐妹引为知己。 她们想做下颌角和颧弓,对于圈内人,这几乎是人手一份的套餐。

李顺只擅长软组织手术,不做颌面手术。 "你们这么漂亮,用不着做下颌角。 再说,要做下颌角,找丁迅啊,别上这儿来。"李顺的态度,更让姐妹俩觉得他诚实可靠,也连带着相信王琢,相信怡韩。

两人依计去找了丁迅。 丁迅说她们做了效果也未必好,而且,现在他只出门诊,不接手术了。

李顺打发两个人去找丁迅被另外一位咨询师听到了,并且告诉了老板。 那位咨询师是老板的亲戚,觉得李顺自己不会做下颌角,就把顾客推给竞争对手,是吃里爬外的表现。 李顺被敲打过之后,再见到两姐妹回来,就不好多言多语了。

怡韩医院并没有做下颌角的条件,没有医生,也没有设备。 不过不能不赚送上门来的钱。 没有医生,可以请人来走穴,没有设备,医生可以自带。

姐妹俩说好先后进行手术,这样只请一个护工同时照顾两个人就可以。 那天是周五,林恒有去总院开会的理由,一天不必去医院上班。上午开完会,下午来怡韩走穴做手术。 妹妹夏思雪先做,夏思冰在前台和王琢聊天。 夏思雪的手术并不是像外界传的那样采用的是没有插管的静脉全麻。 她插了管,手术也算顺利,林恒虽然不是颌面出身,但是外科基础好,类似的手术也做过一些,所以从开始到手术做完,是正常的。 问题是,麻醉师经验不足,管子拔早了,口腔里的渗血进入气管,气道阻塞,可是这时候管子已经再插不进去了。 院方首先考虑的是要把此事瞒住,至少要瞒住在外面等待的夏思冰。 他们叫过王琢,嘱咐她想办法把夏思冰支走,等状况稳定了再想说辞跟她解释,而且,看来夏思冰的手术当天是不能做了。 王琢就说动力设备上的锯片损坏,她要马上去买来更换。 她亲亲热热地邀请夏思冰陪她一起去,还告诉她离得不远,能在夏思雪的手术做完前赶回来。 她们打了辆出租车,朝位于东南四环的一家医疗设备经销点奔袭而去，王琢一路还在为自己的急智而洋洋得意。还没赶到目的地，就接到李顺悄悄打来的电话，说夏思雪不行了，让她们赶快回去。

王琢赶紧让司机师傅掉头回去，她不敢对夏思冰说出实情，只说他们已经弄到了锯片。她们出来的时候还好，回去的时候晚高峰已经开始了，车子走得很慢，王琢知道情况危急，心里也有点害怕。而夏思冰毫不知情，出租车上还在和王琢说着，邀请她夏天的时候到她的家乡胶东去钓螃蟹。

这些王琢都是后来才知道的。星期五的北京晚高峰，夏思冰被堵在从东向西的路上，她要回到美人沟去看妹妹，做手术。而那个时候，夏思雪被堵在从西向东的路上，生命一寸一寸地离开她的身体。虽然京西医院云集，没有家属在场做主，他们舍近求远地把夏思雪送往东部的某所医院，因为那里有麻醉师的熟人，会为他们做出有利的记录。

怡韩医院有两个老板，负责业务的史春雨这一段时间恰好出去参加一个美容整形峰会了，另外一个大股东刘深在这里坐镇。史春雨连夜赶回来商量对策，医院上下统一了口径。夏思雪的父母到了，被安顿到附近的旅馆里，他们给出的说法是，手术进行得很成功，很顺利，夏思雪术后已经苏醒。术后大约两小时，她突然情绪不安，护士给她打了安定，让她入睡，后来出现了呼吸困难的情形，赶快转送大医院，可是周边的大医院比较官僚，重大的治疗处理必须要家属在场签字才可以，可是夏思冰却不在。所以他们决定把夏思雪送到有熟人的医院，以便能够得到更好的救治，没想到终究来不及了。事情本身不属于医疗事故，只是麻醉意外，医院有责任，但是已经尽力了，现在愿意以最大的诚意商谈补偿的事情。

夏家的父母在悲痛之余，还有迁怒。姐妹两个没跟家里透一点风声去做这么大的手术，一个死了，一个活着。傻乎乎的夏思冰说不清是怎么回事。作为姐姐，思冰在妹妹最危险的时候，却没有守候在她身边。她去买锯片了，多么荒谬的原因。按照医院的说法，如果思冰一直在，可能会早些发现思雪的异状，送医的过程也会更顺利，也许思雪就不至于死了。

今天晚上，王琢鼓足勇气，找到夏思雪的父母，说出了自己所知道的真相，这应该比其他版本更接近真正的真相。 她的目的，只是为了解释夏思冰为什么去买锯片了。

王琢的信息，与医院对外的披露相悖。 从时间上来看，说明他们在让王琢把夏思冰支走的时候，已经出了问题，而不是他们说的术后两小时。 这两小时的差异，对医院所应承担的责任，有很大的影响。

王琢，又一次出卖了自己的东家。

丁圆圆握了握王琢的手。 "王琢，你真勇敢。"

王琢淡然地说："我是没什么，光脚的不怕穿鞋的。 可惜，我又连累了老李。 我是他的丧门星，找上我真没好事儿。"

这个胖姑娘，身上有不少不体面的标签：小三，没责任心的小护士，不靠谱的八〇后，忽悠人整形的奸诈销售。 可是事到临头，她总能表现出勇气和担当。 李顺因为她的缘故，几次三番丢了工作，两人的关系又要经历一次考验。

王琢又对丁圆圆说："姐，你别以为我有啥正义感，我就是冲动型的人。 夏思冰是被我拉走买锯片去的。 我不能太不仗义。"

丁圆圆留意到，在她的叙述中，对什么医生的责任心、医德并没有什么看法。 她关注的是夏思冰。 她站出来说出这件事也是为了夏思冰，为了对她仗义。

"夏思冰现在怎么样，你知道吗？ 我看媒体都说联系不到她。"丁圆圆问。

"不好，她快崩溃了。 她爸妈也怪她。 姐妹俩一起去手术，一个死了，一个活着，活着的那个肯定落埋怨。"

"你能把她找来吗？ 她遭到这么大的创伤，对她以后的影响太大了，需要心理治疗。"

丁圆圆想到了一位师姐，也是袁敢为的学生，最近博士后出站开始执业，最擅长创伤后应激障碍的心理干预。 丁圆圆找到她是因为焕焕。 她有一次听贾一澜提起，焕焕好像不记得把他从小带大的姥姥了。 贾一澜是随口发感慨,丁圆圆却意识到这可能是创伤后失忆。 年幼的焕焕亲历了姥姥发病的过程,受到强烈的刺激。 大脑有一种自我保护机制,会选择性地忘记带给自己巨大创伤的事件。 但是,记忆的碎片会游离在潜意识里,成为生命中不知来处的噩梦。 丁圆圆和贾一澜说明情况,联系了这位师姐,现在焕焕每周被带去和那位师姐聊天。

师姐很专业,但是她毕竟是人,有自己的偏好和局限。 丁圆圆最清楚世人对整形者有很多先入为主的偏见,心理治疗师也难免,这样的情况对治疗的效果肯定有影响。 所以她要先行和夏思冰接触一下,然后再和师姐沟通。

思冰和思雪果然很相像,只是照片上的夏思雪有一双肿肿的眼睛,思冰却有一双和王琢的看起来很相似的漂亮大眼睛。

姐妹两个刚好相差一岁。 妹妹思雪是超生的。 二十世纪八十年代后期的山东,计划生育管得很严,哺乳期怀孕,她们的父母指望着能生个男孩,所以要留下这个孩子。 他们想办法开了思冰智力残疾的证明,给思雪弄到了合法身份。 后来还全家搬到了另外一个城市,并且在户口本上把思冰的年龄改小一岁,算是和思雪同一天生的,以掩人耳目。这对伪双胞胎从小同进同出,经常掐架。 思冰对父母和妹妹都有点怨恨,因为妹妹,她生下来就没吃上几天母乳,然后因为父母照顾不过来,被扔到奶奶家。 她被咒为弱智,后来又失去了自己真正的生日和年龄。 有好事情父母都要求她让着妹妹,苦差事却要她带头。

这两年姐妹俩都来到北京,成了北漂。 思冰的收入低微,思雪收入不稳定,俩人共同租了房子,互相扶持,关系越来越亲密了,夏思雪还自己写过一首原创歌曲《我和我姐姐》。 这次两个人做手术,思雪决定先做,进手术室前,她对思冰说:"以后什么事都由我来打头阵好了。"

思冰只絮絮地说着自己和妹妹的琐事,没有哭。 作为双胞胎长大的兄弟姐妹,有一部分的自我存在于对方身上,一直是你中有我,我中有你,包括冲突和龃龉。 其中一个逝去,另外一个就要永远背负着姐妹的一部分,作为两个人继续活着。 此刻丁圆圆看着思冰的脸,想的是思雪,她站在湖边,伸出两根手指:"Hello,大家好……我叫不紧张。"

思冰比镜头里的思雪看起来娇小一些,脸也很清秀。 只是她们那种看起来有些笨重的脸型上镜的时候有些吃亏。 丁圆圆觉得还是要了解一下她们整形的心理。

"你跟着妹妹一起去做手术,是想还保持两个人的相貌一样吗?"丁圆圆问她。

夏思冰哽咽了。 她锁骨上面的筋不停地抽动,却没有眼泪流下来:"是我要做的! 是我觉得脸太大了,是我要做的! 雪是要唱现场的,她老师说现场唱歌脸大才好,后面的人也看得清楚。 是她想要和我一样才和我一起去做手术的!"

二○一○年的初冬,天下太平,没有坠机,没有地震,没有重大赛事,没有艳照门,没有食品安全事件。 大家的新闻热情,聚焦在一个叫夏思雪的逝去女孩身上。 "夏思雪之死凸显出中国整形业困境","心理专家解读整形人群心理障碍","整形,多少人在饮鸩止渴","男权社会中的女性相貌迷思"。 很快人们就会把夏思雪忘掉,直到下一个类似事件发生,再把她拿出来盘点。 她被作为符号归档在历史中。 谁会知道,这个在海边长大、嘴唇又短又厚的小小女孩,只想和她的姐姐长得一样。

丁圆圆决定还是做一期整形安全的专题,准备在她的版面上介绍种种整形手术的真相。 没想到贾一澜不但不想配合她,反而表示反对:"我们医院的网站上都有的,有人要看,自然能看到,你放到杂志上,会吓到他们的。"

"吓到怎么了? 难道他们不该了解真实的东西吗? 建立在充分了解基础上的选择,才是成熟的、负责的。"

"别那么天真好不好,小姐! 你成熟不成熟? 负责不负责? 你要做眼袋的时候,不是也被视频吓到了,还要不开刀,要打溶脂针,何况别人?"

"吓到就不要手术好了。 长个眼袋会死吗? 不做手术也没什么害处。"两个人又掐起来了。

"问题是,他们不是不做手术,他们照样还是做。 不敢找我们,就去做那些号称不开刀、微整形、午休时间就能做的高级手术。 结果怎么样? 注射奥美定、把骨头切坏、呛死在台上!"

丁圆圆一下子明白了,贾一澜说得对。

《被美人》没有搞出什么深刻的东西,就让主编失望吧。 丁圆圆请徐传琪在专栏里为夏思雪写了一篇东西,在她的文章下面,放了一张夏思雪的照片。 照片上的夏思雪,歪戴着帽子,笑靥如花。

后来,丁圆圆又了解了一些李顺告诉贾一澜的、关于怡韩和夏思雪事件的真相。

怡韩的大股东,是史春雨的连襟刘深。 刘深一直靠工程承包赚钱,早年做装修,后来参与高速公路项目,就赚了个盆满钵满。 史春雨发现,这位没什么真本事的连襟所攫取的财富,是做医生的永远无法企及的。 但刘深感觉自己的业务没有可持续性,于是史春雨撮合他把钱投到朋友的美容院。 刘深渐渐发现这是个美好的行业,女人的钱赚起来最容易,比各种大型工程轻松高贵很多。 而且,除了房租,简直是个没本的生意,装修看起来费钱,不过他从前就是搞装修的,很知道怎样用少少的钱造出富丽堂皇的宫殿效果。 美容用的各种产品、器械成本都不高。 有些走穴的医生还嫌他们准备的东西不趁手,自备器械。 他很聪明,很快对这一行摸得门儿清,成了个整形达人,虽然是和整形医生与"被美人"们完全不同的达人。

刘深准备把自己的后半生都投入到诱人的整形美容事业中。 他觉得时机差不多成熟了,和史春雨共同在美人沟成立了怡韩整形,希望从这里开始,不断发展壮大。

赚钱的目的是一致的,但是刘深和史春雨在经营中还是有不少分歧。 史春雨毕竟是医生出身,安全问题放第一。 但有多年的工程承包经历的刘深认为,安全是很重要的,千万要避免发生容易引起社会关注的大规模伤亡事故。 但是"防患于未然"并不是最有效的策略。 发生问题的可能性有千千万万,如果一一防范,成本会严重增加,更经济的方式是出了问题再想办法解决。 在出现人身事故时积极赔偿,比事先漫无目的地进行防范更具经济合理性。

思冰思雪姐妹俩来的时候,如果史春雨在,考虑到怡韩目前的条件,就不会承接她们的手术。 但是对于刘深来说,没有不能做的手术,有自己带器械的医生、报价很低的麻醉师,一个下午就净入几万,这样的生意怎能放过?

刘深未曾料到,夏思雪的事故会成重大社会事件。 这样的情势之下,花钱私了恐怕于事无补,对于怡韩这样还没有创出什么名头的新店来说,并不值得。 刘深决定让公正的法律来审判和惩罚自己,不是他自己,而是怡韩的法人。 聪明的刘深,在发现事态有所扩大时,一边稳住夏家父母,一边火速派车到老家把一位智障的表弟接来,连同他的证件。 现在,怡韩的法人已经变更为了这位一贫如洗的乡下智障青年。所以,虽然王琢提供的证词戳穿了他们事先编排好的谎言,让怡韩绝对难辞其咎,但是对于刘深,虽有损失,但损失是有限的。 刘深还知道,伤害了数十万人的奥美定创始人至今仍活跃在整形美容事业第一线,这给了他莫大的鼓励。 史春雨经过此事,与刘深分道扬镳。 不过行内的人只知道史春雨,并不知道他刘深打算继续沿着美容整形这条康庄大道低调地走下去,也许不久以后,他就要在美人沟东山再起。

"林恒现在怎么样了?"丁圆圆问贾一澜。

"现在处理的结果还没出来,不知道他会不会被吊销医师执照。不过他一向善于搞关系,说不定能大事化小。 李顺还到我们医务科去说明情况,替林恒说话呢。"

"你们医院能采信李顺的说法吗?"

"那就不管了,他把话说到了。 林恒也让我挺意外。 李顺说,夏思雪一出事,林恒并没有想着如何掩盖、如何推卸责任。 他气切没切好,当时就要找我们刘铁钢主任来做紧急处理,刘主任是耳鼻喉出身,在处理这种事情上是我们医院最有经验的。 他们俩可是冤家,我们刘主任很瞧不上他,平时都不说话。 可惜他们老板就是捂着不让,而且我们刘主任当时上手术了,人不在。 你看,他面对这种事情,还是把患者的安危放在首位,说明我这位林师兄还是有底线的医生,毕竟是我们学校出来的。"贾一澜说。

"你这是名校沙文主义。 林恒表现出人性之善,你倒往自己学校脸上贴金。 不过,话说他就算找你们刘主任也不成吧。 他捅了娄子,让人家去收场,怎么会肯呢?"

贾一澜说:"人命关天,如果找到了他,刘主任一定会去的。"

"那这件事说到底还是林恒的责任了?"

"他肯定有责任的,但是死人的直接结果,不是他造成的。 他极力主张把夏思雪送到西边的大医院,还说责任他全负。 可是他毕竟不能做主,他就和李顺商量,赶紧把王琢叫回来,让夏思冰去交涉,家属说话有分量啊。 可惜他们走得太远了。 如果送到西边的医院,不至于出人命的。 而且怡韩说什么送到没熟人的医院会耽误治疗,也是胡扯,医院的急诊绝不会见死不救的。 不过不管结果如何,这个包袱林恒是要背一辈子了。"

"那送医院的时候,他为什么不坚持呢? 他都说自己要负全责了,拼了命坚持,肯定能救夏思雪。"

贾一澜叹了一口气:"坚持,多难啊。 要是人人都能坚持,世界也不至于这样了。"

"李顺怎么打算的? 这次他有没有怪王琢?"

"这事儿王琢起了挺关键的作用,不过明摆着的,就算没有王琢,怡韩也跑不掉。 我看李顺现在也淡定了,身在这么一个行业,很多事情的界限就是很难把握,又没了医院这个蜗牛壳保护,这些是是非非,都是难以避免的。 以后怎样还真难说,不过王琢这个小丫头是不能在美人沟混了。 我承认她那个英雄主义的劲头我是比不上的,我也就是明哲保身而已。 丁迅倒有意思,他跟我商量,要给李顺投钱,让他自己干,表面上说是合伙干。 他其实也是因为佩服王琢。 可是他们俩哪是做生意的料啊! 我现在是明白了,强中更有强中手,史春雨那么唯利是图,都受不了他那个连襟,比较之下实在差太远了。 我们当大夫的,还是老老实实做手术吧!"

第三十章
浪漫的头骨

没想到丁迅说："我找人做了一个。"他打开自己更衣柜的门,拿出了一个头骨模型,递给丁圆圆。

"这就是命啊。 虽然整形业的总体状况改变不了,可是从个人角度,如果这两姑娘当时找丁大夫做手术,也就不至于是这结果了。 丁大夫记得她们俩吗? "

"记得。 一个漂亮姑娘不稀奇,两个长得一样的美女,谁能记不住呢? "

丁圆圆和贾一澜到新开业的丽然商业街逛街,依然在讨论着夏家姐妹的事情。

"要是丁迅决定去美国,不是去法国,也就不用脱产学语言,说不定真给她们俩做了,也就不至于出这事儿了。 还真是蝴蝶的翅膀。"

"丁大夫的法语学得怎么样了? 有信心没? 等我去考考他,我在毛里求斯也学了点法语呢。"丁圆圆说。

"我看他学也是白学,本来汉语都说不明白,英语就勉勉强强,还要学法语。 现在看他小学生一样每天背着小书包去上学，又学法语，又学英语，倒也挺搞笑的。"

"他为啥要去法国呢？ 法国的整形很强吗？"丁圆圆问。

"要论整形，当然是美国强些。 但是法国有个很专业的国家级颌面外科中心，能实实在在地学到些东西。 这又是专与泛、美容和修复、专业和商业的选择。 丁迅算是选择了专业这条路吧。"

"那你呢？ 你出国进修的时候，选择哪条路？"

"我？ 我就选择老老实实当妈妈这条路了。 我妈在还好，现在我怎么也不可能去个一年半载，把焕焕扔下。 其实丁迅都想不去呢，怕我一个人不行。 我就说，孩子长大还遥遥无期，总不能两个人都被拴住半辈子吧？"

丁圆圆默然，想到了董尧的童年。 女人自己的事情和她母亲的身份，此事古难全啊。

贾一澜告诉她，她请自己一个暂时没有儿孙累的姨妈来帮她带孩子。 正好姨妈的身体不是太好，在北京还可以利用她在各医院的人脉治治病。

"还有我呢。 我也能帮你带焕焕的。"丁圆圆安慰她。

"是啊，还有你呢，万一我不在了，就把老公和儿子都托付给你吧。"贾一澜对丁圆圆笑说。

"行，我替你看着。 要是焕焕后妈对他不好，我上门去抽她。"丁圆圆爽快地说。

"不如就你给我们焕焕当后妈算了。"

丁圆圆啐了她一声。 "你还想包办啊，人家丁大夫说不定早就找好备胎了。 你前脚走，人后脚就进门。 说不定去欧洲的班机上，就跟着呢。"

丁圆圆对她开了个低俗的玩笑，却见贾一澜面有忧色。 夫妻两个要初次面对长期的分离，丁圆圆知道自己的胡说八道让她心有所感了，赶紧岔开话头，跟贾一澜唠叨起来："我们老板居然去做拉皮了。 她都没问问我，是不是可以给她找个好大夫在中国做。 拉皮多吓人啊，把整张脸皮都掀开。 她那么优雅的人,居然也不能免俗,我对她真失望!"

贾一澜以丁圆圆之矛,攻丁圆圆之盾:"你平时老那么多大道理,说什么社会对整形的人有偏见是不够文明的表现,还说整形是人家自己的选择,别人不该说三道四地评判。 你这算不算偏见? 你是不是也双重标准了?"

"行,是我偏见了。 帕梅拉是我偶像嘛,我是不希望偶像也和俗人一样那么在意外表。 另外,我伤自尊了。 我自作多情地以为她很宠我呢,我还自以为是个整形专家,结果人家这种事根本也没和我商量,根本没把我放在眼里。"

贾一澜以为她在为中国整形业鸣不平:"其实可以理解。 除皱手术在美国是比我们成熟的。 论手术水平我们不一定次于他们,可是材料上咱们还是落后。 好多新材料都没正式引进,正规医院不可能用的。 比如安多泰就比我们用可吸收线固定效果好。"

丁圆圆说:"她要是去美国做也就罢了,她算是美国人嘛,可是她要去的是泰国! 泰国! 这是什么意思嘛!"

"泰国虽然经济不算发达,整形医生的收入还挺高呢,比我们高多了。"贾一澜虽然算起账来糊里糊涂,可是脑袋里好像存着一份全球医生收入福布斯排行榜,时常拿出来不平衡一下,"而且,泰国整形也很厉害的,你看,他们人妖那么多,变性手术技术很强。"

"变性手术只不过是割屁股,跟拉皮什么的又不是一回事。"丁圆圆说。

"谁告诉你变性只是割屁股? 变性是个系统工程,你以为那些变性人和人妖打点激素就变成美女了? 除了会阴手术,还要隆胸、脱毛、切喉结,脸也要整的。"

"原来是这样。 中国的整形这么落后啊? 比不上美国,比不上日本韩国,连泰国也比不上,你还跟人家比什么收入?"

······

丁圆圆跟着贾一澜回了家,丁迅把她叫到书房,问起了董尧的事。

"董尧在忙什么? 这也有半年了,可以修复了。 我过了年就走了,她是怎么打算的?”

“她陪原小玉来复查的时候,你没见到她?”

“这丫头,到医院也不来见我。”丁迅听她这么说有点失望。他见到原小玉的时候,办公室人多,没来得及好好问问董尧的情况,没想到董尧和她一起来的,只是躲着不见他。

丁圆圆自然不会告诉他,他对于董尧,就像西比尔姑娘对于道林·格雷,她怕见到一个平凡的他。

“她不用见你,见我就行了。其实董尧常常来这边的。她现在就我这么一个亲人了。”

“怎么了?”

“你也应该能想出来,她是个乖乖女。现在搞成这样,哪里敢见家人呢?她在北京有个表姐,也不敢去了。她家人恐怕只知道她做过双眼皮呢。”

丁迅听她这样说,心情未免有些复杂,眉毛也皱了起来:“那赶快修复吧,把这件事了结算了。”

“其实,也未必要修了。她心理那一关挨过去了,已经不怎么在乎了。小姑娘成长得很快的。”

“最好还是修吧。她不是明年毕业吗?一般做整形的都要赶在毕业前,以免影响以后的社会关系。她以后总要找对象吧?她那个下颌角是个隐患,早晚要修,不如神不知鬼不觉地趁有时间做了。她是经济有问题还是怎么?”

看起来丁迅对董尧势在必修,恐怕要是她没钱做替她出钱都愿意。

“丁大夫,你还真能操心呢。”

丁迅看了她一眼:“不是你说要管董尧管到底吗?”

丁圆圆想起来,夏天的时候她和丁迅说,她管她的心,他管她的脸。看来他也打算管到底。

“那我找她来问问吧。我把你的意思告诉她,她会听的。”

“那好,谢谢,就拜托你了。”丁迅说完,自己也觉得不妥,他似乎也没什么立场说这样的话,好像是他自己的事一样。他想改个口,却不知道该说什么好,只好叹了一口气。

丁迅和董尧之间有某种微妙的关系,丁圆圆隐约明白。

"我知道,这也是你的一块心病。"丁圆圆表达着她的理解。

丁迅又叹了口气。 的确,这是他的一块心病。 整形的人在他这里来来往往,有悲剧有喜剧,那是他们的人生,可是董尧的结局是悲剧还是喜剧,实在与他有关。

董尧一进门,就对丁圆圆说:"就在前两天,你的活雷锋事迹穿帮了。"

新学期董尧回到学校,自认为做坏的脸没法见人了。 她一向靠打工自给自足,结果抛头露面的活儿都不能干了,丁圆圆把她介绍到帕梅拉丈夫詹姆斯的公司,做临时性的文案和翻译,每去一天给五百块钱。他们最近忙,需要人手,董尧找来了原小玉。 原小玉自然不会忘记,这位是替她付手术费的大恩人。

"我跟小玉说,你既然这么做,肯定有你的考虑。 如果再使劲对你表示感激,再说还钱什么的,可能你也会很尴尬。 所以,她托我跟你说一声谢谢。"

"确实的,我会觉得很尴尬,好像做坏事被揭穿了。

这也怪你,谁让你连我都瞒着?"董尧说。

"我没想瞒你。 只是我知道,你若知道肯定要跟我分担,你挣点钱多不容易啊。"

"我那时候还真的辛辛苦苦攒了差不多两万块钱,打算用来做下颌角的。 要是给小玉用,我这个手术肯定也就不能做了。"董尧说着,伸手轻轻摸着自己左边的下颌缘。

丁圆圆说:"是啊,我要知道这样,怎么也要把你的钱榨光。"

董尧两手托着腮,眼珠转了几转,微笑着说:"我不做这个手术,我的问题也解决不了,你就在一边看我笑话,也不会点醒我。 说不定我还迷迷糊糊地在旋转木马上转着呢,没完没了。"

丁圆圆扳过董尧的脸,左右看了一会儿:"我找你来,就是要传达一下木马王子的意思。 他过了年要出国了，他希望在他走之前，在你找工作、找对象之前，把你的脸补补好，这件事才算了结了。"

丁圆圆和董尧如约来到颌面外科的办公室，一向"看片识女人"的丁迅，准备好了单据让董尧去拍 X 光片和 CT 片。

丁迅看了片子，才又去看董尧的脸。

"您这是瞄上董尧哪块骨头啦？"丁圆圆说。 她一直以为需要从别处切下一块骨头来补董尧的下颌角。

"她这种情况没有必要用自体骨，就算用了也会吸收掉的。"丁迅说。

"那怎么修复呢？"丁圆圆问。

"我们都是用一种进口的生物材料，medpor，就是多孔高密度聚乙烯。"

"什么聚乙烯？ 听起来好像塑料一样。"

"实际上就是塑料，一种很硬的塑料。"

"什么？ 塑料怎么能叫生物材料？ 塑料袋都限用了，还往人身体里放塑料？ 这也太不靠谱了吧！"丁圆圆无法接受。

"这种材料组织相容性不错，目前来说是最合适的。"丁迅还一本正经地解释。

"你们不是研究了很多年什么组织工程吗？ 花了那么多国家的经费，就研究出来个塑料啊？ 然后还是进口的？ 我以为你有什么好办法呢，原来是给我们安个塑料的下颌角啊，哼！"

丁圆圆经常就整形的专业问题和贾一澜抬杠，丁迅对此已经习惯，可是在董尧面前，他还真的感到有些抱歉，好像组织材料的发展不尽如人意是他的责任。

Medpor 是一种比较常用的"人工骨"材料，用来代替缺少的骨头，质硬，容易雕刻成型，材料有很多空隙，可以让周围组织长到里面，把它牢牢地固定住。 这种有着洋名的昂贵材料，听起来像高深莫测的高科技产品，被丁圆圆直白地称为"塑料下颌角"，还真有点难听。

董尧觉得丁圆圆的表现有点丢人，轻轻拽了拽她："姐姐！"然后，像是为丁圆圆向丁迅解释，也是为丁迅向丁圆圆解释："你是因为排斥假体，所以觉得接受不了。其实所有的假体还有医用材料都是人工的，也没什么问题。塑料其实比金属好呢，金属会导电，过安检的时候还会响。"

"你这个整形专家，不如患者懂得多。"丁迅说了丁圆圆一句，就不再理她，转而和董尧讨论修复手术的事情。他对董尧说，手术是从口内入路，但是如果在脸外侧的耳朵下面开一个小口，从外面用一颗钛钉固定，效果会更好，只是可能会留下几毫米的瘢痕，虽然不会很明显。

"行。"董尧像每次一样，简洁而坚定地答应他。

丁迅要董尧安排好工作和学习，避开月经期，准备在十二月之内把手术做完。

"等你毕业工作的时候，就完全恢复好了，什么都不会耽误。"

. 丁圆圆和小唯，以及徐传琪时常讨论国内国外在各方面的差异，其中一点，就是知情权的问题。在中国，具有某种权威性的人士，会倾向于把他人的知情要求当作一种冒犯。作为权威、专业人士、家长，我对事情的利弊比你了解得更清楚，所以会做出最合适的判断和选择，你想知情，表明你的不信任以及对我的挑战。中国医生，往往会对想知道更多或者知道得太多的病人产生警觉和抵触。他们有他们的道理：患者对手术本身了解得过多，对他们自己并没有帮助。而且受专业知识所限，了解得再多，也只是一知半解。最后做手术的毕竟是医生，手术本身有那么多不可预见的因素，要想全部"知情"，问题可能是无穷无尽的。而在国外，医生往往会追着患者，把治疗的方案和预后讲一个底儿掉，并且鼓励你找另外的医生寻求"第二个意见"。

丁圆圆想知道手术到底是怎么回事，在主刀医生丁迅那里就感到了某种抵抗。好在，她有备用的更高规格的专业顾问，她去请教关锋，用medpor修补截坏了的下颌角到底难不难。

关锋告诉她，也难也不难。在技术上，难度并不大，但是一般的医生并不愿意做，因为要达到满意的效果，难。 Medpor 有各种半成品，用于修补不同部位的骨头，其中就有专门用于下颌角的。 他进到办公室的里间，找出了一个纸盒子，给她看用来修下颌角的 medpor 实物。 他们常做的手术，患者是因为畸形或者外伤造成下颌角缺损。 修复手术是个从无到有的过程，有总比没有好，可是美容患者的期望值和修复患者是完全不同的，外观有比较高的要求，如果对结果不满意，很容易产生纠纷。 下颌角截骨术失败造成两侧不对称，单侧下颌角修补，难就难在对称上。 最好的方法是将患者颌骨的三维立体影像传到生产 medpor 的公司，让他们根据缺损的骨量精确地造出一件个性化的材料，可是问题是这样花费将十分巨大，一般患者是难以承受的。

关锋拿起桌子上发黑的颌骨标本，边比划边解释，丁圆圆算是弄懂了，修复的难度不在于技术，而在于外观。 难怪医生都不爱做这个手术，技术可能有个量化的衡量标准，而被美人们对外观的要求，是美人心、海底针，不可预计。 很可能做完了费力不讨好，所以医生往往会对患者渲染这个手术的难度。

可是喜欢丑话说在前头的丁迅自始至终都没有提到过手术的风险和难度，让她们觉得修复下颌角就和补一只鞋一样简单。 也许像董尧相信丁迅一样，丁迅也相信董尧。 对于确定了要做的治疗，医生向患者强调难度和不良后果，是一种压力和责任的转移，而丁迅，宁可独自去承担这些。

董尧的手术定在十二月二十日。 她提前几天入住到了丁圆圆家。富有钻研精神的丁圆圆仔细研究了董尧的下颌角，又在电脑上看她的 CT 片子，一副很懂的样子。

"我觉得，完全可以自己做一个山寨模型的。 我听关锋说，到厂家去定做特别贵，其实就是按照实际尺寸模拟而已。 你看，片子上都标好了三维立体的尺寸，咱可以照着这个尺寸用橡皮泥捏一个，总比目测的准确，就是需要好大一堆橡皮泥才行。"

董尧笑她："你是想把我做成个泥菩萨？ 医学的东西那么精确，你能想到大夫肯定也会想到的。 其实没什么的,不就是结果不太对称吗? 怎么也不会比现在更不对称吧? 你就别担心了,相信丁大夫好了。"

丁圆圆并不是不相信丁迅,如果是她自己做手术,可能倒没这么紧张。 可是,目前董尧只有她一个亲人。 也许每个病人术前都有等量的焦虑,董尧自己无比坦然,于是所有的焦虑都被丁圆圆承担了。

丁迅只有出门诊那一天才在医院,丁圆圆趁着这个时候去找他。

"丁大夫,想起董尧这个手术,我好紧张呢。"

"你这是皇帝不急太监急。 大夫和病人都没紧张,你紧张什么?"

"她相信你,你相信她,所以你们都不紧张。 正是因为既不是我做手术,也不是我给别人做,就只有紧张的份儿了。 她家人都不知道,她这么一次一次地做手术,我算是她唯一的家属了。"

丁圆圆有点说不清,她不知道自己怕什么。 她好像一个走钢丝人的亲人,演员很淡定,钢丝也压力不大,旁观的人却担心得要命,但是又不敢说不吉利的话。

"你放心好了,我不一定能做到完美,但是我会尽最大努力给你最好的结果。"丁迅说。

丁圆圆看了丁迅一会儿,觉得自己也相信他,没有别人会比他给董尧做得更好了。 她轻松下来,给丁迅讲了她想用捏泥人的方式帮他进行手术设计的构想。

没想到丁迅说:"我找人做了一个。"他打开自己更衣柜的门,拿出了一个头骨模型,递给丁圆圆。 丁圆圆下意识地躲了一下。 丁迅笑她:"这都怕呀? 这是树脂的,你也是半个行家,给鉴定一下。"

丁圆圆接过那个头骨。 像所有的骷髅头一样,它看起来在笑,笑得很狰狞。 这就是董尧? 不知道为什么,她的眼泪涌了上来,因为她看到了那两颗可爱的小虎牙,是的,这是董尧。 对于丁迅们来说,这才是一个人的本质吧。 九月里她对丁迅进行采访,丁迅对"美"表现出无可无不可的松散态度,而且还把董尧称作标准美人。 她有些理解了。美还是不美,不过是这样一个骷髅上包着一层皮肉血。 张柏芝又如何,范冰冰又如何。　丁迅在一个人归于尘土之前,就看到了红颜枯骨。

丁迅指着头骨的一边下颌角说:"我把要修补的地方做个倒模,按着这个倒模的形状雕刻假体,台上打开以后再仔细修,效果应该不错。"

"做这个模型贵不贵啊?"

"还行,我找熟人帮忙做的,给点成本费就行。"

丁圆圆又拿起头骨看了一会儿。　由此,她窥见了丁迅的某种秘密。　丁迅说得轻描淡写,却并不知道她已经在关锋那里接受了快速成型技术的普及教育。　她知道,就算一个颌骨模型,造价也挺高。　丁迅这个精美的模型,是一个完整的头骨。　颌面外科医生的柜子里,放着一个头骨的模型,是件很自然的事情,谁会想到其中隐藏着这么不动声色的浪漫。　年轻美丽的董尧会老去,一张青春的照片,只能记录她脸上软组织暂时的丰盈,而她的骨头,到老,到死,会永远如此。　丁迅对董尧一向道是无晴却有情,原来他秘密地保存了一份这样的纪念。

第三十一章
托流水代她作答

丁圆圆走到床边,把董尧的头揽在怀里,心里满怀着怜惜。这年轻时的一场迷恋,她从不曾用一句话表白,但是她把自己的肌肤和骨骼交给他的刀,这又是怎样惊心动魄的表白?

董尧第二天一早就要去住院了,医院就在丁圆圆家对面,没多少可准备的。丁圆圆提出手术当天晚上跟她一起睡在医院里,董尧忙推辞,说打算请一个护工,并且说:"我做完手术的时候,你最好不要在。"

"为什么?你怕我见到你倒霉的样子?跟我也这么见外。"

董尧微微一笑:"我是为你好。我有经验的,看别人受罪,你看了难过,却帮不上忙,不知道为什么就会有一种负罪感,就好像这痛苦是你带给他的。小玉做完手术出来,我就是这样。而且我当时手忙脚乱的,其实也没照顾好她。而且还是护工有经验。所以,有了这双方的体验,我觉得对别人痛苦的想象和担心,比实际的肉体痛苦本身还要糟。"

丁圆圆说:"可能我没有切身体验,不能完全理解你说的,那我就体验一下好了。 护工要请的,我相信我也照顾不好你,照顾病人还是他们更专业,但是我不能不在那里。 不在场的时候想象他人痛苦的痛苦比在场还要更严重呢。"

"也许是吧,你要体验,我就不说什么了。 我这一年给你和丁大夫带来的麻烦够多了。"

丁圆圆想起一年前第一次见到的董尧,她因为羞愧显得局促不安,她想起田螺姑娘的夏天,还有丁迅收藏在柜子里的头骨。 她给予了他们很多,她受到的伤害最大,却老是说抱歉。

麻醉师带着董尧进了手术室,她坐在台子上,四处张望。 手术室里只有麻醉师和护士。 她躺下来,护士在她脚上扎了针。 丁迅和沈雷进来了。 她看到丁迅张着两只手,微微俯下身看着她,他夜里给自己家的小孩子盖被子就是这样的神情吧。 他好像对她说了句什么,不过很快她就什么都不记得了。

董尧在麻醉的作用下沉睡了。 年轻的董尧,醒来要面对很多问题。 疼痛,肿胀,弹力头套,嘴里累累的瘢痕,尚未解脱的迷恋,要在一月十号之前交给导师的硕士论文第五章,还有一直被她用谎言欺骗至今不知道她身上发生了什么的父母。

暂时,这一切麻烦都消失了。 肌松剂和麻醉药让董尧在这间手术室里进入了另一个世界,那里好像没有眼耳鼻舌身意,没有痛苦恐惧,没有眷恋痴缠,没有旋转木马。

丁迅也进入了董尧的那个世界,在那里,他不再是被羁缚的旋转木马,就在这一刻,他是属于董尧的。

丁圆圆坐在麻醉恢复室门口等待,耳朵里塞着耳机,她反复听着一首歌,民谣歌手莱昂纳多·科恩的《Suzanne》,歌中的故事此情此景,就像是手术室中的董尧和丁迅。

苏珊将你带到她河畔的家

夜航船在窗外徐徐驶过

这个夜晚你会和她共同渡过

你知道她近乎痴狂

正因如此,你要伴在她身边

她以清茶和柑橘款待你,它们来自遥远的中国

你想对她说,你没有爱可以给她

她对此了然在心,托流水代她作答:

你永远是她的爱人

你想和她一起远行,哪怕是盲目的旅程

你知道她会信任你

因为你用你的灵魂,触动过她完美的身体

……

　　她相信他会小心地、安全地,带着她走正确的路,恰好,你知道该往哪里走,该怎么走。 这样的医生,这样的病人,都是幸福的。 有的人不能终生相伴,但至少可以有短暂的同行,就像此时的丁迅和董尧。

　　好像是睡了一觉,很长很沉的一觉,从童年一直睡到现在。 周围的一切又黑又甜。 董尧听到丁迅平稳的声音:"小姑娘,手术做完了,很顺利,放心吧。"

　　她再醒过来的时候,是在另一间屋子里,周围都是仪器,嘀嘀地响着。 她知道这是麻醉恢复室。 喉咙很痛,好像被什么堵着,不能呼吸。 然后一片阴影罩住了她,是沈雷伟岸的身影。 沈雷轻声地抚慰她,拿起她身边的管子,给她吸了痰,向她口中喷了雾化的生理盐水,帮她罩上氧气面罩。

　　她觉得舒服些了,旁边一个和她同样包着头的男孩一直在呻吟,喊疼,呼唤护士。 董尧静静地躺着,忍耐着痛苦。 她知道这痛苦会过去的,只是时间问题而已。

董尧被推出了麻醉苏醒室,护士喊了一声:"董尧家属!"丁圆圆迎上去,帮忙把推车推回病房。 在电梯里她看着董尧的脸,她的脸周围被密密地包扎起来,只露出中间的一圈,嘴里还插着引流管。 董尧表情平静地看着她,还试图对她微笑。 她明白了董尧此前对她说的,目睹别人的痛苦,无法帮助,恨不能以身代之。

所以,善良的董尧不希望见到丁圆圆、见到丁迅、见到爸爸妈妈,她只希望自己承受、忍耐、等待。

但是丁迅愿意陪伴着她。 手术后,他回家吃过饭,又返回医院,去病房看董尧。

全身麻醉术后六小时不能起身,不能进食进水,只能僵硬地平躺在床上,还不能枕枕头。 丁圆圆准备了一块大毛巾,折叠起来垫在她脑袋下面,又用棉球蘸了清水,给她滋润一下干渴的嘴唇。 董尧不时地干咳一声,平躺的姿势让人气息不顺,丁圆圆过一会儿就帮她略微支起头深呼吸一下。

输液壶里的液体慢慢地滴着。 丁迅站在病床尾部,丁圆圆坐在床前的椅子上,他们默默陪伴着董尧,和她一起感受着此刻的痛苦。

痛苦也就是那一个晚上,第二天就可以起身了。 有护工的照顾,有沈雷的专业关怀,有丁圆圆的陪伴和肉汤,还有丁迅每天的看望,让董尧肉体的小伤小痛几乎是幸福的。

术后三天,脑袋上的包扎就可以拆掉了。 丁迅亲自动手,拆下她头上的敷料,小心地用手触摸着她脸的边缘,仔细端详:"嗯,应该比较对称了,现在肿,还看不出来。 等出院的时候再拍片看一下。"丁圆圆观察着他,虽然只看得到他的眼睛。 他眼睛里流露出欣慰的神情,看来他自己对手术的效果是满意的,虽然丁圆圆看不出所以然来。

"头套一会儿吃完东西再戴吧。 我看你这一年有半年时间都戴着这个头套吧,真是可怜。"丁迅摘下口罩,对董尧说。

董尧慢慢地抬起眼睛,看着丁迅,她从前几乎没有直视过丁迅,这张脸对于她似乎有些陌生,只有那双眼睛那么熟悉,像最熟悉的亲人。

"小姑娘,这回到此为止吧,以后我可不想在手术室里见到你了。好不好?"

董尧好像鼓足了勇气,努力用轻松的语气说:"丁大夫,还不一定吧。 以后我老了,还想让你给我做拉皮呢。"

丁迅笑了:"你多年轻啊。 等你要拉皮的时候,我早就老了,可能眼睛都花了,做不了手术了。"

丁圆圆在一边旁观,她能明白在这平淡的气氛中,董尧的心里不知几番沧海桑田了。

董尧的脸上带着一个笑容。 经过颌面手术,她的脸是肿的,面部神经也暂时受到损伤,让那个笑容有些古怪,但是在丁迅和丁圆圆眼里,却有一种感人至深的美。

丁迅看着董尧,董尧也看着丁迅。 她不再是十五岁的丁迅眼里卖东西的小白菜,她是美丽纯真的少女董尧,是他今生注定要错过的知己。 他也不再是四岁的董尧心目中母亲的化身,不是心里的幻象,不是游乐场里旋转的白马,他是妙手医生丁迅。 她终于能面对丁迅了。

董尧,终于自由了。

"董尧,不用等那么远。 将来你生孩子的时候,万一要剖宫产,你就要求丁大夫来会诊,让他给你缝皮,就不会留个大疤了。 丁大夫缝线缝得多好哇。"丁圆圆说。

丁迅好像很喜欢的样子。 "这个行,等你生孩子,我也帮你缝皮。"他对丁圆圆说。

"谢谢,我肯定要找贾大夫的。"心里想,你的缝线也就是外面好看。

丁迅又叮嘱了几句,转身出去了,董尧坐在床上,看着关闭的门发呆。

丁圆圆走到床边,把董尧的头揽在怀里,心里满怀着怜惜。 这年轻时的一场迷恋,她从不曾用一句话表白,但是她把自己的肌肤和骨骼交给他的刀,这又是怎样惊心动魄的表白?

第三十二章
最后的礼物

"沈雷。"小唯靠在他的肩上,仰起脸看他,他比她高了近三十厘米,小唯抬头能看到他的整个鼻孔,有点内陷的鼻小柱。 也许是这寒夜里温暖的氛围,她觉得沈雷的鼻子也挺好看,"你要是真的喜欢我的鼻子,我也可以考虑不做啦……"

二〇一〇年十二月三十一日,二〇一〇年的最后一天,是个寒冷的大风天。

凌晨,沈雷在睡梦中被推醒,小唯目光灼灼地看着他:"我想吃火锅。"

胖小伙的睡眠和他的身躯一样沉重,他有点反应迟缓。 过了好一会,他完全清醒过来,然后一跃而起:"走,吃火锅去。"

小唯有点不好意思了。 沈雷早上需要长途跋涉地去上班,八点之前就要到,很辛苦的。 自己还把他闹醒了。

沈雷当然不介意。 这一段时间,小唯不爱吃东西,怀孕以来还瘦了两斤,连麻辣火锅都不想吃了,这对于小唯来说,是很严重的事情。 可是,谁都没办法。 想吃火锅,是让沈雷很开心的讯息。

沈雷帮小唯拉好羽绒服的拉链,围好围巾,然后牵着自己的大小公主,走上寒夜的街头,走向附近那家二十四小时营业的火锅店。

过了三个月的早孕期,可以多使用电脑了。 小唯会继续孜孜不倦地研究适合自己鼻子的材料,一定要在孩子记得她的脸之前,做好一个漂亮的鼻子。

"我在想一个问题,怎么才能让孩子的鼻子不像你的? 要是像你的这样,将来还得去磨驼峰,好麻烦哦。"小唯把手插在沈雷的衣兜中,依偎着他。

"那可来不及了。 她在受精的时候,恐怕样子已经定了。"

"来不及了? 就是说要在怀孕之前就想办法了?"

"受孕之前也不行吧,这个是没办法控制的。"

"咦? 你不是研究基因的吗?"

"可是我们不研究这个。"

"不研究这个? 整形医生研究基因,不就是研究相貌遗传吗? 这不是最重要的吗? 你们真是不务正业。 整形医生就该研究怎么把人变漂亮的。"

"我觉得我的鼻子够漂亮,你的也漂亮,我喜欢你的小鼻子,孩子的鼻子像你的好。"

"沈雷。"小唯靠在他的肩上,仰起脸看他,他比她高了近三十厘米,小唯抬头能看到他的整个鼻孔,有点内陷的鼻小柱。 也许是这寒夜里温暖的氛围,她觉得沈雷的鼻子也挺好看,"你要是真的喜欢我的鼻子,我也可以考虑不做啦……"

可惜沈雷并不知道,小唯说这样的话,有重大的意义。 在小唯那么宝贝的脸上,鼻子在最显要的位置。 它不会笑,没有表情,不会和别人互动,它只属于自己,代表着自恋的小唯的自我。 现在,小唯把它交出去了。 小唯,她终于属于沈雷了。

上午全院大会。开完会,贾一澜被院长召唤去了。后来她知道,院长找了院里她熟悉的女医生逐一谈话。

梅震正在讲电话,示意她坐下。她和院长隔着一张桌子面对面坐着。十年前,刚刚毕业的贾一澜来面试,也曾经这样面对梅院长。她后来在梅震负责的科室里工作,常在手术台上帮她拉钩剪线。梅院长是最优秀的大夫,每天看她的手术,贾一澜觉得做个整形医生也挺好。那时候,梅院长也是这么瘦,看起来很精干,一点儿不觉得她老。后来贾一澜的年纪渐长,体力也不行了,做显微手术的时候觉得眼睛都有点不好使,才意识到,老梅五十岁的人在台上一连做七八个小时手术有多了不起。

那时候,科里开会,贾一澜常常这样看着梅震的那张脸。那时候,她崇拜她,她希望自己也能成为梅震那样的人。不久以后她提升为副院长,贾一澜和她接触得少了,有时候对她的所作所为还有些失望。快十年了,贾一澜又面对面仔细看她的脸。她老了,头发花白了,仍然很瘦。脸颊垂了下来,左边比右边垂得更厉害,左边颧骨下面还长了几块玉米粒大的老年斑。眼袋也很明显,上眼睑松弛了,遮住了外眦。如果她要做外切眼袋,会找谁做呢?也许是她的主任刘铁钢,也许是她的丈夫丁迅,反正多半不是她贾一澜。

梅震讲完了电话,也看着对面的贾一澜。她也在想吧?当年那个小姑娘变成了半老徐娘,脸上布满了疲倦与松弛,生完孩子后蝴蝶斑一直没有褪去。那时候梅院长断言贾一澜日后会有出息,她一定失望了。

"小孩几岁了?"

"四岁,过了年就五岁了。"

"小丁要出去了。孩子还是你妈帮你带呢?"

"我妈今年春天去世了。脑梗。"

"哦,那你一个人行不行啊?"

我一个人行不行?这个问题,贾一澜最近也常常在问自己。

"当年老蓝不在,我也是一个人带着蓝欣,不过那时候医院还有托儿所。"过了年,焕焕五岁,贾一澜三十五岁。 而梅震正好六十岁,这一年她就要退休了。 可能就是因为快退休了,就开始婆婆妈妈起来,露出了一个老太太的本来面目。 "那时候托儿所旁边还有猪圈呢。 医院把吃喝拉撒都管了,养孩子也没现在这么费劲。 说是社会进步了,当个女大夫,却更不容易了,比我们那时候还不容易,尤其在整形这种科室。"

听了这话,贾一澜觉得眼泪要上涌,她苦苦地忍住。

老太太当然知道女大夫不容易。 梅震的女儿蓝欣,父母都是著名的外科医生,美人沟前后任的院长,她贵为医院的公主,什么好事都有她的份,而且她也确实很出色。 她年纪和贾一澜差不多大,至今还没有结婚,她很想成为整形世家的又一代翘楚。 可是,她有得天独厚的条件,又没贾一澜那么多拖累,却仍然在遭遇着女外科医生,尤其是女整形医生的玻璃天花板。 这玻璃天花板一直都在,而到了现在的时代,似乎更低、更厚、更难穿透。 女外科医生作为边缘群体一直在卧薪尝胆,苦胆吞了一只又一只,不知道什么时候有出头之日。

"我还真没想到整形有一天能搞成这样。 有人说,在咱整形科,女大夫就是跑龙套的,没有机会,不受重视。 咱们这个科特殊,大夫都成了唱戏的。 这些年来,我觉得你是最像我的,你比蓝欣都像我。 在这个医院里,可能会寂寞点,可是医生本来就不是什么风光的职业。 不管这行怎么发展,咱们是大夫,咱们不是唱戏的,不是演给别人看的。 事情做得好不好,咱们自己心里清楚,不需要外行去承认咱们。"

开完会,丁迅给丁圆圆打了个电话,说要去她家看她。 丁圆圆还没睡醒:"大哥! 大过年的,搅了人家好觉。 我都特地登门去跟你告别过了,你又亲自来跟我道别,咱俩有那么熟吗?"她哑着声音朝他嘟囔,不过还是赶紧起床等着丁迅到来。 他大驾出动,应该有重要的事情。

"你什么时候走?"丁迅问。 他知道丁圆圆元旦要跟老板一起去四川。

"今儿晚上,红眼航班,我要在飞机上过新年了。 你呢? 彻底不上班了吧？"

"是啊，刚才开了个会，下午董尧来拆线，就是我今年最后一件事了。"

丁迅说到董尧，丁圆圆想起了一件事。她从茶几下面拿出了一个盒子，交给丁迅："这个，是我准备送给董尧的一件小东西，我觉得由你来送更好。这对董尧有特别的意义。"他打开盒子，里面是一个旋转木马的音乐盒。结构很简单，木头做的，红色尖顶，装饰着金色的条纹，那个尖顶头就是发条。拧过发条，整个亭子会转起来，每一匹木马也会在叮叮咚咚的音乐声中慢慢旋转。

"送她这个，是为了帮她在心里完成一个仪式。我知道你有你的顾虑，你怕嫌疑。反正，东西给你了，随你处置，你自己留着也行。"丁圆圆说。然后，朝他要了四十八块钱，这件礼物就算是他买的了。

丁迅来找丁圆圆，是为了求她多照应着贾一澜，有点托孤的意思："她能听你劝，你说的话比我的起作用。焕焕也喜欢你，就多拜托你了。"这一年来，贾一澜失去了母亲，两个人带着孩子，过得很辛苦。丁迅知道贾一澜虽然主流上深明大义，但是在实际操作上往往流于急躁，包括对孩子。她姨妈来帮她忙，跟老太太相处起来，难免也会有不少问题。

"丁大夫放心吧，把他俩交给我就行了。我来给焕焕当一年爹。就算我不干这个工作了，我也一直住在美人沟，等到你回来。"

"你还可能换工作啊？"丁迅说。

"你有所不知，当年我并不喜欢这个工作。是我们的老板说，让我当自己是神仙下凡，来美人沟这个俗世历练一年。现在一年期满了，我要回天庭去了。不过，我也不一定换工作。老板给我布置的作业，让我研究一下人为什么爱美，外表的意义是什么，我还没有给出答卷，也许还要继续钻研。"

听丁圆圆这样说，丁迅感叹道："你们和我们还真是不一样啊。"

是不一样。丁迅和贾一澜，在可预见的未来中会一直住在这里，上班下班走同样的路线，做手术，涨工资，评职称，陪着焕焕长大。而丁圆圆,承诺会为了贾一澜一直住在这里,可是丁迅回来的时候,她都不知道是不是还在从事"整形行业"了。 他们就像旋转木马,不停地转呀转,有点无聊,但是他知道下一刻,明天,未来,他会在哪里,在做什么。 她却是一匹野马,自由自在,没着没落。

丁迅走了之后,丁圆圆有些感怀。 丁迅真是个面面俱到的好人。他可能够不上少女梦中的白马王子,但对于要过平凡日子的女人,他是个很理想的丈夫,有稳定的工作,不错的收入,宽厚的个性,武能做手术,文能做饭哄孩子。 贾一澜有了这样的丈夫,她又很爱他,仍然还有那么多问题和烦恼。 一个人的生活无法因为另一个人的好和强大而被代替、被覆盖,即使是最亲的人。 大棋在她的文章里写道:"一场好婚姻,对于女人只是少了一道枷锁,但仍不能让她从牢狱中解放。"

丁迅是一个传统的中国好男人,会努力给予妻子一切,承担她的一切,让她成为自己的一部分。 可是他今天说的一些话,让丁圆圆发现他并不是很了解贾一澜,至少不了解很多丁圆圆所知道的她。 他对她只是包容,却不能理解。 他不是女人,他不会懂得有些东西是他给予不了了,在这个世界上,男人伸出的是坚硬的树枝,却扩展,去覆盖,去战斗,女人伸出的却是柔软的触角,去体验尘世中的冷暖悲喜。

董尧知道丁圆圆晚上要走,到她家打了个照面就去医院拆线了。接下来就是几天假期,住院的人比较少。 病房换药室没人。 安静的下午,董尧平躺在换药床上,丁迅的手很轻。 好像旋转木马的音乐声又响起,也许以后再没有这样的时刻。

拆线还是有点疼,董尧的眼睛无意识地沁出了泪水。

董尧从换药床上起身,坐在床边,不想立刻就走,却不知道说什么好。

"来,戴上头套吧,要多戴啊。"丁迅亲手为她戴上头套,还细心地把压住的头发拿出来。 他静静地看着她的脸,也许只有两秒钟。 她真是年轻啊,才十天,她的脸已经基本消肿了,她基本变回了原来的董尧,是他亲手造就的美人。

董尧磨磨蹭蹭地带上帽了围巾,还是满怀依恋,不舍地和丁迅道别。 丁迅把她送到楼梯前,看着她下楼。 她在楼梯上停下来,转过身,对他绽开了一个笑容:"丁大夫,您好好学习,以后把找的塑料下颌角换掉。"

"好!"丁迅响亮地答应了一声,好像士兵答应长官布置的任务。

他想到了什么:"董尧,你等一下。"

董尧停下来,看着他。 丁迅回到办公室,把丁圆圆给她的音乐盒拿来,交给了董尧。

"小姑娘,以后好好学习,找个好工作。 这一年来也谢谢你了。这个其实是你圆圆姐拿给我的。"

董尧很意外,脸都红了。 丁迅也有脸红的趋势,不知道说什么好。这也是他没经历过的事情,给一个女孩、一个患者礼物。 不过,他终于开口对董尧说了谢谢。 他自己也说不清,她做过的一切一切,他到底是明白,还是不明白。

董尧离开了美人沟,丁圆圆说过,她一定会好好地走出这里的。 她在这里沉沦,也在这里解脱;在这里受伤,也在这里痊愈。

丁迅回到办公室,最后收拾一下。 有些东西要拿回家去。 焕焕的照片,他会放到行李里一起带走。 和工作有关的重要东西,还是留在这里,锁在柜子里。 他的工作日程本用到了最后一页,这个蓝色封皮的本子,像逝去的杨曦一样,别致、贴心、内容丰富。 丁迅打开柜子,把这个本子放进去,他会留着它。

柜子里还有另一件东西,他也会一直保存,那是董尧的头骨模型。他把它拿出来,默默看了片刻。 丁迅想起在《新概念英语》里面学到的成语 "skeleton in the cupboard",壁橱里的骷髅,是家丑的意思。 现在他的柜子里就有这样一个骷髅,却是他珍视的纪念。 那是令人难忘的女孩,她有一天也会老去。 她的眼皮会下垂,她的眼袋和双下巴会再次出现,她会长出皱纹,皮肤会松弛,她的颌骨是残缺的,可能永远固定着一块高密度多孔聚乙烯。 可是无论将来丁迅会不会再见到她,无论她变成什么样子,丁迅都会记得她美丽的脸和内心。

他没有机会了解她要走的道路、她所体验到的幸福和悲伤,那些都与他无关。 他无法参与,他只是一位医生,被锁住的一匹木马。 他能够给予的,十分有限。 他能做的,就是在手术室里的时刻,把自己的全部寄予手中的刀。 他在她脸上所倾注的,让他的一个小小部分,永远属于她。

二〇一〇年,是丁迅医生生涯中不普通的一年。 这一年,发生了很多事。 医师日程本上记载着他做过的手术,记载着这一年来每个患者的名字、年龄、电话。 他们中的每一个人,都因丁迅而发生了重大的或者微小的变化。

每年的最后一天,丁迅都会收到杨曦发的短信,当然是给她的所有朋友群发的。 几乎每个新年,杨曦都在工作中度过,有时候在荷兰的海牙,有时候在瑞典的林雪平。 欧洲时间的深夜,是中国的下午,丁迅记得这些短信:“Hi,杨曦在海牙问候各位。 一年来感谢你们的陪伴……”

丁迅坐下来,做了一件很不丁迅的事,他做得很严肃,好像在进行答辩。 他给手机中保存的杨曦的电话号码发了一个短信。 他的短信发到了虚空中,可能没有人会收到。 算是发给他自己吧,不爱思考,怕惹麻烦,一直被惯性挟裹着的整形医生丁迅,在内心里,对杨曦、对董尧、对过去和未来对他充满期待的被美人们,给出了一个回答。

丁迅走后,丁圆圆开始整理房间,因为她的老板帕梅拉要来视察。晚上两个人飞四川。 帕梅拉的基金会在四川兴建的希望小学要落成了,这个项目,丁圆圆一直在帮她跟进。

帕梅拉的头发刚刚染过,红得炫目,在泰国做的面部除皱手术基本恢复了,看起来容光焕发。 她递给丁圆圆一个漂亮的盒子:“圆圆小姐,生日快乐加新年快乐。”

丁圆圆打开盒子,里面有一枝玫瑰花,还有一个信封,里面是一张卡,是某医院的一毫升玻尿酸卡。

丁圆圆啊了一声,想起年初和贾一澜一起在晚宴上拿到的玻尿酸,竟然被自己忘记了。 应该就是今天过期,六千块钱呢,就这么作废了。

"你这一年辛苦了。 我想送给你一个整形项目做礼物,知道你不会肯开刀,所以给你最方便有效的玻尿酸。 Enjoy!"

"谢谢老板! 很贵重的礼物啊。"

"你有打过玻尿酸吗?"

"没打过,其实,我不太喜欢玻尿酸,它会吸收,我喜欢永恒的东西。"

丁圆圆不心疼过期的玻尿酸卡了。 当时如果打了,当时美了,过了半年也早就打回原形,现在也都吸收干净了,泪沟、皱纹、鼻唇沟也都还在,她就还是现在的样子,就像渔夫的老婆还守着那个破木盆。

"永恒? 很多年没有听到永恒这个词。 你打完一只,吸收了再接着打,就永恒了,永恒本来就是一个一个 moment 组成的。"

帕梅拉并不是专门拜访丁圆圆来的,她到这边来主要是为了找李顺。 帕梅拉一直在做不同的事情,她的下一个计划,就是试水中国的整形市场。 她在泰国做手术的诊所,是一个留美多年的整形医生开的,规模小、价格平、质量高,主要面对常驻曼谷的西方人。 十几年下来,积累了很多忠实顾客,在亚洲的老外中口碑很好。 她受到启发,也有心做一个面对在京外国人的小型整形机构。 她从丁圆圆那里了解了不少李顺的事情,觉得他是个不错的合作对象,已经和他初步接触过了。 她当然希望丁圆圆也一起做,可是丁圆圆考虑了一下,决定不参与。 她觉得自己的优势在于观察人的心灵,对物理改变人的外表,并没有真正的兴趣。

"我们晚上机场见。"帕梅拉去找李顺了。

丁圆圆收拾好了行装,从冰箱里拿出速冻水饺,准备吃一个简单的下午餐。

水饺里放了很多醋和辣酱,吃起来仍然没有滋味。 她洗好了碗,关上了壁炉的取暖开关,坐在贵妃榻上,看着窗外。

天色渐渐暗了下来,屋子里开始冷了,冷得要冰冻起来。 风很大,摇撼着窗子,越来越黑的暮色后,好像潜藏着一只狮子,让她瑟缩。 她好像又回到了四岁,她感到自己如此孤独,如此渺小。

终于有人敲门。

丁圆圆拆开包装,一个小小的方盒子里,是一块表,甲虫形状的怀表,金色的,带着一条链子。

他送了她一块甲虫的小表。 二〇一〇年的最后一天,丁圆圆收了袁敢为的第十一份礼物。 十年前,她泪流满面,告诉袁老师她想要甲虫小表。 明年,也许丁圆圆再收不到另一份礼物了。 她拨了一下甲虫的触角,翅膀向两边分开,露出了表盘,时间指向四点四十分,秒针在轻快地移动。 一切都敌不过时间。 玻尿酸注射在脸上,会渐渐地消失不见,而这块瑞士机芯的小表代表的时间,会一直走下去,走到小唯的孩子出生,走到袁敢为渐渐冰冻,走过二〇一二,一直走下去,直到红颜都变成枯骨。

包裹里还有另一件东西,长方形的,扁的,用泡沫包得严严实实。丁圆圆找来剪子,费了很大力气把包装拆开,里面是一个扁盒子,盒子里是一面镜子。 镜子拿在手里沉甸甸的,这是一面好镜子,双面的,一定很贵,一定是他所能找到的最贵最好的镜子。

为什么会送她一面镜子呢?

镜子里的丁圆圆眼睛鼻子都是红的,她刚刚哭过了。 这是一面好镜子,镜子里的映像异常清晰,没有一点点扭曲和变形。 丁圆圆拿着镜子,久久地凝视着。

二〇一〇年十二月三十一日,丁圆圆三十一岁。 她收到了第十一份生日礼物。 袁敢为说过,他会带着她,能带多远,就带多远。 她好像感觉到他正挽着她,和她一起穿越一条黑暗的隧道,或是婚礼的红毯,那是他带着她走过的最后一程。 他交给她一面镜子,镜子里,是她自己。